Palabras de placer

ELENA MONTAGUD

Palabras de placer

Grijalbo

Primera edición: octubre, 2015

© 2015, Elena Montagud
Publicado por acuerdo con MJR Agencia Literaria
© 2015, Penguin Random House Grupo Editorial, S. A. U.
Travessera de Gràcia, 47-49. 08021 Barcelona

Printed in Spain – Impreso en España

ISBN: 978-84-253-5325-3
Depósito legal: B. 18.738-2015

Compuesto en Revertext, S. L.

Impreso en Romanyà Valls, S. A.
Capellades (Barcelona)

GR 5 3 2 5 3

Penguin
Random House
Grupo Editorial

A ti, lector/a, para que juntos continuemos soñando

1

*E*stoy viendo a otro hombre.

Tras oír las palabras pronunciadas con esa voz que adoro, vuelvo la cabeza, con la boca entreabierta, y contemplo a la hermosa mujer que ha entrado en mi habitación como una histérica. Tomo asiento en la cama que hemos compartido cada noche durante tanto tiempo y parpadeo, confundido. No debo de haber oído bien. Esas palabras no tienen ningún sentido después de más de seis años. Seis años adorándola día tras día, despertándome a su lado, dibujando huellas de placer y amor en unas sábanas que ahora se me antojan irreales.

—¿Qué? —pregunto con una sonrisa.

Y en ese mismo instante me arrepiento de estar comportándome de esa forma, de ser tan confiado, además de indulgente y altruista. Pienso que quizá lo que a ella le molesta es que, precisamente, le tolere todo.

—Me he acostado con otro hombre, Héctor —repite.

Permanezco en silencio durante unos segundos, tratando de asimilar lo que acaba de decirme. La cojo de la mano, a pesar de que se muestra algo reacia. En ese momento recuerdo todas las veces en las que mi preciosa novia me ha asegurado que únicamente iba a tomar unas copas con unas amigas que no conozco o que tenía que quedarse un par de horas más en el trabajo. Al principio, esas ausencias fueron esporádicas. Sin embargo, poco a poco han ido aumentando y cada vez son más habituales. ¿Y yo qué he hecho? Tan solo callar y alegrarme cuando ella regresa y, de nuevo, se acuesta a mi lado.

—*Ha sido un desliz, mi amor. Quizá habías bebido una copa de más, y además hace tiempo que no hacemos nada, por unas cosas o por otras... Mira, hay hombres que no perdonan una infidelidad, sea la que sea, ni siquiera las de una noche por un error, pero yo te quiero demasiado y no estoy dispuesto a perderte por...*

Para mi desconcierto, se levanta con un rugido y me deja con la palabra en la boca. Está furiosa. Y tengo claro que soy yo quien le provoca ese sentimiento.

—*No ha sido solo una vez, Héctor. —Esa frase atruena en mis oídos. Cierro los ojos y trato de convencerme de que me está gastando una broma o de que estoy inmerso en una pesadilla. Sin embargo, se acerca y me coge de la barbilla, moviéndome el rostro de un lado a otro, obligándome a mirarla—. Han sido muchas. Cada vez que te decía que me quedaba en el trabajo o que había quedado con una amiga, me iba con él. Somos amantes.*

Observo esos labios que tanto amo, con su característico carmín anaranjado. Entiendo que cualquier hombre se sienta atraído por ella porque, al fin y al cabo, es preciosa. ¿Cómo he estado tan ciego? ¿Cómo no se me había ocurrido que, alguna vez, podían arrebatármela?

—*¿Lo amas?*

Ella no responde, por lo que me aferro a ese momento de duda con tal de mantener la esperanza. Continúo convencido de que me quiere a mí, que tan solo ha cometido un error porque se siente perdida, o qué sé yo. Me levanto y alargo los brazos para abrazarla, pero no me lo permite. Se deshace de mí con un gesto de impaciencia.

—*Lo superaremos, cariño, en serio. Solo es un bache. Todas las parejas los tienen. Lo olvidaremos y trataremos de ser tan felices como antes.*

Y, mientras suelto esas frases, caigo en la cuenta de que no sé cuándo lo fuimos. No consigo recordarlo. Quizá la felicidad jamás estuvo presente en nuestra relación y yo me mentía. Y medito acerca de si, realmente, es una buena idea perdonarla, hacer como si nada hubiera ocurrido y continuar con nuestra relación como hasta ahora. En mi interior algo me avisa de que cavaré mi propia tumba si le pido, por ejemplo, que nos acostemos una vez más, aun sabiendo que otro la ha acariciado poco antes. A lo mejor me promete que no volverá a ocurrir. Y entonces ¿cómo sabré si dice la verdad? Al fin y al cabo, soy consciente de que abandonar aquello que resulta prohibido es muy difícil. ¿Acaso le gusta la adrenalina? ¿La sensación de ser admirada por otros hombres? ¿Sentir que, a diferencia de la nuestra, en otras relaciones ella no tiene el poder? Me asusto de mis propios pensamientos. Se me encoge el estómago al pensar que es muy posible que no le baste con nuestro futuro. Hace mucho tiempo, cuando aún éramos unos críos, me confesó que fantaseaba con un hombre que le dijera palabras sucias, con uno que le prometiese que iba a llevarla a la Luna… pero por placer. Sé que, aunque no me lo demuestre, le encantaría que le metiese la mano bajo la falda cuando hay gente delante, que le hiciese el amor bien duro, sin promesas o te quieros. Pero yo… no soy capaz de darle todo eso.

Intento abrazarla, y de nuevo se esfuma. Y lo hace literalmente. Solo hay vacío frente a mí. Siento un horrible mareo. Cierro los ojos para tranquilizarme, y cuando los abro ya no estamos en la habitación, sino que me veo desde fuera. Hay otro Héctor delante de mí, pero no puede verme. Tampoco la mujer que entra en casa oliendo al perfume de otro hombre. Observo a ese Héctor decaído y se me arruga el corazón. Entonces él se abalanza sobre ella, comienza a desnudarla y le descubre un chupetón en el pecho. Quiero gritarle que no sea tan estúpido, que la deje marchar de una vez por todas, pero no sale ningún sonido de mi boca. Sigo a ese Héctor que vocifera hacia el dormitorio y saca unos cuantos juguetes sexuales que, evidentemente, jamás han usado. Ella se pone a chillar, a echarle en cara cualquier tontería, y él chilla también. El estómago se me encoge al saber que no puedo evitar todo eso, que soy un mero espectador.

Deseo gritar a ese Héctor del pasado que, si no la abandona, la amará pero también la odiará. Que se acostumbrará al dolor y creerá *que le gusta vivir con él. Sin embargo, lo único que sucede es que, de nuevo, la escena cambia. Y ahora vuelvo a ser el hombre que está delante de ella. De mi boca salen unas palabras que recuerdo aunque no creo ser capaz de pronunciar.*

—Haré lo que sea, Naima… Dime qué quieres. ¿Qué es lo que necesitas en la cama, joder?

Y ella me mira con los ojos muy abiertos, entre aturdida y avergonzada. Pero segundos después, la convicción brilla en sus ojos y habla…

—Quiero…

El brinco que Héctor da en la cama me despierta. Ya entra un poco de luz a través de las rendijas de la persiana, así que supongo que no tardará mucho en sonar el despertador. Vuelvo el rostro para descubrir qué le sucede y, para mi sorpresa, veo que duerme. Sin embargo, no lo hace de manera tranquila, sino que su semblante denota que lo angustia una pesadilla. Está completamente sudado y tiene los labios resecos y entreabiertos, de los cuales brota un murmullo ininteligible.

No es la primera vez que Héctor tiene sueños inquietos. Desde que me mudé a su apartamento, los habrá sufrido en un par de ocasiones más. Puede que parezca que no es mucho, pero en dos meses a mí se me antoja preocupante. En especial porque sé lo que es tener pesadillas; nunca son agradables. La cuestión es que cuando le pregunto al respecto, se muestra sorprendido, como si no se acordara de lo que ha soñado. Y lo achaca al estrés del trabajo, pero no puedo evitar pensar que es probable que su subconsciente le provoque esos sueños terribles sobre su ex novia muerta.

No hemos hablado de ella en todo este tiempo. Es una especie de tema tabú y, en el fondo, temo sonsacarle. Él tampoco me ha interrogado acerca de mi ex; no obstante, aunque me costó me abrí a él, y le conté por encima lo ocurrido y cómo me sentí después de que rompiésemos. Sé que Héctor piensa que Germán fue muy cruel, pero no me ha dicho ninguna palabra mala sobre él, y eso es algo que todavía lo dignifica más.

Pero en cuanto a su ex… Lo cierto es que, poco a poco, soy consciente de que necesito saber. Tengo claro que ahora somos él y yo, que el presente es lo importante y, sin embargo, noto algo en mi pecho que me insta a descubrir. Las personas somos curiosas por naturaleza, en especial si se trata de asuntos que tienen su parte de dolor y oscuridad. Tan solo conozco lo poco que me explicó en el email que me escribió con su confesión de amor: ella murió, lo engañaba con otros hombres y yo… me parezco a ella físicamente. Me gustaría saber cuánto, por supuesto, porque es algo en lo que he estado pensando.

Estoy dándole vueltas a todo esto cuando reparo en que Héctor ha abierto los ojos y me mira un tanto asustado. Cada vez entra más luz por la ventana y puedo apreciar las molestas gotas de sudor en su frente. Me incorporo en la cama y ladeo la cabeza, interrogándolo con la mirada. Cuando le digo que ha tenido pesadillas y he querido hacerle mimos se ha mostrado arisco, así que ahora dejo las manos quietas.

—Buenos días, Melissa —me saluda con voz ronca—. ¿Qué hora es?

—No lo sé. Temprano… Aunque no tanto para ti.

Héctor suele irse a trabajar antes que yo, y no me gusta porque la cama me resulta enorme cuando no está.

Me dedica una sonrisa, aunque se me antoja un poco forzada. Se la devuelvo y trato de apartar esas tonterías de mi cabeza. Se arrima a mí, me pasa el brazo por debajo del cuerpo y, cogiéndome de la nuca, me atrae hacia él para depositarme un delicado beso en la nariz.

—Voy a levantarme ya. No puedo continuar durmiendo —me anuncia.

Se incorpora y sale de la cama de un salto, como si quisiera demostrarme que continúa teniendo la misma energía que antes. Sin embargo, está un poco más ojeroso. E incluso una pizquita más taciturno. Supongo que realmente el trabajo está siendo duro para él.

Le espero acostada, con la sábana y la manta hasta la barbilla para ahuyentar el frío. Oigo que tira de la cadena del retrete al cabo de unos segundos y, a continuación, que abre el grifo. Y de repente, algo en mí se inquieta y cuando quiero darme cuenta estoy saliendo de la cama y lanzándome contra la puerta del baño. Me preocupa que ahora le dé por cerrarla; al principio de nuestra relación nunca lo hacía, a pesar de que nos teníamos mucha menos confianza. Abro de golpe, segura de que voy a pillarlo con algo entre las manos, como aquella vez dos meses atrás que no he olvidado. Sin embargo, lo único con lo que me encuentro es con un Héctor que me mira con el ceño fruncido.

—¿Estás bien? ¿Necesitas usar el baño? —me pregunta.

Abro la boca para decir algo, pero la verdad es que no se me ocurre nada. Niego con la cabeza y, a pesar de todo, doy un paso adelante y entro en el aseo, todavía con la sospecha de si encontraré algo oculto. Pero sus manos cuelgan a ambos lados de su cuerpo, completamente abiertas.

—Me había parecido que me llamabas —respondo, forzando una sonrisa.

—Vuelve a la cama, anda. Todavía puedes descansar un rato más. —Coge su cepillo de dientes y le pone un poco de pasta—. Luego, antes de irme, me acercaré a darte un beso.

Hago lo que me pide. Dejo la puerta entreabierta, a sabiendas de que quizá la cierre, y regreso a la cama. Me meto entre las sábanas y la manta, buscando el calor que he abandonado cuando he ido al baño. Segundos después mi cuerpo ya se ha templado y se me están cerrando los ojos. En un momento dado me doy cuenta de que he debido de adormecerme, ya que Héctor está inclinado sobre mí y me está dando un dulce beso en la frente. Alzo la barbilla para que pose otro en mis labios y, cuando lo hace, todo su perfume me llega, arrancándome una sonrisa.

—Nos vemos esta noche.

—Recuerda que tenemos la fiesta de Félix —le digo con voz somnolienta. El novio de mi hermana, Ana, cumple años, así que todos los amigos vamos a celebrarlo juntos.

—Tranquila. Hoy saldré un poco antes para llegar a tiempo.

Me acaricia el cabello con suavidad y, a continuación, le oigo salir de la habitación y, un minuto después, el ruido de la puerta al cerrarse. Suelto un suspiro y me encojo en la cama, buscando el rastro de su aroma en ella. Cuando lo encuentro, cierro los ojos una vez más y vacío la mente. Es increíble que ya llevemos cuatro meses juntos. Lo bien que lo hemos pasado y lo bonito que ha sido todo, a excepción, por supuesto, de esas pequeñas dudas que me han asaltado alguna vez. Si no tenemos en cuenta el estrés que Héctor ha sufrido a causa del trabajo, todo ha sido una maravilla. Encuentros con los amigos, cenas románticas en pareja, noches compartiendo películas, paseos por la ciudad… En realidad, no hemos hecho nada extraordinario, pero precisamente eso era lo que necesitaba.

Cada día puedo notar el amor que Héctor siente por mí.

Y mi corazón, poquito a poco, se va desarrugando y acompasando sus latidos a los de él.

2

En cuanto entramos en el local de Aarón, la música ensordecedora nos aturde. Hay un montón de personas bailando en la pista, bebiendo junto a la barra o charlando en los reservados. Es allí adonde Héctor y yo nos dirigimos. Decidimos que celebrar el cumpleaños de Félix en el Dreams era la mejor opción, pues cada vez está más de moda. Además, Dania y yo queríamos fiesta de la buena.

—Cuánta gente hay, ¿no? —pregunto chillando para que Héctor pueda oírme.

—¡Aarón sabe lo que se hace! —grita él, agarrándome de la cintura y pegándose a mi oreja.

Mientras avanzamos a duras penas por el atestado local, el DJ pincha *Dark Horse* de Katy Perry y la multitud parece enloquecer. Unos silban, otros gritan y las mujeres con sus escuetas faldas y sus atrevidos escotes empiezan a contonearse de manera provocativa. «*I knew you were... You were gonna come to me. And here you are, but you better choose carefully.*» («Yo sabía que ibas a venir a mí. Y aquí estás, pero mejor elige con cuidado.»)

De inmediato me entran ganas de bailar, así que camino sacudiendo el cuerpo. Héctor se pega a mí y empieza a moverse también. Sé que no le gusta mucho este tipo de música, ya me lo advirtió al comienzo de nuestra relación, pero hemos llegado a un acuerdo: yo lo acompaño a sus conciertos de música clásica siempre y cuando vengamos al Dreams un par de veces al mes y bailemos.

—¡Eeeh! —oigo en este momento.

Busco entre la multitud y enseguida me topo con los ojazos de Aarón, su exótico rostro y su cuerpo perfecto. Va vestido de manera informal pero sexy, con un atuendo ibicenco blanco que le queda sensacional y contrasta con su tono moreno de piel. Al llegar hasta nosotros me coge de la cintura y me planta un sonoro beso en la mejilla. Alarga una mano y la choca con Héctor. Siempre sonrío cuando los veo tan compenetrados... Con las dudas que tuve acerca de que pudieran llevarse bien. ¡Cuánto nos equivocamos a veces!

—Vamos, nena, quiero ver cómo lo das todo en la pista —me dice a la oreja.

Me echo a reír. Me aferro a sus hombros al tiempo que me coge de la cintura y nos ponemos a bailar al ritmo de la música de Katy Perry. «*Make me your Aphrodite. Make me your one and only. But don't make me your enemy.*» («Hazme tu Afrodita. Hazme la única. Pero no me conviertas en tu enemiga.») Me arrima a su cuerpo y ambos nos movemos de manera muy sensual. La verdad es que Aarón parece un dios bailando, para qué mentir. No quiero que Héctor se sienta desplazado, así que lo cojo de la mano y hago que se sitúe detrás de mí. Posa también sus manos en mi cadera. No puedo evitar pensar que estoy en medio de dos tíos potentísimos. ¡Pero qué suerte tengo, leches!

—Eso es, Mel, sedúcenos —grita Aarón riéndose.

Restriego el trasero contra el vientre de Héctor. Oigo su respiración en mi cuello. Lanzo una mirada a Aarón, y él me devuelve un guiño. Alzo los brazos y sacudo las caderas al tiempo que canto:

—«*So you wanna play with magic? Boy, you should know what you're fallin' for.*»

—«*Baby, do you dare to do this? 'Cause I'm comin' at you like a dark horse*» —me acompaña Aarón. Pues sí, él es un perfecto semental. Me río de mi propia ocurrencia.

—¿No estarán esperándonos los demás? —pregunta Héctor a mi espalda.

—¡No seas aguafiestas! —grito sin dejar de bailar.

—«*Are you ready for? Ready for? A perfect storm, perfect storm...*» —Otra voz conocida.

Esta vez es Dania quien se acerca a nosotros bailando como solo ella sabe. Está totalmente rompedora con su vestido rojo ceñido, su cabello de fuego y largo hasta la cintura revuelto y sus tacones de vértigo. Se pone a mi lado y me agarra para que bailemos juntas.

—¡Ya era hora de que llegarais, coño! —exclama con su acostumbrado vocabulario de camionera.

Al cabo de unos segundos, Aarón la coge y le da la vuelta. Ella pasa una mano por su nuca y lo atrae para darle un pedazo de morreo. Siempre se muestran igual de calientes. Pero la verdad es que no me sorprende ni un poquito. Cada vez que están cerca saltan chispas. Aarón y Dania continúan saliendo, casi desde que Héctor y yo empezamos a hacerlo. Sorprendente, ¿no? Al final me he acostumbrado. A ambos se les ve felices y, aunque no sé si lo suyo llegará muy lejos, tal como son, sé que de momento les va bien y eso es lo importante.

—¿Dónde está mi hermana? —pregunto minutos después, cuando la canción se ha acabado.

—¡Imagino que en el reservado! —exclama Dania agarrándome de la mano para ayudarme a avanzar entre la multitud.

Nos dirigimos hacia allí. Por esa zona hay menos gente, ya que es exclusiva para aquellos que pagan. Evidentemente, nosotros la disfrutamos gratis. Está separada del resto del local por unas mamparas de cristal que la insonorizan, así que se puede charlar y oír a la perfección lo que el otro dice. Aarón tuvo una gran idea porque en la mayoría de los locales a los que he ido, las dos zonas estaban conectadas y era imposible hablar con tranquilidad.

Distingo a lo lejos la melena rubia de mi hermana. ¡Ya era hora de que nos viéramos! Hacía ya un mes que... ¡nada! Ana tiene más trabajo que de costumbre y además se ha mostrado un tanto reservada conmigo, y eso que siempre me lo contaba todo. Hoy voy a preguntarle si sucede algo entre Félix y ella, porque las últimas veces que hemos hablado no me ha parecido tan animada.

Mientras pienso en ello, Aarón nos abre la puerta de cristal para que pasemos.

—¡Ana! —la llamo, ya que está hablando muy seria con su pareja.

Se vuelve, se levanta de un salto y abre los brazos. Corro hacia ella y me lanzo contra su delgado cuerpo. Me estrecha con fuerza y me balancea de un lado a otro. Cuando Germán y yo salíamos juntos, lo cierto es que en ocasiones la odiaba, para qué mentir. Sin embargo, jamás pude vivir sin ella. Ana y yo tenemos ese estrecho vínculo entre hermanas que ni el tiempo que pase o los problemas que tengamos podrá romper.

—¿Cómo estás, cielo? —me pregunta, separándome un poco para echarme un vistazo—. Vaya, cada día más guapa. Eso quiere decir que Héctor te cuida muy bien.

—La verdad es que no puedo quejarme, nada de nada —afirmo.

A continuación doy dos besos y un abrazo a Félix, su pareja. A él tampoco le hace mucha gracia venir a estos lugares, pero ha accedido porque, en realidad, soy su cuñada favorita y porque le dije que podría hablar de fútbol con Héctor y Aarón.

—Félix, ¡ya era hora! Apenas se te ve el pelo —le digo con una sonrisa.

—Ya sabes, demasiado trabajo. Pero en dos semanas pillamos vacaciones. Tu hermana y yo nos vamos de viaje a Cancún —me informa.

—¡Joder, Ana! Qué suerte —contestó riéndome.

El novio de mi hermana es bastante atractivo aunque, eso sí, aburrido de cojones. Para que luego digan que yo lo soy. Tiene otras virtudes como que es atento, cariñoso, dulce, amable, respetuoso, inteligente… Vamos, es una maravilla, el hombre diez que todas querríamos. Pero que hay que moverlo con una grúa cuando hay algo divertido que hacer. Y menos mal que Ana supo contagiarle su amor por la naturaleza porque, de no haberlo hecho, creo que en estos momentos no estarían juntos.

—Héctor, ¿cómo estás, cielo? —Ana se asoma por mi hombro para ver a mi novio. Pero entonces posa los ojos en Aarón y aprecio la sorpresa en ellos. No sé si está pensando que se da un aire a quien ya sabemos o que está para comérselo. Me fijo en que él enarca una ceja; aun así, el muy atrevido no aparta la mirada de mi hermana.

—Bien, Ana. ¿Y tú? —Héctor se adelanta. Se inclina sobre ella y, como es habitual en él, la coge de la nuca y le planta dos besos. Y mi hermana se derrite durante unos segundos—. Has rejuvenecido desde la última vez que nos vimos. ¡Si pareces tú la hermana pequeña!

—Tío… ¿Te quedaste en el siglo dieciocho? —Aarón lo interrumpe con una risita.

Mi novio arquea una ceja. Yo me tapo la boca para no reír porque, en el fondo, es verdad que esos truquillos tienen más años que el propio Héctor y se han quedado obsoletos. Me imagino que a él lo que se le da bien es ir a lo duro, y no comportarse como un galán de novela decimonónica. Tras el saludo a mi hermana, Héctor se vuelve hacia Félix, y le da la mano y una palmadita en el hombro.

—Felicidades. Y ¡encantado! —le dice con esa sonrisa tremenda con la que hace negocios y se gana a todos. ¡Ya tocaba que se conocieran después de casi cuatro meses!

Al final, Félix también se rinde al encanto de Héctor y,

tras las presentaciones, ambos están hablando muy emocionados sobre un concierto de música clásica que se estrenará dentro de unas semanas. Dania, Ana y yo hablamos de nuestras
conquistas, por supuesto. Aarón tiene las orejas puestas entre
la conversación de los hombres y la de las mujeres.

—Pues aquí donde la ves —dice Dania señalándome con
una de sus larguísimas y perfectas uñas—, tu hermana es una
tía muy exitosa entre la especie masculina.

La miro con mala cara. Pero ¿por qué siempre le da por
cotillear de mí?

—¿Ah, sí? —Ana arruga el ceño sin comprender.

—Se ha tirado a los dos. —Hace un gesto con la barbilla
hacia Aarón.

Chasqueo la lengua y le doy un golpecito en el antebrazo.
Ana no está acostumbrada a estas conversaciones. Sus amigas
son mucho más recatadas. Charlan sobre los vestidos que lle-
varon en su boda y sobre los bebés que tienen o tendrán. Pero
por nada del mundo querría yo ahora esa conversación. Prefiero la subidita de tono de Dania.

—Eso es cierto, ¿Mel? —Mi hermana se dirige a mí con el
susto en todo el rostro—. ¿Al final lo hiciste?

—Pues sí… —respondo encogiéndome de hombros, un
tanto tímida.

Ana vuelve la cabeza hacia Aarón y después se queda mirando a Héctor. Esboza una sonrisita.

—¡Qué morro tienes, hermanita! —exclama—. Están para
comérselos y no dejar ni una miga.

Me echo a reír. Dania da una palmada y suelta un gritito.
Jamás habría pensado que Ana diría algo así. Si es que Héctor
y Aarón revolucionan a cualquiera. En ese momento, este último se levanta y se acerca a nosotras.

—¿Queréis tomar algo, señoritas? —nos pregunta, dedicán-
donos la más radiante de sus sonrisas—. Por supuesto, invita la
casa.

—Tráeme un gin-tonic —se adelanta Dania.

—A mí lo mismo —digo.

Nos quedamos mirando a Ana; parece sentirse un poco acorralada.

—¿Una Fanta de naranja? —Se encoge de hombros.

—¡Vamos, Anita! ¡Suéltate esa melena! —Dania la abraza por los hombros y a continuación le grita a Aarón—: ¡Tráele uno de esos cócteles nuevos que están teniendo tanto éxito!

—Pero ¿qué lleva…? —Mi hermana me mira asustada.

—Tranquila, guapa. Lo que lleva va a hacer que esta noche le des mucho mambo a tu chico. —Dania le estampa un sonoro beso en la mejilla, a lo que Ana no sabe cómo responder. La miro, indicándole con un gesto que Dania siempre es así.

Me vuelvo hacia Félix y Héctor, quien se da cuenta de que estoy observándolos y me dedica una sonrisa. Se la devuelvo. Cada vez que me sonríe así, el estómago me hace cosquillas. Reconozco que, poco a poco, estoy sintiendo mucho por él. Casi tanto como… Bueno, ni hablar, no voy a hacer comparaciones porque esto es diferente. Con Héctor puedo ser yo misma porque me ha conocido de todas las maneras posibles, y realmente me gusta que podamos tener una relación tan franca.

—¡Mel! —chilla Dania. Me doy la vuelta hacia ella y veo que está agitando la mano—. Chica, a ver si me escuchas, que te estoy hablando.

—Dime.

—Le decía a tu hermana que Aarón la tiene enorme. —Separa las manos para dejarnos claro el tamaño, aunque ya lo sé. Ana tiene los ojos muy abiertos—. Podrías haberme avisado después de que te lo tiraras… porque te juro que las primeras veces me costaba andar. No sé cómo pudiste venir al despacho tan fresca aquella vez.

—Será que estaba acostumbrada a la de Héctor —bromeo guiñándole un ojo.

Mi amiga suelta una carcajada y luego se dirige a Ana.

—¿Y Félix? ¿Qué tal la tiene? ¿Cómo es en la cama? —A Dania le encanta cotillear con cualquiera sobre intimidades de alcoba.

—Pues… Bueno, no sé… ¿Normalito?

—¿Normalito? ¡No me lo creo! —Dania ladea la cabeza en dirección a Félix, el cual charla muy animado con mi novio—. Con sus gafitas, su camisa y su pelo engominado parece un chico muy decente, pero esos son los peores. Estoy segura de que te da una caña tremenda.

Ana me mira sin saber qué contestar. En realidad sé que sus relaciones sexuales no son demasiado buenas. Félix es muy tradicional y no le gusta variar: en la cama, postura del misionero, diez minutos y después a dormir. Pero mi hermana nunca se ha quejado porque imagino que se ha acostumbrado a él.

—¡Aquí tienen sus bebidas, señoritas!

Aarón ha aparecido con nuestras copas. Nos las ofrece y vuelve a dejarnos a solas para ir a por las de los chicos.

Dania da un largo trago a su gin-tonic. Mi hermana observa con preocupación su cóctel, que es de color rosáceo y está decorado con una sombrillita. Tiene buena pinta. Estiro una mano para que me lo acerque y bebo un sorbito. ¡Está riquísimo!

—Anda, prueba, que está bien bueno. —Le devuelvo su copa y ella, por fin, da un traguito con la pajita—. ¿Te gusta?

—Está bien —contesta. Pero advierto en sus ojos que le ha encantado.

Después de dos horas y unas cuantas copas —mi hermana es la que más ha bebido, si es que ya sabía que aquí pasa algo—, nos encontramos los seis en círculo charlando de todo y riéndonos sin parar. Félix se ha integrado muy bien con Aarón y Héctor, y eso es algo que me encanta porque así, cada vez que mi Ana me visite, podremos salir en parejitas.

—Bueno, hermanita… —Se inclina hacia delante, observándome con los ojos entrecerrados. Antes de continuar, sorbe de la pajita. No puedo evitar reírme. Incluso Félix, que es tan serio, tiene una sonrisa en su cara que, seguramente, se debe a las cervezas que se ha tomado—. ¿Cuándo vais a casaros Héctor y tú?

Me vuelvo hacia él con los ojos muy abiertos. Se encoge de hombros, pero está riéndose. Centro mi atención otra vez en Ana. ¡Sabe mejor que nadie que no debe hablarme de bodas!

—Ana, solo llevamos juntos unos pocos meses.

—¿Y qué? Si se está enamorado, el tiempo da igual —responde.

—Pues entonces cásate tú, que llevas más que yo —le contesto, un poco molesta. Ana ni se da cuenta.

—En realidad, lo estamos pensando —interviene Félix en ese momento.

—¿Qué? —pregunto, desconcertada.

—Es que… tu hermana ha tenido un retraso.

Todos nos miramos asustados. Antes de que pueda continuar empinando el codo, le quito la copa de las manos.

—¡Insensata! Quizá estás embarazada… ¡y te pones a beber como una loca! —le chillo.

—¡No pasa nada! Si lo estoy, será de muy poquito… —Apoya los codos en la mesa y nos mira uno a uno—. Era un secreto, pero Félix no puede mantener la boca cerrada. No sé si lo estoy o no, quería explicártelo cuando lo supiese de verdad.

Dania chasquea la lengua y le da un abrazo, ya que está a su lado. Me pregunto cómo es posible que tenga un retraso. Ana toma la píldora desde hace muchos años y sé que Félix jamás querría tener un bebé antes de estar casados. ¿Qué habrá sucedido? ¿Estará ocultándome algo? Tiene que ponerme al corriente de todo pero a la de ya. La miro con los ojos entornados, un poco enfadada.

—Tengo que ir al baño… o me estallará la vejiga —dice en ese momento.

Su comentario me viene a la perfección. Pongo la excusa de que está borracha y es mejor que la acompañe. Dania se ofrece también, pero le digo que puede quedarse con los chicos, a lo que ella accede encantada.

Conduzco a mi hermana por el atestado local. Nos dan algún que otro codazo, e intento protegerle la barriga como si estuviese ya de ocho meses. Ana va dedicando sonrisas a todo el mundo. Una vez que llegamos al aseo, dejo que entre sola en el retrete y me quedo esperándola fuera.

—¿Hay algo que tengas que contarme, Ana?

El pis se le corta. Aguardo su respuesta, pero ella continúa en su quehacer. Segundos después, oigo que rasga el papel y, acto seguido, sale por fin. Se acerca al lavamanos y se mira en el espejo. Me fijo en que está haciendo pucheros. Y entonces me abraza con fuerza y se echa a llorar.

—¡A Félix y a mí no nos va nada bien!

—¿Qué? Pero ¿qué sucede? —pregunto asustada, aunque me olía algo.

—Estábamos de perlas, pero… de repente… un día… —Se sorbe los mocos, sin apenas poder respirar. Le doy unas palmaditas en la espalda para que se calme—. Yo empecé a pensar en otros hombres, ¿sabes? En cómo sería acostarme con ellos o cómo sería mi vida si no estuviera con Félix.

—Ana, ¿y qué? —Pongo los ojos en blanco—. Todos, alguna vez, fantaseamos con otras personas. Está en nuestra naturaleza, pero no significa nada.

Alza la cara y me mira con los churretones de maquillaje deslizándose por sus mejillas. Casi me atraganto.

—No me digas que tú…

—¡No, no! —niega. La dejo un momento y voy a por un trozo de papel higiénico. Mientras le limpio el rostro con él, ella continúa contándome—. Es que a raíz de eso me volví un poco desconfiada, y me dio por cavilar que si yo me sentía así, Félix también. Y comencé a controlarlo, me obsesioné con la idea de que se veía con otras mujeres.

—Félix no haría eso. Antes te lo contaría. —Le quito una pestaña de la nariz.

—Lo sé, pero mira… Me puse como una loca una noche en que llegó más tarde de lo habitual. —Deja escapar una risa amarga—. Discutimos y nos dijimos de todo.

—Es normal que os suceda algo así. —Intento animarla—. Lleváis juntos mucho tiempo y, bueno, supongo que uno cae en la monotonía de la relación. De todos modos se puede salir, lo sabes.

—Mel… Fui tonta. Estuve a punto de acabar con él, pero me dijo que haría lo que yo quisiera. Y entonces le pedí que tuviéramos un hijo. —Suelta otro sollozo. Se lleva el papel a la nariz y se suena de manera estruendosa—. Pensaba que podría salvar la relación, pero ahora no sé si lo quiero.

—No adelantes acontecimientos. —Le acaricio el sedoso pelo, tan diferente del mío, que casi siempre está encrespado—. A lo mejor ni siquiera estás embarazada. Y además, te ayudaré en todo, pase lo que pase. ¿Vale? Vamos a salir juntas de esto.

Ana sonríe y, al cabo de unos minutos, se ha calmado. Se echa agua en la cara y en la nuca, a ver si así se le pasa un poco la borrachera. Le dejo maquillaje para que no se note que ha estado llorando.

—Se te ve tan bien con Héctor… —dice cuando estamos a punto de salir del baño—. ¿Crees que estás enamorada?

—Es muy posible —contesto con una sonrisa.

—Eso sería fantástico, Mel. —Ana me acaricia el brazo.

—Lo sé.

La música y la gente nos rodean una vez más. Todos bailan al ritmo de John Newman y su *Love Me Again*. Cojo a mi hermana por las caderas para que se mueva un poquito y se anime.

—¡Creo que iré a la barra a por un botellín de agua! —me grita al oído.

—¡Te acompaño!

Empujamos a unos y a otros para abrirnos paso. Y cuando casi estamos llegando, veo su espalda. La reconozco a la perfección. Dormí sobre ella demasiadas veces y me aprendí sus músculos de memoria. Niego con la cabeza, convenciéndome de que he bebido mucho. Mi hermana tira de mí, sin comprender qué ocurre.

Y entonces se ladea y puedo ver su perfil.

El corazón me da un tremendo brinco en el pecho.

3

Quien haya sufrido taquicardia alguna vez entenderá cómo me siento en estos instantes. El corazón se lanza a la carrera, brinca y se mueve en tu pecho como un poseso, intentando salir, luchando por escapar. Las pulsaciones en tus sienes y tus muñecas se aceleran tanto que piensas que nunca lograrás detenerlas. Sientes que no puedes respirar, que la vida se te esfuma por cada uno de los poros de tu piel.

Sé que mi hermana me está hablando, pero no la escucho. Tan solo soy consciente del dolor de mi pecho y mis músculos. Voy a morir en medio de la pista del local de uno de mis mejores amigos. Y todo por creer que estaba curada.

Tanteo con la mano en busca de la de Ana. Cuando la encuentro, se la aprieto. La visión se me emborrona, lo que es una suerte porque así no puedo verlo a él.

—Ana... Ana... Llé... va... me fue... ra... —le pido entre jadeos, sujetándome el pecho.

Cuando quiero darme cuenta, ella ya me está arrastrando. Chocamos con unos y otros, y protestan, pero me da igual. Por favor, solo quiero huir, escapar de ese perfil que tanto adoré y que al final dejó de ser familiar para mí. Al recordarlo apoyado en la barra sonriendo, me sobrevienen arcadas.

Por suerte mi hermana ya me ha sacado del Dreams. El guardia de seguridad se nos queda mirando porque me conoce.

Le indico con la mano para que no se acerque. Me suelto de Ana y logro separarme unos pasos de la entrada. Me apoyo en el capó de un coche y me inclino hacia delante. El nudo en el pecho cada vez me aprieta más. No puedo respirar. No voy a conseguirlo nunca más. Se me ha olvidado, simplemente.

Y por fin sale el vómito. Abandona mi cuerpo por sorpresa, de manera violenta y sin escrúpulos.

—¡Mel! —chilla Ana, quien ya ha acudido a mi lado.

No puedo responderle porque me hallo demasiado ocupada echando todo lo que tenía en el estómago. Las lágrimas corren por mi cara, unas debido a lo mal que me encuentro, las otras a causa del recuerdo. Mi hermana me coge el pelo y me lo aparta para que no se me manche.

Los espasmos no me dan tregua. De repente, soy consciente de que estoy vaciando todo el dolor que aún llevaba dentro. Ana me acaricia la espalda hasta que parece que ya no tengo nada más en el cuerpo. Doy una última arcada, clavándome las uñas en los muslos. Un minuto después logro incorporarme y me apoyo en el coche con los ojos cerrados, tratando de coger todo el aire fresco posible para llenar mis pulmones. Estoy demasiado mareada, y lo único que veo ante mí son puntitos blancos.

—Mel, cariño, ¿qué te pasa? Has bebido demasiado. —Ana me sujeta con fuerza temiendo que me caiga.

—No... —consigo decir. Noto un sabor horrible en la lengua, que me impregna el paladar y la garganta.

—¿Ya estás mejor?

—No... —repito.

Ana se queda callada unos segundos. Al fin logro abrir los ojos y mantener la vista enfocada en su rostro. Aprecio que cambia su gesto, el «oh» de sorpresa que forman sus finos labios al observar mi mirada.

—Se había ido —susurro con la boca pastosa. Me llevo una mano al vientre porque todavía tengo un ligero dolor en el estómago. Ana me mira con preocupación y miedo—. Lo habían trasladado a otro instituto, lejos de esta maldita ciudad. —Rechino los dientes—. Lejos de mí —añado en voz baja.

—Mel, es posible que te hayas confundido.

—¡No! —sollozo con los puños apretados—. ¿Qué hace aquí, Ana? ¿Por qué está aquí? —Me llevo las manos a la cabeza y me cojo el cabello, perdiendo el control.

—Entremos y verás como te has equivocado de persona.

Me coge del brazo, pero, histérica, me la quito de encima. Me observa con las cejas fruncidas. Sé que estoy asustándola porque sabe que de esta forma empezaban todos mis ataques de nervios.

—¡No puedo entrar ahí! Si nuestras miradas se cruzan… me romperé. —Me echo a llorar. Ana me abraza con fuerza. Empiezo a tener mucho calor, la respiración se me acelera una vez más. Voy a hiperventilar si no consigo calmarme—. Ve… a por Héctor… —le ruego a mi hermana, que se aparta y se me queda mirando confundida—. ¡Por favor!

No quiere dejarme sola en el estado en que me encuentro, pero al final me suelta y corre hacia el local. El segurata le dice algo, ella le contesta con exagerados aspavientos y luego me miran. Ana entra sin añadir nada más.

Me inclino sobre el capó, con una mano en él y la otra en el pecho, luchando por tranquilizarme, por buscar aire que alivie mis pulmones doloridos. Siento que la oscuridad empieza a invadirme una vez más. Voy a caer en ella sin remedio, y en mi cabeza tan solo se dibujan sus ojos, tan claros, tan bonitos, tan amados por mí, esos ojos que tantas veces recorrieron las curvas de mi cuerpo. Se me escapa un gemido y las piernas me tiemblan; estoy a punto de caer. Los sonidos de alrededor se apagan; estoy cayendo. Como en tantas otras ocasiones.

—Melissa… ¡Melissa! —Una voz familiar me saca del trance. Aquellos ojos son sustituidos por los que adoro ahora, por esos que rastrean mi cama cada noche, por esos que me están gritando en silencio lo mucho que me aman.

—Héctor —susurro. Me aferro al sentimiento que su olor me provoca. Es cálido, suave. Es la balsa para mi tormenta.

—¿Qué le pasa? —oigo preguntar a Dania.

La oscuridad se va apartando. Están todos aquí, junto con Héctor y mi hermana. Él me escruta muy asustado. Me tiene cogida de la cintura y de la nuca. Por lo que parece, he estado a punto de caerme, pero me ha atrapado a tiempo. Alzo el brazo y le acaricio la barbilla.

—Melissa, no me des estos sustos —me dice muy serio.

Sé en qué piensa. Estoy segura de que esto le ha recordado aquella situación tan dolorosa. Me abrazo a él con fuerza. Aspiro su aroma, que se ha convertido en la medicina que me hace sentir viva.

—Llévame a casa, por favor —le pido muy bajito al oído.

Héctor separa ligeramente su rostro del mío y me observa con detenimiento. Advierto en su mirada lo preocupado que está. No quiero revivirle aquel dolor que sintió tiempo atrás, así que me esfuerzo en esbozar una sonrisa que parezca creíble.

—No ha sido más que un golpe de calor —miento.

—¿Seguro?

Aarón, que se ha adelantado, me roza el brazo. Aprecio el parpadeo de Dania. Supongo que aún piensa que él y yo nos atraemos.

—Solo tengo que descansar, ya está. Esta semana he tenido mucho trabajo —los tranquilizo.

Aarón asiente, aunque no muy convencido, y me rodea con ternura para, a continuación, darme un suave beso en la mejilla.

—Cuídate, preciosa. A ver si nos vemos estas fiestas.

—Claro.

A Dania se le han pasado los celos y me achucha con ímpetu. Félix y mi hermana se quedan bastante preocupados, pero les repito una y otra vez que estoy bien. Ana no parece satisfecha.

—Recuerda que el veintidós vamos de compras —le aviso.

—Pues recupérate. Descansa, Mel. No hagas tantas cosas a la vez.

Hemos quedado para hacer las compras navideñas y de paso buscaré un regalo perfecto para Héctor, pues el veintitrés de diciembre es su cumpleaños y lo celebraremos en una cena con sus padres durante Nochebuena.

Héctor y yo nos dirigimos en silencio a su coche. No aparta la vista de mí mientras camino con la cabeza gacha. De vuelta al apartamento apenas hablamos. Es incómodo, y hay algo en este silencio que me provoca miedo. Por nada del mundo quiero volver a sentirme asustada.

Una vez en casa, le digo que voy a darme una ducha rápida. Asiente y se dirige al salón para esperarme. Preferiría que se fuera a dormir porque sé que cuando regrese del baño querrá saber. Así que paso más rato bajo el agua, postergando el encuentro. Tras unos treinta minutos decido que es hora de salir y, cuando vuelvo al salón, tiene los ojos tan abiertos como antes. Aprieto la toalla contra mi cuerpo porque tengo frío, ya que no hemos encendido la calefacción. Pero es su mirada, en especial, la que me pone la piel de gallina.

—¿Qué ha pasado en el Dreams, Melissa? No habías bebido tanto.

—No sé. Me habrá sentado algo mal...

—No es cierto —dice muy serio.

El tono implacable de su voz me preocupa. Aparto la mirada, incapaz de sostenérsela. Héctor se levanta del sillón y se acerca a mí con los labios apretados. Me recuerda a los primeros días en los que nos amábamos de manera violenta porque esa era la única forma en que sabíamos y podíamos.

—Héctor, estoy cansada.

Vuelvo el rostro. Me acaricia la mejilla, provocándome un escalofrío en cada una de las partes de mi cuerpo.

—No me mientas, Melissa. Sabes que es algo que no soporto.

—¿Por qué iba a hacerlo?

—Porque la mayor parte del tiempo creemos que las mentiras nos salvarán.

Lo miro con los ojos muy abiertos. Una vez me dijo que no era bueno con las palabras, pero en realidad siempre tiene una frase adecuada y, siempre, es muy sabio, como si tuviese más años. Sé que va a descubrir lo que siento, así que... ¿para qué postergarlo más?

—Hoy he visto a alguien a quien no me apetecía ver.

—Lo sé —responde, observándome desde su altura.

—¿Lo sabes? —Frunzo las cejas. Estoy nerviosa y no puedo evitar mover la nariz.

—He visto el miedo en tus ojos cuando me has mirado en la calle. —Me roza la mejilla una vez más. Un escalofrío de los que te sacuden el alma—. ¿Era él?

Titubeo. ¿La respuesta nos llevará a una discusión? De todos modos él lo sabe, si no, no estaríamos despiertos a las tres de la madrugada manteniendo esta conversación. En otra situación, estaría haciéndome el amor.

—Sí.

—¿Estás segura?

—Puede que me confundiera.

—¿Por qué te pusiste así? —Entrecierra los ojos. ¡Oh no...! ¿Va a ponerse celoso?

—¿Cómo te sentirías tú si...?

—No continúes, Melissa. Ella está muerta. —Su voz es dura y me provoca un desagradable pinchazo en el corazón.

—Para mí él también lo estaba. O al menos he intentado creerlo hasta ahora —contesto de mala gana.

Da un paso hacia mí. Yo uno hacia atrás. Me atrapa por la

cintura, y me resulta imposible mirarlo porque sus ojos son demasiado intensos. Me quema con ellos. Me coge de la barbilla. Sus labios tan cerca de los míos me descontrolan. Lo deseo tanto… Cada día, cada hora, cada minuto y cada segundo. Hasta que no hubiese tiempo.

—Tuve miedo. Y no quería. Te lo juro, Héctor… —Se me escapa un gemido—. No quiero volver a sentirme así. Ahora tengo miedo de que estés enfadado conmigo.

—No lo estoy. —Me seca las lágrimas que se me han escapado—. Solo estoy preocupado porque yo tampoco deseo que vuelva aquella Melissa cabizbaja y destrozada. Es cierto que parte de ella me atrajo en un principio, pero sé que esa no eras tú. Y, de todos modos, me gusta la Melissa que canta por las mañanas mientras prepara el desayuno. —Esboza una sonrisa.

—Tú me ayudas mucho, Héctor. —Apoyo las manos en sus fuertes hombros—. El miedo no se marcha tan fácilmente, pero cuando tú estás cerca, me siento poderosa. Ha sido así cuando he visto tu rostro allí, mientras me sostenías. Me he reflejado en tus ojos y he sabido que estoy en el lugar correcto.

Me acaricia el pelo con suavidad. Me mira de tal forma que me siento la mujer más hermosa y afortunada del mundo. Lo atrapo del cuello de la camisa y acerco su rostro al mío. Lo beso con tal intensidad que me oprime la cintura debido a la sorpresa. Respira agitadamente sobre mis labios. Su mano derecha se desliza hasta mi trasero y me lo aprieta con fuerza.

—Me pones a mil con tan solo rozarme, aburrida —dice jadeante.

Introduzco la lengua en su boca, buscando la tibieza. En cuanto la encuentro, toda mi piel despierta. Quiero que este hombre dibuje con su mirada cada uno de mis poros, de mis imperfecciones y de mi ser.

—Llévame a la habitación y hazme el amor —digo, casi suplicante.

—Por supuesto, señorita Melissa Polanco —responde sonriendo.

Le beso la sonrisa. Le muerdo el labio inferior con entusiasmo al tiempo que me lleva en volandas hacia el dormitorio. Chocamos con uno de los pilares, pero no nos importa. Me deposita en la cama con cuidado y, de pie, se quita la ropa. Me deshago de la toalla a una velocidad asombrosa y aprovecho para observar su perfecto torso. Me excita muchísimo ese tatuaje que tiene, así que en cuanto se coloca sobre mí, se lo beso y se lo lamo con ganas.

Recorro sus bordes con la yema del dedo hasta que aprecio que se le pone carne de gallina. Lo miro con una sonrisa, entre tímida y traviesa.

—Me pone mucho —le explico—. Te da aspecto de chico rebelde.

—Y eso es lo que os gusta a las mujeres, ¿no? —Se echa a reír.

—Tú sabrás, que fuiste uno de ellos durante un tiempo.

—Creo que sí os gusta un poquito, pero sin pasarnos, siempre siendo respetuosos.

Se inclina sobre mí y empieza a darme pequeños besos en el cuello. Le acaricio el cabello revuelto y cierro los ojos para centrarme en las sensaciones que me ofrece.

—Me gustaba ese Héctor, pero el de ahora consigue volverme loca —susurro, muerta de placer por tan solo unos roces de sus dedos en mi cintura.

—¿Ah, sí? ¿Y por qué?

—Porque me gusta cómo me lo haces. Puedes follarme duro y, un momento después, hacerme el amor y alzarme hasta las estrellas. Solo tú consigues eso, Héctor. —Le tiro del cabello cuando la palma de su mano se posa en mi pubis. Se queda quieto unos instantes, con la mirada perdida. Alzo la cabeza para saber qué ocurre—. ¿Pasa algo?

Niega, esbozando una sonrisa. En ese momento me roza

los labios con un dedo. Arqueo el cuerpo y suelto un gemido. Me acalla con un beso, al tiempo que me masajea uno de mis pechos con la mano libre. Agacha la cabeza, abrazándome por la espalda, y empieza a devorarme. Su experta lengua chupetea un pezón, rodeándolo, luego juega con la punta. Lo atrapa entre los dientes y lo mordisquea con suavidad. Me aferro a sus hombros sin dejar de jadear. A continuación deposita un beso tras otro en mis pechos.

—Melissa, es que… menudas tetas tienes. Me vuelven loco. Las quiero ahora y siempre. —Me las estruja, las junta y separa.

Su sexo desnudo me roza la parte interna del muslo. Echo el cuerpo hacia delante, ansiosa por tenerlo en mí. Le cojo el pene y se lo acaricio. Está tan húmedo como yo. Me dispongo a besarlo cuando descubro una pícara sonrisa en su rostro.

—¿Qué tramas? —pregunto con curiosidad.

—He pensado que últimamente Ducky debe de sentirse muy solo.

Río ante su ocurrencia.

—¿Y qué propones?

Se levanta y se dirige hacia el cajón de mi ropa interior, donde guardo mi pato vibrador, el cual no uso desde que estoy con él. Regresa a mí caminando con elegancia. Su sexo tiembla al colocarse ante la cama. Me muero por tenerlo en mi boca así que, en cuanto vuelve a tumbarse, le agarro el pene y paso la punta de mi lengua por su glande.

—Vaya… Hoy estás muy juguetona —dice con voz entrecortada al tiempo que deja a Ducky en la mesilla.

Apoya una mano en mi cabello, me lo recoge y lo echa hacia atrás. Le encanta ver mi cara cuando estoy jugando con su sexo. Hago circulitos con la lengua y a continuación me lo meto en la boca, muy despacio, porque me encanta su sabor. Suelta un gemido. Jamás había pensado que los hombres lo hiciesen, pero Héctor gime, y mucho, cada vez que le practico sexo oral.

—Melissa, lo haces mejor que nadie. Tienes una lengua maestra… —Le tiembla tanto la voz que no puedo evitar sonreír.

Le rozo la carne con los dientes. Eleva las caderas para clavarla más en mi boca. Mientras la tengo dentro, muevo la lengua con tal de continuar provocándole el mayor de los placeres. No deja de acariciarme el pelo, de jadear y gruñir. Alzo los ojos y lo observo. Tiene los suyos cerrados, pero nota que lo contemplo y los abre. Advierto en ellos lujuria y deseo. Tiene la mirada perdida a causa del placer.

—Joder con mi aburrida… —masculla y me acaricia la barbilla.

No me detengo ni un segundo. A mis movimientos de lengua añado los de la mano. Lo masturbo con todas mis ganas, que son muchas. Estoy tan caliente que me acerco una mano al sexo y empiezo a acariciármelo. Los dedos se impregnan de mi humedad. Jadeo cuando me toco el clítoris. Héctor se da cuenta de lo que estoy haciendo y su pene palpita dentro de mi boca a causa de la excitación. Me observa con la boca entreabierta y el rostro bañado de placer.

—Así, Melissa. Tócate así para mí.

Suelta un grito cuando me meto aún más su sexo. Mi lengua se mueve sin darle la oportunidad de respirar.

Le cojo los testículos con la mano libre y se los aprieto suavemente. Me agarra el cabello y lo enreda en su puño. Gimo. Él también. Nuestros cuerpos tiemblan. Lo estoy devorando con delectación. Me acaricio el sexo y, a continuación, me introduzco un dedo. Él gruñe, se muerde los labios y cierra los ojos. Su pene bombea en mi boca y sé que está a punto de correrse.

—No puedo más, cariño. Pero… no… te corras tú… Por favor, quiero ser yo quien… —No puede continuar la frase porque no dejo de deslizar mi lengua por su sexo.

Explota en mi boca. Su inconfundible sabor me llena. Me

vuelve loca. Lo devoro con más ansia. Me aprieta la cabeza contra su pene, entre espasmos, jadeando y gimiendo, murmurando mi nombre. No dejo de tocarme y siento que no me falta mucho. La saco de mi boca y me tumbo a su lado, señalándole mi sexo, rasurado como a él le gusta. Lo mira con deseo y, en cuanto se ha recuperado, se lanza a él. Se sitúa ante mis piernas, me coge de los muslos y me los separa para después colocar la cabeza entre ellos.

Su lengua me come. Los lametazos que me da son ávidos. Me desea, está sediento y hambriento de mí. Me retuerzo entre sus manos, arqueando la espalda, apoyando las manos en su cabeza y tirándole del pelo.

—Héctor, ¡Dios…! Esto es magnífico —gimo, con el calor sofocándome las mejillas.

Se detiene un momento y me mira con una sonrisa húmeda por mis flujos. Esos segundos se me hacen eternos… Se echa hacia delante y coge el pato. Lo balancea ante mi rostro con una sonrisita pícara. Me echo a reír. Lo pone en marcha y lo acerca a mi sexo. Ducky empieza a vibrar en mi clítoris y me deshago en cosquillas que me ascienden desde la planta de los pies. ¡Dios…! Es una maravilla, no lo recordaba. Pero que sea Héctor quien esté jugando con él y conmigo todavía me excita más.

Me fijo en que vuelve a estar preparado. Jadeo cuando desliza a Ducky por todo mi sexo, extendiendo mi humedad con su pico. Entonces, para mi sorpresa, me coge como si fuese una pluma, me da la vuelta y me pone a cuatro patas.

De repente vuelvo a notar el pato en mi clítoris. Jadeo cuando Héctor le da más potencia y su vibración me estremece todo el cuerpo. Pero lo mejor es que él aproxima su sexo al mío y me roza hacia delante y hacia atrás, provocando que me vuelva loca. Suelto un gritito en cuanto la punta de su pene se acerca a mi entrada. Le acerco el trasero para que me lo meta de una vez porque tengo unas ganas tremendas de notarlo en mí. Se hace de rogar y, de nuevo, se mueve por mi sexo sin introducirla. Sus caricias me producen un placer indescriptible.

—Cariño, te quiero a ti… —le pido cuando ya no puedo más.

Héctor me acaricia la espalda con su fuerte mano. La desliza hasta mi cadera y me atrapa por ella, sin dejar de tocarme con el pato. Entonces pega el vientre a mi trasero. Su sexo empieza a deslizarse con lentitud hacia mi interior. Es delicioso. Gimo, balanceo el culo para otorgarme más placer y, de repente, clava en mí su miembro con un movimiento tan preciso que me arranca un grito. Echo la cabeza hacia delante y cierro los ojos, mordiéndome los labios a causa del placer.

—Las vistas que tengo son magníficas —murmura Héctor con la voz entrecortada.

Sale y entra de mí primero con cuidados movimientos. Notarlo en mi carne hace que todo mi cuerpo tiemble. Luego su lento vaivén se convierte en una sucesión de embestidas, de esas violentas que a mí tanto me gustan. Tampoco me da tregua con el pato. Ducky vibra en mi clítoris provocándome una oleada de placer tras otra.

Héctor se inclina más sobre mí y me llena la espalda de besos. A continuación se yergue y me la acaricia, me dibuja con sus dedos, hace círculos, la recorre toda. Aparta a Ducky unos segundos porque nota que estoy a punto de correrme. De nuevo ralentiza sus movimientos. Esta vez puedo apreciar todo su sexo en mí, noto su calidez; me inunda el vientre. La respiración se me acelera y mi pulso se enloquece.

—Por favor, más, más —le ruego con la voz temblorosa.

Jadea tras de mí. Con una mano me aprieta la cintura y con la otra me presiona el clítoris. Ducky se agita en mí y me arranca más gritos. Mientras tanto la tremenda erección de Héctor explora todo mi interior. Son tan fuertes y rápidas sus embestidas que caería hacia delante si él no me sujetara. Atrapo entre mis manos las sábanas, pero se me escurren de tanto como me sudan las manos.

Me fijo en mis pechos, que se balancean hacia delante y hacia atrás con cada uno de sus estoques. Grito su nombre en cuanto me doy cuenta de que estoy a punto de alcanzar ese cielo que Héctor me hace tocar desde que me acosté con él por primera vez. Cada orgasmo que me da se me antoja como mi máximo tesoro. Baja despacio y, cuando está a punto de salir, se desboca y sale disparado. Mis gemidos no se hacen esperar. Jamás en mi vida había chillado como lo hago con él. El orgasmo me enloquece, me hace cerrar los ojos, morderme los labios, pensar que moriré de placer.

—Sí, Melissa, cómo me ponen tus gemidos —jadea.

Lo noto a punto de irse también. Su pene bombea en mi interior, se agita, se contrae... Y al fin explota. Sus dedos se clavan en mi carne. No aparta a Ducky ni por un instante y, para mi sorpresa, siento que nuevas olas se acercan a mí. Me van a sacudir, me van a lanzar contra la tierra... El segundo orgasmo me llega tan repentino que abro mucho los ojos y suelto un grito que deben de haber oído todos los vecinos. Mi clítoris palpita contra la vibración del pato. Héctor continúa vaciándose en mi interior como si hiciese un montón de tiempo que no nos acostáramos juntos.

Los brazos me tiemblan tanto que no aguanto más y me dejo caer en la cama, agotada. Aterriza encima de mí, completamente sudado. Su pecho se agita sobre mi espalda y su corazón galopa tan fuerte y rápido contra mi piel que no puedo evitar echarme a reír. Me encanta que me lo haga de esta forma, porque es violento y, al mismo tiempo, puedo sentir toda su dulzura y amor.

Nos quedamos así un buen rato, hasta que su peso empieza a molestarme. Entonces sale de mí y se tumba a mi lado. Contemplamos el techo con una sonrisa. Cuando me canso de estar en esa postura, me vuelvo hacia él, pasándole el brazo por el pecho, y me acurruco contra su cuello.

—Te quiero, mi aburrida —susurra en mi pelo, aspirándolo.

—Lo sé —respondo.

Se mantiene callado, aunque aprecio que está esperando que añada algo más. Sin embargo, lo que hago es darle un tierno besito en el cuello.

A pesar de todo, aún no puedo decírselo. Todavía me da miedo abrirme por completo. No soy capaz de confesarle que mi piel tiembla cuando me mira porque eso sería mostrarme débil.

Y no puedo evitar sentir temor.

4

Así que él… —Aarón enarca las cejas con incredulidad.
Suspiro. Ya es la tercera persona que parece no creerme del todo. Hace una hora he estado comprando con mi hermana, quien ha insistido en que no era posible que mi ex pareja estuviese en la ciudad, que me lo he imaginado. Cuando ya había decidido marcharme a casa para relajarme con Héctor, Aarón me ha llamado y me ha parecido una buena idea quedar con él, pero ahora no estoy tan segura.

—Sí, Aarón: él.

Dejo mi porción de pizza en el plato de plástico. Echo un vistazo alrededor. El local está bastante lleno porque mucha gente ha dejado las compras navideñas para el último momento, pero también hay numerosos clientes porque aquí hacen las mejores pizzas de la ciudad.

—¿Qué te ha dicho Héctor?

—Solo que está preocupado. Vamos, como mi Ana. Supongo que piensan que me he vuelto loca. —Me encojo de hombros, como si no me importara, aunque por dentro estoy un pelín enfadada.

—¡Eso ya lo estabas antes! —Se echa a reír. Hago una bolita con la servilleta y se la lanzo. La esquiva con facilidad, sin dejar de carcajearse. Al fin se detiene y dice—: Oye, es que me contaste que estaba en la otra punta de España, trabajando en un instituto. Es un poco raro que le trasladen en pleno curso, ¿no?

—Pues no. No tienes ni idea de cómo funciona la enseñanza española.

Doy vueltas a mi plato. Se me ha quitado el hambre porque, en el fondo, sé que no debería estar hablando de él, sino olvidarlo. Pero no puedo evitarlo, y encima no es un tema que pueda hablar con Héctor tranquilamente.

En ese momento Aarón acerca su taburete al mío y me pasa un brazo por los hombros.

—¡Eh, eh! Nada de poner esos morros de chica seria. Que yo te creo, ¿vale? —Me planta un beso en la mejilla—. Lo que sí te aconsejo es que no pienses más en él. Si está aquí, pues vale. Tú tienes tu vida maravillosa y él tendrá la suya. Que se la pique un pollo y asunto arreglado.

Lanzo una carcajada. Vuelvo el rostro a él y muevo la cabeza con expresión divertida.

—¿Ves? Por eso me gusta ser tu amiga, porque siempre tienes consejos para darme y porque no me juzgas.

—Bueno, lo eres por eso y porque muevo las caderas de puta madre, ¿a que sí?

Train y su *Hey, Soul Sister* empiezan a sonar por los altavoces de la pizzería. Aarón me agarra de las manos y me zarandea como si fuese una niña pequeña que no sabe bailar.

—«*Your sweet movin'...*» —canturrea con una sonrisa.

Me mueve tan a lo bestia que por poco me caigo del taburete. Tengo que agarrarme al cuello de su camiseta, con tan mala pata que le derramo el refresco de cola por los vaqueros.

—¡Joder! —Se levanta de un salto—. Menos mal que no son los blancos —exclama. Sí, esos los adora porque le hacen un culo espectacular.

Mientras intenta limpiarse con unas cuantas servilletas, unas tías que están sentadas a la mesa de al lado se lo comen con los ojos. Sonrío para mis adentros, como si Aarón fuese mi pareja y no mi amigo, y decido divertirme dándoles un poquito de envidia. Así que cojo una servilleta y lo ayudo a secarse, subiendo de manera provocativa por sus piernas, sin dejar de observar a las chiquillas, las cuales nos miran con la boca abierta. Aarón se echa a reír, hasta que en un momento dado nos miramos y, de repente, enmudecemos. Puedo apreciar la tensión que todavía hay entre nosotros, por lo que me aparto rápidamente y doy un mordisco a mi pizza para disimular. ¡Madre…! Que en las pelis y las novelas siempre empiezan así las escenitas calentonas o románticas.

—Voy a pagar —dice, y se va hacia el mostrador sin añadir nada más.

Cojo una de las hojas de publicidad y me abanico con ella. Estamos en pleno invierno, pero Aarón sube la temperatura a cualquiera. Jamás volvería a acostarme con él estando con Héctor, pero… ¡joder!, que soy de carne y hueso, tengo ojos, boca y manos. La vista se me va hacia su trasero. ¡Ay, Señor! Cómo se nota el síndrome premenstrual.

—¿Damos una vuelta? —Su ronca voz me pilla por sorpresa.

—Claro —atino a contestar. Cojo el bolso y salto del taburete. Me fijo en la mancha de su pantalón y me echo a reír otra vez.

Nos ponemos las chaquetas antes de salir porque fuera hace un frío que pela. Mientras paseamos por la avenida de Francia, el vaho que sale de nuestras bocas nos invade. El ambiente huele a castañas asadas y mazorcas de maíz. ¡Me encanta! Especialmente las calles iluminadas y tantos transeúntes caminando aquí y allá. Una vez que nos hemos tranquilizado, me siento tan relajada con Aarón que me aferro a su brazo para caminar. Me mira, sonriente.

—¿Cómo está Héctor?

—¡Habláis todas las semanas! —Pongo los ojos en blanco—. ¿Qué pasa, que a él lo echas más de menos que a mí?

44

—Por supuesto que no. Es más, tú eres muy cara de ver.

—Es que estoy trabajando mucho.

—¿Qué tal llevas la novela?

—Pues… estoy pensando la segunda. La primera la envié hace dos meses a unas cuantas editoriales —le confieso.

—¿En serio? ¿Ya has superado el miedo al rechazo?

—No. Y no se lo he dicho a nadie —le aviso, con el dedo índice en alto.

—¿Ni siquiera a Héctor?

Niego con la cabeza. Le señalo a una castañera. Se me han antojado unas castañas calentitas. La señora me sonríe al entregármelas. Tiene la cara muy arrugada y una mirada brillante. Me recuerda a mi abuela y me hace sentir bien, así que le deseo «¡Feliz Navidad!» y le doy un euro de más.

Retomamos nuestra caminata. Tiendo a Aarón el cucurucho de castañas. Coge una y empieza a pelarla.

—A él menos, Aarón. Leyó la novela y le encantó, así que insistió mucho en que la enviara, y yo todo era decirle que no, que no, que solo me animaba así porque es mi novio. Se enfadó bastante. Por eso quiero que sea una sorpresa si me llaman de alguna editorial.

—Creo que lo harán, Mel. He leído los relatos de tu blog y me parecen buenos… Y muy calientes. —Me guiña un ojo—. ¿Pensaste en mí para escribir alguno?

Se mete la castaña en la boca de manera provocativa —sí, aunque parezca increíble, en Aarón comerse una castaña resulta sexy—, y me pongo colorada.

—No pienso en nadie.

—Mentirosilla. —Me da un beso cariñoso en la coronilla y aprovecha para quitarme otra castaña—. Oye, ¿y qué tal Héctor en ese aspecto? ¿Te tiene satisfecha? ¿Te folla bien?

—¡Aarón! —exclamo, escandalizada. Por poco me atraganto con el fruto seco que tengo en la boca.

—¿Qué? Antes hablábamos de todo esto.

—Pero ahora los tres somos amigos y, además, desde que tú y yo…

—No digas tonterías. ¿Qué más da eso? Mira, puedo decirte que Dania no se mueve mucho, pero la come de puta madre.

—¡Aarón, por favor! ¡Que estás hablando de mi amiga! —repito con voz aguda. Me quedo pensativa—. ¿En serio no se mueve mucho? Pero si tiene pinta de ser un torbellino en la cama.

—A veces las apariencias engañan. —Se queda callado. Durante unos segundos pienso que va a confesarme que yo lo hacía mejor, y no puedo evitar hinchar el pecho con orgullo. Sin embargo, él pela otra castaña, me la mete en la boca de golpe y dice—: ¿Ves como tú también eres una cotilla?

Le doy un cachete en el brazo. El resto del camino hasta mi casa lo pasamos riendo y hablando de una de sus nuevas camareras, la cual, según él, tiene un culo y unas tetas estupendos. Ese tema de conversación nos da para quince minutos de trayecto. En todo momento asegura que está bien con Dania y que no quiere acostarse con nadie más; aun así, me da un poco de miedo que pronto se canse de mi amiga.

—Bueno, preciosa, pásalo bien en Nochebuena con tu chico. Tenéis celebración doble, ¿eh? —Lo ha dicho por lo del cumple de Héctor. Me da un abrazo enorme y sonrío al notar el calor que emana de su cuerpo—. Nos vemos en Nochevieja, ¿eh? —Arquea una ceja.

Lo despido con la mano a medida que baja la calle.

—¡Y no pienses en quien ya sabes! Deja que mi amigo te coma enterita esta noche y disfruta.

—¡Se te han pegado los modales de Dania! —exclamo entre risas.

Subo en el ascensor, impaciente porque las puertas se abran y pueda entrar en casa para lanzarme a los brazos de mi Héctor. Lo descubro cabeceando en el sofá, con la música clásica que tanto le gusta sonando en el equipo. Lo apago y me acerco a él despacito. Le doy un beso en la frente y entreabre los ojos.

—¿Melissa?

—Hola, cariño —lo saludo en voz bajita—. Ya estoy aquí. Vamos a la cama. —Estiro los brazos para ayudarlo a levantarse.

Me atrapa por las caderas y me sienta sobre sus piernas. Lo miro con una gran sonrisa.

—¿Y esto? —pregunto.

—Quiero que nos quedemos un rato aquí, tú abrazada a mí y yo a ti, observando el cielo. —Señala el enorme ventanal. Vuelvo el rostro hacia el firmamento y lo contemplo en silencio, aferrada a su cuello—. ¿Qué tal con Aarón?

—Muy bien. Le he tirado una cola por encima de los pantalones.

—¡Qué mala eres! —Frota su nariz contra la mía en uno de sus gestos cariñosos—. ¿Estás nerviosa por lo de mañana?

—Un poco —respondo sinceramente.

Conocí a los padres de Héctor hace un mes. Viven en otra ciudad y vinieron a comer con él. Yo no pude acompañarlos porque tenía que irme a trabajar; aun así, me los presentó. Todavía recuerdo la cara que puso su padre al verme. Héctor me explicó que estaba muy unido a Naima y que mi aspecto le resultó impactante, pero añadió que podía estar tranquila porque les había causado muy buena impresión.

—Todo va a ir bien y nos lo pasaremos genial —me anima.

Nos quedamos en el sofá un rato más, abrazados en un silencio mágico, perdidos en la infinidad del firmamento.

La tarde del día siguiente me muestro nerviosa e inaguantable. Héctor, por su parte, intenta ser paciente y resta importancia a mis quejas y chillidos. Uno de ellos se debe a que tenía pensado qué vestido ponerme, pero ahora me miro en el espejo con él puesto y me veo horrible.

—No es cierto —observa Héctor a mi espalda mientras se coloca la camisa—. Estás tan bonita como siempre. Diría que incluso más. Pero no te preocupes, que yo también me altero cuando tengo eventos importantes.

Hago caso omiso de sus ánimos. Al final, después de cinco o seis gritos más, acabo poniéndome un vestido distinto, que considero más recatado. No quiero que sus padres piensen que soy demasiado atrevida. Héctor protesta porque le gustaba más el otro, pero como vamos con el tiempo justo, no le da para quejarse mucho.

Salimos de su apartamento corriendo. Yo con estos tacones de vértigo que ya me están haciendo daño en los pies, y eso que solo he dado dos pasos. En el coche, Héctor apoya la mano en mi muslo para tranquilizarme, pero mi estómago se ha convertido en una centrifugadora.

Cuarenta y cinco minutos después llegamos a la ciudad en la que viven sus padres. Salgo del coche repitiendo sus nombres mentalmente y pensando en cómo voy a saludarlos. Madre mía, qué nerviosa estoy. Y menos mal que no hay más familia, porque si no me da un patatús. Héctor me rodea la cintura mientras esperamos a que nos abran. Cuando quiero darme cuenta, su madre está ante la puerta con una ancha sonrisa. Es una mujer que se mima: pocas arrugas, ojos grandes y luminosos, cabello teñido pero cuidado, ropa cara, uñas aseadas, colgantes y pulseras de marcas lujosas. Vamos, que tiene pasta y clase, para qué negarlo.

—Melissa —me saluda, inclinándose para darme dos besos—. ¿Cómo estás?

—Muy bien. ¿Y tú? —Le tiendo el vino que les he comprado, el cual me ha costado un ojo de la cara.

La seguimos por un pasillo decorado con hermosos cuadros. Mis pensamientos vuelan al que Aarón pintó para mí, de mí. Aún está en mi antiguo piso porque sé que a Héctor, en el fondo, no le haría gracia que lo colgara en una de las paredes de su apartamento. Son amigos, pero todo tiene un límite.

Teresa se detiene ante la puerta del comedor y nos indica con un gesto de las manos que pasemos. Álvaro, su padre, está poniendo la mesa mientras escucha el discurso del rey de cada año, pero, en cuanto nos oye, se vuelve con una sonrisa. Le doy dos besos y, por unos segundos, puedo sentir su tensión. Me contagia a mí ese sentimiento de desasosiego.

—Sentaos y traeré los canapés —nos dice Teresa.

La mesa está dispuesta de manera tan elegante que los ojos me hacen chiribitas. Además, el comedor es enorme y todos los objetos que descubro se me antojan tremendamente caros y lujosos.

—Melissa, ¿te gusta el marisco? —pregunta la madre de Héctor al regresar con una bandeja repleta de bocaditos.

—Sí, claro. Mucho —respondo con una sonrisa.

Y resulta que hay langosta para cenar. Al principio me siento cohibida con ellos, sobre todo por las miradas que Álvaro me lanza de vez en cuando. En sus ojos advierto nostalgia y dolor, y se me encoge el corazón al imaginar que está pensando en Naima. Nunca he visto una foto de ella... ¿Realmente nos parecemos tanto? No sé por qué, pero eso me inquieta a pesar de que Héctor me haya asegurado una y otra vez que le gusto por mis propios motivos, por ser Melissa y no ella.

Tras un par de copas de un vino delicioso, me siento más relajada. Teresa nos cuenta anécdotas de los cumpleaños de Héctor cuando era pequeño. Era un niño muy travieso que siempre quería los mejores regalos y ser el centro de atención. A pesar de que nos reímos y el ambiente está más distendido, su padre tan solo interviene en un par de ocasiones.

—Melissa, ¿me ayudas a traer el postre? —me pregunta Teresa cuando estamos recogiendo los platos de la cena.

—Claro que sí.

Cojo un par de vasos con mucho cuidado porque no quiero romper nada. Cuando Álvaro y ella no nos están mirando, Héctor me estruja un cachete del culo. Me doy la vuelta con los ojos muy abiertos, regañándolo en silencio, pero él tan solo esboza una sonrisa y leo en sus labios «Te deseo». Me muerdo los míos y también le sonrío, de manera coqueta.

Una vez que estamos en la cocina, su madre me señala una de las dos bandejas enormes repletas de dulces navideños que ha preparado. ¡Pero si solo somos cuatro personas! Entonces me cuenta algo que me saca una sonrisa y, al mismo tiempo, me preocupa.

—Estoy tan contenta por Héctor... Ya era hora de que saliera de ese pozo oscuro en el que se había metido. —Me mira con gesto preocupado—. Todas esas pastillas, Melissa... Ya le decía yo que no era necesario que tomara tantas. Estaban creándole una dependencia que...

—¿Pastillas? —pregunto con la boca seca. De repente, se me ha asentado un peso en el estómago.

Su madre se da cuenta de que ha metido la pata. Sin embargo, la mujer es educada y añade:

—Quizá sea Héctor quien deba contarte eso. Lo haría yo, de verdad, pero es su decisión y su vida.

—Lo entiendo —respondo, asintiendo con la cabeza.

Sin embargo, por dentro el corazón me retumba. Así que Héctor tomaba pastillas para... ¿los nervios? ¿Insomnio? ¿Depresión? No es nada malo hasta cierto punto, claro, pero su madre acaba de revelarme que estaban creándole dependencia.

Entonces me viene a la mente la noche en la que lo descubrí en el baño con una pastilla destrozada en la mano. Me dijo que era un paracetamol, pero ahora mismo no estoy tan segura. Y encima están todas esas veces que se ha encerrado en el aseo y ha tardado en salir.

—Melissa, ¿puedes ir al comedor y preguntarles si quieren café? —Teresa interrumpe mis pensamientos.

—Claro.

Salgo de la cocina con la cabeza hecha un lío. Cuando estoy cerca del comedor, aprecio que Héctor y su padre están hablando y, sin poder evitarlo, me quedo muy quieta, con el oído dispuesto. Esto no está bien, pero sus tonos me avisan de que están manteniendo una charla un tanto especial.

—Lo siento, Héctor… Me resulta inquietante. Es como volver a verla, sentada ahí enfrente de mí. Imagino que en cualquier momento saldrá con alguna de esas ocurrencias que tenía y…

—Papá, por favor… Ya basta. Naima está muerta. Lo sabes, ¿no? Melissa y ella se parecen, vale, aunque en el fondo no tanto. Puede que sus rasgos sean muy similares, pero son distintas en todo lo demás.

—¿No te resulta extraño acostarte con ella?

—Es evidente que no. ¿Por qué tendría que serlo?

—Héctor, ¿tú la quieres? ¿O es que te recuerda a Naima? Porque si necesitas ayuda otra vez, yo…

—El que necesita superarlo eres tú.

Oigo el arrastrar de una silla. Imagino que es la de Héctor, así que me apresuro a entrar en el comedor para que no descubran que he estado espiando. En efecto: cuando llego, mi novio está de pie, dando vueltas por la habitación con la mano en la frente. Su padre tiene una mirada abatida; parece entre culpable y ansioso.

—Perdonad —digo con una vocecita que apenas me la reconozco. Ambos se sobresaltan—. Es que Teresa quiere saber si vais a tomar café.

—Yo no —responde Héctor.

—Yo una tila, por favor —pide Álvaro.

Asiento con la cabeza y me escapo del comedor. Por el pasillo mi cabeza aún trajina más. La conversación que estaban manteniendo se me antoja extraña y surrealista. Ahora mismo me encantaría ver una foto de Naima, aunque no sé si el descubrimiento me dejaría más trastocada de lo que estoy.

En la cocina la madre de Héctor me habla, pero apenas entiendo lo que me dice. Llevo una de las bandejas hasta el comedor como en una especie de nube. Sé que le deseamos cumpleaños feliz y que sus padres le entregan un regalo, pero apenas me doy cuenta de nada porque no dejo de pensar. Héctor me mira de vez en cuando, interrogándome. Tan solo le muestro una sonrisa que supongo que habrá descubierto que es falsa.

Una hora y media después estamos despidiéndonos de Álvaro y Teresa. Nos desean una feliz Navidad, que pasaremos con mis padres. Cuando Álvaro me da dos besos, no puedo evitar recordar la charla y me pongo muy nerviosa. El corazón se me acelera tanto que me da miedo que llegue a oírlo.

Ya en el coche, Héctor se vuelve hacia mí antes de arrancar y me acaricia una mejilla.

—¿Estás bien?

—Creo que sí —respondo mirando al frente.

—¿Ha ocurrido algo?

—No he podido evitarlo… He escuchado parte de vuestra conversación. —Ladeo el rostro y escruto su mirada. Se le oscurece, invadida por la preocupación. Lo tomo del brazo y le lanzo la pregunta que ha estado carcomiéndome durante todo el postre—: Héctor, ¿tu padre estaba enamorado de Naima?

—¿Qué? ¡No! —exclama con el ceño fruncido, totalmente asustado. Sin embargo, se queda callado un buen rato, manoseando el volante con fuerza—. No lo creo, Melissa. Pero en realidad no lo sé. Quiero pensar que mi padre jamás me traicionaría de esa forma… Ya has visto que no tenemos muy buena relación, aun así…

—Me gustaría ver una foto de ella —digo en voz bajita.

Héctor niega con la cabeza una y otra vez.

—Está enterrada. Muerta. No está ya en mi vida. No necesitas esto, Melissa. —Me mira con ojos asustados.

—Sí lo necesito.

—Y cuando la veas ¿qué? ¿Te sentirás mejor o pensarás, con más intensidad, que te escogí por vuestro parecido? —Ladea la boca en un gesto de dolor.

—No es eso, Héctor. Solo creo que lo merezco. —Aparto la vista y miro por la ventanilla—. No quiero que me ocultes nada. ¿Por qué no me contaste lo de las pastillas?

—¿Qué? Joder con mi madre… —Suelta un bufido.

—Ella estaba convencida de que yo estaba al corriente. Pero no me ha explicado nada más, te lo juro. Ha dicho que era decisión tuya, y es verdad. Y yo también te respetaré si no deseas hablar de esto, pero soy tu novia y me parece que merezco saber algo más de ti y si tengo que ayudarte…

—Tomé antidepresivos durante un buen tiempo. No podía continuar la vida por mí mismo. Fin de la historia.

—No olvides que estoy aquí. Para todo. Te apoyaré siempre —le digo inclinándome hacia él. Lo cojo de las mejillas y lo beso con suavidad—. Te entiendo. Sé lo que es el dolor, recuérdalo.

Héctor me observa con los ojos brillantes. Por un momento me da la impresión de que va a echarse a llorar. Al final, me toma de la nuca y me besa con una pasión insaciable. Y sin saber muy bien por qué, una pizquita de miedo se me enreda en el estómago.

5

Es la mañana de Navidad y, en lugar de estar abriendo nuestros regalos y de prepararnos luego para ir a casa de mis padres, nos encontramos sentados uno frente a otro, en silencio, con el pánico agazapado en cada rincón de nuestro cuerpo.

La Nochebuena no terminó siendo tan perfecta como esperábamos. Bebí demasiado durante la cena con los padres de Héctor y, por eso, durante el trayecto empecé a lanzarle reproches, a pesar de que le dije que lo entendía. Pero no, quería que me revelase los problemas que tuvo; no pude aguantarme.

—Me pides sinceridad, pero tú no me ofreces la más mínima —le espeté en tono seco.

Se mantuvo callado unos segundos, hasta que decidió contestar.

—¿Crees que no soy sincero contigo? Lo he sido durante todo este tiempo, aunque te parezca que no. Simplemente no quería agobiarte con mis problemas. Que además son problemas del pasado.

—¿No contarme lo de las pastillas te parece ser sincero? Porque, desde luego, a mí no.

No quería mirarlo a la cara porque sabía que me enfadaría más, así que mantuve la vista fija en la ventanilla.

—Te estoy explicando la razón. Es mi razón, Melissa, y creo que es suficientemente coherente. Si no puedes entenderlo, es tu problema.

Sonó brusco. Tanto que me enfadé todavía más.

—¿Y qué pasa con lo de Naima, eh? ¿Tampoco ibas a contarme nunca lo obsesionado que tu padre estaba con ella?

La discusión quedó ahí porque justo entonces llegamos a casa. Aparcó sin añadir nada más, y lo seguí como un perro malhumorado. Ya en su apartamento no nos dirigimos la palabra en un buen rato. Él se metió en la ducha con la excusa de querer relajarse y yo me quedé en el salón, pensando en lo que su padre había dicho acerca de Naima y de mí. ¿Realmente yo me parecía tanto a ella? ¿Qué coño significaba esa mujer para Álvaro, quien había sido capaz de insinuar a su hijo que puedo causarle problemas?

Creo que esperé despierta para continuar discutiendo con Héctor. En cierto modo, lo necesitaba. Hoy me siento ridícula, pero anoche me pareció la decisión más correcta del mundo. Desde que empezamos a salir, a pesar de que me había obligado a apartarla de mi pensamiento, Naima merodeaba por mi mente en alguna ocasión que otra. Y las palabras de su padre no habían hecho otra cosa que acercarla más.

Cuando Héctor salió de la ducha me dirigí al dormitorio para continuar atosigándolo. Sé que estuvo fatal lo que hice, pero mi enfado crecía por momentos.

—¿Por qué cojones tu padre te ha preguntado si soportabas hacer el amor conmigo? —le solté con malas maneras.

Se puso el pijama por la cabeza y dejó escapar un hondo suspiro. Se le veía cansado, y ahí estaba yo jodiéndolo más.

—Mira, Melissa… ¿Podemos dejar esto para mañana? —me rogó.

—Por supuesto que no. Estas cosas no se dejan, se hablan.

—Mi padre no ha insinuado nada de eso que tú dices.

—Lo he oído.

Me miró con los ojos muy abiertos, con expresión sorprendida.

—¿Has estado espiándonos tras la puerta?

—¡Ya te he dicho que no pude evitar escuchar parte de vuestra conversación!

—Me sorprendes. —Sacudió la cabeza, decepcionado—. Te juro que me sorprendes.

—¿Que yo te sorprendo? Por favor, Héctor, que eres tú quien ha estado ocultándome información —dije en tono sarcástico.

Entonces su mirada cambió. Lo hizo de tal manera que sentí remordimientos. Descubrí en ella enfado, pero también dolor. Se lo estaba provocando yo.

—Esto no tiene sentido. No lo tiene que te obsesiones con esa mujer que está a cuatro metros bajo tierra. No lo tiene que me reproches que no te contara algo que es tan difícil para mí. No te has planteado ni por un momento cómo puedo llegar a sentirme hablando de eso. De la época más jodida de mi puñetera vida.

Esas palabras me trastocaron. No dijo nada más. Se metió en la cama muy serio, y lo único que me atreví a hacer fue murmurar:

—Pero soy tu pareja… Puedes contar conmigo…

Continuó callado hasta que, diez minutos después, me acosté a su lado y lo abracé. Aunque no se apartó, pude notar su molestia. Apoyé el rostro en su espalda y le rogué que me enseñara una foto de Naima si quería que nuestra relación llegara a buen puerto.

—Tienes razón, Melissa. Te prometo que te la voy a mostrar, porque mereces saber. Pero mañana, por favor, cuando lo veamos todo de otra manera —susurró con la voz casi temblorosa.

Acepté, y por eso estamos aquí ahora, en esta incómoda situación. Y ¡maldita la resaca que tengo! Me están golpeando la cabeza con cientos de martillos. Héctor se da cuenta de mi malestar y se levanta para traerme un paracetamol. Una vez que me lo he tomado, dice:

—Anoche te prometí que te la enseñaría y voy a cumplir con mi palabra. —Su mirada se oscurece—. Pero por favor, Melissa, prométeme que no significará nada para ti, que no cambiará tu forma de verme.

—Claro, Héctor. Es solo que lo necesito. Lo que siento por ti no cambiará.

Por un momento pienso que va a preguntarme cuál es ese sentimiento, pero lo que hace es levantarse y dirigirse a uno de los muebles. Se saca una pequeña llave de los vaqueros y se acuclilla para abrir un armario. Estiro el cuello con tal de ver de qué se trata. Distingo una caja de zapatos y lo que parecen ser álbumes de fotos. Saca una de uno de ellos. Contengo la respiración cuando se acerca.

Se planta ante mí, muy serio, observándome con ojos tristes. Intento sonreírle, pero estoy tan nerviosa que solo me sale una mueca extraña. Al fin, me tiende la fotografía. La cojo con manos temblorosas. Una chica que es casi idéntica a mí me devuelve la mirada. Tiene el pelo muy largo y ondulado, oscuro, y lleva un vestido negro y ajustado con un escote en pico que deja a la vista buena parte de su pecho. Alza una copa en dirección a la cámara que la está retratando.

Realmente era muy guapa. ¿Lo soy yo tanto? A pesar de nuestro gran parecido, su mirada es muy distinta a la mía: desafiante, soberbia, segura. Y su sonrisa también demuestra que era una mujer capaz de conseguir todo lo que anhelaba.

Alzo la vista. Héctor me está observando con los ojos entrecerrados. Está muerto de miedo, lo sé. Teme mi respuesta.

—¿Cómo es posible que nos parezcamos tanto? —es lo único que se me ocurre comentar.

—Dicen que todos tenemos un doble —musita. Está tratando de hacer una broma, pero ninguno de los dos reímos.

Vuelvo la mirada hacia la fotografía otra vez. Así que esta era la mujer que tanto daño le hizo… Una tremenda sacudida me obliga a parpadear. Mis ojos se llenan de lágrimas. No quiero ser como ella. Quiero que el parecido entre ambas desaparezca.

Héctor se acuclilla ante mí. Me coge de las muñecas para bajarme los brazos y poder mirarme a los ojos. Los suyos están clavados en los míos; no echa ni un vistazo a la foto.

—Melissa, dime que todo sigue igual, que esto no es importante para ti, porque para mí te juro que no lo es. Puede parecerte extraño, pero eres tú la que está delante de mí, no ella. —Me mantengo en silencio. Aprieta mi mano—. Por favor, dame una señal de que no va a cambiar nada.

Abro la boca, pero no sale ningún sonido de mi garganta. Doy una última ojeada a la foto. El corazón me palpita, asustado. Se la devuelvo y luego ladeo la cabeza, aturdida.

—Lo siento.

Héctor no me detiene cuando me levanto y paso por su lado. Me fijo en que está a punto de llorar. Le regalo una sonrisa con tal de calmarlo.

—Solo necesito pensar. Y estar sola.

Pero él se limita a negar con la cabeza mientras me dirijo a la habitación en busca de soledad. Al cabo de un rato oigo que se cierra la puerta de la calle. ¿Adónde irá? De todos modos, no lo detengo porque necesito meditar sobre todo esto, y ahora mismo no puedo tenerlo a mi lado. En mi cabeza únicamente está la imagen de esa chica que es tan similar a mí. Sentada en la cama, con los nervios a flor de piel, me pregunto si debo llamar a mis padres para cancelar la comida. Al cabo de unos minutos decido que no, ya que se preguntarían qué es lo que sucede y no estoy preparada para darles una respuesta. Voy a calmarme, y si Héctor no regresa dentro de un rato, lo llamaré para saber dónde está.

De repente, como si fuera otra persona, me doy cuenta de

que estoy levantándome de la cama, que salgo del dormitorio y me dirijo al cuarto de baño. Me observo en el espejo, el cual me devuelve una imagen tan parecida a la que he visto hace un rato en la foto que me asusto. Yo no tengo esos ojos tan brillantes, ni tampoco el porte que esa mujer desprendía incluso en un pedazo de papel, pero la semejanza es innegable. La gente podría pensar que somos mellizas. O incluso, gemelas. ¿Cómo es posible? Parece una macabra obra del destino.

Lo que voy a hacer es una locura, y seguramente me arrepentiré después, pero quiero que el parecido con ella desaparezca. Así que abro uno de los armaritos del baño y busco hasta encontrar unas tijeras.

—Adiós —digo a la imagen del espejo.

Me corto el pelo sin saber muy bien lo que hago. No es que no sea peluquera, sino que no tengo nada de maña en todo esto. Intento hacerlo lo mejor posible y, más o menos, consigo algo decente, pero lo peor es el flequillo, que me queda ladeado e irregular.

Sin embargo, cuando termino me siento bien. Ha sido un arrebato, pero es lo que necesitaba. No podía esperar a que me dieran cita en la peluquería. Tenía que ser ahora. Cuando Héctor regrese, no debe encontrar nada de ella en mí.

Me fijo en que, a pesar de los trasquilones, el pelo corto me queda bien porque acentúa mis rasgos, aunque así parezco más joven. Observo el montón de cabellos que hay en el suelo y se me acelera el corazón. Corro hasta la cocina, abro la puerta de la galería y me hago con la escoba y el recogedor. Vuelvo al cuarto de baño, barro los restos de mi antigua melena y, una vez que he terminado, me siento en la cocina a esperar a Héctor.

Antes de dar las doce y media, regresa. En cuanto oigo que la puerta se abre, me pongo nerviosa. No sé qué le parecerá lo que he hecho. Quizá no le guste que me haya cortado tanto el pelo; ha sido una decisión muy impulsiva. Se asoma a la cocina y, al verme, abre mucho los ojos.

—¡¿Melissa?!

Agacho la mirada, y luego la subo y lo miro con timidez.

—¿Qué te has hecho?

—No quiero parecerme a ella. No quiero que me mires y que por un segundo siquiera pienses que voy a hacerte el mismo daño. Quiero ser Melissa y que solo pienses en mí —le digo apresuradamente.

Permanece callado unos instantes. Sus ojos no me desvelan nada de lo que piensa. Me retuerzo las manos, muy nerviosa. Y para mi sorpresa, se abalanza sobre mí y me estrecha entre sus brazos. Me besa en los labios con fuerza, a continuación en las mejillas, en la barbilla, en la frente. Se apoya en mi cabeza y me acaricia el pelo.

—Eres tú, Melissa. Para mí, siempre eres tú y nadie más. Te lo dije: en cuanto te conocí, me di cuenta de lo diferente que eres de ella. Incluso físicamente, aprendí que también lo eres. He descubierto todo lo que pertenece a tu esencia y, créeme… —Me sujeta de las mejillas y me traspasa con la mirada—. Créeme, no hay nada en ti que me haga pensar en ella.

Sus labios vuelven a posarse en los míos. Lo abrazo, navegando por su ancha espalda, sintiendo la cercanía de su corazón. Se aparta para que podamos coger aire.

—Y estás preciosa con este pelo —susurra, acariciándome un mechón.

—¿De verdad te gusta? Creo que me he hecho un montón de trasquilones.

—Bueno, eso siempre puede arreglarse —dice sonriendo.

Sus nudillos rozan mi pómulo con una ternura que me hace vibrar.

—Te quiero, Melissa.

—Lo sé.

Me estrecha tan fuertemente, con tanto amor, que me hace pensar que en realidad tiene un gran miedo a perderme.

El teléfono desgarra el silencio. Protesto y me revuelvo en la cama. Palpo el lado de Héctor: está vacío. Se habrá ido a trabajar porque entra antes que yo, pero no deben de ser aún las ocho y media, ya que no ha sonado mi despertador.

La melodía del móvil continúa con su avance implacable. Al final me vuelvo hacia la mesilla y lo cojo. Parpadeo para hacer desaparecer los borrones de mi vista y así ver el número. Sin embargo, no lo reconozco. Se trata de un teléfono fijo.

—¿Sí? —Mi voz ha sonado somnolienta.

—¿Es usted Nora Manfred? —me pregunta una voz de mujer.

Me incorporo de golpe, con el corazón a punto de abandonar mi pecho. Solo hay tres personas que conocen mi seudónimo: Ana, Aarón y Héctor.

—¡Sí, soy yo!

—Mire, la llamo de la editorial Lumeria. La editora ha leído su obra y está interesada en ella.

¿Qué...? ¿Lumeria? ¡Pero si es una de las mejores editoriales del país, con una enorme proyección internacional y una maravillosa distribución! Es cierto que les envié mi novela, pero solo por probar. No creía que fuese a perder nada; sin embargo, ellos no suelen estar interesados en autores noveles, así que... De repente recuerdo el día en el que estamos. Veintiocho de diciembre. Los Santos Inocentes. Oh, vale.

—Oye, di a Aarón que basta de bromitas. ¿Eres una de sus camareras? —pregunto enfadada.

—¿Perdone? ¿Quién es Aarón?

El corazón me da otro brinco. ¿Y si no es una broma...? Salgo de la cama y me pongo a dar vueltas por la habitación como una loca.

—¿De verdad trabaja usted para Lumeria?

—Eso creo —responde la mujer, más seca que al principio.

—Oiga… Perdone, pero es difícil de asimilar. Y encima es tan temprano que…

—Usted expresó en su manuscrito que la llamáramos en este horario.

Oh, mierda, sí. Escribí que prefería de siete a nueve de la mañana porque es el único momento en que no estoy trabajando y Héctor ya se ha ido. Una opresión en el estómago me invade.

—Perdone, en serio. Acabo de despertarme y aún no razono bien.

—Lo que le decía: la editora quiere hablar con usted. ¿Podría tener una cita con ella el nueve de enero?

—¡Sí, sí! ¡Por supuesto! —exclamo.

—¿Sabe cuál es nuestra dirección?

—Puedo buscarla.

—Apunte. —Me la dicta, y la escribo con una caligrafía horrible.

—Ya la tengo.

—Recuerde: nueve de enero a las diez de la mañana. Pregunte por Luisa Núñez. Soy yo.

—De acuerdo.

—¿Tiene alguna pregunta?

Seguramente muchas, pero en este momento no se me ocurre ninguna. Niego con la cabeza y, cuando me doy cuenta de que ella no puede verme, me apresuro a contestar con un débil «no».

—Muy bien. Hasta pronto. —Cuelga sin dejar que me despida.

Camino hasta la cama como una sonámbula y me tiro en ella con una sensación extraña en el vientre… ¡Es ilusión y esperanza! Doy varios golpes con las palmas de las manos al tiempo que pataleo como una chiquilla.

—¡Sí, sí, sí, sííí! —me desgañito.

Los vecinos van a pensar que estoy teniendo un orgasmo.

No andarían muy desencaminados porque esto es un subidón.

Un rato después, mientras me preparo para ir al trabajo, me obligo a serenarme y a poner los pies en el suelo. Todavía no es algo seguro, no tengo que ilusionarme demasiado.

Tarde de Nochevieja. Aquí estoy poniendo todo en su sitio para que quede maravilloso. Héctor me ha ayudado a decorar el salón y a cocinar. Menos mal que no somos muchos y que el apartamento es grande.

Hemos preparado canapés y otros tentempiés y de segundo salmón al horno. De postre tenemos un enorme pastel que Héctor ha comprado, dulces navideños y, por supuesto, las uvas. ¡Y alcohol, mucho alcohol!

Estoy colocando la cubertería mientras Héctor se ducha, cuando me suena el móvil. Se trata de Aarón. ¿Qué querrá ahora? Espero que no me diga que no puede venir.

—¿Qué? —Apoyo el móvil entre la oreja y el hombro mientras continúo con mi tarea.

—¿Aún no te ha dicho Dania nada?

—¿Perdona?

—Hemos terminado.

—¿Quéee? ¿Ya? Esperaba que durarais más. —Dejo los cubiertos sobre la mesa y cojo el móvil—. ¿Qué ha pasado?

—Un nuevo ligue.

—Joder, Aarón, no puedes tener tu cosita quieta en un mismo agujero —digo enfadada.

—Ella tiene un nuevo ligue.

—Oh, vaya. Perdona. —Me quedo callada, sin saber qué decir.

—No pasa nada. Solo nos acostábamos.

—No seas así. Te ha molestado que te haya dejado —lo regaño.

—Puede ser. Estaba empezando a cogerle cariño.

—Esta noche nos divertimos. ¿O prefieres no venir?

—Quiero veros a Héctor y a ti.

—Perfecto. Ya sabes, a las nueve y cuarto.

—Un beso, preciosa.

Nada más colgar, me llega una llamada de Dania. Vale, ya me lo va a contar.

—Eres un zorrón —le digo.

—Joder, nena, lo siento. Bueno, qué coño, a ti eso no tengo que decírtelo. Aarón y yo hemos quedado como amigos.

—Eso espero, porque si no, esta noche va a ser muy incómoda.

—Te llamaba para ver si puedo llevar a mi acompañante.

—¿A tu nuevo ligue? Pero ¿estás loca o qué?

—Bueno, si no se puede, pues nada… —Ya está poniendo la voz con la que pretende conseguir cualquier cosa.

—Mira, haz lo que quieras. Al fin y al cabo, el problema es tuyo. Voy a seguir con los preparativos.

—¡Gracias, amor! Eres un ángel.

—Y tú una diabla.

Se echa a reír antes de colgar. Cómo está el patio… y aún no ha empezado la fiesta. Cuando termino de decorar la mesa, me dirijo al dormitorio para ducharme. Héctor ya ha salido y se está vistiendo con uno de sus chalecos sexis. Se acerca y me da un besito en el hombro mientras me observo en el espejo. Al día siguiente de mi intempestivo corte de pelo tuve que acudir a la peluquería para que me lo arreglara un poco y ahora llevo un peinado muy moderno, algo más corto por detrás que por delante.

—¿Todo bien? —me pregunta al verme la cara.

—Pues…

No me da tiempo a explicarle nada. El teléfono suena otra vez, y ahora es Ana. Pero ¿qué pasa hoy?

—¿Ana?

—¡Me cago en su puta madre! —grita al otro lado de la línea. Está llorando como una histérica. ¡Ella no dice esas palabrotas!

—Pero ¿qué pasa? —Intento que se calme.

—¡El muy cabrón estaba viéndose con otra! ¡Yo tenía razón!

Me mareo al oír sus palabras.

6

Cojo aire. Me recuerdo por unos instantes… Desquiciada, con las lágrimas resbalando por mis mejillas, golpeando fotos y recuerdos… Me obligo a apartar todo eso de mi cabeza y a centrarme en lo que Ana me explica.

—¿Quieres decir que…?

—Sí, me lo ha soltado justo hace un rato, cuando estábamos preparándonos para ir a vuestra casa. —Parecía más serena, pero se echa a llorar de nuevo—. ¿Cómo ha podido hacerme esto?

—¿Dónde estás ahora?

—Dando vueltas por la calle. ¡Mel…! Y encima no me ha bajado aún. No puedo con todo esto.

—Dime dónde estás y que Héctor vaya a por ti. —Ana me da la dirección. Miro a mi novio, que enarca una ceja sin entender. Cuelgo y me acerco a él, abrazándolo—. Por favor, ve a buscar a mi hermana.

—¿Qué pasa?

—Dice que Félix le ha confesado que estaba con otra.

Héctor se queda callado. Asiente y me da un beso en la mejilla.

—Por favor, compra una prueba de embarazo en alguna farmacia de guardia.

Asiente una vez más. Le oigo coger las llaves del coche y

cerrar la puerta. Me deshago de la ropa y me meto en la ducha. Mientras el agua caliente relaja mis músculos, rememoro todas las noticias que he recibido en menos de una hora. ¡Y yo que pensaba que la mía era la más impactante!

Cuando salgo de la ducha siento una pena tremenda por mi hermana, porque está pasando por lo mismo que yo. Aunque a lo mejor es mentira; me cuesta creer que Félix haya hecho eso, no parece un hombre así…

El sonido del timbre me saca de mis pensamientos. Héctor no puede ser porque tiene llaves, así que imagino que serán o bien Dania con su nuevo ligue, o bien Aarón. Es el segundo. Contengo la respiración al descubrirlo apoyado en el marco de la puerta. Es la primera vez que lo veo vestido de manera formal, con pantalón negro, camisa azulada y corbata. Dios, está para comérselo. ¿Cómo ha podido Dania dejarlo escapar? Bueno, en el fondo yo también lo hice, pero porque estaba Héctor…

—¡Vaya! —exclamo sin poder evitarlo.

—Quiero que Dania se dé cuenta de lo que se pierde —dice, apartándome de un suave empujón y pasando al apartamento—. Tú tampoco estás nada mal. Quédate así toda la noche, al menos tendré buenas vistas.

Caigo en la cuenta de que solo llevo una toalla. Chasqueo la lengua y me dirijo al dormitorio para vestirme.

—¿Dónde está el alcohol?

—¡En el congelador!

Lo oigo trastear. Estará sirviéndose una copa. Me estoy subiendo el tirante del vestido cuando aparece en el vano de la puerta. Se me queda mirando con un vaso de whisky en la mano.

—Aarón, ¡avisa! Podría haber estado desnuda.

—Te he pintado desnuda y te he visto desnuda. Y no tienes nada que no haya probado ya. —Da un trago a su bebida—. ¿Quieres que te ayude en algo?

—No, ya está todo hecho. Bueno, sí, súbeme la cremallera, por favor. —Le señalo mi espalda.

Y de repente, suelta una exclamación. Deja el vaso en la cómoda y se acerca a mí. Me coge un mechón.

—Pero ¿qué te has hecho, loca?

—¿Ahora te das cuenta de que me lo he cortado?

—Venía cabreado y no me he fijado. —Me da la vuelta para mirarme cara a cara—. Estás buenísima.

—¡Aarón!

—¿Qué? Soy sincero.

—Hoy no estoy para bromas. Primero lo vuestro y después Ana me llama para decirme que su novio le está poniendo los tochos.

—¿De verdad? ¿Estás segura? ¿Ese hombre que parece un pringado?

Se coloca detrás de mí y me sube la cremallera, pero lo hace de una forma tan lenta, tan sensual, que puedo notar el roce de sus dedos en cada milímetro de mi piel.

Me aparto de súbito, un poco nerviosa. Se me queda mirando con una sonrisa pícara. Coge su vaso y lo agita, haciendo un molesto ruidito con los cubitos de hielo.

—Voy a secarme el pelo. Ve al salón y ponte la tele, si quieres.

Lo observo hasta que sale del dormitorio. Tardo menos de diez minutos en secarme la melenita. Me habría gustado hacerme un recogido, pero la tengo tan corta que no puedo, así que me aplico un poco de espuma para darle forma y, al final, me queda bastante decente. Me pongo rímel y me doy un toque de colorete sobre la base. Ahora mismo no me apetece maquillarme.

Me dispongo a llevar a la lavadora las toallas cuando oigo que la puerta se abre. Las tiro sobre la cama y voy corriendo al comedor, de donde provienen las voces de Aarón y Héctor. Nada más verme, Ana se lanza a mis brazos. La acuno como a una niña. Se aferra a mi espalda con tanta fuerza que incluso me hace daño. Los chicos nos miran con expresión inquieta.

—¿Has comprado eso?

Héctor asiente y me tiende la bolsa de la farmacia. Le paso la mano a mi hermana por la cintura y me la llevo al cuarto de baño. La pobre no deja de llorar, tiene los ojos tremendamente hinchados y enrojecidos. La dejo sentada en el taburete y saco la prueba de embarazo de la bolsa. Rompo la caja y leo las instrucciones.

—¿Qué haces, Mel? —me pregunta Ana entre sollozos.

—Vamos a salir de dudas ahora mismo. —La levanto y le agarro la falda para subírsela.

—¡No! —chilla.

—¿Cómo que no? ¡Necesitas saberlo!

—No puedo ahora. Y si lo estoy... ¿qué? Ese niño no tendría padre. —Hipa.

—Déjate de chorradas, claro que tendría. —Le tiendo el cacharrito—. Aparta el miedo y hazte la prueba.

Me doy la vuelta, aunque antes me topo con la desolada mirada de mi hermana y se me encoge el estómago. Un minuto después, la oigo deshacerse de las braguitas.

—Ya está —me avisa.

—¿Lo has hecho bien?

—Claro que sí.

Al menos ahora no está llorando. Dejamos la prueba en el lavamanos. Nos toca esperar un poquito, pero, por suerte, Héctor ha comprado uno de los tests más modernos, de esos que te dicen sí o no y encima la fecha en la que te has quedado embarazada... en caso de que la respuesta sea afirmativa.

—¿Por qué tarda tanto? —pregunta Ana, desquiciada.

Le acaricio el brazo. Me inclino sobre el aparato, donde se están formando unas letras. Yo misma estoy que me va a dar un ataque.

—Míralo tú primero, por favor —me pide con lágrimas en los ojos.

Asiento y agarro la prueba. Trago saliva, preparándome para lo peor. Echo un vistazo a las palabras de la pantalla y suelto un chillido.

—¡¿Qué?! ¡¿Qué?! Lo estoy, ¿verdad? —Me mira con los ojos muy abiertos.

No contesto. La cojo y la estrujo como nunca. Niego con la cabeza.

—¡No, no lo estás! —Le planto un montón de besos en el pelo.

Ana se echa a llorar otra vez. Nos quedamos abrazadas un buen rato, hasta que se aparta y se pone a lavarse el rostro. Cuando termina, su mirada ha cambiado.

—Pues estupendo, porque así puedo beber todo lo que quiera —dice resuelta.

—¡Ana!

—Lo necesito, Mel, de verdad.

Abre la puerta del baño. Salgo tras ella, sin añadir nada más. Me gustaría hablar de lo ocurrido, pero parece que no quiere, así que tendré que esperar.

En el comedor ya están todos. Dania ha llegado con su nueva conquista. Es otro jamelgo, para qué mentir. Cabello rubio oscuro, ojos azules, labios carnosos, mandíbula fuerte y cuerpo de escándalo. Ambos charlan con Héctor mientras Aarón los observa desde la barra de la cocina. No puedo evitar fijarme en que está enfadado. ¡Dania, es que menuda idea! Qué crueldad. Me dispongo a ir con él para hablar, cuando mi hermana me adelanta como un bólido.

—¿Me sirves un vaso de eso que estás bebiendo? —le dice.

Me quedo con la boca abierta. Aarón sonríe, sí, con una de esas sonrisas coquetas que dedica a las mujeres que podrían convertirse en conquistas. Arqueo una ceja, lo miro un poco enfadada, él me mira disimuladamente…

—Claro. Es whisky.

—Está bien.

Ana coge la copa que Aarón le tiende. Por suerte, es demasiado tímida para coquetear… ¡Espero que tampoco lo haga cuando esté borracha!

La cena transcurre con normalidad —o al menos la roza— a pesar de mis reservas. El ligue de Dania es tonto, así que no se entera de todas las pullitas que Aarón le lanza. Héctor le da una patada tras otra, pero nada, no hay manera de hacerlo callar. Y mi hermana se limita a reírse con sus bromas. Dania los mira con la rabia dibujada en el rostro. Le sonrío, haciéndole comprender que ha sido ella quien lo ha dejado, así que no tiene motivos para enfadarse. Cuando terminamos la estupenda cena, nos colocamos en los dos sofás con nuestros platitos de uvas, dispuestos a recibir el nuevo año como toca. Los chicos se han puesto gorritos en la cabeza y las chicas llevamos guirnaldas en el cuello.

—¡Vamos, niños, para que este año que entra sea el mejor de todos! —grita Dania minutos antes de que empiecen a sonar los cuartos.

Me pongo nerviosa cuando falta un minuto para las campanadas. Todos los años me pasa. Héctor me agarra de la mano y me la estruja. Me susurra que estoy preciosa. Le sonrío. Me fijo en que mi hermana y Aarón están riéndose muy felices. Pero ¡será posible! Y entonces las campanadas empiezan. Una. Dos. Tres. Cuatro. Me meto en la boca una uva tras otra hasta parecer un hámster. El ligue de Dania se las ha tragado todas ya. No puedo más, estoy a punto de ahogarme, pero logro comerme la última a tiempo.

—¡Feliz año nuevooooo! —chilla Dania lanzando confeti por el aire. Su conquista hace sonar una trompetilla. Dios, qué mal me cae.

—¡Para que este año todo nos salga bien! —Aarón alza su copa. Los demás lo imitamos.

—Vale, vale. Tengo algo que decir.

Todos se vuelven hacia mí con los ojos muy abiertos. A ver si creen que les anunciaré que estoy embarazada o que voy a casarme. Trago saliva antes de hablar.

—El otro día me llamaron de la editorial Lumeria y tengo una cita con la editora. Está interesada en mi obra.

Sueltan exclamaciones de sorpresa. Aarón me mira con una sonrisa abierta, Dania me abraza con efusividad, Ana se ha puesto a llorar... El único que no muestra reacción alguna es Héctor. Oh, oh. No me digas que está enfadado porque envié el manuscrito sin contárselo.

—Héctor, yo...

Me coge de la cintura. Y, de repente, me echa hacia atrás, como en las pelis, y me planta un morreo que me deja sin aliento. Todos aplauden. Cuando me levanta, está sonriendo.

—Te lo dije, Melissa. Te dije que eres buena. Te mereces lo mejor, mi amor. —Me aprieta las mejillas y vuelve a besarme.

Como tengo los ojos abiertos, descubro que mi hermana se abalanza sobre Aarón, lo agarra del cuello y... ¡le da un besazo! Él, que no se corta un pelo, le rodea la cintura y se suma al morreo. Dania está que trina. Me aparto de Héctor y corro hacia ellos.

—¡Eh, eh, quietecitos! —Los separo.

¡Madre mía...! Cómo se pega Ana, parece una lapa. Está borrachísima. Ha bebido demasiado vino en la cena, sin contar los dos whiskies que antes Aarón le ha servido mientras charlábamos.

Ana me mira sin entender, tambaleándose, suelta un hipido y ríe. Dania la está fulminando con la mirada. Engancho del brazo a Aarón y lo llevo aparte.

—Oye, ¡que es mi hermana! Ni se te ocurra.

—Me ha besado ella. —Levanta las manos como si fuese inocente.

—Lo acaba de dejar con su novio de hace tropecientos años.

No hagas nada que la joda más, Aarón, te lo pido. Es mi hermana.

—No voy a hacer nada, Mel. Solo pretendía que disfrutara un poco. —Se queda serio. Sé que me está diciendo la verdad.

Cuando regresamos, Dania está sentada en el sillón, completamente enfurruñada, mientras el tontito intenta alegrarla. Aarón me mira con una ceja enarcada y me encojo de hombros.

—Ya sabes que ella es así. Cuando le quitan su juguete, aunque ya no lo quiera, se enfada.

El resto de la noche es divertido. Bailamos, nos reímos, bebemos y brindamos una y otra vez. Ana se la pasa toda con Aarón, pero él tan solo la trata como a una amiga, le provoca carcajadas y, al menos, la distrae. Me parece perfecto. Es lo que mi hermana necesita: una mano que la levante, y él lo está haciendo esta noche. Es un sol.

Héctor y yo bailamos juntos cuando suena *What a Wonderful World* de Louis Armstrong. Me aprieta contra él y, muy acaramelado, me regala una sonrisa. Se la devuelvo, apoyo la cabeza en su hombro y suspiro, aliviada.

—¿Te estás divirtiendo?

—Sí, mucho.

«*I see trees of green, red roses too. I see them bloom for me and you. And I think to myself what a wonderful world.*» («Veo árboles verdes y rosas rojas también. Las veo florecer para ti y para mí. Y pienso que el mundo es maravilloso.»)

—Esta canción es muy bonita, ¿verdad?

—Sí. Pero una de mis preferidas es *Idiota*.

Me echo a reír. Esa fue la canción con la que bailamos por primera vez, cuando fui a buscarlo porque me di cuenta de que quería estar con él.

—¿No has puesto en la lista ninguna de Antonio Orozco? —le pregunto.

73

—Alguna habrá por ahí.

Aarón y Ana están bailando también, pero decido no decirles nada. Dania se aprieta al tontón como si no hubiese un mañana. Aunque es mi amiga, no me gusta lo que ha hecho con Aarón, así que me parece bien que él se muestre tranquilo.

—Voy a empezar un año nuevo contigo, Melissa. Es maravilloso. Y encima todo nos irá bien. —Héctor me roza la nariz con la suya en uno de sus gestos característicos.

Pasamos un buen rato bailando, acaramelados, sin sentir u oír nada más que la música y el fluir de nuestra sangre bajo la piel.

—Me muero por meterme debajo de ese vestido —susurra a mi oído.

Me aprieto a él, aplastando mi pecho contra el suyo, para que me note. Acerca sus manos hasta mi trasero y me lo acaricia con suavidad; escondo la nariz en su cuello, sintiendo ese agradable cosquilleo que precede a la excitación más sublime.

—¿Vamos al cuarto? —me pregunta.

—¡No podemos dejarlos aquí! —Miro alrededor, pero solo descubro a Aarón y a mi hermana en el sofá, charlando animados—. ¿Dónde están Dania y el otro?

Héctor se encoge de hombros. Me estira de la mano para sacarme del comedor. Esboza una pícara sonrisa.

—Venga, cariño… Será rápido. No se enterarán de nada.

Me dejo llevar por él. En el pasillo me empuja contra la pared y me besa el cuello con ansia. Me pego a su espalda y se la acaricio, notando las contracciones de sus músculos. Sus dedos se cuelan por mi vestido y me roza el muslo suavemente, los sube creando un caminito de cosquillas. Lo cojo de la nuca y lo atraigo hasta mi boca. Le muerdo el labio, a lo que él responde jadeando. Nos dirigimos al dormitorio entre risas, caricias y besos. Cuando llegamos, ¡menuda sorpresa! Dania está cabalgando cual amazona sobre su ligue y están tan emocionados que ni se enteran de que hemos abierto la puerta.

Héctor la cierra. Se me queda mirando con los ojos muy abiertos.

—¿Están follando en nuestra cama?

—¡Sí! —cuchicheo.

Para mi sorpresa, suelta una carcajada. Alzo las manos, encogiéndome de hombros; no entiendo nada.

—No importa. Estos dos no van a privarme de la diversión.

Héctor me agarra de la mano y tira de mí otra vez.

Lo sigo riéndome porque ahora que se me ha pasado la sorpresa inicial, es cierto que lo de Dania es gracioso. Héctor me empuja contra la puerta y se apodera de mis labios. Introduce la lengua en mi boca, buscando la mía, y cuando la encuentra juega con ella de una forma increíblemente excitante. Le acaricio el pelo, se lo revuelvo, tiro de él mientras sus manos escanean mi cuerpo.

De repente me aparta de la puerta y me lleva al lavabo, colocándome delante del espejo. Me acaricia los costados, dibujando mis contornos, al tiempo que observa mi reflejo. Miro el suyo: tiene los labios húmedos e hinchados a causa de la intensidad de nuestros besos.

—Ahora vas a ver lo atractiva que eres —susurra con voz ronca.

Me alza los brazos por encima de la cabeza. Baja la cremallera del vestido. Después coge los bordes de la falda y me los sube hasta sacarme la prenda. Me quedo ante el espejo en ropa interior. Me he puesto la más sexy, de encaje negro, por si después de la fiesta celebrábamos la nuestra. Él se quita toda la ropa en un santiamén. Una vez que está desnudo se aprieta contra mí. Su pecho agitado contra mi espalda me provoca. Cierro los ojos en cuanto su mano me acaricia el vientre.

—Ábrelos. Mírate. Disfruta de la visión de nuestros cuerpos.

Obedezco. La situación es muy excitante. Su erección roza, de manera disimulada, mi trasero. Lo echo hacia atrás con tal de sentirlo más. Héctor gruñe y, sin dejar de acariciarme el vientre y el ombligo, me muerde el cuello. Observo el avance de sus dedos hacia el borde de mis braguitas. Entreabro la boca, notando las olas que me sacuden.

—Me. Pone. Tanto. Tu. Cara. De. Placer... —Deja una estela de besos en mi nuca.

Su otra mano se dirige a mis pechos. La mete por debajo del sujetador y me acaricia. Muevo las caderas a un lado y a otro, aprieto los muslos para capturar el cosquilleo que me inunda. Cuando me muero por más, la saca y me desabrocha el sujetador tan solo con una mano. La prenda cae al suelo, liberando mis pechos, los cuales atrapa y masajea con movimientos circulares. Apoyo la cabeza en su clavícula.

—No dejes de mirarte. ¿Te pone?

Asiento sin poder decir palabra alguna. Sus dedos pellizcan mis pezones, arrancándome un gemido. Tira de ellos, después los acaricia con las palmas de las manos. Me vuelve loca.

Soy yo misma la que se baja las bragas. Héctor dirige la vista a mi sexo depilado. No reconozco mi cara de placer en el espejo, con esa mirada tan atrevida y morbosa. Estoy tan excitada que no puedo contenerme: me llevo una mano a la vagina y me la abro para él. Entreabro los labios; su corazón palpita en mi espalda. Le cojo una de las manos que está en mi pecho y la poso sobre mi pubis. A continuación, se la deslizo hasta mi clítoris. Lo aprieta con la punta del índice, arrancándome un nuevo gemido. Lo abandona y abre la palma, abarcando todo mi sexo, frotándolo y extendiendo la humedad.

Su pene entre mis nalgas me excita demasiado. A punto está de meterse en mí de lo duro que lo tiene. Se lo cojo, apretándolo con suavidad. Gruñe, no aguanta más. Deja mi pecho para volverme la cara y besarme con unas ganas que me hacen temblar. Su dedo corazón entra en mí y se pierde... haciendo que me pierda yo. Gimo en su boca, él jadea, nuestras lenguas se encuentran, se enroscan y se azotan.

Cuando estoy a punto de caer en el orgasmo, Héctor saca el dedo para ocupar el vacío con su pene. Se roza un par de veces, alargando mi agonía. Por fin, entra en mí con una sacudida tan fuerte que me voy hacia delante y tengo que apoyar las manos en el mármol del lavabo. Alzo la cabeza y observo nuestros reflejos. Apoya una mano en mi espalda, mirándome a su vez a través del espejo. Advierto deseo en sus ojos, pero también algo que me preocupa.

—¿Te gusta? ¿Te gusta así, Melissa?

—Claro que sí —respondo entre jadeos.

Sin previo aviso, sale de mí y me da la vuelta, colocándome sobre el lavamanos. Me separa las piernas todo lo que puede y se coloca entre ellas. No me da tregua: me penetra con ímpetu, abriéndose paso en mis entrañas. Me sujeto a sus hombros para no resbalarme. Con cada una de sus embestidas, mi culo choca contra el lavabo. Varía los movimientos y empieza a hacer círculos con las caderas. Se me escapa un gemido, al que responde con una nueva estocada. Echo la cabeza hacia atrás, con la muerte pegada a los talones. Una muerte de placer. Me lame el cuello, lo muerde, clava los dedos en mis muslos.

—Cómo te amo, Melissa... —jadea contra mi mejilla.

Quiero contestar, pero de mi boca tan solo sale un grito. Me escurro entre sus brazos, mi alma se descompone en mil pedacitos de luz que se pegan a su cuerpo. Es tanto el placer que me sacude que la vista se me emborrona. Héctor continúa sus embestidas, gimiendo en mis oídos, hasta que su pene se contrae, después vibra y, al fin, se abre a mí. Los dos temblamos a causa de los espasmos.

—Melissa, cariño, qué bien... Qué bien —dice aún con la respiración agitada, apoyándose en mí.

En ese momento se abre la puerta. Menos mal que Héctor me oculta con su cuerpo porque resulta que es Aarón. Luego recuerdo que el espejo ofrece nuestros reflejos y suelto un grito.

Héctor se vuelve, asustado, y descubre a nuestro amigo, quien se tapa los ojos.

—¡Lo siento!

—¡Mierda! —Aterrizo en el suelo para coger mi vestido. Me lo pongo tan rápido como puedo al tiempo que Héctor hace lo propio con su ropa.

—¿Ya puedo mirar? —Aarón aparta un dedo y, cuando se asegura de que estamos decentes, retira toda la mano. Me sonríe—. Oye, que voy a llevar a tu hermana a casa.

—¿Perdona? ¿No has bebido?

—Muy poco —responde.

Arrugo las cejas. Lo miro a él y después a Héctor, que se encoge de hombros. Me acerco a Aarón y cruzo los brazos ante él.

—Escucha, cuando dices que vas a llevar a mi hermana a casa… ¿a qué casa te refieres? Porque en la suya está Félix, y recuerda que lo han dejado.

—Se quedará en la mía. Ana está bastante borracha y necesita descansar.

Suelto un bufido. Aarón me mira con una ceja enarcada.

—Aarón, lo dejaré pasar porque hoy es Nochevieja y hasta hace unos segundos estaba disfrutando de un perfecto orgasmo… —Oigo a Héctor riéndose a mi espalda. Aarón sonríe a su vez—. Así que puedes llevarte a mi hermana a tu casa, siempre y cuando no la seduzcas. —Alzo la vista y lo miro muy seria.

Posa un beso en mi nariz y se echa a reír. Después se dirige a la puerta y antes de salir dice:

—Eso está hecho. En realidad, es ella la que ha estado seduciéndome.

—¡Eh! —exclamo enfadada.

Cierra la puerta. Me vuelvo hacia Héctor con el susto pegado al rostro. Se acerca y me abraza.

—No pasa nada. Con Aarón va a estar bien. Es un tío legal y, tal como está Ana, no hará nada.

Suspiro. No hay otro remedio. Mi hermana ya es grande-cita. De repente, noto la erección de Héctor en mi vientre. Lo miro asombrada.

—¿Crees que Dania ya habrá dejado libre nuestra habita-ción?

Lanzo una carcajada y me abrazo a él con fuerza, empa-pándome de su calidez.

7

Un suave roce me despierta. Remoloneo unos segundos, estirándome en la cama, hasta que me doy cuenta de que son los labios de Héctor los que me tocan. Sonrío sin poder evitarlo. Notar su presencia a mi lado por la mañana me hace sentir viva.

—Buenos días, aburrida. —Me hace cosquillas con la nariz.

Me vuelvo hacia él y le paso los brazos por el pecho. Su cuerpo desnudo se aprieta contra mí, ofreciéndome parte de su calor. Suspiro profundamente, todavía con los ojos cerrados, anhelando que este momento no acabe nunca. Su perfume matutino es fresco y a la vez salvaje. Es un aroma al que me he acostumbrado, que se ha pegado a mí y no me suelta. Pero no quiero que lo haga, no; quiero que impregne cada parte de mi alma y que me recuerde que, posiblemente, él es el hombre que estaba esperando.

—Voy a meterme en la ducha. ¿Quieres venir conmigo?

—Tengo sueño aún —murmuro con la voz pastosa.

—¿Seguro que no te apetece probar de esto? —Su erección roza mi muslo.

Me echo a reír y parpadeo. Me encuentro con sus ojos grandes, almendrados, llenos de amor infinito por mí. Nunca nadie me había mirado como él. Hace que me sienta amada, deseada, mimada. Única.

—Sabes qué día es hoy, ¿no?

Abro los ojos de golpe. ¡Joder, sí! Si precisamente me noto tan cansada porque anoche no podía conciliar el sueño a causa de los nervios. Percibe mi agitación y me acaricia la mejilla con cariño.

—Todo irá bien. Van a decirte que sí porque eres buena, cielo.

—Si me la publican, no sé cómo reaccionaré.

—Reaccionaremos los dos celebrándolo a lo grande, con el mejor vino y la mejor música. Tú y yo en una noche tintada de felicidad.

—¿Y asegurabas que eres malo con las palabras? Pero si a este paso te me haces poeta…

—¿Sí? Pues bájame la bragueta.

Lo miro asombrada y luego me echo a reír.

—¿Eso lo has aprendido de Aarón o qué?

—Sí, solo que su versión es distinta. —Me dedica una sonrisa tierna.

—Ya me parecía que esas tonterías solo podían venir de él.

Héctor se levanta sin borrar la sonrisa. Me pongo de lado y contemplo su perfecto cuerpo desnudo. Es tan deseable… Pero estoy tan nerviosa que ahora mismo no me apetece hacer nada. Creo que lo ha comprendido, pues se marcha al cuarto de baño, dejándome sola con mis pensamientos. Oigo que abre el grifo y, a continuación, dice en voz alta:

—¿Por qué no llamas a Ana o a Aarón para que te acompañen?

—Pero si solo tengo que coger el coche. Héctor, que es un viaje de una hora, no me largo a China.

—Prefiero que te acompañe alguien. —Se mete en la ducha y cierra la mampara.

De repente, me viene a la cabeza la muerte de Naima. Vale, entiendo que le preocupe que vaya en coche sola. Así que como no quiero que lo pase mal, llamaré a Ana y a Aarón, a ver si alguno de los dos se viene conmigo. Aunque tengo claro que al final acudirán juntitos. Han quedado varias veces desde la fiesta de Nochevieja. No se han acostado, ni siquiera se han liado, pero mi hermana ha encontrado un punto de apoyo en Aarón. Y la entiendo porque él es el amigo con el que todas podemos hablar. Hasta que te das cuenta de que tiene un cuerpo de infarto, unos ojos hechizantes y esa sonrisa pícara que te despierta cosquillas en el estómago. Y en otras partes, ejem. Por eso, todos los días mando un whatsapp a Aarón para avisarle de que vaya con cuidadito y hacerle saber que, como mi hermana se enamore de él, lo mato.

A ver, es mi amigo y lo quiero mucho, pero también debo reconocer que es un picha inquieta. Y encima, Ana y él no tienen nada en común. Así que lo único que espero es que estén dándose apoyo tras su respectiva ruptura y ya está. Nada más, por favor.

—¿Te duchas tú?

Héctor aparece con la toalla enrollada en la cintura. Ay, Dios, qué vientre tiene, con esa uve que me indica el camino que tendría que seguir. Practicar sexo elimina el estrés. Pero echo un vistazo al reloj y reparo en que tiene que irse dentro de nada.

Me levanto con el cuerpo machacado. Habré dormido tres horas como mucho y ahora mismo tengo un peso en el estómago que no se me va. ¿Cómo será la editora? ¿Amable y con ganas de aportar? ¿Una bruja de esas que te ordena todo lo que tienes que escribir? Paso junto a Héctor, y aprovecha para agarrarme y plantarme un besazo.

—Cuando salgas ya me habré ido, que hoy tengo una reunión muy temprano. Llámame en cuanto sepas algo, ¿vale?

Asiento con la cabeza. Lo abrazo, mimosa, y posa un beso en mi coronilla. Luego me da un cachete en el culo.

—Venga, arriba esos ánimos. Dentro de unos meses vas a ver tu libro en todas las librerías.

Le sonrío. Nos damos un par de besos más y me meto en el cuarto de baño. Uf, tengo unas ojeras enormes, tendré que camuflarlas bien para no parecer una yonqui. Quiero dar una buena imagen a la editora, que vea que soy una profesional y que estoy dispuesta a trabajar todo lo necesario.

Me paso en la ducha un buen rato, tratando de relajar todos mis músculos, pero no hay manera. Alguien golpea en la mampara. Me doy la vuelta y descubro a Héctor con uno de sus fantásticos trajes, esos que tanto me ponían cuando entraba en la oficina.

—He preparado café, pero es mejor que hoy no tomes. He puesto a hervir agua para ti. En la encimera tienes el sobrecito de tila. —Me lanza otro beso. Se despide y sale del cuarto de baño.

Cinco minutos después de que se haya marchado, salgo de la ducha. Me enrollo una toalla en el cuerpo y otra en el pelo, aunque está tan corto que ni siquiera me hace falta, pero es la costumbre. Corro en busca de mi móvil y marco el número de Aarón. Seguro que estará durmiendo, ya que últimamente va más por el Dreams, pero que se aguante.

—Eh —dice con voz ronca. Creo que tiene resaca.

—Sabes qué día es hoy, ¿no?

—¿El día en el que una pesada me llama a horas intempestivas?

—Aarón, son las ocho menos diez. Levántate ya y acompáñame a la editorial.

Le oigo resoplar. Ruidos que me hacen imaginar que se está incorporando de la cama.

—¿Ana irá?

—No lo sé. No la he llamado todavía. No me toques la moral a estas horas.

—Tengo ganas de verla.

—Pero si de nueve días habéis quedado siete.

—Pero ya hace dos que no la veo.

—Bueno, voy a llamarla, pero no sé si podrá. ¿Vienes tú o qué? A Héctor no le gusta que conduzca sola, ya sabes.

—Está bien. ¿Quieres que pase a buscarte con mi coche?

—No. Cogeremos el mío. Te recojo yo. A las ocho y media en tu portal.

—Vaaale. —Me cuelga sin añadir nada más. ¡Será posible...! Ya le hace más caso a mi hermana que a mí.

Tecleo su número. Uno, dos, tres tonos. Al cuarto, me contesta.

—¿Mel?

—Editorial.

—Lo sé. ¿Voy contigo?

—Sí. Estoy que me cago.

—Vale. —Se queda callada unos segundos. Oh, claro, sé lo que va a decir—: ¿Puede venir Aarón?

Suspiro. Esto se me está yendo de las manos. Pero bueno, ella es la hermana mayor así que... Sabrá lo que se hace.

—Sí, ya lo he llamado. Te recojo a las ocho y cuarto.

—Perfecto. Aquí te espero —responde alegremente.

Madre mía... Como una quinceañera, y solo porque va a ver a Aarón. Nerviosa y un poco malhumorada, regreso al baño y me pongo espuma en el pelo. Me lo seco apenas y a continuación salgo y rebusco en el armario. Me decido por unas medias tupidas, una falda de tubo y una blusa. Hace frío, pero no tengo ninguna prenda que me dé calor y que sea elegante, así que ya lo hará el abrigo. Otra vez al servicio. Saco los potingues y me aplico una buena cantidad de base y de antiojeras, me pongo rímel, una leve sombra de ojos, un poquito de colorete y el carmín. He quedado bastante presentable, aunque todavía se me nota un pelín el cansancio.

Me tomo la tila con el estómago dando vueltas. Deposito la taza en el fregadero y, a la carrera, me lanzo al recibidor. Me pongo el abrigo marrón que tanto me gusta, que me llega hasta las rodillas y es bien calentito. Llevo unos zapatos de tacón bastante elegantes y formales, pero de esos que no te hacen daño y puedes aguantar con ellos durante casi todo el día.

Conduzco como una histérica. Menos mal que he llamado a estos dos, porque soy capaz de sufrir un accidente. Héctor tenía razón y le agradezco la idea. De lejos descubro la silueta de mi hermana. A medida que me acerco, aprecio lo guapa que se ha puesto. Pero bueno... Detengo el coche y se aproxima corriendo con saltitos. Al entrar, se inclina para darme un beso, pero me echo hacia atrás para observarla mejor. Se ha recogido el pelo en un moño, con dos mechoncitos que le caen a los lados. Se ha pintado los labios de rosa y se ha alargado las pestañas con la máscara. Me mira con disimulo y se quita la chaqueta. Lleva un jersey que le regalé que, según ella, es bastante atrevido porque le cae dejándole un hombro al aire. Ana aún tiene más pecho que yo, así que este despunta bajo la lana. Ha completado su atuendo con una falda, también de lana y de color gris, unos leggins y unos botines.

—¿Se puede saber adónde vas tan guapa?

—Me apetecía arreglarme. Sabes que con Félix nunca lo hacía.

Arranco el coche, mirándola de reojo. Se pone el cinturón y apoya las manos en el regazo de manera tímida.

—Te has puesto así porque vas a ver a Aarón.

—Bueno, y si es por eso, ¿qué pasa?

—Nada. Que digas la verdad y punto.

—¿Por qué tú puedes acostarte con él y yo no? Soy mayor que tú.

—¿Qué tiene que ver eso? El problema es que lo has dejado con Félix hace nada, y estás mal y no sabes lo que haces.

Nos alejamos de mi piso. Sí, Ana vive estos días en él mientras busca uno en su ciudad. Son sus dos semanas de vacaciones, así que le están viniendo bien porque, como era de esperar, no se han ido de viaje y él ha preferido quedarse trabajando en la notaría.

—Ayer volvió a llamarme.

—¿Respondiste?

—No.

Félix la ha telefoneado un par de veces. Como no se lo coge, le deja mensajes en el buzón de voz diciéndole que tienen que hablar. Ana se niega en redondo, pero, en el fondo, me parece que quizá le vendría bien una explicación.

—Necesito un tiempo para comprender lo que sucede. Lo entiendes, ¿no? —Apoya la barbilla en la mano y fija la vista en la ventanilla—. Tú no le diste otra oportunidad a Germán.

—¡Claro que no! Pero él me dejó, y nunca llamó para preguntar cómo me sentía, para saber si estaba bien… Y encima aquel día que lo descubrí con… Joder, Ana, no compares. Que tú misma lo odiabas y me martirizaste con que no debía rogarle. Félix trata de contactar contigo. Quizá fue un error y…

—No sé si puedo perdonar ese error.

—Todos nos equivocamos alguna vez.

Nos quedamos calladas unos minutos, tras los que ella se vuelve hacia mí y dice:

—Aarón y yo nos hemos dado un pico.

—¿Un pico? —Freno de golpe porque ni me había fijado en el semáforo. Miro a mi hermana con enfado—. En Nochevieja le metiste la lengua hasta la campanilla, así que no me creo que solo os hayáis dado un pico si ha pasado algo. —Arranco en cuanto se ilumina el disco verde—. Y mucho menos tratándose de Aarón —añado.

—No es como piensas. Es calmado y me trata genial.

—Apariencias.

—Vamos, Mel, no me trates como si fueses la hermana mayor, que esa soy yo.

—Ya, pues te comportas como una adolescente.

—Con Aarón me siento comprendida y… deseada. Hacía tiempo que no me miraba en el espejo y me veía bonita.

—Para él todas lo son.

—No es verdad —protesta Ana.

No puedo añadir nada más porque, en ese momento, descubro el cabello oscuro del rey de Roma. Pero ¡será posible! También se ha puesto más guapo de lo normal. ¿Qué les pasa a estos dos? Dejaron atrás los quince años hace bastante.

—Eh, Mel —me saluda al entrar. Le hago un gesto a través del retrovisor—. Ana, ¿qué tal? —Apoya la mano en el hombro de mi hermana. Pongo los ojos en blanco al ver cómo le sonríe ella, entre tímida y coqueta.

El resto del camino se lo pasan charlando, y lo único que hago es quedarme en silencio con el martillo en el estómago. Alguna vez que otra me dan ganas de gritarles que se callen porque sus risitas me ponen más nerviosa.

Suspiro de alivio cuando llegamos al edificio en el que se encuentra la editorial. Ana me coge de la muñeca y sonríe. A mí me tiemblan las manos mientras aparco, me cuesta horrores, y al final desisto y lo dejo un poco mal.

—¿Vamos contigo?

Niego con la cabeza. Miro alrededor y descubro una cafetería en la esquina de la calle.

—¿Por qué no me esperáis desayunando? Cuando termine, os aviso.

—Venga, preciosa, ya verás como te dan el sí. —Aarón me pellizca una mejilla, a lo que respondo sacándole la lengua.

Me despido y entro en el edificio. Hay un guardia tras un mostrador. Me informa de que la editorial se halla en la segunda planta. Decido subir en el ascensor, para no cansarme mucho y no llegar jadeando. Me miro en el espejo, me arreglo la blusa y me bajo un poco la falda. Al final no estoy tan mal. Las ojeras son menos visibles, aunque tengo las mejillas bastante acaloradas a causa de los nervios. Cuando se abre la puerta, ya me tiemblan hasta las pestañas.

Primero asomo el cuello, dubitativa, y echo un vistazo. Hay un pasillo muy largo y, al fondo, lo que parece ser la mesa de una secretaria. Cojo aire, con los ojos cerrados, pensando que esta es la oportunidad de mi vida y que todo irá bien. Salgo del ascensor y camino lenta, pero segura. Mis zapatos resuenan en el linóleo, armando un jaleo impresionante. La mujer que se encuentra tras la mesa alza la cabeza y me mira por encima de las gafas. Dios, qué nerviosa estoy, va a darse cuenta y pensará que no soy una escritora segura de sí misma.

—¿Nora Manfred? —pregunta levantándose de la silla.

Echo un vistazo disimulado a la hora en el móvil. Aún quedan diez minutos para mi cita, pero esta mujer parece tener prisa.

—Sí. ¿Es usted Luisa Núñez? —Me detengo ante la mesa.

—Así es. Encantada.

Alarga el brazo y nos damos la mano. Qué formal es todo aquí.

En su mesa hay un sinfín de papeles. Me recuerda a la mía, aunque quizá su trabajo sea más interesante. Me hace una señal para que la siga. Ambas caminamos por otro pasillo interminable. En este hay un par de puertas entreabiertas. Uno de los despachos es el de la jefa editorial, pero lo pasamos de largo. Pensaba que iba a hablar con ella.

—Entre —me indica cuando llegamos a la última puerta. Me muestro dudosa. Ella arquea una ceja e insiste—: La están esperando. Suerte.

Me deja ante el despacho, y trago saliva una y otra vez de manera compulsiva. Cierro los ojos, noto que he empezado a sudar. Sin pensármelo más, llamo a la puerta y, sin aguardar respuesta, abro y entro en la sala.

—Buenos días, soy Nora Manfred…

Cuando el hombre se vuelve, me tapo la boca con una mano para no gritar. Doy un par de pasos hacia atrás, negando con la cabeza, sintiendo que la oscuridad avanza hacia mí. Él sonríe, y el corazón me da un par de pálpitos que se me antojan los últimos.

—Vaya, ¡qué sorpresa! —Su voz me eriza todo el vello del cuerpo. Se aparta del escritorio, lo rodea y se me acerca. Me echo hacia atrás otra vez, hasta chocar con la puerta. Enarca una ceja, parece divertido, y lo único que puedo pensar es que me ahogo—. Estás estupenda, Meli. —Mi nombre en sus labios me causa pánico.

8

Niego con la cabeza una y otra vez, sin poder creer lo que ven mis ojos. Después, como una loca, suelto una carcajada. Se limita a sonreír con las manos en los bolsillos, en esa postura tan suya que tanto me gustaba. Ahora, sin embargo, me provoca malestar.

Lo miro de arriba abajo, como queriendo hacerlo desaparecer, pero permanece delante de mí. Está diferente y, al mismo tiempo, su mirada me resulta tan familiar que solo acierto a abrir la boca, sin decir palabra. Va vestido mejor, de manera informal aunque elegante, con ropa un poco más cara que la que solía llevar para ir a trabajar al instituto. Su corte de pelo es más actual; le queda bien. Está mucho más fuerte que antes. ¿Acaso cuando me dejó se apuntó a un gimnasio para ligar con sus jóvenes alumnas?

—¿Estás bien? —me pregunta haciendo un movimiento.

Levanto un dedo para que no se acerque. Agarro el pomo de la puerta con la intención de abrirla y largarme de allí.

—¿Oye? ¿Vas a decir algo o te ha comido la lengua el gato?

Niego. Me llevo la mano al pecho, con la sensación tan temida, esa que apareció en el local de Aarón cuando lo vi junto a la barra, esa que me atosigó tantas noches desde su marcha. ¿Cómo puede estar tan tranquilo, como si nada hubiese ocurrido?

—Siéntate y hablamos. —Señala una silla.

—No —musito con la boca seca.

—¿No? —Ladea la cara, con su media sonrisa, la que antes tanto me gustaba, que me provocaba cosquillas por todo el cuerpo.

—Me voy. —Me dispongo a abrir la puerta cuando me sorprende abalanzándose hacia mí, apoyando su mano sobre la mía e impidiéndome hacer un solo movimiento. No me atrevo a mirarlo, así que mantengo la cabeza gacha—. ¿Qué estás haciendo? Déjame salir.

—Espera, Meli, no hagas locuras —me pide.

Alzo la mirada y la clavo en la suya. Supongo que hay algo en ella que le hace dudar, ya que se aparta de mí y se pasa una mano por el pelo con actitud nerviosa. Inspiro con fuerza, parpadeando para no perder la poca razón que me queda, y levanto las manos.

—¿Esto es una broma? Eh, dime, ¿lo es? —He ido alzando la voz poco a poco. Me observa sin decir nada. Se le ha borrado la sonrisa. Pues muy bien, gilipollas, te mereces estar serio toda la vida—. ¿Qué coño haces aquí? ¡Esto tiene que ser una puñetera broma!

—No grites, por favor.

—¿Por qué estás aquí, Germán? ¿No estabas trabajando en la otra punta de España? ¿No te habías marchado de una vez por todas de mi vida? —Mi voz es demasiado chillona.

Sé que estoy a punto de llorar, y no quiero parecer ridícula, pero no puedo evitarlo. Pensé que jamás iba a encontrarme con él y, en cambio, sucede en esta situación, que tenía que ser la mejor de mi vida.

—Meli, trabajo aquí desde hace tres meses. —Su seriedad me pone más nerviosa. Me recuerda a las últimas veces que hablamos—. Sabes que este era uno de mis sueños, aparte de escribir…

—Pues qué bien, al menos uno de los dos lo ha cumplido —escupo con rabia.

—Tú también puedes…

—¡No! No. —Bajo la voz al darme cuenta de que es cierto que estoy chillando. Tengo que tranquilizarme, y la única manera de hacerlo es largándome de aquí.

Esta vez no me lo impide, así que cojo el pomo y abro la puerta a lo bestia. Necesito aire… No, espera, lo que necesito es no ver su cara, no reflejarme en sus ojos, no sentir ganas de llorar por su sonrisa. Salgo al pasillo dando tumbos. Y lo peor es que sé que me sigue. ¡Joder! ¿Por qué no se queda en su despacho y me deja en paz? Me apoyo en la pared al notar que la mirada se me emborrona. Estoy sudando a mares.

—Meli, espera, espera… —Se acerca a mí y me agarra por debajo de las axilas.

Cierro los ojos, me quedo muy quieta con la cabeza gacha mientras trato de encontrar el ritmo de respiración adecuado. No quiero que me toque, pero ahora mismo ni siquiera puedo hablar. Soy patética, como lo fui esa noche en el local de Aarón que acabé fatal. ¿Cuándo aprenderé a controlar esto? ¿Cuándo lo superaré y podré mirarlo a los ojos como si nada? ¿Es que no lo merezco acaso?

—¿Pasa algo? —A lo lejos reconozco la voz de Luisa, quien me ha atendido al llegar.

—Melissa no se encuentra bien. ¿Puedes traerle un poco de agua?

Los pasos de esa mujer se pierden por el pasillo. Entonces me obligo a alzar el rostro, a pesar de las náuseas que me inundan, y niego con la cabeza. Aparto a Germán de un empujón para continuar con mi camino. Lo que voy a hacer es marcharme de aquí, lo dejaré atrás para no saber nada más de él. Como tenía que haber sido. Este encuentro no debería haber tenido lugar.

—No te vayas. No te encuentras bien —insiste Germán a mi espalda.

Avanzo encogida, con una mano apoyada en la pared y la

otra en el estómago. Intenta cogerme de la cintura, pero le suelto un grito.

—¡No te atrevas a tocarme!

Alza los brazos y se encoge de hombros. Descubro que la secretaria está en mitad del pasillo con un vaso de plástico en las manos y cara de circunstancias. Ni siquiera me importa. Que se vayan a la mierda todos los de esta maldita editorial. En especial, él. ¿Qué clase de trampa del destino ha sido todo esto?

Alcanzo el ascensor con ansia. Pulso el botón una y otra vez. Quiero que la puerta se abra, por favor, por favor. Que se aparte la sombra que tengo a mi lado, la que está inclinándose sobre mí. Puedo oler su perfume. Es el mismo que usaba durante nuestra relación. El que yo le regalaba en cada uno de sus cumpleaños. Me encantaba despertar por la mañana y percibir ese olor en mi almohada, apretarla contra mi rostro y sumergirme en la tranquilidad que me ofrecía. One, de Calvin Klein, después se convirtió en un aroma que me provocaba arcadas.

—Meli, espera. Te llevo al despacho, te sientas un rato, bebes agua y te tranquilizas. —Sus dedos me rozan el codo y doy un brinco.

—No puedo, Germán. Mi cabeza ni siquiera es capaz de entender qué estás haciendo aquí .—Noto en la boca un sabor amargo que me sube desde la garganta.

—Solo ven conmigo y deja que…

La puerta se abre de golpe. Casi me caigo de morros sobre el suelo del ascensor. Por suerte —o por desgracia—, Germán me tiene cogida del codo, así que evita mi caída. Me desembarazo de él y entro en el cubículo. Por un momento pienso que va a entrar conmigo y que tendré que soportar su cercanía otra vez. Sí, su cercanía. Es eso lo que me asusta. Y yo. Yo también me doy miedo.

—Meli…

—No te quiero en mi vida. Por favor, no aparezcas en ella. Deja que todo se quede como antes, y será mejor.

Germán no contesta. Se lleva otra vez la mano al bolsillo. Me provoca dolor porque despierta en mí sensaciones dormidas hasta ahora. En tan solo un segundo, docenas de situaciones y momentos, en los que él hacía ese gesto, pasan por mi cabeza. El sentimiento de felicidad que me embargaba entonces me sacude por completo.

Se dispone a decir algo, pero entonces la puerta se cierra.

Y exploto.

Me apoyo en la pared y rompo a llorar. No, más bien, a gritar. Pero son tan solo dos plantas y tengo que controlarme para que cuando se abran las puertas parezca que estoy bien. Me muerdo los labios hasta hacerme sangre. Duele, pero duele más dentro, demasiado dentro. Tanto que tengo miedo, por unos instantes, de que esta vez se quede para siempre…

En cuanto el ascensor se detiene echo a correr por el vestíbulo. Me tuerzo un tobillo, pero no noto nada. El guardia se me queda mirando, y vuelvo la cabeza para que no vea todos los churretones de maquillaje que debo de tener. ¿Cómo voy a presentarme así delante de Ana y Aarón? Decido ir al lavabo antes de salir del edificio. No quiero acercarme al guardia porque no me saldrán las palabras, así que me dedico a buscarlo sola. No encuentro ninguno. Supongo que tendría que subir de nuevo a la editorial, que es donde habrá. Como es evidente, no lo hago.

Me acerco a la cristalera de la salida y saco unos kleenex del bolso. Me limpio la cara lo mejor posible, aunque la tengo tan hinchada que no puedo disimular. No lo entiendo, si apenas he llorado un minuto. Pero se me están acumulando las lágrimas y van a desbordarse de un momento a otro.

Salgo a la calle, con la barbilla alzada, atrayendo hacia mí todo el aire fresco de la mañana. Ahora, con la luz del sol posada en mi rostro, me parece que el encuentro con Germán ha sido tan solo una pesadilla de la que acabo de despertar. Sin embargo, al darme la vuelta, descubro el logotipo de la editorial. Mi mente no deja de correr y correr. Se pregunta mil veces qué hace él ahí, y no quiere darse cuenta de que precisamente ese era el trabajo que siempre anduvo buscando, así que tampoco es tan extraño. Pero la sorpresa del encuentro es la que me ha trastocado, la que no me deja razonar. Jamás habría imaginado que, después de tanto tiempo, encontraría en uno de los días más importantes de mi vida al hombre que me desgarró.

—Ya está. Ya ha pasado todo —me digo a mí misma. Un señor vestido con un traje que está a punto de entrar en el edificio me mira con expresión rara. Hago caso omiso y continúo animándome—. Solo han sido unos minutos de angustia. Él no va a volver a aparecer. Se quedará ahí, en su despacho, y tú te irás al tuyo. Sí, al tuyo, donde estás tranquilita y bien. Con tu día a día de correcciones. Así que mueve el culo y vete de aquí.

Al ponerme en camino me fijo en que el hombre aún me observa. Me siento tan mal que ni siquiera tengo ganas de decirle nada. Echo a andar con la sensación de que me han dado una paliza terrible. Pero solo es el dolor que me ha inundado y que, de alguna manera, necesito hacer desaparecer.

Me detengo unos metros antes de la cafetería. Me pregunto si tendré una apariencia normal. Me obligo a sonreír, a fingir que estoy perfecta. Sin embargo, en cuanto entro y ellos me descubren, cambian sus anchas sonrisas por caras de alarma. Mi hermana se levanta de golpe y está a punto de tirar el café, de no ser porque Aarón sujeta la taza a tiempo. Avanzo entre las mesas con la sensación de que todos me miran porque saben lo patética que soy. En realidad, cada cual está centrado en su conversación, periódico o desayuno.

—¡No me digas que al final nada de nada! —Ana me coge la mano.

Permanezco en silencio y me dejo caer en la silla con un suspiro. Aún noto en la garganta ese terrible cosquilleo de cuando quieres llorar y no puedes. Me tiembla la comisura de los labios en un intento por mantenerme serena.

—¡Contesta, Mel! ¿Qué ha pasado? —insiste mi hermana.

—Espera, deja que se tranquilice —interviene Aarón con su voz calmada.

Alza el brazo para llamar al camarero. Cuando este viene, le pide una infusión y unas tostadas; supongo que son para mí. ¡Ja! Para comer estoy. Vomitaría al primer mordisco.

Aguarda hasta que me traen el desayuno. Me caliento las heladas manos con la taza y le doy un sorbito. Parece que va a quedarse en mi estómago. Ana y Aarón no apartan la vista de mi cara. Decido que tengo que decirles algo, aunque sea una mentira.

—Les gusta la novela, pero opinan que le falta algo —murmuro con voz trémula.

—Entonces ¿para qué te hacen venir hasta aquí? —Mi hermana chasquea la lengua, un poco enfadada.

Me encojo de hombros. Doy otro sorbo al té y me fijo en que Aarón me observa con los ojos entrecerrados.

—No ha sido eso, ¿verdad?

—¿Qué?

Ana lo mira sin comprender nada. Después dirige los ojos hacia mí y con un gesto me pide que hable.

—¿Y qué va a ser si no? —suelto con voz amarga.

—Estás blanquísima, Mel. Tienes cara de susto. Eres una mujer hecha y derecha, así que no me creo que una negativa te afecte tanto.

—¡Pero es el sueño de su vida! Es normal que se sienta mal —apunta mi hermana.

—¿Te han tratado mal quizá? —insiste Aarón.

Niego con la cabeza. En realidad, Germán no ha tenido una palabra o un gesto malos aunque, ¿por qué iba a tenerlos?

Fue él quien se largó de sopetón, sin piedad alguna. Y ahora aparece como por arte de magia, sacudiéndome entera, volviendo a la vida a la Mel oscura, la avinagrada, esa que vomitaba cada mañana al despertarse y no encontrarlo a su lado. No, definitivamente no me ha tratado mal, porque ya lo hizo en el pasado con su marcha, y su sola presencia basta para hacerme sentir como una auténtica mierda.

—Mel... —Aarón arrima su silla a la mía. Es una costumbre que tiene cuando quiere hablar de algo serio.

Al alzar la vista y descubrir su semblante preocupado, el mundo se me viene encima una vez más. Noto que se me humedecen los ojos y, en cuestión de segundos, estoy bañada en un océano de lágrimas. Aarón me abraza con fuerza. Ana se levanta de la silla, rodea la mesa y se acuclilla a mi lado.

—¿Qué pasa? ¡Dinos algo!

—He visto a alguien... —atino a pronunciar entre hipidos. Los miro, y ambos me escrutan confundidos—. He visto a un fantasma, Ana. —Mi hermana se pone pálida—. Y me ha hablado. Creía que lo había enterrado en lo más profundo, pero, no sé cómo, ha logrado salir.

—¿Dónde lo has visto? —Ana alza la barbilla como buscando entre la gente.

—Es uno de los editores de Lumeria.

—¿Quéee? —Me aprieta la mano con tanta fuerza que me hace daño—. Pero ¿no estaba trabajando en el País Vasco?

—Os lo dije... —Sacudo la cabeza con disgusto—. Lo vi en el Dreams. Y hoy me ha fastidiado el día y ha robado todas mis ilusiones.

—Mel, Mel... Quizá ni siquiera viva en Valencia. A lo mejor está aquí por el trabajo, así que no tendrás que verlo ni encontrarte con él por la calle. Ha sido solo una casualidad, ¿vale? Una casualidad horrible, pero nada más.

—Las casualidades no existen. —Me seco las lágrimas—. ¡No este tipo de casualidades! Hace unos minutos mi vida parecía la de la protagonista de uno de esos dramones de sobremesa.

Ana me aparta de la cara los mechones húmedos, después me acaricia una mejilla y sonríe con nostalgia. Somos las hermanas con más mala suerte del mundo. Miro de reojo a Aarón, que se encuentra muy callado y pensativo. Al darse cuenta, me dedica una sonrisa al tiempo que me frota la espalda.

—Tu hermana tiene razón. Ha sido una jodida casualidad, pero a veces ocurren. Yo mismo me he encontrado con alguna ex que otra con la que no me llevaba nada bien. Y ha sido muy incómodo, pero al final todo pasa y tan solo queda el presente. —Acerca su rostro. Huele a café con leche. Aspiro para calmarme en ese aroma que me recuerda a Héctor por las mañanas—. Eres una mujer fuerte. Si saliste de todo aquello, ¿por qué te pones así por un simple encuentro?

—Tienes razón. —Me obligo a dejar de llorar. En realidad, no sé si la tiene. Aparto las tostadas con un gesto de asco. Aarón me las señala y asiento, así que coge una y empieza a comérsela—. ¿Podemos irnos a casa? —pregunto. Me siento rendida.

—Claro que sí, cariño. ¿Quieres que conduzca yo? —Mi hermana se levanta sin soltarme de la mano.

Vuelvo a asentir en silencio. Aarón engulle el pan y se dirige a la barra para pagar. Ana me lleva a la salida cogida de la cintura, como si temiese que fuera a caerme. Durante el trayecto en coche no hablamos. Ellos dos van delante y yo he preferido repantigarme en el asiento trasero. Ha sido una mala idea porque mi mente no deja de navegar, de recordar todos los gestos y las miradas que he cruzado con Germán, como intentando descubrir si aún hay algo de cariño en él para mí. Al cabo de un rato de tortura me obligo a apartarlo de mi mente. Fue alguien en mi vida, pero ya no más. Ya no. Ya…

—Cielo, ya hemos llegado. —La voz de Ana me hace parpadear, confundida. Se ha vuelto hacia mí y me observa preocupada—. ¿Quieres que me quede contigo hasta que Héctor regrese?

Medito durante unos segundos y al final asiento. Mejor tenerla a ella para no pasarme todo el día llorando y lamentándome. Nos despedimos de Aarón en silencio. Él me abraza un buen rato.

—¿Quieres que le parta las piernas a ese capullo? —me susurra al oído, y me río en su pecho.

Una vez en el apartamento, Ana y yo nos pasamos la mañana en el sofá, viendo *Friends*. Me prepara la comida, que casi no toco. No habla sobre lo ocurrido, ni me juzga, algo que realmente le agradezco.

—No estoy curada —murmuro a media tarde tras despertarme de un sueño intranquilo.

—Mel, eso no es cierto. Solo tú eres quien puede curarse, y Héctor ayudarte, así que vacía la mente. Vuelve a enterrarlo, que es donde se merece estar. Muy profundo.

—Ni una palabra a Héctor, por favor —le pido, amodorrada.

Me abraza y caigo en un duermevela otra vez. Cuando Héctor llega, todavía navego por los sueños, pero les oigo hablar y me pongo en alerta, fingiendo que continúo dormida.

—Está rendida —le dice mi hermana—. La entrevista no ha salido bien.

—Pero ella es buena —protesta Héctor.

—A veces pasa. —Ana se levanta del sofá—. Deja que descanse. Llévala a la cama… y mañana será otro día. El de hoy ha sido demasiado duro para ella.

Oigo que van hacia la puerta. Una vez que Ana se ha marchado, Héctor regresa a mi lado. Percibo que me observa, y aprieto los ojos. Me coge en brazos y me lleva a la cama. Deposita un beso en mi frente, con un cariño tremendo que hace que me tiemble el corazón.

—No te preocupes, amor. Habrá más oportunidades, porque tú te las mereces —susurra más para él que para mí.

Me deja sola en la habitación. Lloro otra vez, simplemente vaciando el dolor. El dolor y una culpabilidad que no sé muy bien de dónde procede.

9

Llego a la oficina con unas ojeras que se me arrastran por el suelo. Un par de hombres alzan la vista y me miran extrañados. Estarán pensado que la aburrida avinagrada ha vuelto. Quizá sea así.

No he podido pegar ojo en toda la noche. Cada vez que me vencía el sueño, me despertaba sobresaltada, dando un brinco en la cama. Héctor murmuraba adormilado, se volvía hacia mí para abrazarme, pero lo rehuía. Y cada vez me sentía más culpable, por supuesto.

Cuando me he levantado esta mañana tan solo quedaba su aroma flotando en la habitación. He abierto la parte de su armario y me he aferrado a una de sus camisas, aspirando ese aroma que me tranquiliza. Ese que no es One, de Calvin Klein.

He tenido que tomarme un café a pesar de los nervios, ya que de no hacerlo ni siquiera habría sido capaz de acudir a trabajar. Saco la llave del despacho distraídamente. Alguien me saluda por la espalda. Vuelvo la cabeza y me encuentro con Julio, nuestro jefe. Era muy amigo de Héctor, así que supongo que me preguntará por él.

—Chiquilla, ¿cómo le va a nuestro chico? Con lo ocupados que estamos los dos, no hay manera de vernos.

—Le va genial en *Love*. Pero eso sí, no para de trabajar. Anoche llegó a casa bastante tarde.

—Ya le diré a mi ex cuñado que no lo cargue tanto, que vosotros también tenéis que disfrutar.

Sonrío. Julio siempre ha sido un jefe amable y cercano. Asiento y me dispongo a entrar, pero reanuda la conversación.

—Y tú tienes muy mala cara hoy.

Oh, Dios… Va a pensarse que anoche tuvimos mambo. Intento parecer tranquila.

—He pasado una mala noche. Algo que me sentaría mal.

—¿Qué tal fue ayer la entrevista en la editorial?

—Oh, bien. Aseguraron que me dirían algo durante este mes.

—Espero que te den el sí, aunque no quiero perder a otra de mis mejores trabajadoras. —Me guiña un ojo. Niego con la cabeza y le dedico otra sonrisa—. Y cuídate ese estómago. Si te encuentras peor, avísame y te envío a casa.

—Tranquilo, estoy mejor.

Julio asiente y se despide con la mano. Se marcha a su despacho tarareando una canción que no reconozco. Me meto en el mío, lanzo el bolso a la silla del fondo y me acomodo en la mía. Miro los posits que me han dejado pegados en la pantalla del ordenador. Uf, cuántas tareas atrasadas, y eso que solo ha pasado un día. Tomo aire, lo suelto y me dispongo a trabajar. En el fondo, es la única manera en que voy a poder olvidarme de todo, al menos durante unas horas.

Me paso la mañana entera corrigiendo. Tengo la suerte de que el artículo que me ha tocado es interesante. Habla sobre el boom de las nuevas tecnologías como, por ejemplo, whatsapp, pero de manera muy divertida. Estoy riéndome como una loca cuando la puerta se abre. Eso me recuerda a los días en que Héctor entraba sin avisar, aunque esta vez es Dania, como siempre, la que asoma la cabeza.

—¿Se puede? —pregunta con una sonrisita. No sé para qué, porque ya se ha metido en el despacho.

Lleva en la mano dos vasos de tubo y una botella de cava. Enarco una ceja.

—¡Mira lo que he encontrado en la nevera! —Alza la botella—. Se lo habrán dejado ahí de alguna fiesta. Queda un poco, lo suficiente para que las dos celebremos tu nuevo estatus como escritora.

Suelto un suspiro y aparto la mirada. Dania se acerca a mí, pero no se sienta.

—¡Eh! ¿Qué pasa? No me jodas que esos gilipollas te han dicho que no. ¡Seguro que son unos estirados que…!

—No, Dania, no ha sido eso. —Me froto los ojos. No quiero volver a repetir lo que sucedió, pero, de alguna manera, hay algo que tira de mí para que lo suelte otra vez.

—¿Entonces…? ¿Llegaste tarde? ¿Te cagaste de miedo y diste media vuelta antes de entrar?

Por fin toma asiento. Nos miramos desde la misma altura. Ella, con sus ojazos, que aún se ven más grandes debido a lo abiertos que los tiene; yo, supongo que con cara de lechuga.

—Me encontré con alguien indeseable. Y por si fuera poco… era el editor.

—¿Con quién? —Saca el corcho de la botella y sirve un poco de cava en los vasos. Lo miro con asco. No sé si voy a poder tomarme eso—. De todos modos brindemos, que es bueno.

—No hay nada por lo que brindar —me quejo.

—¿Cómo que no? Te despiertas cada mañana con un tiarrón entre las piernas.

—Qué más quisiera yo.

Da un trago largo a su bebida. La imito. Uf, sabe raro. ¿A que está caducado?

—Venga, suelta por esa boquita. ¿Qué te ha pasado para que tengas esa cara de mustia total?

Se echa la larga melena hacia atrás. Me fijo en su blusa, con dos botones desabrochados. Eso es algo que me trae a la realidad.

—Germán era el editor.

Mi amiga se queda callada unos segundos, pensando en mi respuesta. Entonces se tapa la boca, señalándome con el dedo de la otra mano, y suelta un gritito.

—¿Germán? ¿Germán... tu ex? ¿El cabronazo? —chilla.

—Baja la voz, joder.

—Pero ¿qué coño hace ese ahí?

—Eso mismo me pregunto yo. —Juego con el vaso entre mis manos—. No, en realidad no es algo tan extraño, ya que él siempre quiso trabajar en una editorial.

—¿En serio? Nunca me lo dijiste.

—No hablaba de él con nadie. —La miro con expresión severa—. Mientras preparaba las oposiciones lo intentó en varias editoriales, pero ninguna lo cogió. Cuando trabajaba en los institutos hizo algunos cursos de corrección y de dirección editorial. Después se fue y ya no supe nada... Hasta ayer.

—Joder, pues maldita la gracia que justamente esté ahora en esa editorial. —Dania apura su vaso y se sirve un poco más de cava. Me hace un gesto con la botella, pero yo niego con la mano. Bebe otra vez y, entonces, casi se atraganta, provocando que dé un brinco en mi silla. Se levanta de la suya y me mira con los ojos aún más abiertos que antes—. ¡Tía, joder! ¿Y si el cabrón te estaba buscando? ¿Y si ha propiciado ese encuentro?

Me levanto yo también. Por un momento me asusto al oír sus palabras, pero recuerdo algo y niego con la cabeza.

—Escribo con pseudónimo, y él no lo conocía.

—¿Estás segura?

—Sí.

Dania asiente, aunque no parece muy convencida.

—Pues, en ese caso, el destino es un hijo de puta.

—Dímelo a mí... —Suspiro, pasando un dedo por el teclado para quitar unas motitas de polvo.

Se me queda mirando, y agacho la vista y la centro en las letras, que al final se tornan borrosas.

—Lo pasaste mal ayer, ¿verdad?

—No fue mi mejor momento.

—No debes dejar que te hunda, Mel. Que le den por culo y ya está, que tú ahora tienes a un maromo que le da cien vueltas.

No respondo. Tiene razón, pero todavía hay algo en mí que me hace sentir muy culpable. Y sé que es por el hecho de que el encuentro con Germán me haya afectado tanto. No quiero pensar, ni por un segundo, que un rinconcito de mi alma sienta aún algo por él.

—Mel... —dice Dania de repente. Alzo la barbilla y la miro—. No contestes si no quieres, pero... ¿cómo estaba?

—¿Perdona?

—Germán... Que cómo lo viste. Sé que no está bien que te pregunte esto, pero no puedo evitarlo. —La noto nerviosa, y eso que a Dania no suele preocuparle ser políticamente incorrecta.

Lo cierto es que no debería responderle, pero me parece que si digo en voz alta lo que llevo pensando desde ayer, podré librarme de esos fantasmas con más facilidad.

—Pues... estaba cambiado. Es decir, es el mismo de siempre y, al mismo tiempo, no lo es.

—¿Qué quieres decir? —Dania se inclina hacia delante.

La miro mientras me retuerzo las manos. No pretendía decir eso, pero es lo que me ronda la cabeza, lo que está carcomiéndome, y debo eliminarlo.

—Cuando salía con él, era un hombre normal, atractivo y con una sonrisa y unos ojos sorprendentes, pero no era un tío de esos buenorros. No sé cómo explicártelo... A ver, para mí era el más guapo del mundo, claro está, y el mejor en todo, pero ahora... Ahora realmente está muy guapo objetivamente. Más fuerte, con más seguridad en sí mismo, con un temple que abandonó en los últimos años de nuestra relación. Incluso viste mejor. —Me asusto al darme cuenta de que, aunque solo estuve con él unos cinco minutos y fueron de lo más horribles, también le vi cosas buenas. Joder, esto no pinta bien.

—Eso suele pasar —coincide Dania, cruzando las piernas—. Estás con un tío de lo más normal, quizá guapo, sí, pero tampoco algo excepcional. Lo dejas y, al cabo de un tiempo, te lo encuentras y resulta que se ha convertido en un dios griego. —Pone los ojos en blanco—. Una vez me tiré a uno que vestía fatal, un inmaduro de cuidado, y encima muy normalito. Que conste que iba borracha. —Le hago un gesto para regañarla por ser tan superficial, pero se hace la sorda—. Y un año después me lo encuentro en un restaurante de lo más exclusivo, rodeado de mujeres a las que se les caía la baba. ¡Estaba tremendo! Como estarás pensando, me lo tiré. Me contó que había conseguido escalar puestos, que había contratado a una asesora de moda… En fin, todo le iba genial. Pero los dos teníamos alergia al compromiso así que… Un par de polvos y ya está.

La miro sin saber qué decir. Hay que ver cómo se va por las ramas la tía, pero mejor para mí, que así no tengo que continuar con lo mío. No obstante, tras un minuto en silencio, ataca de nuevo.

—¿Y qué sentiste al verlo?

¡Menudas preguntas hace! Esta es de las más difíciles. Con Ana y con Aarón no quería hablar de todo esto porque sabía cuáles iban a ser sus respuestas. Sin embargo, con Dania no las sé y no me siento tan presionada, más que nada porque ella ni siquiera conoció a Germán.

—Miedo. Dolor. Y… —Me callo unos segundos, notando que el corazón se me acelera—. Nostalgia —añado.

Dania abre la boca, un tanto sorprendida. Asiente con la cabeza. Quizá piense que soy una mala pécora o algo por el estilo, no lo sé.

—Es normal, cariño. —¿De verdad lo es? Su respuesta me sorprende—. Pasasteis mucho tiempo siendo felices. ¿No es así?

Asiento con la cabeza. Sí, sí lo es. Pero lo único que debería sentir es enfado hacia él, y no esa sensación de vacío. Ahora hay alguien que lo llena, así que todo esto es demasiado extraño.

—Dania, no quiero sentir nada por él —me atrevo a decir.

—Y no lo sientes —se apresura a contestar, muy segura—. Es simplemente el poder del recuerdo.

Me quedo mirándola con sorpresa. Vaya con Dania, a veces es capaz de hablar en serio y todo.

—Es muy normal que, al ver o encontrarnos con algo que estuvo en nuestro pasado, sintamos un cosquilleo de añoranza. Puede que ese pasado fuera malo, pero solemos tener la tendencia de situar los buenos recuerdos por encima de los malos, aunque pensemos que no. Y eso es lo que te ha ocurrido.

Medito unos instantes sobre lo que me ha dicho. Quizá tenga razón y no debo preocuparme por nada. Contemplo el vaso, aún con el cava, y me lo llevo a la boca para bebérmelo de un trago. Dania alarga una mano y la posa sobre la mía. Me la frota suavemente, con una sonrisa en sus labios rojos.

—Y ahora contesta: ¿no vas a permitir que tu sueño se apodere de tu vida?

—¿Qué quieres decir?

—Déjame adivinar… —Se lleva los dedos índices a las sienes y cierra los ojos, como si estuviese leyéndome la mente—. Te largaste y no dejaste que te hablase sobre la novela.

—¿Cómo iba a quedarme y hablar con Germán de eso? ¡Si a él ni siquiera le importó mi futuro como escritora cuando estábamos juntos! —protesto.

—¿Y qué? Ahora no es nadie en tu vida más que el editor que, posiblemente, logre que te publiquen esa historia en la que tanto has trabajado.

—Ni hablar, Dania. Ya me llamarán de otra, si es que tiene que pasar.

Me mira con disgusto, pero no añade nada más. Suspira,

da un par de palmadas en los reposabrazos de la silla y se levanta.

—Tengo que seguir trabajando. ¿Quieres que comamos juntas?

—No, pediré algo y me lo tomaré aquí. Llevo las correcciones atrasadas por culpa de lo de ayer.

—Bueno, pues si puedo luego, vuelvo a venir.

Me lanza un beso con los labios. Yo sonrío y, una vez que se ha marchado, me pongo a corregir de nuevo. A las dos llamo por teléfono al restaurante chino que se encuentra en la esquina de la calle. Pido un rollito y pollo al limón. Cuando me lo traen, me doy cuenta de que apenas tengo hambre. Me como la mitad del rollito y unos pocos trozos de pollo, y enseguida me siento hinchada.

Voy en busca de un café porque la modorra se está apoderando de mí. Por el pasillo me encuentro con un par de compañeras que regresan de comer. Las saludo con la cabeza, un tanto ensimismada, pensando en lo que Dania me ha dicho acerca de cumplir mi sueño. No, no puedo hacerlo. No, porque no quiero encontrarme con él otra vez. Ni siquiera para eso. Tengo que mantener la esperanza de que habrá más oportunidades.

Al llegar al despacho reparo en que el móvil está vibrando. Dejo el vasito de plástico sobre la mesa y me apresuro a cogerlo. Ni me fijo en el número.

—¿Dígame?

—Meli… Por favor, no cuelgues.

No. Su voz. Su voz áspera y, al mismo tiempo, cálida. La que me susurró tantas veces por la noche mientras me hacía el amor. Oh, Dios… Cierro los ojos, con la boca seca.

—Voy a hacerlo. Vete de mi vida.

Y cuelgo. Aprisiono el móvil entre las manos, con el corazón a mil por hora y la respiración agitada. Segundos después vibra otra vez y doy un grito. Estoy a punto de lanzarlo contra la pared, pero, en el último instante, una presión en mi interior me obliga a descolgar.

—Basta, Germán. No puedes hacerme esto —digo con los dientes apretados.

—Escúchame, joder. Solo deseo hablar, por favor… Sé que estás cabreada, pero únicamente te pido unos minutos. Nada más. Y después, si tú quieres, desapareceré para siempre.

Se calla, pero oigo su respiración a través de la línea. No recordaba lo bonita que era su voz por teléfono. Y realmente no quiero recordarlo. Cierro los ojos otra vez, frunzo los labios con fuerza y, al fin, aunque debería darme una bofetada, respondo:

—Dime.

—Me gustaría que habláramos sobre tu novela. Era tu sueño, Meli, y ahora puedes lograrlo. Naciste para esto.

—¿Ah, sí? No recuerdo que pensaras lo mismo cuando estábamos juntos.

—No se trata de eso en este momento. Se trata de que a la editora jefe le ha encantado y quiere sacarla cuanto antes. Sabes cómo funciona Lumeria, sabes lo poderosos que son.

—No puedo con esto. —No me atrevo a pronunciar su nombre una vez más. Siento que me amargará en la boca si lo hago—. Simplemente, no puedo. Prefiero dejarlo pasar.

—¿Estás segura?

No. Ahora mismo no lo estoy. Me vienen a la cabeza todas las noches en vela que he pasado con tal de crear esa historia y otras. Creo que se merecen una oportunidad, pero… No de esta forma.

—Tenemos que vernos y hablar —dice de repente.

—¿Qué?

—He de contarte mucho, y por aquí es más complicado. Sé que en persona podré convencerte.

—Pero yo no quiero quedar contigo.

—Meli, por favor, piénsalo. Piénsalo y dame una respuesta

dentro de un rato. —Guarda silencio, pero al ver que no digo nada, añade—: Estaré esperando tu llamada. Un beso.

Cuelga. ¿Un beso? Maldita sea, ¿un beso? ¿Cómo se atreve? Me llevo una mano al pecho, como si así pudiera ralentizar la velocidad de mi corazón, que se me va a salir por la boca. Me apresuro a sentarme en la silla para apaciguarme. Cojo aire, lo suelto, tal como me enseñaron para que no me dé otro ataque de ansiedad. Necesito oír a alguien. A alguien que pueda ofrecerme una opinión imparcial, sin dejarse llevar por los sentimientos. Decido llamar a Aarón.

—Mel, hola…

—Aarón —digo únicamente.

—¿Qué pasa? ¿Estás bien?

—Me ha llamado.

—¿De verdad? ¿Qué coño quiere ahora?

—Verme.

—¿Para qué? ¿Para joderte más?

—Quiere hablar de la novela.

—¿En serio? ¿O es una excusa?

—Aarón, necesito que actúes como todas esas veces en las que me dabas una opinión neutral. Por favor… ¿Estoy malgastando una buena oportunidad?

Se queda callado. Está meditando qué contestar. Me remuevo en la silla. Por lo menos, mi corazón se ha aquietado.

—Mel, soy tu amigo y en estos momentos me encantaría romperle los dientes a ese gilipollas.

—Lo sé.

—Pero también tengo que decirte que sí, que es una enorme oportunidad y que quizá debas tenerla en cuenta. Puedes hacer algo… No sé… ¿Y si hablas con otro editor? ¿Hay más en la editorial?

—Sí, la editora jefe.

—Entonces ya sabes.

—Pero ¿debería quedar con él?

—Mira, preciosa, la única forma de superar nuestros miedos es enfrentarnos a ellos.

Entiendo lo que quiere decir. Aprieto el móvil, mordiéndome el labio inferior. Asiento con la cabeza, aunque Aarón no puede verme.

—Tengo que ser fuerte. Quizá sí sea la única forma de que pueda continuar con mi vida.

—Seguramente solo habléis de la novela —intenta animarme—. Y, de todos modos, ¿no crees que te debe una explicación?

—No sé si la quiero.

—Entonces recházala. Limitaos a charlar de tu futuro como escritora. Es lo que se supone que él quiere, ¿no? Pues que sea coherente con lo que ha dicho.

—Gracias, Aarón. De todas formas, voy a pensarlo un poco más.

—Llámame si necesitas cualquier cosa, ¿vale?

—Claro. Gracias otra vez.

—No me las des. Estoy aquí para ayudarte.

Cuando colgamos, me quedo un buen rato pensando. Enfrentarme a mis miedos… Nunca lo hice. Ni siquiera aquel día en que lo encontré en la terraza tomando algo con su nuevo ligue adolescente. En ese momento debería haberle dicho todo lo que pensaba. Quizá de esa forma no habría caído en aquel pozo oscuro que estaba repleto de rabia, rencor e incomprensión.

Si lo veo sin temblar, si consigo hablar con él sin que el corazón se me detenga, si puedo mirarlo a los ojos sin que piense que voy a morir… Entonces me demostraré a mí misma que lo he superado de verdad. Y podré continuar con mi vida al lado de Héctor, que es lo que más deseo en el mundo.

Me obligo a pensar que la cita con Germán se debe solo a esos motivos. No pueden existir más… No lo permitiré.

Le mando un whatsapp en lugar de llamarlo. A los pocos minutos, recibo su respuesta:

Me alegro de que hayas cambiado de idea. No te vas a
arrepentir. ¿Quedamos esta tarde? Puedo acercarme a donde
quieras.

¿Esta tarde? ¿Estoy preparada? Bueno, cuanto antes lo
haga, antes pasará.

¿Conoces el Dreams? Podemos quedar allí a las siete, cuando
salga de trabajar.

Perfecto. Pues allí estaré. Un beso.

He querido citarlo allí porque quizá Aarón esté trabajando
y me sentiré más segura. Espero unos segundos a que mis manos dejen de temblar y llamo a Héctor, pero no lo coge. Le
dejo un mensaje en el buzón de voz diciéndole que llegaré un
poco más tarde porque necesito terminar un trabajo. Me siento fatal por mentirle. Me siento un poco más como Naima, y
eso hace que el estómago se me revuelva.

Las horas se me hacen eternas hasta que me toca dejar mi
puesto. Entonces todavía me pongo más nerviosa y, cuando
estoy en el coche, casi doy media vuelta para no asistir a la cita.
Sin embargo, me repito una y otra vez que hago esto para conseguir la publicación y nada más. Bueno, y también para pur-
garme y exorcizar mis fantasmas.

El Dreams acaba de abrir en el momento en que llego. Ni
siquiera está el guardia aún. Al entrar, no veo a Aarón por
ninguna parte. Germán tampoco ha llegado todavía. Camino
hacia la barra con aire seguro. Claro, ahora que no hay nadie
puedo hacerlo.

—¡Eh, guapa! ¿Qué haces por aquí? —me pregunta Sofía,
una de las camareras.

—Un asunto de trabajo —digo alzando la voz para que me
oiga por encima de la música.

Le pido una cerveza y me la llevo hasta una de las mesas del fondo. Me la bebo de varios tragos y hago un gesto a Sofía para que me traiga otra. Miro el reloj: se está retrasando. A lo mejor no viene. Sería lo mejor, ¿no?

Estoy terminándome la segunda cerveza cuando noto una presencia a mi espalda. Voy a volverme, pero se inclina hacia delante y su pelo me roza la nuca. El corazón sale disparado sin control alguno. No puedo moverme, no puedo reaccionar.

—Qué bien que hayas venido —me dice cerca del oído.

Y entonces reacciono. Me doy la vuelta y lo miro con cara de pocos amigos.

Sí, definitivamente es hora de enfrentarme al fantasma que tanto me ha asustado.

10

Germán se yergue, un tanto sorprendido por mi mirada. Me levanto de la silla y ambos nos estudiamos, intentando descubrir qué es lo que piensa cada uno del otro. Es el primero que rompe el silencio.

—Voy a pedir algo. ¿Tú quieres otra? —Señala mi cerveza medio vacía.

Reflexiono unos segundos. Esa sería ya la tercera, y a mí el alcohol se me sube pronto, pero quizá necesito un empujoncito para pasar todo esto. Así que asiento y él se dirige hacia la barra. Me fijo en que Sofía coquetea mientras le sirve las bebidas. Me quedo plantada, observándolo en su regreso. Antes no caminaba con tanto aplomo. Los músculos no se le marcaban bajo ese bonito jersey que lleva porque se había descuidado. Capta mi mirada y sonríe de manera abierta. El estómago me brinca ante ese gesto tan familiar. Germán siempre ha tenido una sonrisa hermosa, pero ahora también podría afirmar que me resulta tan encantadora como en los primeros tiempos. Y estoy segura de que él mismo sabe lo mucho que ha cambiado.

—Heineken, tu favorita. —Me tiende la botella verde.

Se acuerda. ¿Y por qué tiene que demostrármelo? Hemos venido a hablar de la novela, nada más. No es necesario —ni prudente— que se comporte de esta manera.

Se pasa la mano por la nuca. Recuerdo ese gesto. Me ponía nerviosa… y sigue haciéndolo. Lleva el pelo un poco más largo que antes, revuelto, con un estilo informal y moderno pero al mismo tiempo elegante, muy diferente a su peinado de antes.

—¿Nos sentamos o prefieres hablar de pie? —Se echa a reír.

No, maldita sea, no. Ese sonido no. Cojo aire de forma disimulada. No tiene que darse cuenta de lo que provoca en mí. Debo mostrar indiferencia.

Sin decir nada, tomo asiento. Ocupa el sillón de enfrente. Da un trago y después se relame el labio inferior, húmedo de la cerveza. Yo desvío la mirada, agarro la mía y le doy también un buen sorbo.

—Te has cortado el pelo. Muy corto —dice señalándome—. Nunca te había visto así. Te queda muy bien.

—Gracias —me limito a contestar.

—¿Qué tal te va todo? ¿Sigues de correctora en la empresa?

Suspiro. Apoyo las manos en el regazo. Reparo en que me siento bastante relajada a pesar de estar sentada frente a él. Sé que es por el efecto de la cerveza, pero, de todos modos, voy a aprovecharlo.

—¿Hemos quedado para hablar de mí o de mi fantástica novela? —me atrevo a preguntar.

Vuelve a reír. Da otro trago a su cerveza sin apartar la mirada de la mía. Sus ojos azules, pícaros, me evalúan. Esta vez no retrocedo: alzo la barbilla, retándolo.

—Estás diferente —apunta.

—No soy la única.

—Ha pasado tiempo… —Asiente.

No le contesto. Bebo un poco más de cerveza y me fijo en que ya casi no me queda. Estoy preparada para pedir la siguiente y enzarzarme en una batalla dialéctica, si es lo que quiere.

—Bueno… Y ¿qué has estado haciendo? ¿Cómo lo has pasado?

De repente, la furia me invade. ¿Este encuentro ha sido una maldita encerrona? Pero... ¿había algo en mi interior que me decía que no íbamos a hablar de la novela únicamente? Lo miro con los ojos entrecerrados. Arquea una ceja, ladeando la cabeza. Estoy bajo los efectos del alcohol porque realmente solo puedo pensar en lo guapo que está y en el guantazo que le daría en este mismo instante.

—No has preguntado por mí en todo este tiempo... Ni un triste mensaje o whatsapp. ¿Y ahora quieres saber qué tal me ha ido? —Me llevo el botellín a los labios y apuro el contenido. Llamo a Sofía, le señalo la Heineken. Al minuto, ella me trae otra y aprovecho que está inclinada sobre la mesa para soltarle a Germán—: Permíteme decirte algo: que te den por donde más te duela.

Sofía abre la boca, sorprendida, y luego esboza una sonrisa. Se marcha echándonos un par de miradas de reojo. Yo misma estoy impactada por mi respuesta. Se me ha pegado de Dania y Aarón. Pero lo mejor es la cara de tonto que se le ha quedado a Germán. Sonrío para mis adentros, contenta de mi triunfo.

—Entiendo que estés tan enfadada —dice, cuando por fin reacciona.

—No, qué va, no lo estoy. Es solo que tengo un encuentro repentino con el gilipollas de mi ex, el cual me dejó sin un auténtico motivo cuando faltaban pocas semanas para casarnos. Y lo hizo con dos frases típicas de peli edulcorada de las que echan en la sobremesa. Después no llamó ni una sola vez para preguntar si estaba bien o si necesitaba algo, ni tampoco para disculparse por huir como un cobarde. —Lo he soltado todo de carrerilla.

Permanece callado un buen rato, con la boca entreabierta, hasta que al fin dice:

—Tienes razón. Ese es exactamente el adjetivo que puede definirme. Y también deberías llamarme «cabrón», si es lo que estás pensando.

—Cabrón.

Esboza una sonrisa, negando con la cabeza. Bebo con ganas de la botella y me limpio los labios con el dorso de la mano. Germán se pone serio de repente; me mira de una manera tan profunda que, por un momento, algo se tambalea en mi interior.

—Te debo una explicación.

—No la quiero ni la necesito.

—No es verdad —niega inclinándose hacia delante—. Nos la merecemos los dos. Por supuesto, tú más que yo.

No respondo. Toda la seguridad con la que había llegado y con la que le había estado hablando se va esfumando con cada uno de sus parpadeos. Se pone a juguetear con la botella, sin dejar de mirarme. Ahora es cuando yo tendría que salir por patas y zanjar toda esta mierda.

—No he venido hasta aquí para hablar sobre esto. No al menos hoy. Pero quizá sea lo mejor.

—No, no lo es. —Ladeo la cabeza.

—Estaba asustado.

—¿Perdona? —Me niego a creer lo que acaba de decir.

—Tenía miedo —repite.

—¿Miedo? ¡¿Miedo?! —He alzado la voz. Miro a la derecha, por si Sofía está cotilleando, pero se habrá ido al almacén o algo porque no se la ve por ninguna parte. Vuelvo la vista hacia él. Los ojos me escuecen. Joder, joder… Y exploto—: ¿Tú dices que tenías miedo, Germán? ¡Tú no sabes lo que es eso! Miedo es lo que tuve yo cuando te fuiste, cuando decidiste que no merecía la pena luchar por lo nuestro. Lo tenía por las noches, cuando me tumbaba en la cama y sentía que la soledad me empapaba. El miedo me cubría por las mañanas mientras me duchaba y las gotas me escocían. Me atrapaba cada vez que salía a la calle y pasaba por lugares en los que estuve contigo. Me asustaba cuando veía un rostro que se parecía al tuyo. El corazón me daba un vuelco al sonar el teléfono, porque pensaba que serías tú para saber de mí, para decirme que te habías equivocado. Tenía pánico a salir de la cama, ir a trabajar y mirar los rostros de la gente. No reconocía a mis propios amigos, y mucho menos me reconocía yo. ¿Sabes lo que es el miedo, eh? —Estoy chillando, aferrada a los reposabrazos del sillón—. Miedo es pensar que vas a morir con cada una de las taquicardias que te azotan. Creer que no serás capaz de comer nunca más, que al día siguiente te levantarás con el mismo vacío en el alma, que el dolor que sientes no te va a abandonar nunca. —Me callo para coger aire. Luego, añado—: Así que, Germán, dime: ¿has sentido tú miedo?

Me mira atónito. Aprecio que su respiración se ha acelerado, al igual que la mía. Supongo que no se esperaba este estallido por mi parte. Trato de calmarme, de ralentizar el ritmo del corazón que vibra en mi pecho como si no hubiese un mañana. Germán se pasa la mano por el pelo y me dan ganas de gritarle que odio ese gesto, que siempre lo haré porque me recuerda a la última vez que lo vi.

—Vale, es cierto. Puede que no sepa lo que es el miedo —acepta con la mirada puesta en el suelo. Cuando la alza, se le ha oscurecido—. Pero de verdad, Meli, te juro que lo siento. Lo siento mucho.

—No me llames así. Fui tu Meli. Pero de eso ya hace mucho.

—Te hice daño, lo sé. Fue una mala época para ambos.

—¿Mala época? No era nuestro mejor momento, de acuerdo, pero jamás pensé que acabarías con lo que teníamos de esa forma. —Hablo con una rabia que me sorprende.

—Estaba cansado de todo lo que me rodeaba —dice, como si eso sirviese de excusa—. Me asqueaba el trabajo, tan solo quería conseguir lo que me había propuesto durante tanto tiempo. Y tú… tú estabas siempre tan bien, tan feliz… a pesar de no haber alcanzado aún tu sueño. Pero no te rendías, y eso me molestaba. Me molestaba mucho porque yo sí desistí. Sí, como el cobarde que soy, tú lo has dicho.

Cojo el botellín de cerveza y lo aprieto con los dedos. Después bebo furiosa, tratando de hacer a un lado todo lo que me está diciendo. A pesar del esfuerzo sus palabras resuenan en mi cabeza, se quedan y me aturullan.

—¿Y puede saberse por qué no hablaste conmigo? ¿Por qué no me dijiste que estabas pasándolo mal? —Me pongo a la defensiva.

—No era tan fácil... No me atrevía. Pensaba que me había convertido en otra persona completamente diferente a quien era al principio y que tú me aborrecerías. ¿Recuerdas cómo nos divertíamos juntos, las locuras y tonterías que hacíamos? Vivíamos como si no hubiese un mañana. Y, de repente, tras aprobar las oposiciones y entrar en el instituto, me sentí como encerrado en una cárcel horrible. En cambio, tú estabas fuera de ella. Continuabas siendo una chica alegre, positiva, activa. Y me convertí en un tío amargado.

Me viene a la mente el apelativo que me otorgaron en la empresa. Si supiese que tras su marcha también me convertí en una sombra de lo que había sido... Pero no quiero hablar más porque ya me he mostrado demasiado débil ante él. Le he confesado algo que jamás debí: que tuve miedo. Debería haber fingido que superé rápidamente su huida, que fui una mujer feliz.

—Te quise, Melissa.

—Permíteme que lo dude.

—Te prometo que de verdad te quise. Con todo mi corazón. Eras lo más importante de mi vida. Lo único bonito.

—Y a pesar de todo, me diste una patada —murmuro con amargura.

—Éramos muy jóvenes. Aún lo somos... Sentí que me quedaban demasiadas cosas por vivir, que no las había hecho y ya no podría... Me agobié.

—Joven era la alumna con la que te encontré aquel día —ataco, con los dientes apretados.

Abre la boca para decir algo, pero vuelve a cerrarla. Definitivamente he tenido suficiente. Me levanto y me imita. Me tambaleo a causa de las cervezas. Se aproxima a mí con intención de sostenerme, pero alzo una mano para detenerlo.

—No te acerques. Me voy. Ya he tenido bastante de una charla que no lleva a ninguna parte.

Me inclino para coger el bolso y, cuando me yergo y me doy la vuelta, está justo detrás de mí. Demasiado cerca. Su perfume me sacude con tanta fuerza que me obliga a cerrar los ojos. Al abrirlos, descubro que su mirada es triste, confusa, culpable. No. No se lo voy a permitir. No se merece un perdón. No se lo daré.

—Déjame pasar —le pido.

—No te vayas. —Alarga el brazo y me agarra del codo. Me suelto con malas maneras, pero insiste—. No hablaré más de nosotros, si es lo que quieres, pero quédate. Hazlo por tu futuro. Charlemos sobre la novela, en serio. Es por eso por lo que estamos aquí, ¿no?

Me llevo una mano a la frente y me la froto. Creo que en breve sufriré una jaqueca. Suspiro, disgustada.

—No estoy ahora como para hablar de eso.

—Solo te diré un par de cosas: dos mil euros de adelanto y una editora que va a apostar por ti a lo grande. Está encantada con la novela. Si firmas, saldrá a la venta dentro de un mes y medio como mucho.

—¿Estás haciendo esto porque te sientes culpable, Germán? ¿Acaso te doy pena? —pregunto en tono triste.

Sus dedos me aprietan el codo y, por alguna razón que prefiero ignorar, no puedo soltarme. No hago movimiento alguno para deshacerme de él.

—¡Claro que no! Hago mi trabajo. Si firmas, yo también gano. —Me escruta unos segundos para ver mi reacción—. Y también lo hago porque creo que realmente te lo mereces.

—Jamás lo creíste cuando estábamos juntos. ¿Dónde estaba tu apoyo entonces? —Vuelvo a atacarlo.

—Ya te he explicado cómo me sentía. No quiero volver a repetirlo, Meli. Pero he tenido mucho tiempo para darme cuenta de que me comporté como un estúpido.

—Continúas siéndolo. —Esta vez sí me desembarazo de su mano.

—Piénsalo, en serio. Hazlo solo por ti.

—Por supuesto que lo haría solo por mí.

Me aparto de él, caminando a trompicones. Uf, estoy bastante borracha. Y enfadada. Camino por el local medio vacío. Un par de hombres jóvenes charlan animadamente con Sofía. Cuando estoy casi en la puerta, me doy la vuelta. Germán ha vuelto a sentarse, con las manos entre las rodillas y la cabeza gacha. Y, por unos instantes, soy yo quien siente pena por él. ¿Tuve parte de culpa al no descubrir lo que le pasaba? ¿Estaba tan metida en mis novelas que no le presté la suficiente atención? Quizá si hubiese estado más atenta no...

—¿Mel?

Por poco me topo con Aarón, que acaba de entrar en el local. Me lanzo a sus brazos. Me rodea, me transmite su calor y consigue hacerme sentir mejor. Sé que está escrutando el local, buscándolo a él.

—¿Es tu ex aquel que está sentado solo al fondo?

Asiento con la cabeza. Me acaricia el pelo con ternura. Cierro los ojos, a punto de llorar. Pero consigo no hacerlo y me siento más fuerte.

—Lo he logrado, Aarón. No he temblado, no he sufrido taquicardias ni un ataque de ansiedad. Me he sentido segura, al menos hasta que ha empezado a hablar sobre nosotros.

—¿De verdad ha hecho eso? —Me aparta de sí para mirarme a los ojos—. ¿Estás bien?

—Sí lo estoy. Al menos, mejor que antes.

—Vamos afuera. Que te dé un poco el aire. —Aarón me coge de la mano y tira de mí.

Antes de salir, vuelvo la cabeza para echar un último vistazo a Germán. Contengo la respiración: nos está mirando a Aarón y a mí, muy serio, casi como enfadado. O quizá me lo imagino a causa del alcohol. Decido no pensar más, olvidarme de lo ocurrido. En la calle, el aire me refresca la cara y logro sentirme mejor.

—No puedo creer que el gilipollas ese se haya comportado así —murmura Aarón.

—Pero lo he logrado —repito.

—Quizá no deberías haber venido... —continúa, como si no me hubiese oído.

—No, Aarón. Ha sido una buena idea porque he podido decirle lo que me había guardado durante mucho tiempo. —Mi amigo me observa con incredulidad. No se traga que esté bien. Lo cojo de los brazos, forzando una sonrisa—. Lo he insultado y todo.

—¿En serio? ¿Y qué ha hecho?

—Lo ha reconocido.

—Claro que sí. Hasta un inútil como él tiene que darse cuenta...

Andamos hasta el final de la calle, donde he aparcado el coche. Aarón se me queda mirando mientras busco las llaves en el bolso.

—¿Me prometes que estás bien?

—En realidad estoy algo borracha, así que quizá por eso me noto bastante relajada. Pero es como si me hubiese quitado un peso de encima.

—¿Y qué hay de la publicación? Venías por eso...

—Todavía no he decidido qué hacer.

—Pero ¿habéis hablado sobre eso?

—Poco. Me ha dicho que me darían un adelanto de dos mil euros y...

—Hazlo.

—¿Me estás animando a que me venda?

—Joder, Mel, tú misma nos has contado que es difícil conseguir eso siendo una autora novel. ¿Qué más quieres? Y encima, le das en la cara. Que se joda cuando vea lo bien que te va a ir.

—No sé, Aarón. Es todo más complicado que eso. No quiero cometer ningún error.

—No hay otra editorial mejor que esa en España, ¿verdad?

Me quedo callada. No, a día de hoy, no la hay. Me meto en el coche. Bajo la ventanilla para poder despedirme de él. Se apoya en ella y me dedica una sonrisa.

—¿Podrás llegar a casa o tengo que preocuparme?

—Tranquilo, todavía no veo doble —bromeo.

Me da un beso en la frente. Enciendo el motor y entonces pienso en algo.

—Cuando entres ahí, no le digas nada.

Aarón me mira con gesto inocente.

—Vamos, sé cómo eres. En serio, céntrate a lo tuyo.

—Quizá sea él quien hable conmigo. Me he fijado en cómo nos miraba cuando te he abrazado.

—Haz que me vaya tranquila, porfa.

—Está bieeen. No le diré nada.

—Gracias. —Le lanzo un beso.

Arranco, metiéndome en la carretera. Observo por el retrovisor que Aarón se queda en la calle hasta que estoy lo suficientemente lejos. Por el camino empiezo a ponerme nerviosa. En cuestión de minutos llegaré a casa, y Héctor quizá me esté esperando. No sé si me ha telefoneado. No he mirado el móvil; además lo he silenciado durante el encuentro. Aprovecho en un semáforo para echarle una ojeada. Tengo una llamada suya. Le escribo rápidamente un whatsapp avisándole de que voy hacia casa.

Aparco y, antes de subir al apartamento, me meto un chicle en la boca para que no se dé cuenta de que he bebido. Me pregunto si será suficiente.

—¿Melissa? —Su voz me llega nada más abrir la puerta.

Asoma la cabeza por una esquina. Al acercarme, descubro que está preparando la cena. Me siento culpable otra vez. Le sonrío, y me agarra por la cintura para darme un beso. Me saborea los labios y, entonces, se queda quieto. Oh, mierda.

—¿Has bebido? —pregunta con el ceño arrugado.

—He ido con unas compañeras a tomar una cerveza cuando he terminado. Estaba un poco agobiada.

No dice nada, aunque noto que mi respuesta no le ha satisfecho. Esboza una media sonrisa y regresa a la cocina para continuar con lo que estaba haciendo. Voy a la habitación, me desnudo y me doy una ducha rápida.

Durante la cena hablamos poco. Estoy cansadísima. La cerveza me ha dejado el cuerpo hecho polvo. La cerveza y la tensa charla que Germán y yo hemos mantenido. Tampoco puedo dejar de dar vueltas a la oportunidad que me están brindando. Héctor me observa sin decir nada, y cada vez me pongo más nerviosa. En cuanto terminamos, me escabullo y voy a la cocina con la excusa de fregar los platos. Se queda en el salón para repasar unos artículos.

—Voy a acostarme. Estoy cansada —le digo cuando termino.

—Iré enseguida —contesta sin apartar la vista de los papeles.

No tardo en amodorrarme. Y cuando ya casi estoy dormida del todo, noto que me acarician los muslos desnudos. Me hago la remolona, pero Héctor me muerde el lóbulo de una oreja. Aprieta su erección contra mi trasero.

—Esta noche no me apetece, cariño. De verdad, estoy agotada —me excuso.

Y lo que más me sorprende es que no insiste como otras veces. Se aparta con brusquedad y se da la vuelta sin decir nada. Me quedo acurrucada, con el corazón a mil por hora porque sé que se ha enfadado.

Y porque también sé qué estará pensando ahora mismo.

Tan solo habrá un nombre en su cabeza. Y no es el mío.

124

La culpabilidad se ciñe otra vez a mi cuerpo, aunque hay algo más fuerte en mi mente: las palabras de Germán acerca de la publicación.

Mi sueño. Lo tengo tan cerca… Casi puedo tocarlo.

¿Debería aceptar?

11

Al final llamé a Germán. Le dije que aceptaba publicar con ellos. Mientras hablaba con él, estaba tan nerviosa que no podía dejar de mover la pierna.

—Me alegra que te hayas decidido por la opción correcta.

Omití la respuesta relacionada con esa frase. Quise establecer unas condiciones, aunque la jugada no me salió muy bien. Pensaba que los autores podíamos tener más voz, pero no fue así.

—Quiero que todo lo lleve la editora jefe.

—Eso no va a ser posible, Meli. Ella se encarga de dar el visto bueno, pero soy yo quien debe trabajar con los autores.

—Pero ¿qué sabes tú de novela romántica? —pregunté, alterada.

—La editora ha decidido no publicarla bajo el sello de «romántica». Tu historia es mucho más, así que no saldrá con etiquetas. De ese modo lograremos llegar a más gente.

Guardé silencio durante un buen rato. Podía oírlo teclear a toda prisa.

—Entonces trabajemos por teléfono o mediante correos electrónicos —propuse.

—Esa no es nuestra política, y mucho menos teniendo al autor cerca. Además, hay algunos aspectos de la novela de los que tenemos que hablar con calma.

Me rendí. Encima tocaba firmar el contrato.

Por eso, una semana después me encuentro sentada en la terraza de una cafetería de lo más pija, donde me ha citado mi ex, al que estoy esperando con un capuchino. Un ex que ahora se ha convertido en mi editor. ¿No tengo razón si digo que el mundo es extraño?

Doy un sorbo al café. Y lo descubro, acercándose a paso ligero, con las manos en los bolsillos de ese vaquero que le queda como un guante, para qué mentir. Perfecto. Cabecita de Mel, ¿puedes callarte aunque solo sea por un instante?

—Eh —me saluda, inclinándose para darme dos besos.

Le vuelvo la cara. Se muestra sorprendido.

—Pensé que ya habíamos superado eso.

—Que haya decidido publicar con vosotros no significa que tenga que tratarte como lo que no eres. No esperes que en unos días pueda ser tu amiga —musito en tono seco.

En lugar de decir algo, chasquea la lengua y se mete en la cafetería. Me arrebujo con la chaqueta. Germán solo lleva un jersey y, aunque es grueso, hace demasiado frío para no haberse puesto nada más. Quería sentarme dentro, pero no quedaba ni un asiento libre, así que aquí estoy, en la terraza, con las manos y la punta de la nariz heladas.

Regresa con un café. Recuerdo que le encantaba; bebía muchos, a todas horas. A veces le costaba dormir y me daba la lata. Se fija en mi mirada ausente, puesta en la taza, porque la señala y dice:

—Todavía no me he librado de la adicción al café.

Ni siquiera le echa azúcar. Se lo bebe de un trago y deja la taza sobre el platito. Entonces pone en la mesa una carpeta azul en la que yo no había reparado. Saca de ella unos cuantos folios.

—Este es el contrato. Échale un vistazo. Bueno, léelo con tranquilidad, si quieres. Pero te aseguro que está todo en orden. —Me entrega una copia.

Observa con insistencia cada uno de mis movimientos

mientras leo todas las hojas. Sí, todo parece correcto. Los royalties que voy a recibir están bastante bien comparados con otras editoriales. Al llegar a la última página, me detengo. Pienso en que tengo entre las manos el sueño de mi vida.

—¿Firmas?

—Tiene que haber alguna trampa en esto. —Sonrío, todavía incrédula.

—¿Tu talento ha hecho trampas? Creo que no. —Deja un boli, de aspecto caro, encima de la mesa.

Lo cojo dubitativa. Una vez que escriba mi nombre en el papel, no habrá marcha atrás. Cierro los ojos, inspiro con fuerza, los abro y plasmo mi firma. Cuando termino, me fijo en que Germán parece más que satisfecho. ¿Cuánto ganará con todo esto?

—¿Cuándo estará publicada?

—Si trabajamos con rapidez, a finales de marzo podría sacarse a la luz. Pero hemos de tenerla perfecta para finales de enero o principios de febrero. Yo te ayudaré.

Me da el vértigo. ¿En dos meses y poco más mi novela estará en las librerías? No me esperaba que todo fuese tan rápido. La editora debe de tener mucho interés en ella. En mi interior, siento una especie de complacencia y orgullo, y sonrío al pensar que tengo que ser buena.

—Supongo que la semana que viene podremos empezar con los aspectos que tienes que revisar —me anuncia al tiempo que se levanta—. Voy a pedirme otro café.

No contesto. Todavía estoy asimilando las noticias, regocijándome en lo que he conseguido en unos segundos. Minutos después, se deja caer en la silla con una nueva taza.

—Por ejemplo, la escena en la que Moira está a punto de morir. En esa la editora quiere que cambies la reacción del protagonista masculino.

—¿Has leído la novela? —pregunto, sorprendida al descubrir que conoce el nombre de mi personaje.

—Por supuesto. Es mi trabajo.

Niego con la cabeza, un poco enfadada. Nunca se interesó por lo que escribía, alegando que ese tipo de historias no le gustaban. Y ahora resulta que se ha leído la novela en la que he puesto más de mí. Una historia que es un canto a la vida, con una mujer como protagonista que me habría gustado ser yo misma. ¿Se habrá dado cuenta de eso?

—Toma, tu copia del contrato. Fírmala también. —Me tiende los papeles.

—He de irme —le informo una vez que he terminado.

—¿Ya?

Miro el reloj. Asiento.

—Tengo una cena con algunos amigos para celebrar todo esto.

—Es estupendo —opina con una sonrisa. Me pregunto si es sincero. Se mantiene a la espera unos segundos, como si aguardara que le dijera algo. ¿Este quiere que lo invite o qué? Pues va listo. Como ve que no abro la boca, me pregunta—: ¿Qué tal está Ana?

—Bien —respondo. No quiero hablar con él de nada relacionado con mi vida personal.

—Supongo que ahora me odia más.

—Da por hecho que si tuviera la oportunidad, te cortaría tus partes —suelto con una sonrisa.

Me sorprende verlo reír, ya que antes se tomaba muy en serio lo que la gente pensaba o decía de él. Sin embargo, ahora parece ver la vida de otra manera, como al principio... Pensaba que iba a responderme mal, que criticaría a mi hermana o que se pondría a la defensiva.

—Bueno, pues nos vemos. Ya me llamarás. —Me levanto, poniéndome bien la falda.

Germán también abandona su asiento y se acerca a mí.

—Mañana quizá te mande un correo con lo que tienes que revisar.

—Vale —asiento.

Me coloco el bolso en el hombro y me dispongo a darme la vuelta para marcharme cuando, de sopetón, se inclina y me estampa un beso rápido en la mejilla. Bueno, está bien, mi movimiento ha provocado que sus labios se hayan acercado a la comisura de mi boca más que a cualquier otro lugar.

Lo miro con expresión asustada, sin saber qué decir. De repente soy consciente de que las manos han empezado a sudarme. Aprieto la correa del bolso y dibujo en el rostro una sonrisa forzada. Está muy callado y parece nervioso.

—Adiós, Germán —me despido.

—Hasta pronto.

Mientras me dirijo al coche el sentimiento de culpabilidad reaparece. Y se hace más grande cuando entro y me llevo la mano allí donde me ha rozado. Su beso me ha traído a la memoria los primeros años de la relación. Por aquel entonces sus labios eran cálidos y, al mismo tiempo, apasionados. Cada vez que quedábamos, en lugar de besarme en la boca lo hacía cerquita, con lo que mis ganas por notarlo aumentaban. Hoy ha hecho lo mismo. Doy un manotazo al volante y suelto unas cuantas palabrotas.

Miro el reloj otra vez. He pedido a mi jefe que me dejara salir antes para no llegar tarde a la cena. Eso, y que no quería poner otra excusa a Héctor. Y, además, hoy voy a contárselo. He invitado a nuestros amigos para no tener que hacerlo cuando estemos a solas, ya que no sé cómo reaccionará y necesito el respaldo de alguien. Aunque tengo claro que a mi hermana tampoco le va a hacer mucha gracia.

Llego al apartamento antes que él. Dejo el bolso y la chaqueta de cualquier manera y salgo disparada hacia la cocina para preparar el salmón con nata. Es mi receta predilecta cuando vienen amigos porque es la que mejor se me da, y como a ellos también les gusta, pues ya es como un ritual. Mientras el pescado está en el horno, corro al baño y me doy una ducha rapidísima. Aún con el pelo mojado dispongo la mesa, saco las bebidas para que no estén demasiado frías y, una vez que he terminado, regreso al lavabo y termino de arreglarme. En realidad me he puesto cómoda: unos vaqueros y un jersey calentito.

Suena el timbre. Respiro aliviada. Los invitados llegan antes que Héctor. Llevo unos días que no actúo como soy yo delante de él, y me preocupa que se dé cuenta. O quizá ya se la haya dado. La cuestión es que esta semana apenas hemos hablado, aunque es cierto que también se ha debido a que ambos hemos tenido jornada intensiva en el trabajo. Especialmente él, que en febrero tiene que sacar el número de primavera y le está costando convencer a una de las modelos que el jefe le ha pedido.

—¡Qué pasa, cachonda mía! —Dania entra con una botella de vino en alto.

Espero en la puerta y, al ver que no entra nadie más, estiro el cuello y me asomo al descansillo.

—¿Dónde está el rubio musculado? —le pregunto cerrando.

—¿Quién? —Arruga un poco la nariz. Hago un gesto en plan: «Venga ya. ¿En serio no te acuerdas de él?». Y un momento después se da un golpe en la frente—. ¡Ah! Tony… Pues nada, en su casa está. ¿Para qué voy a traerlo a una cena entre amigos?

—No sé, es lo que suele hacerse… —Me encojo de hombros, camino de la cocina. Cojo el cuenco con patatas fritas y el de las aceitunas y los llevo a la mesa.

—Solo le como la polla alguna que otra vez —dice ella cogiendo una patata—. Y aquí no haría eso, así que ¿para qué decirle que viniera?

—Entiendo —respondo, dándole un manotazo—. ¿No te cansas nunca? Lo tuyo es turismo puro y duro. Eres una nómada.

—Sí, hija, tú lo has dicho: turismo sexual. Así es como mejor se conocen las otras culturas.

—No lo pongo en duda. —Me echo a reír.

—¿Quieres que te ayude en algo?

—No, ya solo queda que el pescado esté listo.

El timbre suena una vez más. Dania me indica con un gesto que va a abrir. Apago el horno y saco el salmón. Huele de maravilla. La verdad es que a Héctor le sale mejor —sí, es buen cocinero—, pero esta vez he tenido que hacerlo yo. Oigo voces que se acercan. Son Aarón y mi hermana.

—¡Mel! —Ana me agarra de la cintura desde atrás y me da un beso.

—Hey, cariño, ¿cómo estás? —Pongo morritos, a lo que acerca la mejilla.

—Aarón y yo venimos de tomar unas cañas —responde.

Asiento con la cabeza. Ya no me sorprende. Sigue molestándome un poco, pero es mayorcita. No sé si se han liado o qué y ni siquiera sé si me lo contaría.

Me vuelvo con disimulo. Dania está con una cara de gata rabiosa que asusta. Ay, Señor, ¡si fue ella la que dejó a Aarón! ¿Por qué le perturba tanto? Jamás se había comportado así con otros hombres. Voy a tener que hablar seriamente con mi amiga.

—Preciosa… —Aarón me abraza desde atrás y posa un beso en mi nuca. Es un gesto que lo caracteriza, pero me siento un poco incómoda. Menos mal que Héctor no está porque, aunque delante de él lo haya hecho alguna vez y mi novio no se haya molestado, tal como estamos últimamente, no sé cómo se lo tomaría—. Al final ¿qué? —me pregunta en voz bajita.

—Luego os cuento. —Me doy la vuelta, alzo el rostro, le acaricio la mejilla y le sonrío.

—¿Dónde está nuestro *gentleman*? —pregunta Ana cuando salimos al comedor.

—No tardará en llegar. Estos días está trabajando muchísimo.

—Pobrecillo —murmura Dania—, va a ser llegar y nosotros a tocarle las pelotas.

—Se las tocarás tú, nena, que se te da muy bien —interviene Aarón.

Las tres nos quedamos en silencio. A Dania casi se le ha descolgado la mandíbula de lo abierta que tiene la boca. Se lleva una mano al pecho, como si estuviera hiperdisgustada, y pregunta a Aarón:

—Perdona, ¿te pasa algo conmigo?

—¿Qué me va a pasar? Solo estaba hablando de la realidad.

Decido intervenir para romper la tensión que reina en el ambiente.

—¡Chicos! Vamos a brindar con el vino que ha traído Dania. —Cojo a Aarón por el codo—. Ayúdame a traer las copas —pongo como excusa. Una vez que estamos en la cocina, lo miro con los brazos en jarras—. ¿Ha pasado algo?

—Es solo que tu amiga se ha dedicado a enviarme mensajes nada bonitos.

—¿Cómo?

—Está más despechada que la protagonista de una telenovela.

—Pero ¿qué te ha dicho?

—Cosas como que desde que lo dejamos, tengo un gusto muy raro.

Parpadeo, totalmente confundida. Supongo que con eso del «gusto raro» estaba refiriéndose a mi hermana. ¡Joder, Dania! Muevo la cabeza, un poco molesta. Sin embargo, tampoco puedo enfadarme en exceso. Sé que aprecia a mi hermana y que habrá dicho esas cosas cuando estaba borracha o rabiosa. Es demasiado impulsiva; se le va demasiado la lengua, pero luego es un pedazo de pan.

—Voy a obviar esa información, Aarón. De todos modos, sé que tú le cantarás las cuarenta si se pasa más con Ana.

—Abro el armario y saco las copas—. Estoy segura de que no habla en serio. Solo está molesta, aunque no entiendo por qué, ya que te dejó ella.

—Las mujeres afirmáis que nosotros tenemos una especie de alergia al compromiso, pero muchas de vosotras tenéis un resfriado entero. —Coge las copas que le tiendo—. Dania se acuesta unas cuantas veces con un hombre y todo perfecto. Pero le dices de ir al cine o de hacer algo normal, y se asusta.

—¿Eso es lo que os pasó?

—Supongo.

Oigo la puerta y, a los segundos, la voz de Héctor saludando. Sonrío a Aarón.

—Ahí está mi chico.

—¡Nuestro chico! —exclama él abriéndose paso para ir a saludarlo.

—Desde luego… ¡No podíais ni veros, y ahora no eres capaz de vivir sin él!

—A mí siempre me cayó bien. Tu forma de hablar de él me dejaba claro que era mucho mejor persona de lo que creías al principio. —Me guiña un ojo.

Le hago un gesto con la mano para que se calle. Salimos al comedor. Ana y Héctor están charlando. Dania se ha sentado en una silla y no para de teclear en el móvil.

—Cariño —me saluda Héctor cuando me acerco a él para darle un beso—. ¿Cenamos?

—¿Por qué no te pones cómodo antes? —Le señalo su traje.

—Da igual. Se hará tarde. Estoy bien. —Se vuelve hacia Aarón. Ambos se dan la mano—. ¿Qué pasa, tigre?

—Tienes cara de cansado —observa Aarón.

—Me están matando últimamente. Y aún me quedan tres semanas para que esto acabe. Pero bueno, luego podré respirar tranquilo. —Me mira—. ¿Te importa que me siente?

—Claro que no. —Le doy un beso en la cabeza—. Voy a por el salmón.

—Deja, que te ayudo. —Ana viene conmigo. Ella coge los platos y yo la fuente con el pescado. Antes de regresar con los otros, me dice—: Dania y Aarón están un poco raros, ¿no?

—Bah, cosas de ex parejas. —Le resto importancia.

Picoteamos algunas patatas y aceitunas al tiempo que charlamos sobre cómo nos va todo. Decido esperar a que hayamos bebido un poco más de vino para dar mi noticia. Dania nos cuenta que está planeando hacer un viaje a Miami durante sus vacaciones. Aarón nos explica que ha tenido que echar a una de las camareras porque ya la había pillado varias veces liándose con distintos tíos en los lavabos durante sus horas de trabajo. Y sí, era la camarera de las tetas y el culo fantásticos.

—Yo también tengo algo que deciros. —Mi hermana interviene en el momento en que estamos dando cuenta del salmón.

La miro con una mezcla de terror y esperanza. O va a soltar la bomba de que Aarón y ella han empezado a salir o la de que ha vuelto con Félix. Que sea la segunda, por favor.

—Mel —me llama. La observo con una sonrisa nerviosa—. Ya he encontrado piso. El próximo lunes tengo que regresar al trabajo, así que me viene de perlas porque los traslados desde tu apartamento habrían sido muy pesados.

—¿Y Félix? —pregunto impaciente. Me fijo en que Aarón se remueve en su asiento.

Ana se queda callada. Deja su tenedor sobre la servilleta e inclina la cabeza.

—Aún estamos así, así. He hablado con él para avisarle de que volvía a la notaría. Aprovechará para cogerse sus vacaciones.

—Oh —respondo con decepción.

Terminamos nuestros platos. Mientras los recojo, Héctor me acaricia la cintura. Le sonrío. No ha hablado apenas durante toda la cena y tiene toda la cara de estar muerto de sueño.

La verdad es que es demasiado bueno conmigo: siempre acepta que haya cenas o encuentros aunque esté cansadísimo. Me siento fatal. ¿Debería callarme y esperar a que esté mejor? Lo medito en la cocina mientras aguardo a que se hagan los cafés. Ana entra con más platos y me interroga con la mirada. Niego con la cabeza para asegurarle que no pasa nada.

—Yo también quiero deciros algo —aviso una vez que todos tenemos nuestros cafés.

—¿Estás embarazada? ¿Vais a casaros? —Dania alza la voz.

—¡No, mujer! —exclamo con las cejas fruncidas. Bajo la mirada y cojo la servilleta con nerviosismo. Por fin, lo suelto—. Finalmente me publican la novela.

Vítores. Alzo los ojos un poco y los poso en Héctor; está sonriendo. Levanta el pulgar en señal de victoria. Y ahora… viene lo peor. Desvío la mirada hacia Aarón, que asiente. Vale, tengo que hacerlo. Mi novio merece toda la verdad y, al fin y al cabo, tampoco es algo tan malo.

—Tendré que trabajar un par de veces con el editor porque dice que hay que revisar alguna cosilla.

—¡Pero si tú escribes genial! —protesta Dania.

—Siempre hay aspectos que fallan —le explico.

He hecho trizas la servilleta. Vuelvo a mirar a Aarón, y abre los ojos instándome a que lo cuente ya.

—¡Espero que el editor sea majo! —exclama Héctor en ese momento.

Contemplo las caras de los demás. La de Dania y la de Aarón son normales, pero Ana no parece muy contenta. Lo entiendo. Le indico con un gesto que no he tenido más remedio. Ella vuelve la cabeza, un poco disgustada.

—Bueno, Héctor, a decir verdad, lo conoces. —Inspiro hondo. Es hora de confesar.

—¿Ah, sí? —pregunta confundido.

—Es Germán.

Tarda unos segundos en relacionar ese nombre con alguien

a quien conoce. Mi corazón se acelera. Y lo hace más todavía cuando su mirada dulce cambia a aquella que descubrí al principio de nuestros encuentros.

No, es una peor. Una mirada de confusión, pero también de enfado y rechazo.

12

Todos en silencio. Dania está mirando abiertamente a Héctor. Aarón, que se encuentra a su lado, lo hace de reojo. Mi hermana me observa a mí, con el ceño arrugado y una expresión que tiene parte de sorpresa, parte de enfado y un poco de preocupación. Decido explicarme, para que entiendan mi posición.

—Es una de las mejores editoriales, por no decir la mejor. Van a darme un adelanto muy bueno y la editora jefe por lo visto está entusiasmada con la novela. Tendrá prioridad ante otras. Posiblemente en marzo saldrá a la venta.

—¿Y no puedes trabajar con la editora esa? —pregunta mi hermana.

—Ya lo he planteado, pero ella se encarga de tomar las decisiones finales, no de trabajar con los autores.

—Qué gilipollez —murmura, volviendo la cara.

Parece que a Ana no le ha sentado bien la noticia. La entiendo, después de todo lo que sufrió por mi culpa… Supongo que no le cabe en la cabeza que haya aceptado esta propuesta. Además, estos días hemos hablado y no le he mencionado nada, así que estará molesta por partida doble.

Por fin me atrevo a mirar a Héctor. Tiene los dientes apretados y no deja de dar golpecitos en la mesa con la yema de los dedos.

—¿Ves? —exclamo con voz ansiosa—. Lo he conseguido. Me dijiste que podía, y era verdad. Tengo mucho que agradecerte. Tú me has apoyado desde el principio, has confiado en la novela y en mí.

—Ahórrate el discurso.

—¿Qué? —Abro los ojos, sorprendida por su duro tono de voz. Hacía tanto que no lo oía que casi se me había olvidado.

—No vas a trabajar con él. Si eso significa que no publicarás, entonces espera a que te llame de otra editorial y punto —suelta con los ojos entrecerrados. Me deja sin palabras.

—Pero…

Aarón da una palmada en ese momento.

—Vamos, es una oportunidad estupenda. Con esa editorial Mel llegará muy lejos. Y eso es lo que todos queremos, ¿no?

—Aarón, ¿sabes lo jodida que estuvo por culpa del cabrón ese? —lo interrumpe mi hermana.

—Pero eso es el pasado, nena. —Suspira—. ¿Vamos a quedarnos estancados en él? Ahora que Mel tiene esa oportunidad, ¿por qué desperdiciarla? Sería de tontos.

—No, de tontos es querer trabajar con él. —Ana niega con la cabeza. Luego se dirige a mí—. Tú misma sabes cómo te pusiste cuando lo viste, dijiste que no podías. ¿Cómo has cambiado de parecer tan rápidamente?

—¿Vosotros sabíais que él era el editor?

La voz de Héctor me sobresalta. Nadie contesta a su pregunta, así que él mismo adivina la respuesta. Suelta la servilleta sobre el mantel en un gesto de enfado, aparta la silla y se levanta.

—Disculpadme.

Nos deja a la mesa con cara de estúpidos, en especial a mí. No sé cómo actuar, así que pido consejo a Aarón con la mirada.

—Ve a hablar con él. Te esperamos.

Ana le dedica una expresión severa. Él hace caso omiso a su reacción.

—Solo está confundido —me anima Dania.

Mi hermana no dice nada. Agacha la frente para no cruzar su mirada con la mía. Perfecto, ¿ahora voy a tener enfadadas a dos de las personas más importantes de mi vida?

Me dirijo a la habitación con el corazón en un puño. ¿Qué le digo? Ojalá empiece él la conversación. Llamo a la puerta, pero no contesta, de modo que abro sin esperar su permiso. No está en el dormitorio, por lo que imagino que habrá ido al cuarto de baño. Asomo la cabeza y lo veo ahí, apoyado en el lavabo frente al espejo, con los ojos cerrados. Hay un botecito en el lavamanos, aunque no tiene ninguna etiqueta. La respiración se me acelera al pensar en lo que puede ser.

—Héctor, ¿estás bien?

Abre los ojos de repente y se apresura a guardarse el bote en el bolsillo del pantalón. Me acerco con nerviosismo. Lo miro a través del espejo. Tiene los ojos enrojecidos, no sé si debido al cansancio o a que ha estado llorando. No es posible, ¿no?

—¿Eso que te has guardado es...?

—Paracetamol. La cabeza me va a estallar —responde en tono duro.

Se vuelve para colocarse frente a mí, y no puedo más que encogerme ante su altura.

—Sé reconocer una caja de paracetamol y eso no se le parece. Por favor, no me mientas...

—¿Vamos a hablar de mentirosos? Porque entonces tú te llevas todas las papeletas.

Su respuesta me sorprende, tan llena de rabia. Parpadeo, trago saliva y me acerco, pero se echa hacia atrás, chocando contra el lavabo.

—Iba a contártelo —murmuro.

—¿Ah, sí? ¿Cuándo? ¿Al acabar todo?

—Por supuesto que no. Necesitaba un poco de tiempo porque imaginaba cómo te pondrías.

—Creo que es una reacción coherente.

—No digo que no lo sea, pero, por favor, entiéndeme tú a mí —le pido.

—Veamos: quieres que comprenda que vas a trabajar con un editor que es tu ex, el que te jodió la vida, por el que tenías miedo a abrirte a otros hombres, y encima me lo ocultas… a saber por qué. —Se detiene unos segundos para tomar aire—. Me resulta un poco difícil entenderlo, ¿sabes?

—Solo he quedado con él un par de veces. Fue algo neutro y cordial para…

Alza las manos y suelta una carcajada irónica. Me encojo aún más. Se me escapa por qué se pone así. Sé que esto quizá le traiga malos recuerdos, pero pensaba que ya habíamos dejado claro que yo no soy ella, y él también tiene que aprender a superar el pasado como estoy haciendo yo.

—No vas a hacerlo.

—¿Perdona? —Lo miro con una sonrisa incrédula.

—¿Quieres que lo diga más alto? ¡No vas a hacerlo! —grita—. ¡No trabajarás con ese hijo de puta! Montaré yo una editorial, si eso es lo que te preocupa.

—Héctor, no es solo eso —susurro temblorosa. Nunca lo había visto así y me alarma.

—Bien, sea lo que sea, habrá más oportunidades. Llámalo y dile que te lo has pensado mejor.

Abro la boca, totalmente atónita. Vuelvo la cabeza, me llevo las manos a la cintura sin saber cómo reaccionar. Cuando atino a hablar, digo:

—No lo haré. La editora confía en mí y no la defraudaré. No voy a esperar respuestas que quizá no lleguen.

Héctor me observa con rabia. Le rechinan los dientes. Ese ruido me sorprende más. La forma en que sus ojos me miran me hace pensar en que soy una gacela y él un depredador que quiere destrozarme. Me siento acorralada.

—No puedo entender que quieras estar cerca de un tío que te amargó la vida.

Me molesta tanto su reacción exagerada que no puedo más que atacarlo por donde más le duele.

—Tú dejabas que ella te amargara. Estamos a la par, ¿no?

Al segundo me arrepiento de mi contestación. Se lleva una mano al rostro y se frota los ojos. Mueve la cabeza con una sonrisa que se me antoja un tanto desprovista de cordura y, cuando aparta los dedos y me mira, me quedo callada.

—Te pedí que no la nombraras más. —Ha escupido cada palabra—. Ella está dormida para siempre, y la cuestión es que tu ex está cerca de ti. ¿Dónde ves tú la semejanza en nuestras situaciones?

Decido no contestar porque será peor. Me dan ganas de decirle muchas cosas, pero ninguna de ellas es buena. Me retuerzo las manos y murmuro:

—No voy a decir que no. Lo siento, Héctor, pero tienes que aceptarlo. No creo ni que tenga que verlo más. Y si es así, tan solo hablaremos de la novela. No estés celoso porque...

—¡No estoy celoso! Maldita sea, ¿crees que mi reacción se debe a unos celos de mierda? —ruge.

Abro la boca, muy aturdida. Niego, porque no sé qué más hacer.

—No, yo...

—Lo que me jode es que te hagan daño. Esa es la cuestión, Melissa, que ese tío no tendrá ninguna buena intención. Y aunque la tenga, puede volver a traerte el dolor del pasado con su recuerdo. ¿Es eso lo que quieres? —Se detiene y toma aire. Sus ojos cada vez están más enrojecidos, y percibo que parece muy alterado y ha empezado a sudar—. Y también está el hecho de que me ocultaras tus encuentros con él. ¿Dónde está aquí la sinceridad, eh? Sabes que es lo que más aprecio.

—Estaba asustada. No sabía cómo decírtelo, no quería que sucediera esto.

—Pues ya está, ya ha sucedido. —Se vuelve hacia el lavabo, apoyando las manos en él y agachando la cabeza con los ojos cerrados—. Ahora, sal. No me apetece verte.

—Pero…

—¡Que te vayas, joder! —grita.

Me fijo en cómo me mira y entonces decido salir porque no lo soporto. Cierro la puerta y recuesto la cabeza en ella, intentando controlar la respiración. Me llegan las voces de los demás desde el comedor. Voy con ellos porque tampoco sé qué hacer. Los tres alzan la vista cuando aparezco.

—¿Cómo está? —me pregunta Dania.

—Está muy enfadado.

Aarón se levanta y se acerca, me abraza y me frota la espalda. Me aferro a él, tratando de controlar el llanto. Esta es la primera pelea gorda entre Héctor y yo desde que empezamos a salir. Pensé que no iba a llegar jamás. ¿Por qué siempre me empeño en imaginar utopías?

—Tranquila, se le pasará. Simplemente está disgustado y sorprendido. Pero sabes que es comprensivo y acabará aceptándolo.

—¿Y si no lo hace? —Alzo la cabeza para mirarlo con ojos suplicantes.

—Lo hará. —Es la respuesta que quiero oír, pero no sé si la verdadera.

Miro a Ana. Me observa con enojo, pero, segundos después, chasquea la lengua, se levanta y viene a abrazarme también. Aarón le deja sitio.

—Mel, solo quiero que estés bien. Oye, no me importa que trabajes con él si eso te va a beneficiar en tu carrera como escritora —me dice muy seria—. Pero si se pasa un pelo, le corto las pelotas.

Asiento con la cabeza. Me llevan a la mesa, donde Dania se

apresura a agarrarme de la mano. Me aguanto las lágrimas para no mostrarles lo mal que lo he pasado, aunque imagino que han oído parte de la discusión debido a los gritos de Héctor.

Se quedan una media hora más, tiempo que dedican a hablar de otros asuntos para distraerme. Pero yo me he retraído y lo único que hago es pensar en él, en su manera de mirarme, en sus palabras.

—Cariño, nos vamos a ir, que ya es tarde —me anuncia Ana.

Los acompaño hasta la puerta. Se despiden con besos y abrazos y muchos ánimos. Intento sonreír y fingir que estoy bien. Aarón me pide que le envíe un whatsapp cuando todo esté solucionado. Tras cerrar, la inquietud me invade. Como no me atrevo a acudir al dormitorio me quedo una hora más en el salón, viendo la tele, aunque sin mirar nada. Me entra modorra un ratito después, así que desconecto el televisor y me dirijo a la habitación. Mi estómago hace de las suyas.

La puerta está entreabierta, pero la lámpara apagada. Se filtra un fino haz de luz que me permite ver que Héctor ya se ha acostado. No dice nada cuando entro, pero no sé si está dormido o lo finge para no tener que enfrentarse a mí.

Me cambio en silencio, en la penumbra. La frescura del camisón me alivia el ardor que me ha entrado a causa de los nervios. Está en un extremo de la cama, así que cuando me meto en ella, hay un espacio enorme entre los dos. Y eso me lleva a pensar en algo metafórico, en una posible brecha que va a abrirse entre nosotros.

Durante un rato el silencio hace de las suyas, provocándome un cosquilleo temeroso en el estómago. Doy una vuelta, después otra, hasta que consigo encontrar la postura adecuada. Cierro los ojos por fin e intento entregarme al sueño. Lo estoy consiguiendo cuando noto que Héctor se remueve y, al segundo, lo tengo pegado a mi espalda. Me quedo muy quieta. No sé si está dormido o despierto; solo puedo notar su respiración en la nuca. De repente, posa la mano en mi vientre. Yo me encojo ante ese gesto de familiaridad que, tras una discusión, se convierte en uno incómodo. Se arrima más, hasta acariciarme el cuello con la nariz. Me huele, haciéndome cosquillas. El nudo en mi garganta se hace más grande.

—Lo siento —susurra con voz pastosa—. Sé que me he pasado. No quiero que discutamos. No soporto que pasemos por eso. —¿Por qué parece que le cueste hablar?

Tengo ganas de volverme hacia él, pero me muestro un poco orgullosa para que no piense que lo tiene todo tan fácil. Sus palabras de antes me han dolido mucho.

—¿Estás dormida? —pregunta apretándome la barriga.

—No —murmuro con un hilillo de voz.

—Perdóname. No quería decirte todo eso. —Me da un pequeño beso en la nuca—. Estoy contento por ti, de verdad. Lo que pasa es que estoy tan cansado últimamente… La revista me pone de muy mal humor.

No aguanto más y me muevo para colocarme frente a él. Se aparta un poco para adoptar la postura adecuada. Me mantengo en silencio mientras me frota el brazo. Al final, el nudo que me ha atosigado desde la discusión se desata. Empiezo a llorar sin poder remediarlo. Lleva la mano hasta mis ojos, me los palpa con cuidado y los descubre húmedos.

—¿Estás llorando?

Se incorpora un poco, con el brazo estirado, y enciende la lamparita de noche. Se me queda mirando con expresión culpable. Le devuelvo la mirada con los labios temblorosos porque estoy intentando no soltar ni una lágrima más, pero no puedo contener a las malditas.

—No llores, por favor. Se me parte el alma cuando te veo así. —Me estrecha con fuerza. Me aferro a él, clavándole las uñas en la espalda, sollozando sin parar. Me besa el pelo y luego apoya la barbilla en él—. No debí haberte gritado, mi amor. Había llegado tarde y cansado, y después me has contado eso y he explotado. Pero no son excusas para haberte tratado de ese modo.

Me limpia las lágrimas con las yemas de los dedos. Se inclina para rozarme los labios con los suyos. El alma me tiembla.

—No tienes nada que temer —murmuro.

—Lo sé. Y no lo hago —dice, aunque me parece que en su respuesta hay indecisión.

—No quedaré con él si es lo que deseas.

—Haz lo que tengas que hacer, Melissa. Solo tú sabes lo que será bueno para ti. —Me sujeta de la mejilla. Me la besa y después deja una línea de besos en la barbilla—. Tienes razón: es una oportunidad única, y yo quiero que triunfes.

—Entonces dime que confías en mí —le pido.

—Lo hago. Siempre lo haré.

—Soy solo tuya.

Lo miro a los ojos. Asiente, acariciándome los párpados.

—Y yo todo tuyo. Desde el principio.

La luz de la lamparita incide en su cara y puedo apreciar las tremendas ojeras que tiene. Paso un dedo por ellas. Héctor cierra los ojos y suspira. Después acerca los labios a los míos y me besa con suavidad. Su mano se desliza por mi espalda hasta atraparme por la nuca. Su beso se torna más real, más intenso, impregnado de un sabor que no atino a descubrir.

—¿Quieres hacer el amor? —pregunta.

Desde que el otro día lo rechacé, no lo hemos hecho, así que entiendo que dude. Pero lo cierto es que esta noche me muero de ganas.

—Quiero que me hagas el amor y que no salgas nunca de mí.

Apoya su frente en la mía, sonriendo. Sus labios se unen a los míos una vez más, me los lame, me muerde el inferior con delicadeza. Al tiempo, su mano derecha baja por mi espalda, deteniéndose en el trasero. Lo estruja por encima del camisón, que me sube segundos después. Me toca por encima de las braguitas. Gimo en su boca, levanto una pierna y la coloco en su cintura. Me coge del muslo, clava los dedos en él y entonces su beso se vuelve tan intenso que me abruma. Abro los ojos, confundida. Se da cuenta y también me mira. Detiene el ataque de la lengua en mi boca.

—¿Pasa algo? —Detecto un matiz de alarma en su interrogante.

—No. Solo quería mirarte mientras me besas —miento con una sonrisa.

Me la devuelve y, a continuación, empieza a darme besos por el cuello. Un escalofrío me recorre. Se bebe el gemido que sale de mi garganta cuando sus dedos exploran entre mis muslos desde el trasero. Hace circulitos en las húmedas braguitas, presiona justo en el centro de mi sexo, sacándome otro jadeo. Se aprieta contra mí sin dejar de besarme. Su maravillosa erección choca contra mi vientre, dejándome más ansiosa. Mientras tanto, uno de sus dedos aparta la tela de las bragas y avanza por mi sexo, extendiendo por él la humedad. Juega con mis labios, los acaricia arriba y abajo con suavidad, los junta, los separa. Me está volviendo loca, y se lo demuestro moviéndome al ritmo de sus caricias. Al fin, introduce el dedo en mi sexo, el cual responde palpitando, abriéndose a él, aunque lo que de verdad anhela es su excitación. Con la palma de la mano me roza el trasero mientras mete y saca el dedo, y todavía logra excitarme más.

Acaricio su pecho desnudo, bajo la cabeza y se lo beso y lamo. Me detengo en uno de sus pezones y jugueteo con él. Gruñe e introduce otro dedo en mi vagina, que cada vez está más mojada. Hace círculos con ellos, los dobla, explorando mis paredes. Suelto un gritito de placer. Me coge de la cabeza y me la levanta para besarme. Hacía tiempo que no me comía así, de manera tan intensa y primitiva. Creo que esta noche toca sexo animal.

Sin poder aguantar más, lo agarro de la muñeca y saco sus dedos. Estiro de la cinturilla de su pantalón con la intención de que se lo quite. Pronto acaba en el suelo junto con su ropa interior. Después son mis bragas las que vuelan por la habitación.

Se coloca de lado, al igual que yo, pero de manera que puede cogerme con ambos brazos. Posa las manos en mi trasero y me lo aprieta mientras su sexo durísimo me busca. Pronto lo tengo rozándome la entrada, meneo las caderas ansiosa, suelto un gemido aunque ni siquiera me ha penetrado. Los dos tenemos tantas ganas el uno del otro que no aguantamos más. Su embestida es brutal. Entra en mí sin contemplaciones, abarcándome toda. Cierro los párpados, echo la cabeza hacia atrás y jadeo. Me agarra del pelo para que vuelva a mirarlo. Los abro, me empapo de sus ojos de miel.

—Muévete, cariño. Así… Joder, me encanta… —gruñe, sacudiendo sus caderas hacia delante y hacia atrás.

Me sumo a su vaivén. Su pene rebusca en mi interior, tratando de unirse a mí en toda su extensión. Me penetra unas cuantas veces más y luego decide cambiar de postura. Se tumba boca arriba y me coloca a horcajadas sobre él, agarrándome de las caderas para ayudarme en mis movimientos.

—Adoro ver tu cara desde aquí —murmura con voz entrecortada.

Ni siquiera puedo hablar. Mis saltitos se fusionan con sus sacudidas de caderas. Me atrapa un pecho, lo aprieta y gime. Me encanta oír ese sonido. El placer se mezcla con el dolor, ya que sus embestidas son violentas, fuertes, tremendas. Me recuerdan a las primeras veces en que nos acostamos juntos. La forma en que me coge de las caderas me hace pensar en posesión. Está devorando mi interior tal como hizo en aquellas ocasiones. Y me gusta tanto que no puedo más que gritar y gritar. A este paso los vecinos van a pensar que nos sucede algo.

—Más rápido, Melissa, quiero notarte toda, hasta el fondo, hasta que no pueda encontrar más de ti —resopla.

Obedezco. Clavo las rodillas a ambos lados de su cuerpo, me apoyo en su pecho y me muevo hacia delante y hacia atrás. Su pene resigue todo mi interior, busca en él. Vibro toda cada vez que sale y vuelve a entrar hasta el final. Se incorpora un poco y me atrapa un pezón con los dientes. Tira de él, haciendo que me duela y que, al mismo tiempo, un calambre de placer me recorra de arriba abajo.

—No pares, por favor. No pares —ruego cerrando los ojos, con la cabeza echada hacia atrás.

—No lo haré nunca. Tu orgasmo me da vida.

Le araño el pecho. Suelta un pequeño gemido de dolor, pero enseguida me imita, clavando las uñas en mi culo. Echa hacia arriba la cintura un par de veces más, al tiempo que me deslizo hacia abajo. Nuestros sexos se abrazan, luchan, se encuentran, se enloquecen el uno con el otro. Nosotros mismos hemos perdido la cabeza. Sudamos, me resbalo en sus piernas y, a pesar de todo, continúo moviéndome hasta que las cosquillas aparecen en mis pies.

—Ya, no puedo…

—Sí, cariño. Córrete. Para mí.

Estallo. Aprieto los ojos gritando, convulsionándome, sintiéndome viva y luminosa. Los abro y lo observo mientras tiemblo toda. Me obliga a dar un par de saltos más, con lo que el placer no me abandona, hasta que él también se une a mí. Jadea, gruñe, me clava los dedos en los huesos de la cadera. Se derrama en mi interior en un éxtasis casi místico. Me desplomo sobre su pecho, que se agita al ritmo de su corazón desbocado. Me acaricia el pelo mientras ambos tratamos de recuperar el aliento.

—Te quiero, Melissa —murmura segundos después.

Lo beso en el pecho. Está esperando a que se lo diga y, aunque quiero, las palabras se me traban en la garganta. Alzo la cabeza, se queda observándome con la respiración aún entrecortada. Sonríe, pero no de manera sincera. Me siento tan culpable… Me besa en los labios, rápido, casi por compromiso. Sale de mí, haciendo que me note vacía.

Un rato después se queda dormido. Pero yo no. Y entonces, cuando me aseguro de que no me oye, susurro:

—Te quiero.

13

El trabajo ha sido agotador.

Lanzo el maletín a la parte trasera del coche. Una compañera me saluda desde su automóvil. Quiere que vayamos a tomar una copa, pero rechazo su propuesta. Tan solo me apetece ir a casa, encontrarla en el sofá escuchando una pieza de Bach, con los pies apoyados en la mesita esa tan cara que mi madre me regaló y que ella tanto odia. Seguramente se habrá servido una copa de vino y un poco de queso. Tendrá los ojos cerrados y moverá la cabeza al ritmo de la melodía, perdida en cada uno de sus matices. A veces me he quedado quieto frente a ella, observándola, estudiando cada uno de sus gestos, asombrado de su perfecto rostro, de lo hermosa que es. Y no se ha dado cuenta de que estaba allí hasta al menos cinco minutos después.

Conduzco rápidamente pero con cautela. Ha empezado a llover con fuerza y no quiero tener un accidente. Solo faltaba eso. Porque lo único que deseo es encontrarme con ella. Quizá hoy le apetezca hacer el amor, y entonces le demostraré las inmensas ganas que tengo de acariciar cada una de las partes de su precioso cuerpo.

Como no puedo pasar más tiempo sin oír su voz, decido llamarla por teléfono. Conecto el bluetooth al coche, marco su número y espero a que conteste. Sin embargo, no lo hace. Doy un vistazo rápido a la hora. Ya tendría que estar en casa desde hace rato. Segundos después salta el buzón de voz. Chasqueo la lengua. Me obligo a no inquietarme: puede estar duchándose.

Al final conduzco más deprisa de lo que quería. Casi me paso un semáforo en rojo. Freno a lo bestia, y una señora con su hijo y un paraguas enorme me mira con expresión de enfado. Alzo la mano para disculparme. Me la paso luego por el rostro, me froto los ojos. Estoy cansado. Lo único que anhelo es llegar a casa y descubrir sus labios una vez más. Y dormir a su lado, y saber que no hay nada de lo que tenga que preocuparme.

Cinco minutos después estoy metiendo el coche en el garaje. Por suerte, conecta con el edificio, así que no me mojaré. Saco el maletín y me dirijo al ascensor casi corriendo. Vuelvo a marcar su número, pero sigue sin cogerlo. Mi corazón se acelera. No puede tardar tanto en ducharse, es de esas mujeres a las que, aunque parezca raro, le gustan las duchas rápidas porque dice que se le arrugan los dedos.

Me parece que el ascensor tarda más de lo habitual. ¿Quién me mandó a mí comprar un apartamento en la última planta? Doy golpecitos en la pared con el tacón del zapato. Por un breve instante un rostro atraviesa mi mente. El miedo me atenaza. Cojo aire, lo suelto, parpadeo para deshacerme del nerviosismo.

Ya está. El ascensor ya ha llegado. Las puertas se abren. Me saco las llaves del bolsillo y abro con impaciencia. Las luces están apagadas. Todo está en silencio. ¿Dónde está? Cierro la puerta despacio. Avanzo por el pasillo, sin siquiera quitarme la chaqueta o dejar el maletín.

—¿Naima?

No hay comida preparándose en la cocina. No obstante, al asomarme al comedor descubro una botella de vino. Suspiro. Quizá ha salido a comprar algún ingrediente o algo que le hace falta. Pero entonces, cuando voy a marcharme, aprecio algo. Algo que me deja la boca seca. No hay una copa sobre la mesa, sino dos.

Me lanzo a la carrera hacia la habitación. Y antes de llegar, ya puedo oír las risas y los gemidos. Por mi cabeza solo pasan insultos, palabras, reproches. En mi casa. En mi propia casa.

Abro la puerta de golpe, sorprendiéndolos. Ni siquiera se dan cuenta de que lo he hecho. Ella está encima de él, meneando las ca-

deras, carcajeándose, moviéndose como no lo hace conmigo. A él no lo veo, pero sus manos en la cintura de la mujer que amo me llevan a perder la poca cordura que me queda.

—¡Naima! —la llamo casi gritando.

Se detiene. Su espléndido cabello oscuro, largo y ondulado, le cae por el rostro cuando se vuelve lentamente. Y entonces me doy cuenta de que en realidad no es Naima. Es Melissa. Su sonrisa inocente se ha convertido en la más lujuriosa que he visto jamás. No puedo articular palabra. Abro la boca, pero no sale ningún sonido. Se me cae el maletín al suelo cuando ella me hace un gesto con el dedo para que me acerque. Niego con la cabeza, aturdido, asustado.

—Únete, mi amor. Disfruta con nosotros. No seas aburrido. —Se ríe al pronunciar de manera burlona el apelativo cariñoso que uso con ella.

Y entonces sí. El grito escapa de mi garganta.

Me incorporo en la cama sobresaltado. Tengo el cuerpo empapado en sudor. El corazón me golpea contra el pecho con una fuerza inaudita. Vuelvo la cabeza y la descubro profundamente dormida. No se ha enterado de mi pesadilla. Cojo el reloj de la mesilla: las cinco y media de la mañana. Dentro de un rato tendré que levantarme para ir a trabajar, pero, de todas formas, sé que ya no podré conciliar el sueño de nuevo.

El corazón no se me detiene, sino que cada vez corre más rápido. El sudor continúa saliendo por cada uno de los poros de mi piel. Me noto asustado, nervioso, ansioso. Sé lo que necesito. Sé lo que me ayudará a olvidar el horrible sueño que he tenido. No debería hacerlo, pero es lo único que me calma, a pesar de que en alguna ocasión me incita a tener pensamientos demasiado oscuros. Quizá esta pesadilla se deba al medicamento; aun así, no puedo dejarlo.

Me levanto intentando no hacer ruido para no despertarla. Anoche por poco me descubre. La próxima vez ya no conseguiré ocultárselo, así que no debe enterarse. Me digo a mí mismo que es solo temporal, para calmar la inquietud que se ha apoderado de mí últimamente y que ha empeorado con la aparición de su ex.

Le he asegurado que estoy tranquilo, que confío en ella, que no estoy celoso. En realidad, ni siquiera entiendo cómo me siento. Es el miedo que se acerca muy despacito, ese que me abrazó tiempo atrás y que se negó a soltarme durante tantas noches. Y no quiero que se instale en la paz de esta casa. Tengo que aguantar porque lo que le está ocurriendo a Melissa es bueno. Pero no soy capaz de hacerlo sin las pastillas.

Una vez en el cuarto de baño, rebusco en el cajón. Ella no toca mis cosas, así que puedo estar tranquilo. Además, las he escondido bien para que no las encuentre. Aunque quizá deba cambiarlas de sitio porque puede que empiece a sospechar después de lo de anoche.

Saco el botecito, lo contemplo bajo la luz. Fluoxetina. Solo un paliativo para el dolor, para la ansiedad. No hay nada de malo en ello aunque no me lo haya recetado el médico. Tenía un par de frascos guardados, por si alguna vez debía recurrir a ellas otra vez. Me echo una en la boca y abro el grifo para beber. Trago un sorbo de agua con los ojos cerrados. Hoy en el trabajo me sentiré un poco atontado, pero, por suerte, no tengo ninguna reunión. Estaré encerrado en el despacho tan campante, hablando conmigo mismo, convenciéndome de que todo va bien.

Porque Melissa me ha dicho que no tengo nada que temer. Y confío en ella.

Aunque, en el fondo, hay algo en su mirada que me ha hecho retroceder.

Regreso al dormitorio. Cuando me estoy acostando, se remueve. Me pasa la mano por el pecho.

—¿Qué hora es? —murmura adormilada.

—Para ti aún es pronto.

—¿Dónde estabas?

—En el baño.

Suelta un suspiro y vuelve a quedarse dormida. La luz del amanecer empieza a filtrarse por las rendijas de la persiana. Contemplo su rostro sereno, tan hermoso, tan especial, tan inocente. Recuerdo el sueño y el estómago se me encoge. Me obligo a apartarlo de mi mente. Ella no es así. No es Naima. Yo mismo se lo dije. Se cortó el pelo por mí, por ella, para que estuviésemos bien.

Pero él… ha vuelto a su vida. Y no me fío. No puedo más que temer.

Viernes. Los adoro. La oficina está en calma. Tengo todas las correcciones terminadas. Me dirijo a la sala del café para tomarme uno muy cargado porque no he dormido bien. Desde hace un par de días Héctor se agita aún más en la cama, a veces murmura palabras que no logro entender. Después se levanta y va al baño. Ni siquiera oigo la cadena, y regresa enseguida. Me pregunto qué hace allí, pero no me atrevo a comentárselo porque temo su respuesta.

—¡Mel! —Dania y otro compañero se encuentran en la sala.

—Hola —saludo, seca. No es que esté enfadada con ella, pero su actitud hacia Aarón y hacia mi hermana tampoco me gustó.

—¿Salimos esta noche un rato? —me pregunta cuando el otro se ha ido.

Al final me sirvo una taza de café con leche y luego me vuelvo hacia ella negando con la cabeza.

—Quiero invitar a Héctor a cenar. Últimamente trabaja mucho y pasamos juntos poco tiempo. Me apetece hacer algo a solas con él.

—Entonces creo que llamaré a alguien —dice pensativa. Me mira con sus enormes ojos—. ¿Crees que Aarón estará disponible?

La reprendo con la mirada. Suelto un suspiro al tiempo que encojo los hombros.

—Ni idea. Pregúntale a ver —contesto, imaginando que quizá haya quedado con mi hermana, quién sabe. No he hablado con ella desde que les conté que me publicarán la novela; me siento un poco avergonzada, aunque no sé muy bien por qué.

Ana se ha mudado al otro apartamento que encontró mientras Félix y ella están en ese bache. Le dije que se quedara con nuestros padres, que así se ahorraba dinero, pero no ha querido y, aunque Félix le comentó que si prefería podía marcharse él del piso en el que vivían, ella se negó alegando que le traería malos recuerdos.

—Me vuelvo al despacho, que quiero terminar unas cosillas.

Dania asiente, me detiene y me planta un besazo en la mejilla. Le sonrío de manera abierta. Una vez ante mi mesa, me pongo con las revisiones de la novela que Germán me envió. Hay algunos asuntos que me gustaría debatir con él, pero lo cierto es que no quiero llamarlo, así que decido escribirle un correo exponiéndole todas mis dudas. Pocos minutos después recibo su respuesta, mucho más amistosa que la mía.

De: germanm@editorlumeria.com
Asunto: Preguntona

Sigues tan inquieta e indecisa como siempre. En un solo correo me has hecho más de diez preguntas. Tranquila, que esta noche podrán contestártelas todas.
Tienes cena con la editora jefe.
Apunta la dirección del restaurante: Ringo. Avenida de la Hispanidad, n.º 11. A las nueve.

Germán

P. D.: Se me ha hecho larga la espera hasta recibir un correo tuyo. Aunque aguardaba una llamada.

Releo el texto. ¿Por qué utiliza ese tono —no puedo oírlo, pero me lo imagino— amigable? Como si nos conociéramos de toda la vida... Tras pensar en esto, me echo a reír. En realidad, sí nos conocemos desde hace mucho. Aun así, no creo que sea correcto que me escriba un email tan cariñoso, sobre todo por esa posdata... No me apetece cenar con la editora, pero supongo que no tengo otra opción. Me sabe mal dejar solo a Héctor, aunque quizá él pueda quedar con Aarón.

De: melissapolanco@gmail.com
Asunto: Yo preguntona y tú inoportuno

Hola de nuevo, Germán:

Me fastidias los planes que tenía para hoy, pero supongo que no puedo rechazar la cena. ¿Acaso la editora ha decidido cambiar de opinión y trabajar conmigo? No sabes cómo me alegraría eso.

Mel

P. D.: Pues a mí no se me ha hecho nada larga, y te he escrito por obligación. Cuanto más lejos... ¡mejor!

De: germanm@editorlumeria.com
Asunto: ¡Auch! Menuda tigresa

Querida Meli:

¿Te noto un poco susceptible?
La editora no ha cambiado de opinión (tampoco tiene tiempo para trabajar con vosotros, los autores), pero quiere conocerte

porque tu novela le fascina. Eso, y que tiene ganas de hablar de la promoción, que es lo que le interesa.

Así que tenías plan para esta noche... Estás muy fiestera últimamente, ¿no?

Germán

P. D.: ¿En serio? ¿Lejos?
P. D. 2.: No lo creo.

Parpadeo, con la boca abierta. ¿Acaso está intentando tontear conmigo el gilipollas este? No, no, supongo que lo que quiere es hacerme rabiar, que eso también se le ha dado muy bien siempre. El último email que le escribo:

De: melissapolanco@gmail.com
Asunto: Hay ciertas personas que despiertan susceptibilidad...

Estimado (no te tomes esto muy en serio, tan solo es una fórmula de cortesía) Germán:

«Susceptible» no es la palabra adecuada, pero te dejo que la pienses y cuando creas que la sabes, me lo dices.

Pues sí, tenía planes, y yo siempre he sido fiestera. Tú también lo eras hasta que te convertiste en un abuelo regañón, ¿recuerdas?

Di a tu jefa que a las nueve menos cinco estaré allí.

Melissa

P. D.: Muy lejos, tanto que parezca que no existes.
P. D. 2.: Ese es tu problema, que nunca crees nada.

Voy a cerrar el correo cuando oigo un nuevo pitido. Una nueva respuesta suya.

De: germanm@editorlumeria.com
Asunto: Porque todo es igual y tú lo sabes...

¿Recuerdas el inicio de ese poema de Luis Rosales? ¡Fíjate,
nada ha cambiado! Yo te chincho y tú te molestas.
Ok. Se lo diré.

Germán

P. D.: Sí creo. Creo, por ejemplo, en lo divertida e ingeniosa que
sigues siendo.

Suelto un bufido. No pienso contestarle más, que ya se está pasando con tantas confianzas. No puedo dejar que crea que va a volver a ser mi amigo. Apago el ordenador, decidida a no encenderlo al menos hasta que regrese de la pausa de la comida. Cojo el monedero y salgo del despacho en busca de Dania, pero no la encuentro por ninguna parte, así que decido ir sola a la cafetería. En el ascensor escribo un whatsapp a Héctor (sí, no me atrevo a llamarlo, ¿qué pasa?)

Cariño, tengo cena con la editora. A lo mejor al final podré trabajar con ella, ¿qué te parece? Y tú, ¿vas a trabajar hasta muy tarde hoy? Podrías quedar con Aarón. Un beso.

Vale, le he dicho una mentirijilla, pero prefiero que esté tranquilo... aunque realmente no sé si lo estará, ya que tal vez piense que voy a cenar con Germán.

En la cafetería hay un par de compañeros, pero me gusta más sentarme sola. Me pido mi habitual bocadillo de tortilla de patatas y me dirijo con él y una Coca-Cola a la mesa del fondo. Doy un par de mordiscos al bocata, esperando una respuesta que no llega. Decido llamarlo, pero su móvil comunica. ¿Me habrá hecho caso y estará hablando con Aarón? ¡Pues podría haberme contestado antes a mí! Estoy tomándome el café cuando mi móvil vibra sobre la mesa.

De acuerdo. Llamaré a Aarón a ver si quiere ir al cine.

No me ha enviado un beso, ni me ha dicho «mi amor» o «te quiero» como es habitual en él. Quizá debería llamarlo otra vez, pero puede que esté en una reunión o acompañado por alguien. Al final no lo hago, me termino el café y regreso al despacho. Reviso el correo de la empresa por si me han enviado alguna corrección de última hora, pero todo sigue en orden. Me decido a retocar la novela el resto de la tarde. Mañana o pasado podré enviársela a Germán.

A las siete salgo del trabajo, conduzco hasta casa con nerviosismo. ¿Y si Héctor ha salido antes y está esperándome para interrogarme o algo peor? Encuentro una plaza casi debajo de casa. No he pagado para tener una en el aparcamiento del edificio porque, al fin y al cabo, no soy la propietaria del piso.

Todo está en silencio cuando entro. No ha llegado. Tiro el bolso de cualquier manera y, por el pasillo, voy quitándome la ropa para meterme en la ducha. A las ocho y media ya estoy perfecta. «Pero ¿cómo he tardado tanto?», pienso mientras me calzo unos zapatos que no tienen demasiado tacón. Ahora tendré que ir un poco más aprisa de lo planeado.

Pillo un atasco en la carretera. ¿Adónde va toda esta gente un viernes a estas horas? Yo que pretendía llegar antes de la hora y, entre buscar aparcamiento y todo, llegaré con diez minutos de retraso. ¿Qué va a pensar la editora de mí?

Salgo del coche y corro por la calle tratando de que no se me tuerzan los tobillos. Ni siquiera echo un vistazo al restaurante. Abro la puerta como una loca. Uno de los camareros me pregunta si tengo reserva, le doy mi nombre y el de la editora, y me indica que lo siga. Me fijo en que se trata de un restau-

rante con aspecto romántico. Velitas por todas partes, ilumi-
nación tenue, flores en las mesas... Pero ¿qué...?

El camarero me lleva hasta una mesa a la que está sentado
Germán.

Solo.

14

Se levanta con una sonrisa. Va vestido con un chaleco, una camisa blanca y unos vaqueros elegantes. Lleva el pelo encantadoramente despeinado. Espera, ¿encantadoramente? ¡Me ha preparado una trampa! Rodea la mesa y se acerca a mí, aunque no intenta darme dos besos como la otra vez.

—Qué guapa te has puesto —exclama sin borrar la sonrisa.

Miro de reojo al camarero, que parece estar esperando a que me siente. Sin embargo, lo que hago es alzar una mano y agitarla en el aire.

—Vale. Me marcho.

Germán abre mucho los ojos, sin entender. Mira al camarero con expresión de disculpa. Este se retira y él se me queda observando.

—¿Qué dices?

—¡Que tú eres un listo! Me has traído aquí engañada. Pero ¿qué te has creído, que después de todo puedes venir y querer que hablemos así como así? ¡Como si fuese tan fácil! —He alzado la voz y los clientes de un par de mesas cercanas nos miran con atención. Me pongo roja; aun así, no puedo callarme—. Pues que sepas que estás muy equivocado. Que una tiene su orgullo.

—¿Sucede algo? —pregunta una voz femenina.

Me vuelvo, pensando que será una camarera o la gerente del restaurante. Sin embargo, me encuentro con una mujer de unos cuarenta y cinco años, muy elegante, con un traje chaqueta y aire intelectual. Lleva el pelo, rubio ceniza, recogido en un moño, y está estudiándome con una sonrisa curiosa. Dirijo la vista hacia Germán, quien me señala un bolso que hay medio oculto en una de las sillas. ¡Ups! ¡Qué bochorno! No me digas que esta es...

—Paula Mariner. —Alarga la mano para estrechar la mía, que tiembla como un flan.

—Encantada —respondo, notando que tengo coloradas hasta las orejas.

Me indica con un gesto que tome asiento enfrente de ella. Germán se sienta a su lado. No me atrevo a mirarlo a la cara, así que pongo la atención en la editora, que ha cruzado las manos ante la barbilla y me observa con una sonrisa.

—Así que tú eres Nora —dice. Tiene una voz poderosa y amigable.

—En realidad ese es mi seudónimo. Me llamo Melissa Polanco.

Madre mía, estoy muerta de vergüenza.

—Espero que Germán te haya contado lo ansiosa que estoy por publicar tu novela. —Se acomoda en la silla, cogiendo su copa de vino y llevándosela a los labios, aunque no bebe—. Creo que es diferente a lo que hemos publicado hasta ahora. La protagonista puede ser un referente tanto para las mujeres como para los hombres, y eso es lo que vamos a potenciar: no es solo una historia de amor, sino mucho más. Hay suspense, aventuras, romanticismo y, sobre todo, un mensaje de lucha.

Miro de reojo a Germán, el cual sonríe complacido. Supongo que fue el primero que la leyó y quien se la pasó a Paula.

—¿Has empezado a hacer los cambios que Germán te pidió?

—Ya casi he terminado.

—¡Perfecto! —gorjea alzando una ceja—. Quiero empezar con la promoción a mediados de febrero, para ir abriendo boca.

Asiento con la cabeza. Tengo un nudo en el estómago a causa de los nervios. No puedo creer que esto esté pasándome, así, tan rápido, tan de repente. El camarero de antes se acerca para tomarnos nota. Germán se pide un filete con salsa de setas, Paula un solomillo y yo únicamente una ensalada. No va a entrarme nada más.

—Melissa, ¿tienes alguna pregunta? —Paula me observa con su sonrisa brillante.

—No, ahora mismo no. —Niego con la cabeza.

—Entonces brindemos. —Acerca su copa al centro.

La imitamos. Bebo el vino, fresco y delicioso. Al mirar a Germán, este vuelve a levantar la copa para brindar solo conmigo. Hago caso omiso y me centro en hablar con la editora.

La cena es amena. Paula es una mujer inteligente y, al mismo tiempo, sencilla. Hablamos de cómo se creó la editorial. Explica que su padre la fundó cuando era muy joven. Después, ninguno de sus hermanos quiso continuar el negocio, así que ella decidió quedárselo. Es una gran lectora, y también ha escrito algunos libros, aunque no novelas, sino ensayos. Me entero asimismo de que contrató a Germán tras una prueba: le dio a leer dos libros y tenía que explicarle cuál pensaba que podía ser un superventas. Resultó que la elección le pareció maravillosa. Aparte, insiste en que tiene un currículum excelente. Me pregunto si después de que lo dejáramos, realizaría más cursos.

—Melissa, creo que tenemos en las manos una novela grandiosa. Y estoy segura de que trabajaremos juntas durante más tiempo —me dice tras el postre.

Me siento como en una nube. Por si eso no bastara, he bebido un par de copas más de vino y ya puedo notar los efectos. Los tres nos levantamos tras pagar la cuenta —en realidad, ha invitado ella— y nos dirigimos a la salida entre bromas.

—Bueno, chicos, mañana tengo una cita con mi marido y mis hijos, así que, sintiéndolo mucho, he de retirarme. —Esta vez me da dos besos en lugar de la mano—. Pero vosotros, que sois jóvenes, podéis continuar celebrándolo. —También da dos besos a Germán.

Espero a que se marche para hablar con él. Sin embargo, me siento un poco tímida y, cuando me decido a murmurar algo, él también abre la boca.

—¿Quieres que…?

—Perdona…

—¿Sí?

—Tú primero.

—No, tú. —Sonríe.

—Que perdona por el espectáculo de antes —me disculpo.

—No te preocupes. —Se mete las manos en los bolsillos de los vaqueros. Hoy tampoco lleva chaqueta. ¿Nunca tiene frío o qué?—. Entonces ¿quieres que tomemos algo?

—Mejor no.

—Me lo debes, por lo de antes.

Joder, no sé qué hacer. Es cierto que me he pasado, pero ¿debería aceptar la invitación de Germán e ir a tomar una copa con él? Me quedo pensativa unos instantes.

—Vamos, es pronto —insiste.

Miro el reloj. Aún no son las doce. Y es viernes. ¿Estará Héctor con Aarón? No he recibido ningún mensaje suyo. Suspiro y al final acepto.

—Está bien, pero solo una copa.

Alza las manos, ensanchando la sonrisa.

—Claro. Tú decides cuándo te vas.

—¿Adónde podemos ir? —pregunto, todavía quieta en la acera.

—Al final de la calle hay un pub que está muy bien. Ponen buena música y el ambiente es agradable.

—Pues vayamos allí. —Me encojo de hombros. Menos el Dreams, cualquier local.

Caminamos en silencio. Él todavía con las manos en los bolsillos; yo, sosteniendo el bolso y tratando de serenarme. Me repito una y otra vez que lo que estoy haciendo no está mal. Somos dos personas que simplemente van a tomar una copa. Punto y final.

—¿Qué te ha parecido Paula? —me pregunta de repente.

—Es una mujer muy agradable. —Medito unos segundos—. Y culta. Eso me gusta. Me parece fantástico que una editora tenga nociones literarias tan amplias.

—¿Y qué hay de mí? ¿Crees que soy un buen editor? —Me guiña un ojo.

—Bueno, supongo que fuiste tú quien eligió mi novela, así que tienes un gusto excelente. —Me río yo sola.

No contesta. Se ha quedado muy callado. Lo observo también en silencio, intentando descubrir los motivos por los que su actitud ha cambiado tan de repente. No me da tiempo a pensar nada más porque enseguida llegamos al pub. El segurata nos saluda y nos abre la puerta. Dentro todavía hay poca gente y la música es tranquila, aunque imagino que cuando lleguen más personas cambiará la cosa. Dejo la chaqueta en el guardarropía y nos encaminamos a la barra, en la que hay un par de camareras bailando al ritmo de la melodía. Una de ellas es exuberante, pero tiene cara de niña. Nos saluda con una sonrisa.

—¡Decidme! —grita, a pesar de que cualquiera la oiría perfectamente con un tono de voz más bajo. Supongo que es la costumbre.

—Yo quiero una cerveza —dice Germán. Se vuelve hacia mí—. ¿Y tú?

—También.

La chica nos sirve las bebidas y nos deja, marchándose con su compañera, la cual está hablando con un tío de esos que tienen los músculos a punto de explotar. Germán bebe sin apartar de mí la mirada.

—Entonces ¿estás contenta con tu decisión?

—Claro —respondo sonriendo—. No sabes las ganas que tenía de que alguien me diese una respuesta.

—Con tu talento tampoco habrían tardado mucho más.

Ladeo la cabeza y me quedo pensativa. Me mira sin comprender.

—No sé a qué viene todo esto, Germán. ¿Ahora te parece que tengo talento? Porque nunca fuiste capaz de reconocerlo.

—Era un gilipollas.

—Y que lo digas.

Nos reímos los dos. Empieza a entrar más gente, unas cuantas parejas jovencitas. Una de las camareras hace una señal al DJ y este, de repente, cambia la música y sube el volumen. Pues bueno, ya empezamos. A mí los pies se me mueven solos.

—El otro día no me explicaste nada. —Germán se arrima un poco más para que pueda oírlo—. ¿Qué estás haciendo además de trabajar en la revista?

—Escribir otra novela —respondo asintiendo con la cabeza. Hago un silencio y le suelto—: Y me casé y tengo tres hijos.

—¿En serio? —Abre mucho los ojos, totalmente sorprendido.

—No. —Me echo a reír—. Pero es lo que me habría gustado.

Hale, le he dado otro golpe bajo. Se queda callado y, para distender el ambiente, da otro trago a la cerveza. Yo también. Bueno, yo más bien me la bebo de golpe. Hago un gesto a la camarera para que me traiga otra.

—¿No querías solo una?

—La cerveza no cuenta como copa. Esto es casi agua.

—Menuda borracha —bromea.

—¿Y tú qué? ¿Te has casado?

—Claro que no.

—Ah, es verdad, lo había olvidado. Si tú tienes alergia a eso —respondo en tono sarcástico.

Mueve la cabeza, entre divertido y un poco molesto. No puedo evitar atacarlo, para qué mentir.

—Por cierto, estuve pensando en la palabra adecuada... Esa que no era «susceptible» —dice entrecerrando los ojos y con una sonrisa ladeada.

—¿Ah, sí? ¿Crees que ya sabes cuál es?

—Sí.

—Venga, listo.

Se inclina, arrimándose mucho a mí, y me dice al oído:

—«Nerviosa.»

Su aliento me hace cosquillas. Me retiro, asustada, aunque trato de aparentar normalidad.

—¿Nerviosa? ¿Y por qué?

—Por estar cerca de mí.

Se aproxima una vez más. No me aparto, para que vea que no tiene razón. Pero en realidad sí estoy un poco alterada. Lleva One de Calvin Klein. Y ese perfume me puede.

—No seas creído. Estoy tranquilísima.

—¿De verdad? ¿Y por qué te estás tocando el cuello como cuando te ponías nerviosa? —Me señala la mano. La aparto rápidamente.

—Me picaba —miento.

De repente alarga el brazo y me roza donde yo me toqueteaba. Me rasca con suavidad. El corazón se me acelera sin poder remediarlo. Esta vez sí me retiro. Nos quedamos callados un instante. Vuelvo el rostro y me pongo a mirar a la gente que hay en el pub, aunque en realidad no veo nada. Tan solo puedo pensar en el cosquilleo que he sentido cuando me ha tocado.

—¿Por qué usas aún esa colonia? —le pregunto, así como quien no quiere la cosa. Hay algo en mí que desea saber la respuesta.

—Me gusta —responde encogiéndose de hombros.

—Ah.

—Y porque, cada vez que me la pongo, recuerdo cuando tú llegabas el día de mi cumpleaños con el regalo, con esa sonrisa que te iluminaba toda la cara.

Se me seca la garganta. Ahora mismo no puedo decir nada, ni tampoco moverme. Alzo la vista y la clavo en la de Germán. Sus ojos tan azules, risueños y brillantes, están mirándome con curiosidad, pero también con algo más que no atino a acertar. Aprieto el cuello de mi botellín. Las manos me sudan. ¿Por qué tengo tanto calor aquí? Vuelvo la cara hacia los que bailan en la pista. Tengo que dejarle las cosas claras. Y, sin mirarlo, le digo en un murmullo, que ni siquiera sé si escuchará:

—Germán, no te equivoques. No estoy dispuesta a aguantar que…

No me deja terminar. Apoya una mano en mi hombro y me zarandea, al tiempo que alza el dedo de la otra con la boca abierta. Presto atención. Escucho esa canción de David Guetta, *Lovers On The Sun*. Fue todo un éxito el verano pasado, así que en los locales siguen poniéndola. A la gente la motiva y, para qué negarlo, a mí también. Pero ahora mismo estoy tan confundida que apenas reparo un minuto en ella. Germán aparta la mano de mi hombro y me coge de la muñeca.

—¡Vamos a bailar! —exclama risueño.

¿Bailar… yo con él? Pero ¿estamos locos o qué? Niego con la cabeza, un poco asustada. Junta las manos a modo de ruego.

—¡Venga, por los viejos tiempos!

Desisto. Ha regresado con su personalidad arrolladora de nuestros primeros años. Me arrastra a la pista. Recuerdo que él bailaba muy bien. Imagino que continuará haciéndolo. Hay cosas que no se olvidan nunca…

Nos detenemos en un pequeño hueco. La pista se ha llenado en cuestión de segundos. La gente se mueve emocionada al ritmo de David Guetta. Germán se ha puesto a bailar, pero me quedo quieta, con lo que me llevo un par de empujones de quienes están a mi alrededor. Me agarra de las manos una vez más e insiste en que me mueva. Al principio lo hago con timidez, a pesar de que me ha visto muchas veces bailando. Entre el calor, la marcha de la canción, la emoción de la gente —junto con el vino y las cervezas, claro—, empiezo a animarme. Alzo los brazos y contoneo las caderas, tarareando: «*We're burning up… We might as well be lovers on the sun… Oh, oh, oh, oooh.*» («Estamos ardiendo. Quizá podríamos ser amantes bajo el sol… Oh, oh, oh, oooh.») Todos corean el estribillo con ganas. Germán y yo también.

Bailamos separados, pero, a medida que la canción se acelera y la gente se apretuja, acabamos más juntos. Apoyo las manos en su pecho para no chocar contra él. Es sorprendente lo fuerte que está ahora. No es que antes tuviera mal cuerpo, pero se nota que en los últimos tiempos se ha puesto las pilas.

La canción de Guetta se acaba y empieza a sonar *Blurred Lines* de Robin Thicke. Germán suelta una exclamación y me coge otra vez de las manos. Me echo a reír cuando me da una vuelta. He de reconocer que estoy pasándolo bien. Últimamente no he tenido muchas oportunidades para bailar, a no ser que lo hiciera con Dania o Aarón. «*Ok, now he was close tried to domesticate you. But you're an animal. Baby it's in your nature. Just let me liberate you.*» («Ok, él estaba tratando de domesticarte. Pero tú eres un animal. Cariño, está en tu naturaleza. Solo déjame liberarte.»)

—«*I know you want it… You're a good girl*» —cantamos Germán y yo a dúo.

Se sitúa a mi espalda sin dejar de bailar. Ya he perdido toda la vergüenza; además, este tema me chifla.

—¿Recuerdas cuando nos tirábamos hasta las tantas en las discotecas? —me pregunta aún a mi espalda, acercando el rostro a mi nuca.

Por supuesto que me acuerdo. Éramos los reyes de la pista. ¡No teníamos ni punto de comparación!

—¡El sol nos daba los buenos días! —exclamo echando la cabeza hacia atrás y riéndome.

—Eran buenos tiempos —murmura a mi oído.

Algo en mi interior me sobresalta. Me aparto, indecisa, pero Germán no me da tregua y me obliga a seguir bailando. Se quita el jersey, quedándose en camiseta de manga corta, y se lo anuda a la cintura. ¿Cómo puede estar así, tan tranquilo, después de todo? Me llevo una mano a la frente y me la rozo: estoy sudando demasiado.

Se acaba la canción. Unas chicas a nuestro lado gritan en cuanto oyen los primeros acordes de *Bailando* de Enrique Iglesias. Germán tiene pasos de baile para todo tipo de música. Me pasa la mano por la cintura y me arrima a él. Poso las manos en sus hombros, con la mirada clavada en la suya. Me está sonriendo, y yo adoraba ese gesto, ¿verdad? Iluminaba mis mañanas hasta que desapareció con él. El sensual ritmo de la canción se clava en mi cabeza. «Yo te miro y se me corta la respiración. Cuando tú me miras se me sube el corazón. Y en el silencio tu mirada dice mil palabras. La noche en que suplico que no salga el sol.» De repente, tan solo somos la música, los ojos de Germán, su sonrisa, la presión de sus manos en mi cintura y yo.

«Bailando, bailando, bailando, bailando... Tu cuerpo y el mío llenando el vacío. Subiendo y bajando... Ese fuego por dentro me está enloqueciendo, me va saturando. Con tu física y tu química, también tu anatomía...»

La letra me sacude. También la cercanía de Germán a mi

cuerpo. Me muero de calor, y no deja de bailar. Su piel, como la mía, está sudada. «Qué ironía del destino no poder tocarte, abrazarte y sentir la magia de tu amor. Bailando, bailando...» La camiseta se le pega y puedo apreciar sus músculos contrayéndose al ritmo de la música. Parpadeo, sin entender bien qué estoy haciendo. «Y ya no puedo más, ya no puedo más... Con esta melodía, tu color, tu fantasía, con tu filosofía mi cabeza está vacía...»

Sus manos bajan por mi espalda. El calor me sofoca. Y entonces veo que se inclina. Que su rostro se arrima peligrosamente al mío. Ladeo la cabeza y lo aparto de un empujón. Al volverme choco con una chica que está bailando muy emocionada. Me mira mal, pero me da igual. Tengo que salir de aquí.

Germán me detiene. Su mano aprieta la mía; hago amago de soltarme, pero tiene más fuerza que yo. Me pega de nuevo a su cuerpo y temo que intente besarme una vez más. Pero lo que me preocupa de verdad es cómo podría sentirme con ese beso. Sin embargo, lo único que hace es mirarme con gesto arrepentido.

—Ha sido una estupidez. Perdona, no sé qué me ha pasado —se disculpa.

—Me voy ya.

Corro hacia el vestíbulo, rebusco entre el montón de chaquetas hasta dar con la mía. Germán está detrás de mí poniéndose el jersey. La camiseta se le sube en el momento en que alza los brazos para metérsela. Aparto la mirada con un enorme sentimiento de culpabilidad.

El aire fresco me calma un poco. Pero necesito que este maldito corazón deje de trotar como un loco. ¿Estoy tonta o qué? ¿Por qué he bailado con él de esa forma? ¿Acaso no quería mantenerme alejada? Me encamino a mi coche, pero él me sigue. Con unos pocos pasos me alcanza e intenta que me pare. Continúo mi avance dando resoplidos.

—Eh, Meli, en serio, perdóname. No pretendía hacer eso. Ha sido el momento, la música, tu cuerpo cerca... ¡Soy un hombre!

Me detengo de golpe. Vuelvo la cabeza lentamente hasta encontrarme con su mirada. Sus ojos azules parecen preocupados, pero también curiosos. Decido contarle la verdad. Héctor merece que se la diga.

—Estoy saliendo con alguien.

Germán parpadea, separa los labios y luego ladea la cabeza, sonriendo.

—Bueno, me lo imaginaba. Una mujer como tú no puede estar sola por mucho tiempo.

—¡¿Qué quieres decir?! —pregunto con voz chillona, pensando que me está insultando.

—Eres guapísima, inteligente, buena persona. Es normal que quieran estar contigo.

Me sorprende con esa respuesta.

—Eso no era lo que pensabas cuando saliste con aquella adolescente, ¿no?

—¿Por qué me atacas? —Alza los brazos en señal de protesta.

—¡No lo sé! ¡No puedo evitarlo! Aún estoy rabiosa, ¿entiendes? —Me arrepiento al instante de haberle dicho eso. Por nada del mundo quiero que piense que lo que tengo son celos... y que se deban a cierto sentimiento.

—Esa chica no fue nada. No te dejé por ella.

Echo a caminar de nuevo. Y él a mi lado. Por fin llego al coche.

—¿Por qué no me habías dicho que tienes pareja? —inquiere cuando estoy a punto de abrir la puerta.

—¿Y por qué tendría que habértelo dicho? —Doy la vuelta y lo miro con impaciencia—. No quiero hablar de mi vida contigo. Ahora solo eres mi editor. Y eso no va a cambiar.

Se queda callado, pensativo. Espero unos segundos por si

dice algo, pero como veo que no, abro y me meto en el coche. Se queda fuera, mirándome a través de la ventanilla. Alzo una mano a modo de despedida y arranco, dejándolo atrás. Suspiro aliviada. Qué nochecita. En mala hora he accedido a tomar una copa con él. No entiendo qué es lo que está sucediendo ni lo que pretende.

Pongo la radio para calmarme; sin embargo, en cuanto oigo la música recuerdo cómo he bailado con Germán y me pongo más nerviosa. Menuda arpía estoy hecha. Y Héctor en el cine con Aarón. No puedo hablarle sobre esto, se enfadaría muchísimo. Y de todos modos, ya le he dejado clara la situación a Germán. La próxima vez, si quiere quedar, será donde podamos mantenernos a un kilómetro el uno del otro. O mejor, que me diga todo por teléfono.

Conduzco como una psicópata. No me detengo en un semáforo solitario. Tengo unas ganas tremendas de llegar a casa y deshacerme de toda esta culpabilidad que se me ha pegado a la piel. Quiero meterme en la cama con Héctor y dejar bien enterrado el pasado y los recuerdos.

No encuentro aparcamiento cerca, así que me toca estacionar el coche en la calle siguiente. Camino apretando la chaqueta contra mi cuerpo. Ahora se me ha quedado frío el sudor. Y encima no cesan de venirme a la cabeza los movimientos de Germán y los míos con la canción de Enrique Iglesias. Hemos estado muy cerca. Hemos bailado con demasiada confianza. No va a repetirse nunca más porque solo quiero hacerlo con Héctor.

El ascensor está en la última planta. ¿Habrá llegado hace poco? Espero taconeando en el suelo hasta que las puertas se abren. Pulso varias veces el botón hasta que se cierran. Saco el móvil del bolso y descubro una llamada de Aarón. ¿Qué? ¿Por qué me ha telefoneado? Un pinchazo me atraviesa el estómago. Por fin llego a nuestro piso. Salgo del ascensor a toda prisa. Las llaves se me caen, las recojo nerviosa. Abro la puerta con el corazón brincando. Descubro que las luces del salón están encendidas.

—¿Héctor? —pregunto.

Y entonces su voz gangosa desde la otra habitación me deja clavada en el suelo.

—¡Di a esa mentirosa que se vaya por donde ha venido!

15

No me atrevo a dar ni un paso. ¿Lo ha dicho en broma o en serio? ¿Y por qué sonaba tan raro? No entiendo nada. Dejo el bolso en el recibidor con cuidado. Me desabrocho los botones de la chaqueta y la cuelgo con manos temblorosas. En ese momento, Aarón se asoma.

—Hola, Mel —me saluda. Está muy serio y parece un poco nervioso.

—¿Qué pasa? —inquiero acercándome a él.

—Héctor no se encuentra muy bien —dice en voz baja.

—¡Que se vaya de mi casa! —grita desde el salón.

Abro mucho los ojos, mirando a Aarón sin comprender. Se acerca aún más para poder hablarme al oído.

—Ha bebido bastante.

Me quedo observándolo con incredulidad. ¿Héctor bebiendo? Nunca lo he visto borracho. Cuando salimos se toma un par de copas como todos, nada más.

—Pero ¿no habíais ido al cine?

—¿Qué? No —Aarón arquea una ceja—. Hace una hora o así ha venido al Dreams con una mujer. Tranquila, es una compañera de la revista —explica cuando ve que estoy empezando a alterarme—. Ya venía mal, así que he decidido traerlo a casa.

—¿Qué hacía con esa mujer? —No se me ocurre que yo he estado con otro hombre. Pero ¡no es lo mismo!

—No sé, Mel. Quizá tenían que terminar algún trabajo y luego han ido a tomar algo. —Aarón se encoge de hombros.

Me froto las manos, confundida. Paso junto a él para dirigirme al salón. Me detiene un momento.

—Ha tomado algo más.

—¿Quéee? —Me sobreviene una náusea. ¿Héctor drogándose? Pero ¿qué…?

—No es lo que piensas —me corrige Aarón, antes de que yo complete la frase—. Tiene unas pastillas para… la depresión. Pero le habrán pegado más fuerte a causa del alcohol.

No puedo creer lo que oigo. Sabía que algo estaba pasando, que cada vez que me decía que tomaba paracetamol me mentía y, aun así, me he engañado como siempre. ¿Por qué está tomando otra vez ese medicamento? Un rayo de miedo cruza todo mi cuerpo. Me dirijo al salón de nuevo y, en esta ocasión, Aarón no me detiene. Entro con cautela. Héctor está sentando en el sofá. Más bien, está derrengado. Me coloco a su lado. Cuando se percata de mi presencia, me mira con los ojos entrecerrados. Me acuclillo.

—Cariño, ¿estás bien? —le pregunto, preocupada.

Alargo una mano para acariciarlo, pero me la aparta con enfado. Lo miro asustada. Aarón se encuentra de pie junto a mí. Alzo la vista y él se encoge de hombros. Dirijo los ojos otra vez a Héctor. Suda a mares. No parece encontrarse nada bien.

—¿Qué coño haces aquí? —Su tono, furioso, me desintegra—. ¿No te he dicho que te fueras?

—No le hagas caso. Está borracho. —Aarón interviene para tranquilizarme, pero lo cierto es que no lo consigue.

—¿Deberíamos llevarlo al médico?

—No creo que le haga falta. Una ducha y lo acostamos.

Me levanto, temblando de arriba abajo y sin dejar de mirarlo. Ahora ha cerrado los ojos y respira con dificultad. Pero ¿cuánto ha bebido para estar así?

—¿Por qué ha tomado esas pastillas? —pregunto a Aarón.

—¿Y yo qué sé, Mel? Puede que esté estresado con el trabajo.

—¿Crees que es por mi culpa?

No contesta, pero puedo adivinar su respuesta. El sentimiento de culpabilidad se hace mayor, me abre un hueco en el estómago.

—Qué estáis diciendo, ¿eh? —Héctor se levanta de golpe, pero se tambalea y Aarón tiene que sujetarlo para que no se caiga. Apenas puede abrir los ojos y cada vez suda más.

—No está bien, Aarón —digo, angustiada.

—Vamos a meterlo en la ducha. —Coge el brazo de Héctor y se lo pasa por el cuello al tiempo que lo sujeta por la cintura.

—¿Y si ha tomado demasiadas?

—No. Estaría peor. Ayúdame, por favor. Pesa.

Paso mi brazo por la espalda de Héctor. Tiene la camisa empapada. Lo llevamos casi a rastras hasta el cuarto de baño. Aarón lo sienta en el inodoro y abro la ducha para que el agua se caliente.

—Déjala un poco fría. Le vendrá mejor.

Él mismo empieza a desnudarlo. Yo espero quieta, sin saber cómo actuar. Nunca me he visto en una situación así. Héctor masculla palabras que no puedo entender. Abre los ojos un par de veces y me clava una mirada en la que no me veo reflejada.

—Te he dicho que se vaya de aquí. No quiero mentirosas en mi casa… —Apenas puede hablar.

—Es Mel. No se irá.

No sé cómo Aarón puede mantener la calma, yo estoy a punto de explotar. Héctor se revuelve un poco cuando va a quitarle el pantalón. Por un momento pienso que le pegará un puñetazo, pero Aarón logra controlarlo.

Lo ayudo a meterlo en la ducha. En cuanto nota el agua sobre él, da un brinco y empieza a temblar. Miro con preocupación a Aarón, que ha cogido la alcachofa de la ducha y está mojándole todo el cuerpo.

—¡Jodeeeeeer! ¡¿Qué coño estáis haciendo?! —grita enfadado.

Me encojo ante las palabrotas que suelta. Aarón no le hace ni caso. Supongo que como dueño de un local de copas está acostumbrado a lidiar con este tipo de situaciones. Pero yo no, y mucho menos tratándose de mi novio.

Terminamos de ducharlo como podemos, porque no deja de moverse y de protestar. Aarón lo ayuda a salir de la ducha. A mí no me parece que haya mejorado. Apenas puede mantener los ojos abiertos y está muy pálido.

—¿Me ayudas a secarlo?

Saco un par de toallas, una para el pelo y otra para el cuerpo. Le doy a Aarón una y me dispongo a secarle la cabeza cuando, de repente, vuelve el rostro y me clava una mirada que me hiela la sangre. Me observa con los ojos entrecerrados y los labios muy apretados, y dice:

—Te gusta joderme, ¿eh?

—Héctor, no…

—Mentirosa —escupe, muy cerca de mi cara.

Me quedo congelada. El corazón me bota en el pecho enloquecido. Y entonces, con sus siguientes palabras, el mundo se me desordena.

—Eres una zorra, Naima.

—¡Basta ya, joder! —Aarón lo sacude para que deje de hablarme.

Pero yo no puedo respirar. Me llevo una mano al pecho, tratando de coger aire. Aarón me observa con preocupación. Niego con la cabeza y los dejo a ambos en el cuarto de baño.

—¡Mel!

Corro por el salón sin saber qué hacer. Agarro la chaqueta que me he quitado minutos antes.

—¡Mel, espera! —Aarón me detiene justo cuando estoy abriendo la puerta.

—No voy a soportar esto —murmuro con las lágrimas luchando en mis ojos.

—No sabe lo que dice. Está confundido. —Apoya las manos en mis hombros y me mira.

—Me ha llamado zorra.

—No. Se lo ha llamado a Naima.

—Peor me lo pones.

—No te ralles con eso. Es el efecto de las pastillas y el alcohol.

—¿De verdad lo crees?

—Mel, hazme caso. Es una mala racha. —Aarón inclina la cabeza y la acerca a la mía para mirarme de cerca—. Sabes por lo que él pasó. Algo lo ha trastocado otra vez.

—Yo.

—No. Él mismo. Pero le ayudamos, y ya está. Todo se solucionará.

Me quedo quieta, pensando en lo que Aarón me ha dicho. Me muero de ganas de llorar, pero quizá tenga razón. Héctor estuvo solo antes, pero ya no. Ahora estamos nosotros para ayudarlo. Y yo, más que nadie, debería hacerlo.

—Lo meteré en la cama, ¿vale? —Me acaricia la mejilla—. Ve a la cocina y prepáranos algo caliente a ti y a mí.

—Quiero ir contigo.

—No. Déjalo ahora. No está en condiciones de hablar y mejor que no te vea. Su mente está borrosa.

Asiento con la cabeza, comprendiendo. Dejo que se marche al cuarto de baño y yo me dirijo a la cocina con el estómago dándome sacudidas. Preparo dos tazas de té y las llevo al salón. Unos minutos después, Aarón aparece. Se sienta a mi lado, apoyando una mano en mi rodilla.

—Se dormirá en cuestión de segundos.

—¿De verdad está bien?

—Lo estará. Mañana tendrá una resaca de tres pares de cojones, pero nada que no pueda arreglarse con mucha agua y un ibuprofeno.

—¿Te importaría quedarte con nosotros esta noche? —pregunto, indecisa.

—Desde luego, nena.

Aarón me rodea los hombros con los brazos y me atrae hacia él. Su calor me reconforta.

Permanecemos así un buen rato, bebiendo el té en silencio. Mi mente no deja de dar vueltas a lo ocurrido. Estoy segura de que Héctor se ha puesto así porque he salido a cenar. Más bien, porque habrá pensado que estaba con Germán. Y en realidad tiene razón. No puedo permitir que vuelva a pasarlo mal. Hace años de lo de su novia, pero al parecer no lo ha superado del todo. Y esta vez soy yo la que tiene su salud mental en las manos. Mis encuentros con Germán tienen que acabar. No voy a jugarme la relación por una estupidez. Quiero a Héctor, es el único que me ha hecho feliz en mucho tiempo.

—Esta noche he estado tomando algo con Germán —confieso a Aarón.

Da un sorbo a su té, mirándome. Se mantiene unos segundos en silencio, hasta que dice:

—No soy quién para regañarte porque, de todos modos, no creo que sea algo malo.

—Para Héctor sí. Me dijo que confiaba en mí, que hiciera lo que quisiera, pero sé que le asusta o al menos que le molesta.

—La muy zorra de su ex lo dejó bien traumatizado.

—Joder, normal que sí. Le engañaba en su propia cara.

—Pero no entiendo por qué él se lo permitía. Yo la habría enviado a la mierda rápido.

—La amaba, Aarón.

Me mira muy serio. Se queda pensativo unos segundos, hasta que al final asiente.

—Además, me parezco demasiado a ella. —Agacho la cabeza—. Y no quiero que el parecido esté en eso también.

—No lo está, Mel. Tú no eres Naima para nada. —Me acaricia el pelo con afecto—. Has ido a tomar algo con tu ex, ¿y qué? Mucha gente mantiene una buena relación con su ex.

Omito el hecho de que he estado bailando muy pegada a Germán. Por mucha confianza que tengamos Aarón y yo, me avergüenza.

—No volveré a quedar con él.

—Tenéis que seguir viéndoos por la novela, ¿no?

—Lo haré desde la distancia. De todos modos, creo que ya no hay mucho más que mirar en ella. Luego se publicará y se acabó.

—Seguro que el problema también está en que el trabajo lo estresa. Se le ha juntado todo. A veces las parejas pasan por malas rachas.

—Dímelo a mí. —Sonrío con tristeza—. ¿Puedes ir a ver cómo se encuentra?

Aarón asiente. Se levanta y se encamina al dormitorio. Espero acurrucada en el sofá. Triste, confusa, con un poco de miedo. Segundos después regresa y se sienta una vez más a mi lado.

—Se ha dormido.

Suelto un suspiro. Apoyo la cabeza en su pecho. Me pasa el brazo por los hombros.

—Y es lo que tú deberías hacer también.

—Gracias por quedarte, de verdad.

Posa un beso en mi frente. Cierro los ojos, pero tardo mucho en conciliar el sueño. Me despierto de madrugada y me doy cuenta de que Aarón me ha arropado con una mantita. Lo busco por el salón: se ha sentado en el sofá de enfrente, con los pies sobre una silla, y se ha quedado dormido también. Me levanto en silencio y voy hacia el dormitorio. Me detengo en la puerta y escucho. La respiración de Héctor es agitada a pesar de que está durmiendo.

Unas horribles ganas de gritar me sobrevienen.

Los rayos de sol, apoyados en mi cara, me despiertan. Gimo. El dolor de cabeza es insoportable. También me duele todo el cuerpo, como si me hubiesen dado una paliza. Echo un vistazo al reloj. Las nueve de la mañana. ¿De qué día? Ah, sí, sábado. Intento incorporarme, pero hasta el roce con las sábanas me molesta.

Melissa no está a mi lado. Hago memoria. Creo que no ha dormido conmigo. No sé si hice algo mal, ya que no lo recuerdo. Tan solo sé que me enfadé muchísimo tras recibir su mensaje. Le prometí que confiaría en ella, pero ayer no pude hacerlo. Cuando me escribió que iba a cenar con su editora, inmediatamente pensé en él. Joder, ¿por qué me comporto así? Melissa no es como ella. Melissa es una persona honesta, va con la verdad por delante. ¿Por qué, entonces, dudé?

Regresó el Héctor del pasado, el que se aprovechaba de las mujeres. Amelia, una compañera con la que estoy trabajando en un proyecto, me propuso ir a tomar algo y relajarnos un rato. Y acepté porque, al fin y al cabo, me había convencido de que Melissa estaba con su ex. No quería sentirme solo, pero, al mismo tiempo, pensé que así le daría una lección.

La cuestión es que bebí demasiado. Y tomé las pastillas. Tres a la vez. El hueco que sentía en el pecho me molestaba y me convencí de que la fluoxetina me ayudaría a calmarlo. Creo que no lo hizo.

Logro salir de la cama. Estoy desnudo, a excepción de los calzoncillos. Ni siquiera recuerdo si me desvestí yo o qué. Tampoco sé cómo volví a casa, a qué hora regresó Melissa y si hablé con ella. Me pongo unos pantalones de deporte y una camiseta de manga larga. Antes de nada, acudo al baño. Me lavo la cara y me miro en el espejo. Tengo un aspecto horrible. Y este maldito dolor de cabeza, y las náuseas… Esta sensación la recuerdo perfectamente de todas aquellas noches que pasé en vela, con la mente en blanco, intentando olvidar a Naima con las pastillas. Pero tengo que detenerlo. Debo hacerlo por Melissa. No quiero que ella lo descubra y que se enfade o algo peor.

Me dirijo al salón, muy despacio. Cuando entro, la descubro acurrucada en el sofá. ¿Por qué ha dormido ahí? ¿Es que acaso discutimos? Me acerco a ella tratando de no hacer ruido y entonces me sobresalta la voz de Aarón.

—Buenos días.

Me llevo la mano a la cabeza. ¡Joder, me va a estallar! Lo miro confundido, sin entender muy bien qué hace aquí.

—¿La he jodido?

—No, tranquilo —murmura él.

—¿Melissa me vio borracho?

—Me temo que sí.

Aarón se acerca y me tiende una taza de café. La cojo, pero en realidad tengo el estómago demasiado revuelto para tomar nada.

—Joder —musito dejándome caer en una silla.

Ella se remueve y cambia de posición, pero no se despierta. Aarón se sienta frente a mí.

—Le dijiste cosas un poco feas. Pero la convencí para que no te lo tuviera en cuenta. —Sonríe.

—¿Qué cosas?

—La insultaste.

—¿Por qué hice eso? —Me froto los ojos, tratando de buscar en mi memoria, pero no encuentro nada.

—La confundiste con Naima.

Abro la boca, sin que salga ni un sonido de mi garganta. Niego con la cabeza, aturdido. Joder, joder. ¿Cómo he podido cagarla así? Seguro que está muy enfadada. Alzo la vista y la clavo en Aarón, que me observa con gesto preocupado.

—¿Estás bien, tío?

—No mucho. Pero sobreviviré.

—Sabes que puedes hablar conmigo de lo que quieras.

—Lo sé, y te lo agradezco. Pero ahora mismo no se me ocurre qué decir.

—Ella es comprensiva. Es consciente de lo mal que lo pasaste.

—No es motivo para insultarla.

—Estabas borracho. No pienses más en ello. Cuando se despierte, habla con ella o, simplemente, mímala.

—¿Y si no quiere hablar conmigo?

—Querrá.

En ese momento oímos que se remueve en el sofá. Ambos nos volvemos. Una cabeza de cabello revuelto asoma por el mueble. Melissa nos mira con ojos amodorrados. Cuando los clava en mí, advierto en ellos preocupación, inquietud y… algo más que no sé a ciencia cierta lo que es.

—Creo que va siendo hora de que me vaya —dice Aarón levantándose de la silla.

Melissa no abre la boca. Yo tampoco, pero acompaño a nuestro amigo al recibidor. Nos despedimos con unas palmadas en la espalda.

—Si necesitáis algo, llamadme.

Cierro y apoyo la frente en la puerta. Me da pánico regresar al salón, pero debo hacerlo. No sé qué voy a decirle, cómo mirarla. Cuando me acerco, ella está sentada, con la vista en las manos.

—Hola…

—No sé cómo debería sentirme. No sé si tendría que estar enfadada o qué. —Hace amago de levantarse, pero le indico con un gesto que se quede donde está. Me siento, aunque no muy cerca de ella, porque quizá no le apetezca—. Me dijiste algo que no me gustó, Héctor. —Me mira fijamente.

—Lo sé. Es decir, no puedo recordarlo, pero Aarón me lo ha comentado.

—¿Por qué no me contaste que estabas tomando pastillas otra vez?

—Porque te habrías preocupado.

—Y ahora lo estoy más.

—Ya. Joder, imagino que me pasé. Lo hice ya al beber y al tomarme eso. Pero es que...

—¿Qué, Héctor?

Melissa se inclina un poco y alarga una mano. Roza la mía. Su contacto me hace temblar.

—Tengo miedo de perderte —le confieso bajando la vista.

—No lo vas a hacer. No al menos si me dejas ayudarte.

La miro sorprendido. Pensaba que todo serían reproches, que me gritaría, que me compararía con él. Al menos, antes fue así. Antes. Con Naima. Pero Melissa no es ella, y me lo he repetido infinidad de veces. ¿Por qué no puedo apartar toda esta confusión de mi mente?

—Anoche realmente estaba muy enfadada y asustada. Pero he tenido muchas horas para pensar con calma y sé que esto, en parte, es culpa mía. —Se inclina hacia mí y me aprieta la mano—. Lo he decidido: no voy a quedar más con él.

—No es necesario que...

Vuelvo la cabeza. En realidad es lo que quiero, que se aleje de él. Aunque si tuviera que ocurrir algo, no sé si serviría.

—Lo importante aquí eres tú. Nosotros. Lo demás es secundario. —Para mi sorpresa, coge mis brazos y se los pasa alrededor del cuerpo. Suspira contra mi pecho—. No podría soportar verte otra vez como anoche. Te ayudaré, y si necesitas también consejo profesional...

Me pongo tenso. Lo nota y alza la cabeza. Me observa con sus enormes ojos oscuros.

—No necesito ese tipo de ayuda —contesto con sequedad.

—Pero las pastillas... —Se muerde el labio inferior, dubitativa. Sé por dónde quiere ir, pero no permitiré que el presente se convierta en una sombra del pasado.

—Puedo dejarlas cuando quiera —digo. Y, muy en el fondo, sé que estoy mintiendo—. Solo las he tomado para dormir mejor.

Y para aguantar la maldita presión del trabajo, y para olvidar que su ex ha regresado a su vida y para descargar este jodido peso que se me ha acoplado al pecho. También omito que he tenido pensamientos oscuros desde que he empezado a tomarlas otra vez.

Melissa me mira con cautela, rumiando sobre lo que decir. ¿Acaso me tiene miedo? ¿Tan mal me comporté anoche?

—Está bien. —Agacha la cabeza, rodeándome la cintura—. Lo lograremos nosotros mismos.

Suelto la respiración que he contenido. Cierro los párpados, agradeciendo que no esté mirándome, que no descubra mis ojos confusos y asustados.

—Estoy aquí, Héctor. Siempre lo estaré para ti.

Pero yo no lo sé… No sé dónde estoy.

16

El lunes, nada más abrir los correos, me topo con un montón de trabajo para la semana. Suspiro. Quería avanzar con la siguiente novela, pero imagino que no podrá ser. Es que cuando tengo un ratito libre, sin que nadie se entere, aprovecho para retocarla. Por suerte, las revisiones de la primera las envié a Germán ayer, y espero que ya no tenga que revisar nada más y que pueda mantenerme alejada de él.

Me preparo las correcciones para cada día, dando prioridad a las que tengo que entregar antes, a pesar de que son las más tediosas. A media mañana, cuando ya estoy muriéndome de ganas de ir a por un café y una ensaimada, me suena el móvil. Es Ana. ¿Se le habrá pasado el mosqueo?

—Hola, guapa —saludo, intentando poner mi mejor voz.

—Mel, ¿cómo estás? —Suena ansiosa—. Aarón me contó el sábado lo que pasó con Héctor, pero no he querido molestaros.

—Estoy bien y él se encuentra mejor. Hoy ha ido al trabajo como de costumbre. Solo fue una borrachera —miento.

—No es eso lo que Aarón me explicó.

Me quedo callada. En realidad, no sé qué decirle. He de reconocer que el resto del fin de semana fue raro. El sábado lo pasamos en el sofá la mayor parte del día porque Héctor no se encontraba bien. Me propuso ir a cenar, pero me negué. Prefería estar a solas con él, en casa, disfrutando de esas horas que últimamente nos faltan. Vimos varias películas, pedimos comida china y por la noche hicimos el amor. Sin embargo, su tacto y sus besos me parecieron distintos: unas veces, indecisos; otras, rabiosos. Sentí que, a pesar de todo lo que me había dicho, no se había librado de los fantasmas. Tardé en dormirme, rezando para que pronto pasase el bache. El domingo nos levantamos tarde, salimos juntos a correr y después estuve repasando la novela mientras él adelantaba trabajo.

Y no hablamos más sobre lo ocurrido. Puede decirse que hemos corrido un tupido velo. No sé hasta qué punto es la solución.

—Mel, ¿estás ahí? —La insistente voz de mi hermana.

—Sí. Es que estoy corrigiendo.

—Te dije que no era bueno quedar con él.

Chasqueo la lengua. Me froto la frente, empezando a notar un leve dolor que puede transformarse en una jaqueca.

—¿Me has llamado para echarme un sermón? Porque es lo que menos necesito ahora, la verdad.

—Solo quiero que Héctor y tú estéis bien —se queja.

—Y yo que tú lo estés con Félix, pero no me haces caso.

—Aarón y yo no hemos tenido nada, si es lo que te preocupa. Sigo enamorada de Félix, pero no es tan fácil como crees.

Bueno, por lo menos algo continúa igual que antes. Y realmente tengo la esperanza de que la historia entre Félix y ella acabe bien, porque no soy capaz de imaginarlos separados.

—¿Quieres que quedemos para comer? Puedo salir un rato antes.

—¿Seguro?

—Sí, no te preocupes. A la una y media más o menos me tienes ahí.

Nos despedimos y colgamos. Termino la corrección de la mañana y se la envío al editor de contenidos junto con una copia para la maquetadora. El móvil vibra en la mesa en ese momento.

Tengo una sorpresa para este finde. Pero no la sabrás hasta el viernes ;)

Sonrío. Al parecer, Héctor está intentando que nos vaya bien. Me he dado cuenta de que siento mucho más por él de lo que pensaba, así que tampoco necesito demasiado para que me alegre. Con estar como en los primeros meses, perfecto. Solo quiero que me mire con la misma ternura que antes.

¿Qué será, será? ¿Un nuevo patito?

Me echo a reír sola ante mi ocurrencia. A los pocos segundos, contesta.

No necesito eso para hacerte vibrar.

Vaya, ¡ha vuelto el señor engreído!

Nunca se había ido, nena ;) Pero dime, ¿no es verdad? Yo vibro con tan solo el roce de tus manos. ¿Tú no?

Por supuesto que sí.

En ese momento llaman a la puerta. Tecleo con rapidez para despedirme.

Llaman. Nos vemos por la noche, cariño. No trabajes mucho.

—¡Adelante!
Dania pasa trastabillando. La miro, confundida.
—¿Desde cuándo llamas tú a la puerta? —le pregunto con una sonrisa en la cara.

Se acerca al escritorio sin decir nada, con cara de sorpresa.

—¿Qué pasa?

—Ahí fuera, en recepción, hay un maromo esperándote.

—¿Cómo que un maromo? —Me levanto de golpe.

—No ha dicho quién es, pero me parece que se trata de tu ex.

La miro asustada. Se encoge de hombros, mordiéndose un labio, mientras me dirijo corriendo hacia la puerta. La abro de golpe y me asomo al pasillo. Por suerte, todos están trabajando. Me vuelvo, y Dania me hace un gesto con la mano para que eche hacia delante. Cojo aire. Como de verdad sea Germán, voy a matarlo. Camino por la oficina con la cabeza bien alta, buscándolo con la mirada.

Y allí, inclinado sobre el mostrador de recepción, está él. Sí, es él. Y está sonriendo a Fabi, la recepcionista. Parecen estar charlando de un tema muy interesante. A cada paso que doy, me siento más enfadada. Alza la vista cuando estoy a pocos metros y me saluda con la mano y con esa sonrisa arrebatadora que me obliga a detenerme en seco.

—Mel, no he querido llamarte al despacho por si estabas muy ocupada y Dania me ha dicho que se encargaba de avisarte —me informa Fabi, un poco nerviosa.

Asiento con la cabeza, sin prestarle apenas atención, y luego clavo la vista en Germán. Hoy lleva puestos unos pantalones negros que se adaptan a la perfección a sus piernas musculosas. ¿Perdonaaa? Mel, por favor, céntrate para lo que has venido a hacer.

—Hola, Meli. ¿Cómo estás?

—Ven.

Paso por delante de él y me dirijo a los ascensores. A la derecha hay un hueco con ventana donde antes la gente se ponía a fumar. Ahora sirve para tomarnos cafés y cotillear. Espero que no haya nadie en este momento. Por suerte, está vacío. Freno de golpe y me vuelvo hacia Germán, quien me observa con curiosidad. Por favor, ¡que borre esa sonrisa! Me distrae con esos dientes tan blancos.

—¿Puede saberse qué haces aquí? —pregunto bajito para que nadie se entere de lo que hablamos.

—He venido para decirte que la novela ya está en maquetación. Paula ha quedado muy satisfecha con los cambios. Seguramente la segunda semana de marzo se enviará a las librerías. —Ensancha la sonrisa.

—¿Y eso no podías decírmelo por correo o por teléfono? —Cruzo los brazos, un tanto enfadada.

—Prefería hacerlo en persona. —Me tiende una bolsita roja de esas que se utilizan para regalo. La miro con la ceja enarcada. La mueve ante mí con insistencia hasta que la cojo—. Y también quería disculparme por lo del viernes.

—Déjalo. Yo ya lo he olvidado.

Se fija en que no toco la bolsa. Me la señala, un poco serio.

—¿No vas a abrirlo?

Lo miro de mal humor. Saco una caja envuelta en papel de regalo. Lo desgarro y aparecen mis bombones preferidos: Ferrero Rocher. Alzo la mirada y la poso en él. ¿Qué significa todo esto? ¿Por qué me trae un regalo? Chocolate con el que, de vez en cuando, me obsequiaba. Miro la cajita fijamente, sin poder decir palabra alguna.

—Como te gustan tanto… Para que te endulces un poco.

—Gracias —musito con sequedad al tiempo que meto los bombones en la bolsa—. Pero no hacía falta.

—Es solo un detalle de disculpa.

—Muy bien, pues ya está. Vuelvo al despacho. Nos vemos, Germán. —Me dispongo a irme, pero no me permite pasar. Me coge del brazo. Lo muevo bruscamente para que me suelte—. ¿Qué coño te pasa?

—Fíjate, pero si ha vuelto la Meli maleducada… —Se echa a reír.

—¿Cómo esperas que te hable? Vienes a mi trabajo de improviso y me traes una caja de bombones. ¿Para qué? ¿Qué es lo que quieres?

—Que comamos juntos.

Su respuesta me deja patidifusa. Niego con la cabeza, con la boca abierta. Suelto una carcajada como si estuviese loca.

—Por supuesto que no.

—¿Por qué no?

—He quedado.

—¿Con tu pareja? —Me parece notar un leve resquicio de molestia en su tono.

No contesto. El móvil me vibra en el bolsillo del pantalón. Lo saco y descubro una llamada perdida de mi hermana. ¡Uf, si ya es la hora a la que habíamos quedado!

—Tienes que irte.

Pulso el botón del ascensor un par de veces.

—¿Y eso por qué?

—Mi hermana viene hacia aquí y me niego a que te encuentres con ella.

—Pues me apetece saludarla.

—¡Germán, por favor! No me jodas más.

—¿De verdad crees que te estoy jodiendo? —Parece ofendido.

—¡Pues sí! Ana no puede ni verte, está molesta conmigo porque he quedado contigo varias veces. Así que, por favor, vete y ya hablaremos sobre la novela cuando tengamos que hacerlo.

—¿No quieres quedar conmigo por él? —pregunta de repente.

Abro la boca, sin soltar palabra alguna. Me río de forma sarcástica. Al fin, el ascensor se abre. Se lo señalo.

—Lo siento, Germán. Lo que ocurre simplemente es que no me apetece comer contigo.

Arquea una ceja. Esta vez se le ha borrado la sonrisa por completo. Pues bien, que se enfade. No voy a preocuparme por eso ya que no es nadie en mi vida. Entra en el ascensor sin apartar los ojos de mí.

—Gracias por los bombones —digo cuando la puerta se está cerrando.

No contesta. Se limita a mirarme de un modo que casi me preocupa. La puerta se cierra por completo y suspiro, aliviada. Esto tiene que ser una pesadilla. ¿Es que los ex son así de tocapelotas? De camino al despacho mando un whatsapp a mi hermana avisándola de que estoy a punto de terminar. Dania me espera en la puerta.

—¿Y bien? —pregunta casi ansiosa.

—Sin comentarios.

—Pero ¡tienes que contarme qué quería!

—¡Nada, Dania! Solo informarme sobre la novela.

—¿Y qué es eso que llevas ahí? ¿Te ha traído un regalo? —Señala la bolsa.

—Solo son bombones.

—Joder, tía, que este se ha propuesto recuperarte y no sabe cómo.

—¡No digas tonterías! —exclamo dándole con la puerta en las narices.

Apago el ordenador, cojo la chaqueta y, antes de salir, también cojo aire.

La gente se está volviendo loca, si no, no entiendo nada. Y tampoco encuentro explicación a lo que Dania ha dicho. ¿Que Germán se ha propuesto recuperarme? Eso no tiene ningún sentido, ya que no sentimos nada el uno por el otro, cada cual tiene su vida y el tiempo ha borrado la pasión que alguna vez nos dominó. Lo único que siento por él es algo parecido al cariño. Realmente no querría, pero me he dado cuenta de que no puedo evitarlo y me da rabia. Me gustaría continuar enfadada como antes. Pero noto un vacío extraño cada vez que lo veo. Eso sí, cuando no está cerca, yo tan tranquila.

Esperando el ascensor casi me da un chungo al imaginar que Germán aún puede estar ahí esperándome. Se abren las puertas y, al no verlo, suelto un suspiro de alivio. Mi hermana me hace otra llamada. ¡Impaciente! Nada más verla a través del cristal, un retortijón me atrapa las tripas. Uy, ¿por qué tiene esa cara de perro? ¿Por qué está mirándome así...?

—¡Hola! —saludo entre jadeos.

Ana se mantiene callada unos segundos, observándome con mucha atención, hasta que por fin habla y mis peores sospechas se confirman.

—Cuando estaba llegando, Germán salía de aquí. Ha cambiado, pero sin duda era él. —Espera a que diga algo, pero lo único que hago es mantenerme muda, con los ojos muy abiertos—. ¿Qué hacía aquí, Mel? —Frunce las cejas.

—Me ha traído unas cosillas de la novela. —Me cuesta hablar sin tartamudear y, a pesar de mis esfuerzos, mi hermana ha notado el temblor en mi voz.

—¿Era necesario que viniera a tu trabajo?

—Ana, ya, por favor —le suplico.

Sacude la cabeza. Su coleta se menea de un lado a otro. No puedo evitar fijarme en que cada día está más radiante. Puede que esté ocultándole cosas, pero tampoco me fío de que ella esté siendo sincera conmigo respecto de lo de Aarón.

—¿Comemos en el chino? —pregunta. Vaya, menos mal que ha cambiado de tema.

Asiento, ansiosa. La tomo del brazo y nos encaminamos al restaurante. Me dice algo como que hace mucho que no prueba la comida china y que le va a engordar. Sin embargo, apenas le presto atención porque lo que hago es mirar de reojo a mi alrededor por si Germán aún está por aquí.

En el restaurante pedimos arroz, rollitos y pollo con limón. En cuestión de minutos tenemos sobre la mesa los platos humeantes. Los primeros bocados los pasamos calladas.

—Pues... —empieza cuando estamos con el segundo plato.

—Dime…

—Ayer hablé con Félix.

—¿En serio? —Se me ilumina el rostro.

—No te emociones, que no es lo que piensas. —Agacha la vista para echarse un poco de salsa en el arroz—. Hoy volvía de las vacaciones, así que era inevitable que nos encontráramos. Solo hablamos sobre eso cinco minutos y ya está.

—Pero le cogiste el teléfono —musito con una sonrisita.

—Me apetecía oír su voz —continúa sin alzar la mirada. Aprecio que se pone rojísima.

—¿Y qué hay de malo en ello? —Doy unos golpecitos en la mesa para que levante la cara—. Entonces ¿os habéis visto en el trabajo?

Asiente. Me fijo en que está sonriendo un poquito.

—Nos hemos saludado, pero nada más. Parecía nervioso.

—Seguro que se siente fatal —apunto.

—Deja de defenderlo, Mel. —Ana suspira—. Sé que tengo que hablar con él. No puedo continuar huyendo, pero debo prepararme.

—Y yo estaré ahí para lo que quieras. Si necesitas algo, sabes que soy buena con las palabras. —Sonrío.

El resto de la comida lo pasamos hablando de trabajo y de nuestros padres. He de ir a verlos un día de estos, que ya va siendo hora. Ana se pasa un fin de semana sí y otro también por su casa. Mi madre y ella están muy unidas.

De postre tomamos un flan. Estoy a punto de meterme la primera cucharada en la boca cuando Ana carraspea. La miro con la boca abierta.

—A pesar de lo que lo odio, tengo que reconocer que está guapo.

—¿Quién? ¿Félix? —pregunto confundida.

—Germán.

Su nombre, sin entender por qué, me provoca un cosquilleo en la piel. Hasta mi hermana se ha dado cuenta de

196

que está mejor que antes. ¡Eso quiere decir que no estoy loca!

—Está más fuerte, ¿no? El tío se habrá puesto en forma para ver si liga con niñas. —Arruga la nariz en un gesto de asco.

—Ana —la reprendo, a pesar de que no debería. De alguna forma, me sabe mal que se meta con él.

—Su actitud también es distinta. No sé, estaba serio, pero parecía muy seguro de sí mismo —dice pensativa.

—Normal que estuviera serio, literalmente lo he echado de las oficinas.

Ana me observa con una sonrisa. Vamos, que la alegra un montón que lo haya tratado sin miramientos. Me termino el flan y llamo al camarero para pedirle un café con leche. Ana quiere un té. Mientras esperamos, juguetea con las miguitas que han caído en la mesa, pero no aparta la vista de mí.

—¿Qué? —pregunto con impaciencia.

—¿Quieres a Héctor?

La miro boquiabierta. Ladeo la cabeza con una sonrisita.

—Pues sí.

—Bueno, entonces vale. —Se encoge de hombros.

Nos traen el café y el té. Ana se pone sacarina y después ataca otra vez.

—¿Héctor sabe de tus nuevos encuentros con él?

—Sí —miento.

Esta vez lo hago sin dudar. Pero no, a él no le dije que no había cenado solamente con la editora sino también con Germán. Y mucho menos le confesé que habíamos bailado juntos.

—Vale.

—¿Qué pasa?

—El Germán que he visto hoy me ha recordado a aquel que conociste en el instituto, el que tenía una personalidad arrolladora y no se detenía ante nada ni nadie.

—Venga ya, Ana…

—Sabes que no me equivoco.

—¿Y qué? Puede ser el tío más guay del universo que, a mí, plim.

—¿Qué pensarías si hubiese vuelto a recuperar algo?

—¿A recuperar qué? —Me hago la tonta, aunque sé que me dirá lo mismo que Dania.

—¿Qué harías si quisiera intentarlo otra vez? —Va directa al meollo de la cuestión.

Doy un sorbo al café con leche. Me quemo la lengua de lo caliente que está. Ana espera mi respuesta.

—No haría nada. Seguiría con Héctor.

—¿Seguro? —Ana me interroga con la mirada.

—Claro que sí.

—Sabes lo enganchada que estuviste a ese hombre —insiste mi hermana.

—Tú lo has dicho: estuve. Pero ya no lo estoy, Ana. Y eso es lo que importa ahora —respondo con mala cara.

No agrega nada más. Se toma su té y pide la cuenta. Decido contarle que Héctor me ha preparado una sorpresa, para cambiar de tema. Ana solo asiente y sonríe, a pesar de que sé que su mente no para de dar vueltas a lo que hemos estado hablando.

Y la verdad es que la mía tampoco cesa. Si Germán me pidiera otra oportunidad, no sabría qué hacer. No lo sabría por la sencilla razón de que siempre he pensado que jamás iba a volver. Pero ahora está aquí —muy cerca, a una hora en coche, y eso me provoca vértigo—, y me trae bombones —mis preferidos—, me invita a comer, baila conmigo como cuando éramos unos universitarios alocados e intenta besarme. ¿Son indicios de que quiere una segunda oportunidad?

Trato de convencerme de que no, que solo está siendo amable porque tenemos que trabajar juntos y porque, en el fondo, sabe que se comportó mal.

Pero, de repente, noto en las entrañas un sentimiento raro. Creo que es… orgullo y un poco de envanecimiento mezclado con alegría.

Pensar que quiere recuperarme hace que sienta algo para lo que no estoy preparada.

17

No abras los ojos.

—Es difícil hacerlo cuando tengo tus manos apretándome los párpados y un pañuelo anudado con toda tu fuerza.

Me echo a reír. Héctor se une.

Me hace avanzar con cuidado. Sé que estamos al aire libre, que huele a limpio, a cielo abierto, a flores. Pero realmente no sé dónde estamos. Me aseguró que iba a ser una sorpresa y ha sido así. Me ha traído hasta este lugar con un pañuelo cubriéndome los ojos. Al principio me he sentido un tanto nerviosa, pero poco a poco la inquietud ha dado paso a la emoción y a la curiosidad. ¿Qué me habrá preparado?

Mientras caminamos puedo oír los saludos de los insectos y de los pájaros que revolotean sobre nuestras cabezas. Chafo unas cuantas ramitas que crujen bajo mis pies. El aire fresco me acaricia la cara. Alargo las manos con tal de no perder el equilibrio, aunque sé que Héctor me tiene bien cogida.

—¿Hemos de andar mucho más? —pregunto.

—La verdad es que sí. —Héctor me empieza a desanudar el pañuelo—. Pero ya puedo quitarte esto.

Lo separa despacio y voy descubriendo lo que tengo delante de mí. Estamos en la montaña. A nuestra derecha el mar se extiende en toda su amplitud, hermoso y calmado. El cielo, más azul que en la ciudad, nos observa desde su altura junto con el sol. Estamos a finales de enero, pero el día es genial. Me llevo una mano a la frente para hacerme visera y contemplo las vistas con detenimiento. Esto es precioso. Allá abajo diviso unas cuantas casitas dispersas y también lo que parece ser una ciudad. Al cabo de unos segundos, la reconozco.

—¿Estamos cerca de Gandía?

Gandía es una ciudad costera valenciana muy turística. Ladeo la cabeza para mirar a Héctor, el cual asiente con una sonrisa. Me encanta verlo así, con esa luminosidad en el rostro y un brillo juguetón en los ojos. Está tan feliz como un niño que muestra a su madre el dibujo que acaba de hacer. Después me vuelvo hacia delante para saber dónde nos encontramos exactamente. No veo ninguna casa o chalet cerca.

—¿Vamos a acampar?

—No. —Me toma de la mano para que continuemos. En la otra lleva la bolsa con ropa que hemos cogido—. Tenemos que subir allí. —Señala un pequeño sendero que serpentea hacia más arriba.

—¿En serio? —Suelto una pequeña queja.

Se ríe, me aprieta la mano y tira de mí para que siga caminando.

—¿No me digas que no estás en forma?

—¿Tú ves que haga mucho ejercicio en mi día a día? —pregunto con sarcasmo.

—Entonces te vendrá bien para que ese culo se te ponga aún mejor. —Me suelta la mano y me da un cachete en las nalgas.

Doy unos saltitos hacia delante riéndome como una chiquilla. La verdad es que hoy estoy feliz. El día es hermoso, las nubes limpias recorren el mismo camino que yo y tengo a mi lado a este hombre maravilloso con el que sé que todo va a ir bien. Ambos lo estamos intentando y eso es lo que realmente importa.

Al cabo de unos diez minutos diviso la casita. Es coqueta y

pintoresca, aunque grande. Imagino que el interior será espectacular. Héctor me agarra otra vez de la mano, entrelaza sus dedos con los míos y se los lleva a los labios para besarlos.

—Esa es la de mis padres. ¿Qué te parece? —me pregunta.

—Muy bonita —respondo sinceramente.

Me vuelvo para mirar nuestro recorrido. Desde aquí descubro el coche aparcado al pie de la colina, ya que no podíamos subir con él.

—Vamos, amor.

Tira de mí, y avanzo a empellones, riendo de nuevo. Este fin de semana, apartados y solitos, nos vendrá genial.

Se saca las llaves del bolsillo de los vaqueros y abre la puerta. Un delicioso aroma a ambientador de limón llega hasta mi nariz. Aspiro con los ojos cerrados, deleitándome en ese olor que me trae recuerdos de mi infancia en el pueblo. Pasamos al interior y descubro que tenía razón: es lujoso, elegante y decorado con muy buen gusto. Me imagino que la responsable de ello habrá sido su madre.

—Ven, que te enseño todo.

Primero visitamos el salón comedor. Para mi sorpresa, hasta tiene una chimenea como en las pelis románticas. Decido que quiero hacer el amor frente al fuego mientras nuestros cuerpos son acariciados por esa fantástica alfombra de color rojo oscuro que adorna el suelo. Hay también un sofá de tamaño considerable, una mesa con la superficie de cristal con un jarrón en medio y unas cuantas sillas. En el estante de arriba del mueble del televisor han colocado un par de fotos. Me acerco para cotillear: en una de ellas veo a los padres de Héctor cuando eran más jóvenes en lo que parecen ser unas vacaciones; en otra, un Héctor adolescente sonríe a la cámara con un trofeo en alto.

—¿Qué ganaste? —le pregunto con una sonrisa.

—Aunque parezca sorprendente, fui campeón de ajedrez varios años consecutivos.

—Vaya. ¡Qué cerebrito!

—Puedo enseñarte, si quieres. Tenemos un tablero guardado por aquí. —Señala el mueble.

—Quizá. —Me arrimo a él y le rodeo el cuello con las manos. Me pongo coqueta—. Aunque había pensado que podemos realizar juegos más interesantes.

—¿Más que el ajedrez? —Finge estar sorprendido.

Lo beso en la mejilla y a continuación me vuelvo hacia la foto otra vez.

—¿Cuántos años tenías ahí?

—Unos dieciocho.

—No has cambiado mucho —observo.

Me lleva a otra habitación que resulta ser la cocina. Es enorme y modernísima, compuesta por una isla de esas con las que muchas personas soñamos. ¡Me encantaría cocinar aquí todos los días de mi vida! Encima, todo está limpísimo. La nevera también es grande, de esas que cuentan con dos puertas.

—¿Tus padres suelen venir mucho por aquí?

—En invierno no tanto, pero pasan aquí la mayor parte del verano.

Después nos dirigimos al cuarto de baño. En realidad, hay dos. El primero está en el pasillo. No es muy grande, pero sí lujoso. Tiene una ducha, el lavamanos y el inodoro. Héctor me informa de que el otro está en la habitación de matrimonio. Nos detenemos antes en la de invitados, con dos camas individuales, dos mesillas de noche y un armario grande.

—Y ahora… Vamos a descubrir nuestro nidito de amor.

—Prefiero que el nidito sea toda la casa —apunto divertida.

La habitación de matrimonio es espectacular, con unas cortinas preciosas, un armario de pared a pared, una cama en la que podría perderme y unos muebles estupendísimos. El baño está a la derecha y, cuando entro en él, casi me da un pasmo. ¡La bañera parece una piscina! Me fijo en que hay en ella unos cuantos botoncitos que no sé para qué sirven.

—Tiene hidromasaje —me explica Héctor, al verme tan emocionada.

—¡Lo que voy a divertirme! —exclamo dando palmas.

Una vez que nos hemos acomodado, decidimos empezar a preparar la comida. Abro la nevera y descubro que está a rebosar. ¡Todo esto estará caducado!

—En realidad casi todo lo traje yo. Me he pasado, ¿verdad? —Héctor se rasca la nuca.

—¿Cuándo has venido?

—Ayer. Salí antes del trabajo. Quería traer unas cuantas cosas que me parecían vitales. —Señala la parte de abajo. Un par de botellas de vino y una de cava me saludan.

—Oh, cariño —me dirijo a él, le cojo de las mejillas y le planto el beso que se merece.

Entre risas y cotorreos sobre su infancia preparamos unos filetes, patatas fritas, una ensalada de pollo gigantesca y, de postre, tenemos flanes. Voy poniendo la mesa y llevando cada una de las fuentes. Estoy tan contenta que me muero de hambre.

—¿Sabes que Ana ha hablado con Félix? —le anuncio con la boca llena.

—¿Y qué tal?

—De momento todo sigue igual, pero creo que es una buena señal.

—La verdad es que hacen buena pareja —dice pensativo.

Me pasa la fuente con los filetes para que me sirva. Me pongo dos y un buen puñado de patatas. Me observa con una sonrisa y coge lo mismo que yo. Alzamos nuestras copas de vino para brindar.

—¡Por un fin de semana estupendo! —exclamo.

—Por un fin de semana estupendo… con la mujer más bonita del mundo —añade.

Bebemos sin apartar la mirada el uno del otro. Y ya saltan chispas. Echo un vistazo disimulado a la alfombra y a la chimenea. Se da cuenta y esboza una sonrisa pícara.

—Mejor lo dejamos para la noche, ¿no? —Se lleva un trozo de carne a la boca. Mastica antes de proseguir—. He pensado que esta tarde podríamos dar una vuelta por aquí. La zona es muy bonita.

—Claro —respondo. En realidad, hoy todo me parece bien.

—¿Qué tal llevas la novela? —me pregunta.

Durante unos segundos mi mente vuela hasta Germán. Lo aparto con un manotazo imaginario. Me alegra que se interese otra vez por lo que para mí es más importante, porque la verdad es que, con todo esto que ha sucedido, Héctor no había querido saber nada de mis escritos, y eso hacía que me sintiera mal, rara.

—Muy bien. Las revisiones están terminadas y ya la tiene la editora en sus manos. Ahora solo queda esperar a que salga, claro.

—Eso es genial.

Toma vino. Yo también. No sé por qué, pero me apetece coger un puntito para pasármelo mejor.

—¿Y tú qué tal con el trabajo?

—Antes de marzo tenemos que cerrar un trato con un articulista bastante famoso. Si lo conseguimos, este número va a ser la bomba.

Tengo ganas de preguntarle si continúa trabajando con aquella mujer con la que estuvo la noche de la borrachera, pero me abstengo. No quiero fastidiar nada de este fin de semana. El resto de la comida lo pasamos charlando sobre su infancia y adolescencia, las fiestas que alguna vez celebró en esta casa y los veranos en los que se traía a uno de sus mejores amigos. Saber tanto sobre él me hace sentir demasiado bien. Me encanta escucharle, conocer todo sobre su vida. Me da la sensación de que confía plenamente en mí.

Le hablo un poco de mi infancia, de la mala situación económica que tuvieron mis padres durante un tiempo y de cómo consiguieron remontar. Durante el postre charlamos sobre nuestra época en la universidad. Tras recoger la mesa y fregar, nos recostamos en el sofá y decidimos poner una película. Su madre tiene muchas, y al final elijo *Crazy, stupid, love* que es una de mis favoritas.

—¿Por qué te gusta tanto? —me pregunta al cabo de un rato al verme con la sonrisa de oreja a oreja—. Ah, ya, es por el musculitos rubio, ¿no? —Se refiere a Ryan Gosling.

—En realidad me gusta porque tiene una historia divertida y bonita. No sé, al principio se nos muestra al personaje como un tío pasota, superficial y engreído. Pero ya ves, luego se enamora de la chica más sencilla y se da cuenta de que ha malgastado buena parte de su vida entre las piernas de otras. —Me echo a reír.

—Esa historia me recuerda a algo… —Me abraza con ternura.

Segundos después hemos dejado de lado la película y estamos besándonos. Nos tiramos así un buen rato, únicamente saboreándonos, rebuscando en nuestras bocas, permitiendo que nuestras lenguas se reconozcan la una a la otra. Sus manos se pierden por debajo de mi ropa y con sus dedos me provoca escalofríos. Cuando pienso que vamos a jugar, se detiene. Me mira con cariño, me da un último beso rápido en los labios y dice:

—Luego seguimos. Ahora prefiero que demos un paseo. Oscurece pronto y es peligroso.

Chasqueo la lengua, un poco disgustada. Ya me había puesto a mil. Nos levantamos y cogemos las chaquetas. Héctor me lleva colina arriba. Al principio subo sin problema, pero, pasado un rato, comienza a resultarme pesado.

—Ánimo, que ya no queda nada. Quiero que lleguemos a un sitio.

Yo ya voy con la lengua fuera. Al final tendré que apuntarme a un gimnasio porque estoy en muy baja forma. Héctor me coge de la mano para ayudarme a continuar. Está tan tranquilo, como si camináramos por la ciudad, vamos. Durante nuestro paseo descubro un par de ardillas, pájaros que no conozco y muchos tipos de flores y plantas. He de admitir que este lugar es precioso, tan tranquilo e inmaculado, donde no ha llegado el trasiego de la gran ciudad y la naturaleza conserva su pureza.

—Ya hemos llegado.

Me detengo y miro al frente. Nos encontramos en lo que parece ser un acantilado. Nos arrimamos al borde con cuidado. Estamos a gran altura, el viento es más fuerte aquí y me despeina. Oteo el horizonte, el cielo que ha empezado a oscurecerse, la línea del mar allá a lo lejos. Es como si me hubiese alejado del mundo. El corazón se me emociona y da un par de latidos para avisarme, quizá, de que él también está feliz de que lo haya traído a este lugar. Héctor me coge de la mano en ese momento. Vuelvo el rostro y lo miro sonriendo. También él; luego vuelve los ojos hacia el cielo y los cierra con la barbilla alzada, abriendo el otro brazo. Decido imitarlo. Me concentro en la quietud, en el roce del viento en mi rostro, en mi cuerpo, en la sensación que me provocan sus dedos entre los míos.

—No hay nadie más que tú y yo, Melissa —dice de repente. No sé cuánto tiempo he permanecido abstraída.

—No —murmuro, consciente de que es cierto y de que no quiero que lo haya.

—Cuando estaba enfadado con el mundo o conmigo mismo, venía aquí y contemplaba el horizonte. —Sus ojos se mueven explorándolo todo—. Me sentía libre, calmado, real. Gritaba y gritaba durante un rato, hasta que lo soltaba todo. Era un buen ejercicio. —Suelta una risa.

Pienso en sus palabras. Y entonces, para probar, dejo escapar un pequeño grito. Me doy la vuelta hacia él, un poco avergonzada, aunque con el corazón palpitando en mi pecho.

Sonríe y después me imita. Su grito es más fuerte. Profiere un segundo, que reverbera en el silencio. También lo hago. Extiendo los brazos a ambos lados de mi cuerpo, como si fuera un pájaro que está a punto de echar a volar, y grito con toda la energía de la que soy capaz. Al momento siento que estoy liberándome de todos los malos pensamientos que he tenido durante las últimas semanas.

Gritamos más, uno, el otro, después al unísono. Cierro los ojos y acabo riéndome. No puedo parar. Estoy divirtiéndome y Héctor está conmigo en este precioso lugar. Se suma a mis risas. Me aprieta la mano con más intensidad y acto seguido me atrae hacia él y me besa con pasión. Me aferro a sus mejillas, saboreando sus labios, perdiéndome en él mientras el aire azota nuestros cuerpos.

De repente me parece que el cielo, bastante oscurecido ya, se ilumina. Al cabo de unos segundos retumba un trueno. Héctor y yo nos separamos de golpe. ¡Menuda tormenta se acerca!

—¿Preparada para correr? —Me guiña un ojo sin perder esa sonrisa tan bonita que tiene.

Asiento y empezamos a bajar. La cuesta es empinada, por lo que tropiezo un par de veces. Suelto una risita justo cuando las primeras gotas impactan en mi nariz. Me coge de la mano con más fuerza. Corremos esquivando ramitas y plantas. En cuestión de minutos la lluvia se convierte en un chaparrón. Grito y me río mientras dejo que Héctor me guíe por el sendero. Cuando llegamos abajo estamos empapados. Me froto los ojos para quitarme el agua. Alzo la cabeza hacia el cielo soltando carcajadas, con los brazos en alto, dando vueltas. Héctor también ríe a mi lado.

Nos quedamos callados, mirándonos jadeantes, recorriendo nuestros cuerpos. Cuando quiero darme cuenta, se ha lanzado sobre mí y está besándome con una pasión apabullante. Nos dirigimos a la casa sin dejar de besarnos. En la entrada nos deshacemos de las botas y de las chaquetas. El suéter se le pega tanto a la piel que me vuelve loca. Posa las manos en mis pechos, los estruja, los masajea, los junta y separa mientras su lengua lucha con la mía.

Vamos desvistiéndonos por el pasillo, tirando las prendas al suelo y dejando un caminito de agua. Pero no nos importa. Nuestros cuerpos han tomado el control y no hay otra opción. Necesito tenerlo para mí durante el resto de la tarde y de la noche. Entramos en la habitación con tan solo la ropa interior. No se detiene, me agarra de la cintura y me lleva al cuarto de baño. Comprendo lo que se propone y esbozo una sonrisa traviesa. Antes de ponerse con la bañera, me da un último beso. Entonces se inclina, pulsa unos botones y empieza a salir agua. Lo contemplo todo con cara de tonta, empapada a causa de la lluvia y también por la excitación.

—Ven aquí, aburrida.

Dibujo una sonrisa al oír ese apelativo cariñoso que tanto me gusta. Me pone muchísimo este Héctor tan apasionado. Al acercarme, me atrapa del elástico de las braguitas y me empuja contra él, haciendo que choquemos. Me coge de la nuca con una mano mientras con la otra acaricia mis nalgas.

—La próxima vez quiero que te pongas el tanga más guarro que tengas. —Me estruja el trasero y luego me da otro cachete, un poco más fuerte.

—¡Ay! —me quejo, aunque lo cierto es que no está tan mal.

—Métete. —Señala la bañera, que está casi llena.

Hago lo que me dice. Levanto un pie, después el otro y me introduzco en el agua, calentita y deliciosa. Me acompaña. Aprieta otro botón y el chorro se detiene. Me sitúo frente a él, aunque admirando la estupenda y enorme bañera en la que puedo estirarme por completo y aún me sobra espacio. Sin embargo, no me deja sola mucho tiempo. Se arrima a mí y se coloca entre mis piernas, que cruzo en torno a su cintura. Se muerde un labio, observando los míos, muriéndose por ellos. Echo la cabeza hacia atrás, torturándolo un poquito para que me desee más. Por fin atrapa mi boca y me la devora sin piedad alguna.

—No podía contenerme bajo la lluvia. Cómo se te pegaba el cabello mojado a la cara, la forma en que caían las gotas de tu barbilla, la manera en que respirabas con tu pecho vacilante... —me susurra, frotando sus labios con los míos.

Su aliento fresco, mezclado con cierto aroma a excitación, me provoca un agradable cosquilleo en la entrepierna. Bajo la mano hasta su erección y me la coloco entre las piernas. Normalmente me gustan los preliminares, pero ahora mismo estoy tan ansiosa que no puedo esperar más. Me pone demasiado tener su cuerpo mojado contra el mío. Héctor me coge del trasero y pega mi espalda a la pared de la bañera, causándome un ligero dolor. Me aferro a la suya, clavándole los dedos en la piel. Jadea en mi boca, introduce su lengua para explorármela, me muerde el labio inferior, sorbe el superior y lo recorre.

Noto su pene presionando para entrar. Empujo hacia delante para que lo consiga. Al fin, mi sexo se abre a sus roces. Entra en mí con energía. Cierro los ojos y gimo. Se queda quieto unos segundos para que me acostumbre a su tamaño. Cuando mis paredes se van abriendo, empieza a moverse. Acaricio toda su espalda, sus brazos, su excitante tatuaje, su pecho, su abdomen. Le mojo la parte que está fuera de ella. Recorre a su vez todo mi cuerpo con sus grandes manos, me acaricia los pechos, el cuello, el cabello. Jadeo con cada una de sus embestidas. Mi piel se va tornando cada vez más sensible. Un agradable cosquilleo me asciende desde la planta de los pies y va circulando por todo mi cuerpo.

—Melissa... —gime Héctor contra mi cuello. Le acaricio el pelo, se lo revuelvo y tiro de él cuando me penetra con una de sus enérgicas acometidas—. Cada vez que estoy dentro de ti, voy descubriéndome.

—Yo también —murmuro, aunque realmente no he entendido bien a qué se refiere; mi mente está muy lejos de aquí, perdida en los mundos del placer.

Suelta un bufido al tiempo que me estruja el trasero. Uno de sus dedos se acerca a mi rajita y yo me revuelvo un poco, asustada. Sin embargo, lo aparta con rapidez para cogerme de las caderas y menearse con más ímpetu. De repente, se detiene.

—No pares, Héctor, por favor... —suplico apoyando la cabeza en el borde de la bañera.

—Es que si no, me correré.

—Da igual. Lo hacemos más veces, pero sigue, cariño.

Lo cojo de las mejillas y lo beso. Meneo las caderas para incitarlo. Se emociona ante mis movimientos y reanuda los suyos. Su pene entra y sale de mí a una velocidad impresionante. Sus dedos se clavan en mis caderas, después los desliza hasta mi culo y me sube un poco más, de manera que pueda notar todo su sexo en mi interior. Suelto un grito, me retuerzo; las cosquillas me recorren con más rapidez.

—¿Vas a irte ya? —me pregunta jadeando.

—No, pero no importa. Me da placer igualmente. Vamos, sigue.

Le beso en la punta de la nariz. Bajo las manos hasta su trasero prieto y se lo acaricio. Le hinco las uñas mientras entra y sale de mí, se mueve en círculos, me hace gritar de placer. Segundos después se deja ir. Cierra los ojos y gruñe con los labios apretados. También yo siento un placer inmenso. Nos quedamos un rato abrazados, hasta que nuestros cuerpos se enfrían y nos damos cuenta de que el agua también lo ha hecho. Salimos, nos secamos y nos besamos de nuevo. Hacemos el amor en la cama, yo sobre él, navegando por todo su cuerpo.

Cenamos pronto, alrededor de las ocho y media, porque de tanto ejercicio nos ha entrado hambre. Después enciende la chimenea y nos ponemos a ver la película que habíamos dejado a medias. Cuando se acaba, la pasión y el deseo nos hacen sus esclavos una vez más. Me masturba en el sofá y me corro de manera violenta, temblando entre sus brazos.

—¿Quieres probar si la alfombra es cómoda? —Me guiña un ojo.

Antes de caer tumbados, vuelvo a estar excitada. Mi sexo está muy sensible debido al orgasmo que he tenido minutos antes. Héctor se coloca sobre mí, presionándome con su cuerpo. El roce de la alfombra en mi espalda, mi trasero y mis muslos es excitante. La chimenea nos envuelve con su calor, tanto que en unos minutos estamos sudados. Coge uno de mis pechos y juega con él, soplando en el pezón, pasando la lengua de un lado a otro, cubriéndolo con los labios y mordiéndolo suavemente. Arqueo la espalda, muevo las caderas, acerco mi sexo al suyo y me froto. Agarro su erección y se la acaricio, pasando un dedo por la gota de excitación que ha aparecido en la punta. Me la llevo a la lengua y la lamo. Me mira con deseo, luego me devora la boca.

Cuando no podemos más, me penetra con delicadeza. No necesitamos decir cómo queremos hacerlo: sabemos que ahora toca el sexo más delicado y pausado para notarnos como nos merecemos.

Me aferro con las piernas a su cintura, lo ayudo con los movimientos. Me abraza con todo su cuerpo y me acaricia con toda su piel. Hacemos el amor mirándonos, estudiando nuestros gestos, escuchando nuestros suspiros, jadeos y gemidos. Acaricio su espalda húmeda por el sudor; estamos húmedos, relucientes; nos deslizamos y resbalamos, y este contacto es tan especial que toda mi alma se despoja de voluntad, preparada para tener el mayor orgasmo de mi existencia. Apoyo los brazos en el suelo y tiro de la alfombra, gimiendo como jamás lo había hecho.

—¿Te gusta, cariño? —susurra Héctor con voz temblorosa, sin dejar de entrar y salir de mí.

—Sí —jadeo apretando la alfombra—. No pares. No pares nunca.

—Te follaré cada noche de mi vida —me dice al oído con una voz tremendamente erótica, acelerando la llegada del orgasmo—. Estoy hecho para estar dentro de ti, Melissa.

Sus palabras me acercan al borde. Me tambaleo, noto que me inclino… Y caigo. Caigo en una espiral de placer intolerable. Mi espalda se arquea casi sin poder remediarlo. Las palpitaciones en mi sexo no me dan tregua. Todo mi cuerpo se deshace, se desintegra y vuelve a recomponerse en cientos de estrellas chiquitas y luminosas. Me corro como últimamente él consigue que lo haga, pero aún más, aún más potente. Un orgasmo sublime, casi divino. Segundos después, Héctor se une a mis temblores. Su corazón y el mío parecen latir al unísono, se hablan permitiendo que nos centremos en el tacto, el sabor y el aroma de nuestra piel.

—Sin duda, Melissa… —dice una vez que estamos tumbados uno al lado del otro—. Sin duda, fui creado para hacerte esto cada noche. Para fusionarme contigo y volar muy alto.

Me besa en la frente. Cierro los ojos, sonriendo… Todavía tengo la alfombra entre mis dedos. La acaricio, disfrutando de su tacto. Me encantaría llevármela a casa para mirarla cada día y recordar esta maravillosa noche.

18

Dania se lleva a la boca un trozo de lechuga y la mastica con una sonrisa sin dejar de mirarme. Remuevo la pasta de mi plato también con una risita tonta. Parezco una adolescente. Pero después del fin de semana que he pasado con Héctor, no puedo sentirme de otra forma. Todavía noto sus dedos recorriendo toda mi piel, sus labios besando cada rincón hasta tocar mi alma, sus suspiros, su voz penetrando en mi mente, su sexo explorándome, las palabras de amor que me dedicó.

Ya no puedo dudar más: todo va a ir bien.

—Así que follasteis mucho —dice Dania todo lo alto que puede.

Miro a la gente de alrededor. A una mesa que está muy cerca de la nuestra está sentada una pareja madura. La mujer nos observa con horror. Inclino la cabeza, como pidiendo disculpas. La señora pone mala cara y después se centra en lo que su marido le está diciendo.

—Pues sí, pero es lo normal.

—Qué va, ya quisiera yo. Llevo casi un mes sin nada. ¿Te parece normal? Vamos, que no puedo creer que a ti te la estén clavando más que a mí.

Otra vez la mujer que se vuelve. No, si al final nos llamarán la atención y se me caerá la cara de vergüenza. Regaño a Dania con la mirada.

—Pues gracias, oye. Pero ya iba siendo hora de que mi vida sexual fuese plena, que mira que me pasé tiempo con Ducky como único compañero.

—Tía, no digas «ya era hora», que desde el verano pasado estás que lo das todo. Y mírame… Al final, tendré que pedirte el pato.

—Pues no haber dejado a Aarón —la ataco.

Dania suelta un bufido y se cruza de brazos. Aprovecho que se ha callado para comerme mis macarrones, que se me van a quedar helados.

—Bueno, cuéntame un poco cómo fue, ¿no?

—Muy bonito —respondo con voz soñadora—. El lugar era precioso, la casa lujosa y la bañera no te digo nada. También hay una chimenea y una alfombra en el suelo, todo muy sensual. La verdad es que, a excepción del paseo que dimos el sábado por la noche, no hicimos mucho más. Estuvimos recuperando el tiempo perdido.

—Joder, qué bien… —Suspira, luego pincha una rodaja de tomate, pero, antes de llevársela a la boca, dice—: ¿Habéis hablado sobre lo de…?

La freno con un dedo alzado. Lo muevo de un lado a otro ante su rostro. Arruga las cejas y se encoge de hombros. No, no y no. No le permito que mencione a ese para nada. Está lejos, muy lejos de mi mente. Ahora mismo solo somos Héctor y yo y lo que sentimos el uno por el otro. Y me basta.

—Pues nada, a ver si me encuentro con un tío que me alegre las penas.

—Dania, cualquier tío puede alegrarte lo que tú quieras, pero quizá tu corazoncito está pidiéndote otra cosa.

—¿Crees acaso que no quiero enamorarme? —Se riza un mechón de fuego—. Lo que ocurre es que no encuentro a nadie realmente interesante.

—A mí Aarón me lo parece.

—No congeniamos.

—¿Y por qué se te ve celosa cuando tontea con otras tías?

No responde. Se pone a comer la ensalada con rabia. Me quedo satisfecha con su reacción. Miro la hora en el móvil. Aarón no tardará en llegar, ya que hemos quedado para que se tome un café con nosotras. A Dania no le hacía demasiada gracia, pero he conseguido convencerla. A mí me apetece mucho verlo y que charlemos un rato, que últimamente tenemos poco tiempo.

Estoy pensando en él cuando lo veo entrar por la puerta. Se acerca a nosotras con aire despreocupado y una sonrisa en el rostro. Primero da dos besos a Dania y después a mí uno bien grande en la mejilla, alzándome unos centímetros del suelo como a una niña. Se sienta en la silla libre.

—¿Qué tal va, pequeñas?

—Aquí, cotilleando del maravilloso finde que ha tenido nuestra amiga —dice Dania con retintín.

—¿Ah, sí? —Aarón se vuelve hacia mí con una sonrisa—. Ya me comentó algo Héctor. Le propuse que comprara unas esposas o algo más cañero, pero no le gustó la idea.

—No las necesitamos —respondo riéndome.

—Me alegro de que hayáis disfrutado. Él está mejor, ¿no?

—La verdad es que sí. —Dejo el plato vacío a un lado—. Se llevó las pastillas a la montaña y las tiró allí, al vacío.

Aarón sonríe, pensativo. No me da tiempo a preguntarle si sucede algo porque la camarera viene para tomar nota de los cafés. Los tres nos pedimos lo mismo: cortados.

—¿Sabes algo de mi hermana? —le pregunto en cuanto nos han traído los vasitos.

—Esta tarde ha quedado con Félix para hablar.

—¿Por qué no me ha dicho nada? —pregunto un tanto molesta, y Aarón se encoge de hombros.

—No sé, preferirá esperar.

—Ojalá solucionen todo de una vez. —Remuevo el café y le doy un sorbo. Me fijo en que Aarón está un poco serio.

¿Acaso se siente mal por lo de Ana? ¿Y si él...?—. ¿Estás bien? —le pregunto.

—Sí, claro. ¿Por...? —Parpadea.

—Ya sabes. Lo de Ana...

—No pasa nada, Mel. Tu hermana y yo somos amigos. Es una tía estupenda y me cae genial, la verdad, pero jamás pensé que pudiéramos llegar a tener algo.

Dania tiene la cabeza agachada, pero a pesar de todo puedo ver que esboza una sonrisita. Le doy una patada por debajo de la mesa. En silencio, se queja con la mirada.

—¿Mi hermana te gusta?

Poso una mano en la muñeca de Aarón. Me observa con curiosidad durante unos segundos. En sus ojos puedo advertir que sí, que algo siente por ella. Pobrecito, primero yo, luego Dania y ahora mi hermana. ¿Se puede tener peor suerte en el amor?

—Tiene que estar con Félix. Es así y no hay nada que hacer. Tampoco creo que sea el hombre indicado para ella.

—Pues al principio tenía mis dudas, ya lo sabes. —Ambos nos reímos. Dania se mantiene al margen, aunque escuchándonos atentamente—. Pero luego me di cuenta de que, en realidad, eres un hombre cariñoso y entregado. Hasta podrías ser un buen novio, ¡fíjate!

Aarón ríe con un brillo especial en los ojos. Se toma su cortado casi de un trago y luego suelta un suspiro. Me da una palmada en la pierna que me hace dar un brinco.

—Bueno, ¿cuándo nos vamos de fiesta? Que hace tiempo que no salimos.

—Podríamos este finde, a ver si encuentro algo... —interviene Dania.

La miramos con una sonrisa. No va a cambiar, la tía.

—No, este Héctor y yo cenamos con mis padres, que si no se me ponen pesados.

—Podríamos salir tú y yo, Aarón —le dice Dania. Él la

observa, aunque no contesta nada y eso a ella parece molestarle.

—Tal vez deberíamos dejarlo para el día en que tu libro esté en la calle. Y lo celebramos como se merece —propone Aarón.

—Sí, eso estaría bien —coincido con una sonrisa.

—Bueno, va siendo hora de que volvamos al trabajo. —Dania rebusca en su bolso y saca el monedero. Se levanta sin añadir nada más y va hacia la barra para pagar.

Aarón se vuelve y sigue con la mirada el movimiento de su estupendo trasero. Lo cojo de la barbilla.

—Oye, que estoy aquí. —Me río—. Se ha molestado porque no has querido ir de fiesta con ella.

—Es que no pintamos nada yendo los dos. Sería incómodo.

—A lo mejor acababais follando… —He bajado la voz para que la señora de al lado no me oiga.

—Creo que no. No repito con historias fracasadas, y lo sabes.

Dania se acerca a nosotros. Me levanto para ir a pagar lo mío, pero me recuerda que hoy le tocaba a ella invitar. Me inclino sobre Aarón y le planto dos besos y un abrazo.

—Héctor me ha dicho que mañana hay partido de baloncesto. ¿Vendrás a casa para verlo?

—No creo que pueda. Tengo que hacer unas entrevistas a unas chicas para el puesto que ha quedado vacante en el local.

—Bueno, pues si no terminas muy tarde y te apetece, pásate. —Me despido de él con la mano.

Me fijo en que Dania duda unos instantes si darle dos besos de despedida o no. Al final es él quien se levanta y toma la iniciativa. Durante unos segundos, parece contrariada. Ay, Señor, que hasta las mujeres como Dania acaban cayendo en las garras del amor. ¿Por qué no es capaz de reconocerlo? ¡Le puede el orgullo!

—Hoy estaba guapísimo —dice de camino al trabajo.

—Siempre lo está. ¡Lo que te has perdido, maja!

—Tú también.

—Yo no. Tengo a Héctor, recuerda.

—Las mosquitas muertas siempre se llevan lo mejor.

Nos echamos a reír. Me agarra del brazo y nos encaminamos al trabajo. Cuando doblamos la esquina diviso a un chico ante las puertas. El corazón se me acelera. ¿No me digas que Germán ha vuelto? Le dejé claro que no quería que se presentara aquí... Una vez que estamos a una distancia prudencial, descubro que no es él. Me regaño por ser tan tonta. El chico nos mira, en especial a Dania, y nos dedica una sonrisa. Ella deja caer las pestañas de una manera tan sexy que al chaval casi se le escapa de los dedos el cigarro que tiene en la mano.

—Es tan fácil dejarlos tontos... —Suspira frente al ascensor.

—Será fácil para ti, guapa. Otras tenemos que currárnoslo más.

Antes de que las puertas se abran, Dania da media vuelta y se dirige a la salida.

—¡Oye! ¿Adónde vas? —pregunto.

—A darle mi número. A falta de pan, buenas son tortas.

Me echo a reír. Dania no hace distinciones: esta vez, un yogurín.

—¡Héctor! ¡Cariño! —Mi madre abre los brazos en ese gesto tan suyo.

Él la abraza y le da dos besos.

—¿Cómo estás?

—Bien, ¿y usted?

—Llevas ya un tiempecillo con mi hija, ¿cuándo vas a tutearme?

Él tan solo sonríe, y a mi madre por poco se le cae la baba. Anda que... Mi padre se asoma y nos saluda con un gesto de la cabeza.

—Héctor, corre, ven. Están echando en Neox una peli de la Scarlett esa. La Jobenson o algo así.

—Johansson, papá —lo corrijo.

—Como sea. Pero ¡hay que ver lo guapa que es!

—Venga, puedes decirlo: que está buena —interviene mi madre.

Mi chico me suelta de la mano y se dirige al comedor para acompañar a mi padre. Yo voy con mi madre a la cocina, de la que sale un delicioso aroma. Está preparando pollo al horno con patatas asadas. La ayudo a sacar los platos y los vasos, y a poner en pequeños recipientes unas patatas fritas y un poco de jamón y de queso.

—¿Cómo marcha todo, cielo?

—Muy bien —respondo sinceramente—. Aunque estas semanas son las más difíciles para Héctor. Dentro de nada tendrá que cerrar un contrato importante.

—Seguro que lo consigue. Se nota que es inteligente —opina mi madre, inclinada ante el horno para ver si ya está cocinado.

Continúo colocando el jamón. Me llevo una loncha a la boca y descubro que mi madre está mirándome fijamente.

—¿Qué pasa?

—Estuve hablando con Ana…

—¿Te ha explicado algo sobre Félix y ella?

—No, no es nada de eso. Aunque quiera Dios que lo solucionen… —Se queda callada unos instantes y luego dice, para mi sorpresa—: Me ha contado que Germán está por aquí.

—Ah, es eso —contesto de mala gana.

—Pero ¿tú estás bien? —Se acerca a mí con un trapo en la mano.

—Pues claro que estoy bien. No sé por qué os empeñáis en preocuparos por mí. —Guardo el resto del jamón en la nevera—. Solo he quedado con él porque es mi editor. Punto.

—No sé si quedar con él es bueno para ti…

—¡Mamá, basta ya! Soy mayorcita, sé lo que hago. No quiero hablar más de ese tema.

Cojo los platos y salgo de la cocina. Los dejo en la mesa del comedor. Mi padre está contando a saber qué a Héctor, aunque seguro que guarda relación con Scarlett porque no deja de mirar hacia la pantalla. Me acerco a él y le doy un beso en su calva.

—Ni has saludado a tu niña. ¿Es que quieres más a esa que a mí?

Papá alza la vista y me sonríe. Si es que es como un niño pequeño. Me coge la mano y posa en ella un beso.

—Por nada del mundo. Además de que mi niña es mucho más preciosa. —Se vuelve hacia Héctor—. ¿Verdad que sí?

—Por supuesto. —Mi novio me sonríe y le guiño un ojo.

Después regreso a la cocina, donde mi madre está sacando el pollo del horno. Lo sirve en cuatro platos y añade una patata asada para cada uno. Sé que está preocupada, pero, por suerte, no toca más el tema de Germán. La ayudo con todo y regresamos al comedor. Nos sentamos a la mesa, aún con la tele puesta.

—Bueno, Héctor, ¿y qué tal llevas el trabajo? —le pregunta mi padre.

—Bien. Un poco estresante, pero ahí vamos. Se hace lo que se puede.

—Pues sí. Cuando yo trabajaba, siempre trataba de dar lo mejor de mí. Y creo que tú también eres un hombre que se esfuerza en lo suyo.

Mi padre siempre ha hecho de todo. Nunca estuvo sin empleo, y le daba igual hacer lo que fuera con tal de traer dinero para la familia. Mi madre aún trabaja limpiando en escuelas e institutos. Es un poco pesado, pero le gusta.

—¿Cómo va la convivencia? —quiere saber.

—La verdad es que muy bien —respondo.

Me hago con un trozo de jamón del plato. Se lo paso a

Héctor para que coja. Me da las gracias con un gesto de la cabeza.

—Me habría gustado que Ana viniera, pero tenía cena con algunos compañeros de la notaría —nos informa mi madre.

—Espero que me llame pronto para ver cómo ha quedado con Félix —murmuro.

—Pues si es verdad que la ha engañado con otra, más vale que lo mande a la mierda —opina mi padre, que es muy pasional.

—Manuel, por favor —lo regaña mi madre—. Ese hombre es respetuoso y quiere un montón a Ana. Que se lo explique todo y veremos después.

—Lo que no puede permitirse es que un hombre engañe a una mujer o viceversa —continúa papá. Da unos golpecitos a Héctor en el brazo, y él lo mira con una sonrisa—. ¿No tengo razón?

—Claro que sí. El respeto es la clave en una pareja.

Posa su mirada en la mía. Me parece advertir en ella un atisbo de reproche. Agacho la vista y me concentro en el pollo. ¿A qué ha venido eso? Quizá he pensado mal, pero juro que ha sido raro…

—Cuando salía con tu suegra… —dice mi padre, y casi doy un brinco al oír esa palabra; Héctor, sin embargo, se mantiene tranquilo—, había otra chavala que me iba detrás. Pero vamos, yo bebía los vientos por esta mujer que ahora está aquí conmigo…

Me pierdo en mi mundo. Observo a Héctor: el cariño y el respeto con los que trata a mis padres, cómo les contesta a todo con ganas, les sonríe y charla con ellos. Aun así, me fijo en que tiene mala cara. Supongo que esta semana también ha trabajado mucho, se nota en sus ojeras y en los rastros de fatiga de su rostro.

Mientras tomamos el postre el pitido del whatsapp me alerta. Me disculpo y me levanto para ir en busca del bolso.

Saco el móvil, pensando en que serán Aarón, Dania o Ana, pero al abrir la aplicación me encuentro con un mensaje de Germán. Bueno, por lo menos no me llama o va a buscarme.

> Hey, guapa. ¿Qué tal? Me gustaría que me dieras la dirección a la que quieres que envíe tus ejemplares de cortesía.

Casi se me cae el móvil al suelo. ¡Oh, Dios...! ¿No me digas que ya los tienen? Escribo la respuesta con dedos temblorosos.

> ¿Ya están? ¡Qué rápido!

De inmediato me llega su mensaje.

> No, los recibimos pronto. Pero quería ponerte sobre aviso ;)

Me parece oír voces que se acercan. Miro por encima del hombro, un poco inquieta. Héctor todavía está en el comedor charlando con mi padre. No es que esté haciendo nada malo, pero, no sé por qué, no me apetece que se entere de esto.

> Envíamelos al trabajo. Ya tienes la dirección.

Me guardo el móvil en el bolsillo. Antes de dar un paso, pita otra vez. Lo saco y lo pongo en modo vibración y luego leo la respuesta de Germán.

> Preferiría dártelos yo en mano... Me encantaría ver tu cara al sostenerlos y tocar sus páginas. Seguro que es como cuando te comprabas algún libro viejo y lo olías. Era una escena bonita. ¡En fin! Pasa un buen fin de semana.

Mierda. Ya estamos otra vez con desempolvar recuerdos del pasado. Pero no siento nada. No me importa lo más mínimo. Borro la conversación y regreso al comedor. Ellos ya han acabado su postre, así que termino el mío a toda prisa un poco incómoda. Héctor se percata y me interroga con la mirada. Le indico con un gesto que no pasa nada.

Nos quedamos un rato más con mis padres, hasta que empieza a entrarnos sueño. Aún tenemos que conducir una media hora, y Héctor está cansado, así que nos despedimos con un montón de besos por parte de mi madre y de palmaditas por la de mi padre.

—Di a Ana que me llame —pido a mi madre.

La noche es fresca cuando salimos y nos dirigimos al coche. Héctor no abre la boca y me siento un poco rara, como temerosa de lo que pueda decir. Cuando llegamos al Focus me sonríe y suspiro aliviada. De camino a casa soltamos un par de comentarios acerca de la cena, pero nada más.

—¿Te ocurre algo? —le pregunto, preocupada.

—Cansancio —es su única respuesta.

Decido no indagar. Apoyo mi mano sobre la suya y así pasamos el resto del trayecto. Nada más entrar en el apartamento me deshago de la chaqueta, del bolso y de los zapatos a toda velocidad. Estoy muerta; no veo el momento de echarme sobre la cama, aunque también me apetecen unos mimitos de Héctor. Estoy dirigiéndome al dormitorio cuando me fijo en que toma otro camino: el de su despacho.

—¿Qué vas a hacer?

—Trabajar un poco.

—¿A estas horas? Pensaba que podríamos estar juntitos en la cama… —Pongo morritos.

—Sabes que esto es importante, Melissa.

Suelto un suspiro y asiento con la cabeza. Me marcho sola al dormitorio y me cambio. Qué a gusto con el pijama calentito… Me cepillo los dientes y me desmaquillo. Antes de acostarme paso por el despacho para darle un beso de buenas noches. Sin embargo, el suyo no es dulce, ni apasionado. Es rápido y neutro. Me quedo observándolo con curiosidad.

—¿Va todo bien, Héctor?

—Estoy estresado. En serio, no te preocupes. Acuéstate y descansa. —Se frota los ojos.

Pero su voz, aunque ha intentado que fuese serena, ha sonado enfadada y dura. Y regreso a la habitación con esa sensación de intranquilidad que tan bien conozco.

Doy vueltas en la cama. Y más vueltas. Desvelada totalmente.

Héctor acude a las tantas de la madrugada y cuando se acuesta lo hace lo más alejado posible de mí.

19

Está mintiéndome.

Aarón se revuelve en su silla. Lo observo fijamente con la intención de comprobar si me dice la verdad. Conoce bien a Melissa. Seguro que ella le cuenta cosas que a mí no. Y no puedo preguntar a otra persona: no tengo la confianza suficiente con Ana ni con Dania.

—No, Héctor. No te pongas paranoico. Melissa no está mintiéndote.

—Me oculta algo.

—¡Claro que no! —Da un trago a su cerveza.

El local está vacío a esta hora del mediodía. Es martes, pero la gente empezará a llegar cuando caiga la tarde, especialmente estudiantes que quieren disfrutar de su Erasmus. Muevo el vaso vacío, en el que tan solo hay ya unos cubitos medio derretidos. Aarón me mira con una ceja enarcada.

—Ponme otro.

—No creo que…

—No me digas lo que tengo que hacer.

—¿Has tirado las pastillas de verdad?

—Claro que sí.

—¿Todas?

Aprieto los labios. Asiento con la cabeza. No dice nada más. Va hacia la barra para prepararme otro whisky. No sé si Melissa realmente estará mintiendo, pero yo sí continúo haciéndolo. He dejado escondidas algunas pastillas. Solo unas pocas, por si acaso. Este sábado tenemos una cena importante en la que se decidirá si mi compañera de trabajo y yo hemos conseguido el cierre del trato. Y estoy histérico. Necesito tomar otra copa y relajarme, aunque lo cierto es que ya noto un cosquilleo en las extremidades porque no he comido nada en todo el día.

—Toma. —Aarón deja el vaso en la mesa.

Lo agarro y le doy un buen trago, notando cómo pasa la bebida por la garganta. Me la quema un poco, pero no me importa.

—Este fin de semana le mandaron whatsapps, mensajes o algo. Se puso a leerlos y a contestarlos aparte, como a escondidas.

—Seguro que no fue eso. Te lo parecería a ti. —Aarón suspira.

—Entonces ¿por qué no vi ninguna conversación? Las había borrado.

—¿Le espiaste el móvil?

Por unos segundos, me siento avergonzado. Sin embargo, pronto se me pasa. El alcohol empieza a hacer su efecto de liberación.

—¿Y qué quieres? No me cuenta nada.

—Porque no tiene nada que contarte. No ha vuelto a quedar con él.

—No estoy tan seguro de eso. Y además, ¿qué más da que no queden? Hablan, Aarón. Hablan porque él es su editor.

—Tú lo has dicho: su editor. Y nada más.

—¿Es que no lo entiendes?

Me termino el whisky. Lo agito delante de su rostro. Se niega a ponerme otro, así que chasqueo la lengua y me dispongo a servírmelo. No me detiene porque sabe que sería peor. Me lo sirvo en silencio, me pongo más de lo que debería, y me quedo detrás de la barra, con las manos apoyadas en ella.

—Melissa amó a ese hombre. ¿Cuánto tiempo estuvieron juntos, Aarón?

—¿Unos años?

—Por lo que sé, su historia empezó en el instituto. Se conocen muchísimo. Él sabe cosas de ella que yo no. Y esa es una gran arma.

—Aquí no hay ninguna guerra, Héctor. Melissa está feliz contigo. Te quiere a ti.

Bebo. Un trago, dos, tres seguidos. Me froto los ojos pensando otra vez en la cena en casa de sus padres, en la forma en la que regresó al comedor tras leer los whatsapps. Parecía entre nerviosa y avergonzada. Estoy completamente seguro de que no me lo imaginé. En parte me siento horrible por no confiar en ella, por comportarme como estoy haciéndolo, pero hay algo en mí que trae otra vez a aquel Héctor irascible, maleducado y egoísta. No quiero serlo, pero empuja, empuja por acomodarse en mi piel y hacerse con el poder de mi cuerpo y de mi mente.

—Tío, relájate. —Aarón me da una palmada en la mejilla. Lo miro entre enfadado y preocupado—. No hagas de esto una montaña.

—Sabes que confío en ti, así que no me falles. Si estás ocultándome algo tú también, lo descubriré. —Parece una amenaza. ¿Cómo puedo estar comportándome así?

—Lo que tienes que hacer ahora es ir a buscarla al trabajo. Dale una sorpresa. Id a comer por ahí y disfrutad. —Aparta mi vaso para que no beba más—. Aleja el trabajo de tu mente. Olvida a ese gilipollas. Céntrate en vosotros.

Decido hacerle caso. Asiento con la cabeza, doy una palmadita en la barra y salgo de ella. Iré a buscar a Melissa y la llevaré a un sitio bonito. Quizá la acompañe hasta su despacho y le haga el amor en él, como aquellas primeras veces.

—Nos vemos. —Choco la mano con la de Aarón.

—Por cierto, ¿sabes que pronto empezaré con las obras en

el local? Me he propuesto hacer de esto algo más grande —me informa él.

—Genial —respondo, aunque me da igual.

Cuando salgo a la calle, el sol me ciega. Hace un día estupendo y, sin embargo, me encuentro fatal. El alcohol está asentándose en mi estómago vacío y ganando terreno. Me dirijo al coche y, cuando me siento ante el volante, me da un mareo. Me froto los ojos, la frente. Intento serenarme. Las manos empiezan a temblarme. Joder, joder. ¿Es que no va a marcharse esta sensación? Me niego a ser aquel Héctor, el que tenía miedo de todo, al que le daban ataques de pánico con tan solo salir a la calle.

Abro la guantera y saco el frasquito. Dios, no debería. Pero es que no puedo. Es que cientos de gusanos están apoderándose de mi pecho. Y no quiero pudrirme como antes. Las pastillas no sé si me alivian, en realidad. Me asaltan pensamientos oscuros, me descontrolo, me pongo de mal humor. Pero también me hacen sentir que floto, que he salido de mi cuerpo y puedo ser libre.

De lo que me tiemblan las manos, el bote se me cae al suelo. Lo recojo, lo observo un buen rato. No sé cuánto tiempo me he quedado así, pero cuando vuelvo en mí veo un coche a mi lado que espera para aparcar donde estoy yo. Le hago un gesto con la mano para indicarle que enseguida salgo. Y entonces abro el bote. Saco la pastilla. La observo, sus colores verde y blanco que empiezan a emborronarse. Sin pensarlo más, me la meto en la boca. Me inclino para coger la botellita de agua que siempre llevo en el coche. Doy un par de tragos hasta que consigo tragarla.

Una, solo una. Está bien. Esto está muy bien. Mi mente pronto se habrá calmado. También mi cuerpo. Esta vez no tendré pensamientos oscuros. Solo ha sido una. Nada más. No hay ningún problema. Me ayuda. Lo necesito para el trabajo, para controlar mis reacciones con Melissa. Sí, tengo el control.

El hombre del coche de al lado me pita. En un acceso de rabia, le hago un corte de mangas. Me mira con la boca abierta y al instante se pone a vociferar. Salgo de la plaza de aparcamiento y lo dejo atrás.

Que le den por culo.

Que le den a todo.

Termino la corrección y me acomodo en la silla. Estoy cansadísima. Desde el domingo duermo fatal. No puedo dejar de pensar en que Héctor está comportándose de forma extraña. Nuestra excursión a aquel lugar paradisíaco ahora me parece muy lejana, incluso irreal. ¿Cómo ha podido cambiar todo en tan poco tiempo? Y ¿por qué? Culpa al trabajo de su actitud, pero sé que esa no es la única razón. Temo que continúe obsesionado con Germán. No he vuelto a quedar con él. Estoy tratando de hacer lo correcto, y aun así siento que no funciona.

Las tripas me rugen. Estos días, además de dormir mal, como poco. De todos modos, toca bajar a la cafetería a por un bocadillo, una ensalada o algo ligero que me entre fácilmente. Decido no avisar a Dania. Hoy no me apetece comer con nadie. Quiero sentarme y pasar un rato tranquila, sin oír su aguda voz, sin responder a sus preguntas sobre mi cara de muerta.

Cojo el monedero y las llaves del despacho. Cierro la puerta y me dirijo al ascensor. Mientras lo espero, me vibra el móvil. Es un whatsapp. ¡Ojalá no sea de Dania pidiéndome que comamos juntas! Sin embargo, al abrirlo me quedo de piedra.

Baja.

Es Germán. ¿Qué significa «baja»? ¿A la salida? ¿A la cafetería? No me digas que ha venido... ¿Qué cojones quiere ahora? No pienso verlo. Voy a regresar al despacho. Pero joder, ¿y si sube como el otro día? No deseo que lo vean aquí otra vez. El móvil vibra de nuevo. Es una perdida suya. No sé qué hacer. Me gustaría esconderme en algún lugar y que nadie me encontrara. Mucho menos él.

Al final decido bajar. No sé a qué ha venido, pero voy a cantarle las cuarenta. En el ascensor me muerdo una uña. Doy una vuelta, y otra, sobre mí misma. Al fin las puertas se abren. Me asomo con cautela y lo descubro en la entrada, en el banquito que hay cerca del mostrador de recepción. Avanzo hacia él poniendo la cara más enfadada posible. No obstante, cuando lo veo sonreír, el corazón me da un vuelco. Me pongo nerviosa como las otras veces que he quedado con él. «Ya basta, Melissa. Ya sabes a lo que has bajado. Hazlo y vuelve a tu despacho.»

—¿Qué quieres? —pregunto con sequedad.

—Vaya, chica, ni siquiera un «hola, ¿qué tal estás, Germán?».

—¿Me ves con ganas de saludarte?

—Puede que cuando te dé esto, sí.

Coge la caja que está a su lado y me la tiende. Oh, Dios, esto es… Me la quedo mirando con la boca abierta, luego alzo la mirada a Germán, interrogándolo. Asiente y me hace un gesto para que la abra. No aguanto más. Me siento en el banquito y desgarro la cinta adhesiva. Unos cuantos libros aparecen ante mí. Son míos. Mis libros. Mi historia. Mis personajes. Todo encerrado en estas páginas, en esta portada tan preciosa. Acaricio la cubierta con mucho cuidado, como si fuese a desaparecer en cualquier instante; después lo abro, lo hojeo observando la letra, me lo llevo a la nariz y lo huelo y, por último, lo aprieto en mi pecho, muy cerca del corazón. Cuando abro los ojos, Germán está observándome con una gran sonrisa.

—Sabía que iba a ser así.

—¿Qué?

—Tu reacción. Te conozco, Meli, sé cómo amas los libros. Y este es tuyo. Es como un hijo para ti. —Se aproxima y toma uno entre sus manos. Sin poder evitarlo, observo sus bonitos dedos… En el anular estuvo, una vez, aquel anillo de compromiso. ¿Qué habrá sido de él? ¿Lo devolvería? ¿Lo vendería? ¿Lo guardaría en un cajón? Tengo que reconocer que yo tiré a la basura el mío en un ataque de rabia.

Intento sonreír. Me aparto un poco, cojo la caja entre mis brazos y me dispongo a volver al despacho. Parece que Germán todavía quiere hablar.

—Gracias. Pero ya te dije que no hacía falta que me los trajeras tú.

—Y yo te dije que quería ver tu cara.

—¿Por qué? Menuda tontería.

—Porque me gusta.

Se detiene en seco, como si incluso él se sorprendiera de su respuesta. Aguarda mi reacción, pero no tengo ninguna. Ahora mismo no puedo digerir que me haya dicho eso. No quiero comprobar que las palabras de Ana y Dania eran ciertas.

—Tengo que ir a comer, que si no se me pasará la hora.

Me coge del brazo. Se da cuenta de que pongo mala cara, así que rápidamente aparta la mano, aunque no sin antes rozarme con sus dedos. Y la sensación de familiaridad que me provoca me aturde.

—Meli…

—No. —Inconscientemente apoyo la mano en sus labios, tapándole la boca. Se queda sorprendido, pero, antes de que yo pueda apartarla, me la coge y me acaricia la palma con los labios. Su contacto me quema. Me asusto. Me brinca el corazón en el pecho. Consigo retirarla, confundida y rabiosa—. Germán, no sé qué es lo que sucede, pero no puedes hacerme esto.

—Por favor, déjame hablarte. Déjame decirte todo lo que tengo dentro.

—¡No! —exclamo. Me vuelvo hacia la recepción, pero el hombre que la ocupa está concentrado en la pantalla del ordenador—. No aquí. No ahora.

—Entonces vayamos a comer. Charlemos, te lo ruego. Necesito que me escuches.

—No quiero hacerlo. —Niego con la cabeza, notando que los ojos me escuecen.

—Pensaba que iba a estar todo bien, Meli, pero no ha sido así. Me he dado cuenta de que no he podido olvidarte, de que me he engañado. Te aseguro que te he llevado bien adentro todo este tiempo.

—Germán, cállate o te juro que se me escapará la mano en cualquier momento y te daré una hostia. —Mi voz parece la de una niña pequeña, no la de una mujer adulta y serena.

—No me importa. Me la merecería. —Se pasa la mano por el pelo, mostrándose nervioso. Retira la mirada unos segundos, pero enseguida vuelve a posarla sobre la mía—. Cuando me contrataron en la editorial quise llamarte para saber cómo estabas, pero no me atreví. En realidad, pensé en contactar contigo mucho antes, en ese tiempo en el que me alejé, en el que desaparecí de tu vida. Pero te juro que estabas aquí… —Se lleva una mano a la cabeza, después la baja al pecho—. Y aquí. Estás tatuada en él, Melissa.

—Me voy, Germán. Me voy. No me llames. No vengas a buscarme. Si lo haces, diré a la editora que estás acosándome o algo por el estilo. —Me doy la vuelta, pero, una vez más, me coge.

Me revuelvo entre sus brazos, a punto de echarme a llorar. Debemos de estar dando una escenita, aunque por suerte —o por desgracia, quién sabe— no hay nadie ahora mismo y el de recepción está enfrascado en a saber qué. Seguro que mira una peli porno.

—Sé que estás muy enfadada conmigo aún, pero no pasa nada. Voy a intentarlo. Voy a luchar por lo que quiero.

Me pongo la caja en un brazo y con la otra mano intento desembarazarme de él. Forcejeamos y al final se me cae la caja y todos los libros se desparraman. Suelto una exclamación de frustración. Me agacho para recogerlos y él conmigo. Tenerlo tan cerca está volviéndome loca.

—No puedes hacer esto. No tienes ningún derecho, Germán. No sé quién te has creído que eres para venir ahora a destartalar mi vida, pero no te lo consentiré —digo sin apartar la mirada de los libros ya que sé que me echaré a llorar de un momento a otro—. Estoy con un hombre al que quiero, así que puedes perderte. Muy lejos.

Mis duras palabras no parecen hacerle efecto. Me coge de la barbilla, me alza la cabeza y me obliga a mirarlo. Lo hago con rabia.

—Ahora soy fuerte y no caeré en tus brazos —musito. Mi voz tiembla. Ladeo la cabeza para que me suelte, pero me aferra aún más.

—Esperaré lo que haga falta —dice estudiando mi rostro. Se le ve arrepentido, pero también decidido. Siento una chispa de miedo—. Y haré lo que sea para que te des cuenta de que he cambiado. —Su rostro se acerca al mío. Cierro los párpados, apretándolos, esperando un beso que no deseo recibir... ¿Verdad? Pero no llega. Los abro. Germán me mira, un poco triste, pero también con un brillo especial en sus intensos ojos azules—. Te quiero, Meli. —Me lleva la palma a su pecho. Ya no tengo el poder sobre mí misma. Me siento como una muñeca de trapo, como una marioneta sin voluntad. Apoya mi mano en su corazón, que palpita con violencia. El mío, por unos instantes, se acompasa al suyo. Rondan mi mente momentos, palabras, risas, llantos, olores, sabores, gemidos, caricias, besos, susurros. Recuerdos—. ¿Lo notas?

Agacho la frente con los dientes apretados. Niego... Pero sí, sí lo noto. Y no quiero. No puedo. Me rompo...

—Vete, Germán —susurro.

—Te lo diré las veces que haga falta. Te demostraré que jamás te he sacado de mí. —Su voz es nerviosa.

Me desintegro. Vuelvo a negar con la cabeza. Consigo que me suelte la barbilla.

Y entonces, al mirar hacia la salida, lo veo. Héctor está en la puerta, observándonos con una expresión en el rostro que no consigo descifrar. Abro los ojos, asustada. Me levanto rápidamente, confundida, con un montón de pensamientos incoherentes. No sé cuánto lleva ahí plantado, no sé si ha oído lo que Germán ha dicho y no sé qué sucede, por qué estoy en esta situación, por qué tiene que pasarme todo esto.

Germán también se incorpora y dirige la mirada hacia donde yo la tengo puesta. Ambos se estudian, y lo único que puedo hacer es quedarme quieta, silenciosa y temblorosa. Héctor duda unos instantes y, al fin, se acerca. Trato de fingir una sonrisa para que no piense lo que no es, para recuperar la cordura.

Para mi sorpresa, cuando llega hasta nosotros me coge de la cintura, me empuja contra él y me besa. Pero no es cariñoso, no hay amor en ese beso; tan solo rabia, reproches y miedo. Y sabor a alcohol. Su lengua está amarga y me lo traspasa, cubriéndome todo el paladar. Cuando se separa, intento coger el aire que ha abandonado mis pulmones. Germán nos mira con expresión extraña. Mi mente no puede entender qué es todo esto.

—Soy Héctor, el novio de Melissa.

Germán alarga una mano, pero Héctor no la acepta. Vuelven a estudiarse. Me encantaría saber qué están pensando en estos instantes.

—¿Y tú?

—Germán.

—Ah, claro. —Héctor se echa a reír. Es una carcajada también amarga. Entonces me doy cuenta de que está borracho. Mi estómago se contrae al imaginar lo que puede suceder—. El cobarde que la dejó tirada.

Germán calla. Temo que se enzarcen en una pelea o algo parecido. Pero no puedo hablar. Mi garganta se ha quedado sin sonido alguno.

—Sí, ese soy yo —contesta al final con una sonrisa.

Creo que esta actitud empeorará más las cosas. Y también el hecho de que Héctor esté borracho. Porque entonces ¿qué imagen se llevará Germán de él?

—¿Y has venido a…?

—A traerle unos ejemplares de su novela. —Señala la caja que aún está en el suelo.

Héctor la mira, pero apenas le presta atención. Vuelve a posar sus ojos en los de Germán. Puedo apreciar la tensión que nos envuelve. Es el momento más incómodo y horrible de mi vida.

—¿Por qué no se los has enviado por correo? —La lengua se le traba en esta última palabra. Pero ¿cuánto ha bebido?

—Soy un buen editor. —Germán se mete las manos en los bolsillos y adopta una postura un tanto chulesca.

En cuestión de segundos, Héctor lo ha empujado y lo ha empotrado contra el banco, presionándole en el pecho. Dejo escapar una exclamación de sorpresa, sin saber qué hacer. Germán alza las manos, mostrando que no quiere pelear.

—Mira, gilipollas, no sé qué pretendes, pero olvídala.

—Oye, será mejor que me sueltes…

—¿Ah, sí? Y para ti será mejor que la dejes en paz.

—Héctor, por favor… —gimoteo agarrándolo del hombro. Me aparta la mano con rabia y vuelvo a quedarme callada, presa del aturdimiento.

Germán está más fuerte que él. Podría hacerle daño, y por nada del mundo quiero eso, pero no sé qué más hacer porque Héctor parece haber perdido el control de sí mismo. Está demasiado borracho para razonar.

—Si me entero de que vuelve a sufrir por tu culpa, juro que te mato. —Ha escupido las palabras con una furia tremenda, pegando su cara a la de Germán, quien mantiene la sonrisa y las manos alzadas.

Por fin, lo suelta. Suspiro aliviada. Cojo a Héctor de la mano para llevármelo de aquí. Me disculpo ante Germán con la mirada.

—Tu chico es un poco irascible, ¿no? —dice con sarcasmo.

Joder, no. El corazón se me acelera. ¿Por qué está buscando pelea? Se dirige a él—. Ella ya es mayorcita. Sabe bien lo que tiene que hacer. Y a lo mejor no quiere que la deje en paz.

El puñetazo no se hace esperar. Cuando Germán se aparta la mano del labio, veo que le sangra. No puedo hacer más que temblar. Le suplico con la mirada que no continúe.

—Héctor, basta —le ruego.

Esta vez consigo que me haga caso. Lo cojo de la mano y se queja. Ha pegado fuerte a Germán, así que imagino que le saldrá un moratón. Este no dice nada, tan solo se limpia la sangre del labio, aunque no ha borrado la sonrisa del rostro. Siento enfado y, al mismo tiempo, vergüenza. Sí, estoy cabreada con los dos. Porque cada uno, a su manera, están comportándose de manera egoísta y no piensan en cómo pueda sentirme en esta situación.

Quiero hablar con Héctor, preguntarle si está bien, pero no me deja. Levanta el brazo y me aparta. Me mira con los ojos entrecerrados, tambaleándose un poco. Se da la vuelta y se dirige hacia la salida. Deseo gritarle que no se vaya, que me da miedo que conduzca estando así, pero sé que no serviría de nada. Se marcha, dejándome sola...

Pero Germán aún no se ha ido.

Me echo a llorar. Él no se acerca a mí. Sin embargo, antes de salir, me dice:

—Si necesitas algo, llámame. Cogeré el teléfono sea la hora que sea.

Hago caso omiso de sus palabras. Me quedo un rato más sentada en el banco, soltando todo el nerviosismo y el miedo que he pasado. Cuando estoy más tranquila, cojo la caja con los libros y me dirijo a mi despacho. Al pasar por delante del recepcionista, me fijo en que lleva puestos unos auriculares. Normal que no nos oyera. Pero mejor, porque realmente hemos montado una escena digna de una película.

Me paso la tarde en blanco. No adelanto ninguna corrección. Ni siquiera cojo el teléfono fijo cuando llaman. Solo puedo pensar en Héctor, en que había bebido otra vez. No creo que sea alcohólico, pero me preocupa que esto vaya a más. Y también pienso en su manera de mirarme, tan diferente a la que conozco, como si me odiara. Y después me paso un rato meditando sobre todo lo que Germán me ha dicho y acabo llorando otra vez. Me envía un whatsapp que aún hace que me sienta peor.

No estoy enfadado, no te preocupes. Yo también habría hecho lo mismo de ser él. Lamento haber provocado todo eso.
Sin embargo, no me arrepiento. Estoy más decidido que nunca a recuperarte. Puedo recuperar todo lo que perdimos, Meli.
Y puedo hacerte feliz.

Lanzo el móvil contra el suelo, soltando un grito furioso. Me cambiaré el número. Me mudaré si es necesario. No quiero que me recupere. No quiero que me encuentre. Arruinará todo lo que he construido en un intento por ser feliz de nuevo.

20.

Héctor llega tarde. Lo he esperado adormilada en el sofá. Cuando oigo la puerta, doy un brinco. Me incorporo y aguardo que entre. Sin embargo, lo que me encuentro es peor de lo que esperaba. Imagino que ha bebido más por el estado en que viene. Se detiene frente al sofá, tambaleándose. Me levanto rápidamente para sostenerlo, pero se aparta y me da un pequeño empujón que, no obstante, es fuerte para mí dado mi tamaño.

—¿Estás bien? —le pregunto preocupada.

No me contesta. Su pecho sube y baja a toda velocidad. Respira con dificultad y su cara es el puro reflejo de la rabia. Odio que me mire así. Sencillamente, no lo soporto. Alargo los brazos para rodearlo, pero se echa hacia atrás.

—No me toques —dice en un tono duro.

—Por favor, no es lo que piensas…

—No me hables. No me mires.

Se da la vuelta y se marcha a la habitación, dejándome plantada en medio del salón, sin saber qué decir o hacer. El portazo atruena en mis oídos y me arruga el corazón.

Es la primera noche que dormimos en habitaciones separadas.

Los días siguientes se me atragantan. Me trata como a una extraña. Quiero hablar, pero Héctor solo me dedica un saludo por la mañana y otro por la noche. Como regreso antes que él, busco como una loca pastillas en los cajones por si continúa tomándolas. No encuentro ninguna y, al menos, con eso suspiro aliviada. Pero todavía está el hecho de que su enfado está alargándose demasiado y no sé cómo solucionarlo. ¿Por qué no deja que me explique? Tan solo decirle que no ha sucedido nada, que Germán no es nadie en mi vida. Necesito que me crea, pero no sé cómo recuperar su confianza.

Y por si eso fuera poco, Germán no ha dejado de enviarme mensajes. El primero me llegó al día siguiente de la pelea, mientras trataba de tragar un cruasán.

> ¿Estás bien? No me has dicho nada. Debes de estar muy enfadada. Pero solo quiero saber si estás bien. ¿Tuvisteis una pelea muy gorda? Espero que no. Bueno, en realidad, miento. Soy mala persona, lo sé, pero me gustaría que regresaras a mí.

El segundo me lo mandó el mismo día por la noche y, por suerte, estaba sola en casa.

> Tu silencio me preocupa. Te conectas al whatsapp, lees mis mensajes, pero no contestas. Si no lo haces, al final desistiré.

Pero al cabo de un rato, mi móvil vibra una vez más.

> Tengo un ejemplar de tu novela ante mí y no puedo dejar de pensar en ti. Cuando lo leí, me reconocí entre sus páginas. ¿Tanto daño te hice? De verdad que no quería, pensé que te haría más si me quedaba contigo. Creía que no estábamos hechos el uno para el otro. Está claro que me equivoqué.

El siguiente lo mandó una semana después.

Hoy también me he despertado con tu rostro en mi cabeza.
Creo que he soñado contigo y que era bonito... Quizá de
cuando teníamos veintipocos años y tu risa borraba la lluvia y
despertaba el sol. Me acuerdo de esa risa muy bien porque la
tengo grabada en mi mente. La recupero cuando me siento
solo y estúpido.

Con ese decidí bloquear su número. Debería haberlo hecho desde el primer mensaje. No puedo soportarlo más. Todo eso que me escribe tuvo que hacerlo mucho tiempo antes, cuando le necesitaba y no encontraba la salida. Pero ahora solo quiero que se calle y que deje de intentar recuperar algo que está totalmente perdido.

Por las noches Héctor suele regresar a las tantas. Y esta no es diferente. Como estoy despierta, puedo cerciorarme de todos sus movimientos. Oigo que abre la nevera y busca en ella. Segundos después llega hasta mis oídos el inconfundible sonido del cristal rompiéndose. Me levanto de la cama y voy hacia la cocina sin ni siquiera ponerme las zapatillas. Al entrar, por poco me corto con los trozos de cristal que hay en el suelo. Ha tirado un par de cervezas, y ya lleva una en la mano. No me dirige la palabra, ni una mirada. Pasa por encima de las esquirlas y sale de la cocina. Yo me tiro un buen rato recogiéndolas y, cuando termino, voy al salón, donde lo encuentro sentado en el sofá, intentando beberse la cerveza. Va tan borracho que no atina a llevársela a los labios. No puede ser que esté tan mal por la bebida... ¿Y si ha...?

Le quito el botellín de las manos. Suelta un gruñido de protesta, pero ni siquiera parece reconocerme.

—¿Qué estás haciendo? —pregunto, más para mí que para él.

—¿Qué quieres? —balbucea.

—¿Por qué vienes de esta forma? ¿Dónde has estado?

—Algunos trabajamos. —Se echa a reír, apoyando la cabeza en el respaldo del sofá, con los ojos cerrados.

Y entonces me fijo en algo que tiene en el cuello. Me inclino para observarlo mejor y el corazón me salta en el pecho. Es muy pequeño, medio borrado, pero sin duda alguna son los restos de un pintalabios rojo. Algo se me remueve muy adentro e, inmediatamente, pienso en esa compañera suya.

—¿Has estado con otra mujer? —pregunto temblorosa.

Se echa a reír una vez más, aún con los párpados cerrados, como si no me hubiese entendido. Me siento en el sofá, enfadada y dolida, y lo cojo de las mejillas para volverle el rostro y obligarlo a mirarme. Abre los ojos y consigue enfocar la vista.

—¿Te has acostado con otra? —insisto alzando la voz.

Temo que lo haya hecho por despecho, para vengarse de mí y de paso de Naima. Me observa con los ojos entornados. Clavo los dedos en sus mejillas y entonces aprecio que se va enfureciendo. Retira mi mano de golpe.

—¡No! —grita.

Su voz, más ronca que de costumbre, me ha asustado. Se levanta como un animal rabioso y se dirige a la estantería, en la que he colocado los ejemplares de mi novela. Los coge y, bajo mi atónita mirada, los va lanzando al suelo uno a uno, con todo el enojo del mundo.

Rompo a llorar. Corro hacia él. Intento alejarlo. Está fuera de control. Libros y más libros vuelan por la habitación. Uno me golpea en el costado pero apenas noto el dolor. Le grito que se detenga. Cuando lo hace, respira con dificultad. Tiene toda la frente y el rostro cubiertos de sudor. Me señala con un dedo acusador.

—¿Y tú, Melissa? —Me atrapa del brazo, me junta a él y posa una mano entre mis piernas. Me revuelvo—. ¿Lo has tenido aquí a él? —Aprieta mi sexo por encima del pantalón.

No noto nada. No me provoca ningún placer.

Ríe al verme bañada en lágrimas. Me aparto, decido dejarlo solo y marcharme al dormitorio.

—¡Eso, vete! Vete como todas.

Sus gritos me persiguen hasta el amanecer, rondando mi cabeza. Me levanto para ir a trabajar sin haber dormido nada.

—Mañana te quiero bien arreglada.

Alzo la cabeza del teclado. Me sorprende que me hable después de lo de anoche. Lo observo: su mala cara me demuestra que tampoco ha dormido mucho. Pálido, ojeroso, envuelto en un halo de indefensión, culpabilidad y rabia. Me da mucha lástima verlo así, pero no sé cómo recuperar a mi Héctor. No consigo lidiar con esta situación.

—¿Para qué tengo que arreglarme? —pregunto confundida. ¿Pretende invitarme a una cena romántica para arreglarlo?

—Mañana por la noche cerraremos el negocio con una cena. Los jefazos llevarán a sus mujeres. Yo quiero llevarte a ti. —No añade nada más.

Se marcha a su despacho, aspirando por la nariz. Me da miedo que ese gesto signifique que está metiéndose coca. Jamás lo habría pensado de él, pero ahora mismo ya no sé qué creer.

La noche se me pasa en vela otra vez. Lo oigo levantarse de madrugada, arrastrar los pies por la casa, rebuscar en la nevera y en los estantes. No hay una gota de alcohol, se acabó ayer. Temo que en cualquier momento entre en el dormitorio y me eche las culpas por no haber comprado.

Al despertarme tengo un dolor de cabeza horrible. Héctor todavía duerme. Mientras desayuno me planteo no ir a la cena. Parece que desee que lo acompañe para exhibirme o, mucho peor, para provocarme celos con esa compañera suya, porque seguro que estará allí. Por otra parte, si no voy con él se enfadará, y lo que menos necesito son más discusiones.

También quiero controlarlo, aunque imagino que esta noche no se pasará. Sabe lo importante que es el cierre del trato y no es una persona que juegue con su trabajo.

A media tarde se levanta y empieza a vestirse con ese traje que tanto me gusta y que tan bien le ha sentado siempre. Pero hoy no. Hoy su aspecto es desvalido, enfermo. Casi me dan ganas de dejarle mi antiojeras para que se cubra las que tiene.

—A las ocho paso a por ti —murmura.

—¿Te vas?

No me responde. Simplemente coge las llaves y se marcha. No me digas que se va a beber... ¿Cómo puedo retenerlo? ¿Cómo puedo ofrecerle mi ayuda? Me froto los ojos, desorientada. Echo un vistazo al móvil y decido llamar a Aarón. Sin embargo, cuando estoy marcando los números, me lo pienso mejor. Puedo hacer esto yo sola, no tengo que involucrar a nadie. Soy fuerte. Héctor y yo lo somos. Nos queremos. Podemos salir de esta.

Me arreglo a conciencia, en un intento por que se dé cuenta de que estoy con él, de que lo apoyaré en sus éxitos y lo levantaré de sus fracasos. Me pongo el vestido negro de nuestra primera cita y lo espero sentada en el sofá. Se presenta a las ocho y cuarto un poco bebido, aunque no demasiado. Me prometo que en la cena intentaré que no beba más. Consigo convencerlo de que debo conducir yo, así que cogemos mi coche. Durante el trayecto me habla un poco sobre la gente que estará allí. Me molesta cuando me dice que me comporte, como si yo fuese una niña sin modales. Es él quien tiene que vigilar sus acciones.

La cena va a transcurrir en un edificio con diferentes salas para eventos. Cuando llegamos, también están los asistentes a una boda. Pasamos por delante de ellos y esperamos a que nos conduzcan hasta nuestra sala, en la que se celebran otras cenas de empresa. A nuestra mesa están sentados unos cuantos invitados, pero no hay muchas sillas más. Cuento que seremos unos ocho. Héctor me presenta a su jefe y a las personas con las que tiene que cerrar el trato. Son alemanes y parecen muy amables. Uno de ellos ha venido solo, pero el otro ha traído a su mujer, al igual que el jefe de Héctor. Me toca sentarme en la esquina. Enfrente tengo a la esposa del alemán y charlamos un poco sobre nosotras. Con el rabillo del ojo controlo a Héctor, que ya se ha pedido una copa y se la bebe de un par de tragos.

Cinco minutos después llegan dos mujeres más. Una de ellas es normalita; la otra, despampanante. Y qué casualidad que esa es la compañera de Héctor. Me la presenta. Se llama Amelia y es una de esas tías de sonrisa falsa. A saber qué más tiene falso. Me besa sin apoyar los labios en mis mejillas. Mientras saluda a los otros, la observo detenidamente. No me gusta su cara, es vulgar, aunque de esas que atraen a los hombres. Cabello rubio oscuro, largo hasta los hombros, ondulado; busto enorme y plantado; cintura estrecha y caderas anchas. Piernas infinitas que asoman atrevidas de un escueto vestido negro. Sí, negro como el mío. Menos mal que no es el mismo modelo. Tendrá unos treinta y largos años. Quizá llegue a los cuarenta. No lleva los labios pintados de rojo, pero, a pesar de todo, no puedo evitar pensar que fue ella la que dejó esa marca a mi novio.

Me pongo más nerviosa cuando, en la cena, ellos charlan con los extranjeros y bromean. Se nota que tienen una gran complicidad. Apoya la mano en el hombro de mi Héctor cada vez que ríe, con unas carcajadas ridículas que, sin embargo, parecen gustar mucho al alemán que ha venido solo.

—Si trabajáis con nosotros, no vais a arrepentiros —la oigo decir—. Héctor es muy bueno. En todo —añade.

Me inclino un poco hacia delante. La tal Amelia se encuentra muy cerca de él, de esa manera en que muchas mujeres lo hacen para seducir. Unos milímetros más y le rozará el antebrazo con sus prominentes pechos.

—Si nos cedéis vuestro artículo y lo lanzamos en este número, será la bomba. Tanto para vosotros como para nosotros es un gran paso —continúa.

Me fijo en que también ha bebido bastante. Y el alemán. La pareja, sin embargo, está más calmada, al igual que el jefe de Héctor y su esposa. Me disculpo y me dirijo al baño. Una vez en él, me mojo la nuca con agua fría. No me encuentro bien. No puedo entender lo que está sucediéndole a Héctor, lo que está pasando entre nosotros. ¿Por qué esa mujer se muestra tan cariñosa con él delante de toda esta gente? ¿Por qué tengo que sentirme como un perro abandonado?

Al regresar, ya están con los postres. Cuando nos los acabamos, nos preguntan si queremos una copa. Héctor, Amelia y el alemán piden, por supuesto. Las charlas continúan, las carcajadas de esa mujer me ponen histérica. La esposa del otro extranjero me habla; asiento, pero apenas entiendo lo que me dice. Solo puedo lanzar miradas a Héctor. No he de permitir que beba más. No me gusta la actitud que muestra cuando lo hace. Me inclino hacia él y le digo al oído muy bajito para que no me escuchen los demás:

—No deberías beber más. Es importante que les des una buena imagen.

Se queda muy quieto, sonríe y después se vuelve hacia mí. Me mira de una manera que me hace sentir muy pequeña. Soy consciente de cuán enrarecido está el ambiente. Entonces, para mi sorpresa, se levanta con la copa en alto y dice:

—¡Señores, señoras! A mi novia —exclama, y esa última palabra casi me parece que la ha dicho en un tono despectivo— no le gusta que beba. ¡Le encanta controlarme! ¿Qué os parece? —Y alza la copa en un brindis.

El alemán y Amelia se lo devuelven riéndose. Los otros nos miran sin entender muy bien lo que sucede. Yo solo puedo agachar la cabeza y morirme del bochorno.

—A veces hay que divertirse —dice el alemán.

—Sí, cariño, deja que se quite el estrés, que últimamente

hemos trabajado mucho —interviene Amelia apoyándole la mano, una vez más, en el brazo.

No me gusta la forma en que lo toca. Se me antoja lasciva. ¿Cómo se atreve a hacerlo delante de mí? Es una descarada.

—Ya. Ya me imagino el trabajo que habéis tenido —suelto con sarcasmo, pero ella no parece percibirlo.

El final de la cena da paso a la barra libre y a la música. Algunas personas de las otras mesas salen a bailar. Héctor bebe, bebe y bebe más. Le lanzo miradas, pero se limita a dedicarme sonrisas que no son simpáticas ni cariñosas. No, más bien son de triunfo. Un par de veces poso la mano en su hombro para que me haga caso, pero se deshace de mí con malas maneras. Como hay tanta tensión, la pareja alemana sale a bailar. Al cabo de un ratito, Amelia dice:

—¿Vamos nosotros también? Me apetece moverme un poco.

Se levanta, con el vestido tan subido que por poco se le ve el culo, y se larga a la pista. El alemán se lanza a la carrera tras ella y, para mi sorpresa, Héctor los sigue. Me quedo sentada sin saber cómo actuar. Miro al jefe y a su esposa de reojo. Luego dirijo la vista a la gente que baila. No quiero parecer una controladora, de verdad, pero los ojos se me van a Héctor. Me pone nerviosa la forma en la que está bailando con Amelia, la cual se encuentra en medio del alemán y de él.

—Melissa, quizá deberías llevártelo a casa. Me he pasado últimamente, lo he apretado mucho y entiendo que esté estresado, pero nosotros terminaremos de cerrar el trato —me dice en ese momento su jefe.

Me quedo pensativa. En realidad no sé si me atrevo a levantarme y pedirle que nos vayamos. Sé que me contestará que no. Sin embargo, tampoco puedo soportar por más tiempo estar aquí sentada mientras él baila con esa mujer delante de mis narices. Me levanto, un poco temerosa, y voy hacia ellos. Cuando me coloco a su altura, ni siquiera me mira.

—¿Bailas? —me pregunta Amelia, intentando cogerme de la mano.

Hago caso omiso y trato de que Héctor me escuche. Lo separo de ellos.

—¿Por qué no nos vamos ya? Tu jefe me ha dicho que ellos cerrarán el trato.

Le sonrío, esperanzada. Pero él tan solo me mira muy serio.

—Si te aburres, vete tú.

—No. Vámonos los dos. —Lo cojo de la mano. Se suelta, enojado, y se pone a bailar otra vez con Amelia.

La agarra de la cintura, y ella se pega a su cuerpo. Quiero gritarle que es una furcia descarada, pero las palabras no me salen. Me fijo, con un nudo horrible en la garganta, en que Héctor le apoya una mano en un muslo y se lo acaricia hacia arriba. Y ahí, estallo. Le aferro un brazo, cabreada, y lo aparto.

—¿No ves que estás avergonzándome, Héctor? —cuchicheo a su oído.

Otra vez su mirada furiosa. No dice nada, tan solo me observa con los labios apretados. Entonces, para mi sorpresa, se da la vuelta y se dirige hacia los aseos. Me quedo plantada en la pista, con el cuerpo tembloroso. Amelia y el alemán continúan bailando sin prestar atención a nada.

Al final consigo reaccionar y corro tras él. Entro en el baño de los hombres sin importarme que haya alguien más. Lo encuentro inclinado sobre el lavabo. Está tomando pastillas. Le veo un puñado en la mano que se mete rápidamente en la boca y traga sin siquiera beber agua. Habré contado unas cuatro. Se da cuenta de que estoy ahí y me mira, entre asustado y enfadado.

—¿Qué estás haciendo?

Me ha mentido. Me dijo que las había tirado todas, que no tenía más. Sin embargo, ahí está, como un drogadicto enfermo, mirándome con los ojos rojos, casi sin verme. Me abalanzo sobre él y trato de arrebatarle el bote, pero echa el brazo hacia atrás y apoya la otra mano en mi pecho. Las lágrimas me escuecen en los ojos.

—Basta, Héctor —murmuro.

—Sal de aquí.

—No voy a irme sin ti.

—¡He dicho que salgas! —ruge.

Me encojo un poco, pero me quedo donde estoy. Lo abrazo sollozando. Se queda quieto durante unos segundos, pero después me da un empujón. Choco contra el lavamanos, clavándomelo en la parte baja de la espalda. No lo reconozco. Este no es él. Es el alcohol y esas malditas pastillas para la depresión que está tomando. Lo ponen peor. Sacan su peor lado.

—Vete y deja de joderme.

—No estoy jodiéndote. ¡Estoy tratando de ayudarte! ¿Es que no lo ves?

Las lágrimas corren por mis mejillas. Arden, me queman la piel. El corazón se me está encogiendo.

Héctor se tambalea. Se acerca un poco a mí, observándome desde su altura. Alzo una mano temblorosa para apoyarla en su pecho, pero no me deja, vuelve a apartarse.

—No tienes motivos para estar así, Héctor. Por favor, vámonos.

—¿De verdad crees que no tengo motivos? Entonces ¿qué hacías tú tocándole, eh? ¿Por qué cojones estabas tocándolo? ¿Por qué hostias te miraba de esa forma? —Sus gritos retumban en mi cabeza.

—No fue lo que crees —murmuro, aunque no va a creerme.

—¿No te lo has tirado? No me mientas, Melissa, porque en realidad todas sois iguales.

—No lo he hecho. Jamás lo haría.

Se arrima a mí, acorralándome contra el lavamanos. Apoya las manos en él y me empuja con el cuerpo. Ladeo la cabeza porque odio ese olor tan fuerte a alcohol. Me coge la mejilla, me la lame y, por unos instantes, siento asco. Asco del hombre al que amo. ¿Cómo hemos llegado a estos extremos? Trato de apartarlo, pero no lo consigo. Sus dedos se clavan en mis mejillas, me vuelve el rostro y me besa. Me muerde el labio inferior, haciéndome daño. Me quejo, me revuelvo entre sus brazos. Al fin, lo empujo con todas mis fuerzas y casi lo tiro al suelo. Lanza una carcajada. Realmente está muy mal. Apenas puede mantenerse en pie. Los ojos se le cierran.

—No te gusta así, ¿eh? ¿No es así como te lo hace él? —Su voz se está apagando.

Temo que en cualquier momento se caiga, así que a pesar de todo lo sostengo, pero se deshace de mis manos.

—Estás pagando conmigo la rabia que aún sientes hacia ella. Y yo no he hecho nada, Héctor. Sabes que yo no soy ella. ¿Por qué permites que ese sentimiento te controle?

No me escucha. Suelta un bufido, se pasa la mano por la cara con brusquedad. Se tambalea una vez más y se apoya en la pared. El frasco de pastillas se le cae y todas se esparcen por el suelo. Está temblando. Ha bebido demasiado.

—Sal de una puta vez o no respondo de mí…

—No me iré hasta que me digas que vienes conmigo —respondo, tozuda.

Se lleva una mano a los mechones que le caen por la frente. Está muy sudado y pálido, y parece que en cualquier momento se le van a cerrar los ojos. Noto un pinchazo en el corazón. Empieza a preocuparme. Me arrimo más a él, pero alza una mano de manera violenta, lo que hace que me eche hacia atrás. Me paso los dedos por el pelo, sintiéndome perdida. No sé qué debo hacer, y a cada segundo que pasa sus ojos se cierran más.

—Te llevaré a casa. De verdad, estaremos bien. Déjame llevarte. —Alargo los brazos hacia él.

Y entonces veo que resbala por la pared. Lo sujeto, pero no consigo mantenerlo en pie. Lo llamo, pensando que tan solo se está cayendo por lo borracho que va. Pero no, no puedo levantarlo. Se me derrumba en el suelo. Suelto un grito. Me arrodillo junto a él. Lo zarandeo.

—Héctor, por favor… Héctor, ¡despierta! —Le doy unos golpecitos en la mejilla. Los siguientes, más fuertes.

De repente su cuerpo empieza a sacudirse. Me doy cuenta de que va a vomitar. Le coloco la cabeza de lado para que no se ahogue con su propio vómito. Es amarillo, brillante, y se me antoja como el inicio de una pesadilla.

—¡Por favor, Héctor! ¡Ya basta! —chillo completamente asustada.

No puedo dejar de llorar. Me inclino sobre su pecho. Su corazón todavía late, pero demasiado deprisa. Si continúa así… No tengo ni idea de primeros auxilios. Mi mente no puede reaccionar en estos momentos. Su cuerpo se convulsiona otra vez. Lo veo así, delante de mí, con los ojos cerrados, con el vómito manchando su mejilla, con su bonito rostro desfigurado, y no se me ocurre nada.

—¡Despierta! —Le golpeo una vez más la mejilla.

Reacciono. Espero que no sea demasiado tarde. Me levanto y salgo del cuarto de aseo bañada en lágrimas, con el corazón a mil por hora, con la sensación de que la vida de Héctor se me va a escapar de las manos y no podré atraparla. ¿Y si se ha pasado con las pastillas? ¿Y si no me da tiempo a que alguien lo ayude?

Las personas que están en la sala me miran asustadas cuando me ven aparecer gritando. Corro hacia el grupo con el que estábamos. Su jefe me observa con los ojos muy abiertos. Supongo que ha comprendido que pasa algo malo. No me salen las palabras, solo puedo llorar. Le señalo el cuarto de baño, adonde se dirige corriendo. Su mujer me coge de las manos, intenta tranquilizarme, pero ni siquiera puedo respirar. El pecho me aprieta, el corazón se me detendrá de un momento a otro.

—¡Marta, ve a por el coche! —grita su marido desde la entrada del aseo.

Su mujer lo mira sin comprender, a continuación dirige la vista hacia mí y, al fin, corre para salir de la sala.

—¡Que alguien venga a ayudarme, por favor!

Los alemanes y Amelia se lanzan a los baños. Los sigo, los empujo para que me dejen pasar. Cuando entro, su jefe está tratando de levantarlo del suelo. Hay más vómito a su alrededor. Se ha manchado la corbata y el chaleco del traje. Me llevo el puño a la boca, lo muerdo para no gritar. Está tan pálido, ojeroso y empapado de sudor que apenas puedo reconocer su cara. Entre los alemanes y el jefe lo sacan del aseo. Amelia está dando voces y yo, sin ser consciente de lo que hago o digo, le chillo que se calle de una puta vez, que ella no es nadie para estar armando ese escándalo.

Pasamos por delante de la gente. Sé que están mirando, que cuchichean, que algunas mujeres gritan, pero yo no me doy apenas cuenta de nada. Ni siquiera de que estoy moviéndome, de que estoy corriendo al lado de Héctor, intentando sujetarle la mano que tiene impregnada de un sudor frío.

—Ayudadle, por favor… —murmuro llorando.

Lo sacan a la calle, donde se encuentra la esposa del jefe con el coche. Los empleados de las salas nos echan un cable para meterlo en él. Lo miro, desmadejado, un muñeco roto de verdad. No soporto verlo así, quiero lanzarme encima de él, presionar su pecho hasta que abra los ojos, golpear su corazón hasta que despierte. Pero no lo hace. E imagino que está muerto, que sí, que se me ha muerto ya, que se me ha ido para siempre.

El jefe entra en el coche, junto con su mujer. Me empotro contra la ventanilla, como una histérica.

—Por favor, llevadme. No puedo conducir en este estado —digo, ahogándome con mi propio aliento.

Me siento en la parte trasera, al lado de Héctor, que está tumbado con las piernas medio caídas del asiento. Intento acomodarlo mejor, pero resbala. Sollozo. Su jefe conduce muy

252

deprisa, pero a mí se me antoja que vamos a paso de caracol. Le cojo la mano, se la aprieto, apoyo la mía en su pecho. El corazón le late, pero muy despacio, muy bajito. Apenas puedo notarlo. Se está apagando. Se me está yendo. Adónde, adónde se me va. No puedo dejarlo escapar. No puede dejarme. No puede dejarme aquí… sola. Si se me escurre, entonces me mataré. Lo acompañaré allá adonde vaya, me da igual que sea en el infierno. Le acaricio el rostro. Ya ni suda. Está muy pálido. Está muy frío. Mi Héctor. Por favor, Dios, no te lo lleves. Por favor, no nos hagas sufrir más. Permite que lo tenga más tiempo, que pueda escuchar su voz durante más días. Hazme el favor de dejarlo aquí conmigo.

Me paso todo el trayecto con la cabeza apoyada en su pecho, como si así pudiese retenerlo. No veo, no oigo, no siento. Solo estoy abrazada a él, en otro mundo en el que nadie ni nada puede hacernos daño. Casi ni me doy cuenta de que abren la puerta, de que es gente con ropa blanca. Sé que son médicos y enfermeros, pero no comprendo qué pasa. Me sacan del coche rápidamente, después a Héctor, lo tumban en una camilla. Oigo gritos. Algo como «ha entrado en coma». Le ponen una mascarilla. Sé que estoy corriendo otra vez, que voy detrás de la camilla, pero tan solo veo colores, formas, gente que se mueve aquí y allá.

—¿Quién es usted? —me pregunta alguien.

No puedo responder. Lo hace por mí su jefe. Dice que soy su pareja. Pero entonces me cogen del brazo.

—No puede pasar. Espere aquí, por favor.

Y los veo marcharse empujando la camilla, corriendo hacia una puerta que se cierra.

Tan solo el vacío. La oscuridad.

21

Los minutos en la sala de espera se tornan horas. Horas horribles. La cabeza se me llena de pensamientos macabros. En todos ellos, Héctor está muerto. Ni un atisbo de esperanza. Mi cerebro no deja de repetir que tengo yo la culpa, que está tumbado en una dura camilla por lo que he hecho. Me vienen a la mente un montón de frases sin sentido, de imágenes de los dos discutiendo, de sus últimas palabras, sus gestos, su mirada furiosa y, al mismo tiempo, ahora comprendo que en ella también había súplica. Estaba rogándome que lo ayudase y no he sabido cómo hacerlo.

El jefe y su esposa se quedan conmigo. Son ellos los que llaman a sus padres. Marta me trae una tila, pero no me entra. El sabor me provoca arcadas. Al final, me obligan a bebérmela. Estoy histérica. Una enfermera viene y me da un calmante. Gracias a eso consigo tranquilizarme un poco. Pero mi cabeza no se detiene. Me dan ganas de golpearla contra la pared para acallar las voces. Me levanto, camino por la sala, contemplo a la gente preguntándome si ellos están en la misma situación que yo, si algún hijo, padre, madre, novio, novia, esposo, esposa está en una habitación muriendo. Porque sí, en mi cabeza Héctor está muriendo. Y una parte de mí también está haciéndolo con cada minuto que pasa.

Nadie sale a decirnos nada y no puedo soportarlo. Me dan

ganas de correr, de entrar, de irrumpir donde se encuentren. Quiero gritar, pero ya ni siquiera me salen las lágrimas. Voy al baño. Vomito la cena. Me quedo un rato sentada en el suelo, al lado de la taza. Me insulto. Me clavo las uñas en la carne para intentar sustituir un dolor por otro, pero no consigo nada. El que tengo en el pecho, en el alma, en la piel es mucho más grande.

Llegan los padres de Héctor. Me da miedo enfrentarme a ellos. Teresa me abraza, está llorando. Entonces yo también estallo en llanto. Me acuna, me susurra palabras cariñosas, me promete que todo irá bien. Se sienta junto a mí mientras su padre intenta averiguar algo, pero tampoco le dicen nada. El jefe y su esposa se despiden de nosotros porque sienten que están de más. Piensan que es mejor que se quede la familia. Nos piden que los llamemos en cuanto sepamos algo.

—Ya está, mi niña, no llores…

Teresa no me suelta en todo el rato. Álvaro camina por la sala con los ojos hacia el techo, hablando para sí mismo.

—Es mi culpa. Héctor está aquí por mi culpa —murmuro con la mirada perdida.

—No, Melissa. Héctor está aquí porque no puede con lo que pasó. Porque aquella mujer lo destrozó por completo.

Quiero creer sus palabras, pero no lo consigo. Cierro los párpados, tratando de pensar en algo bonito, de recuperar los momentos hermosos que he vivido con él. Pero con eso solo me provoco más dolor. El pecho se me está desgarrando. No encuentro aire. Ahora mismo quiero desaparecer, no ser más yo, volar muy alto, muy lejos de aquí.

Casi cuatro horas después aparece un médico y pregunta por los familiares de Héctor Palmer. Los tres nos levantamos como impulsados por un resorte. Nos indica que lo acompañemos a la consulta. Está muy serio. Intento caminar, mantenerme en pie, pero las rodillas se me doblan. Álvaro me sostiene para que no me caiga. Casi me arrastra con ellos. Mi mente repite una y otra vez que el médico va a confesarnos que ha muerto, que no han podido retenerlo aquí, que se ha escapado para no volver nunca más.

Nos señala unas sillas. Me sientan en una porque apenas me mantengo recta. Su madre se coloca a mi lado y su padre se queda de pie. Miro al doctor, le suplico en silencio. Nos observa atentamente, callado. Vamos, joder, vamos, dínoslo de una vez y déjanos llorarle, pero no prolongues este padecimiento.

—Su hijo ha sufrido un coma etílico —nos informa.

Teresa se lleva la mano a la boca. Niega con la cabeza, asustada. Le aprieto la muñeca, intentando coger el aire que me está abandonando. El médico alza una mano.

—No se preocupen más. Está bien.

Sollozo. Suelto un gemido. Su madre también llora. Oigo a su padre inspirar con fuerza a nuestra espalda. Está bien. Héctor está bien. No se ha ido. Dios ha atendido mis ruegos, va a permitirme tenerlo conmigo, abrazarlo por las noches, enlazarme entre sus piernas como tantas veces he hecho. Sí, está aquí, y apenas puedo creerlo porque mi mente se había convencido de que había muerto.

—Le hemos hecho un lavado de estómago. No solo había ingerido bastante alcohol, sino que además había tomado una buena cantidad de fluoxetina.

No entiendo esa palabra. No sé lo que es, pero su madre suspira. Agacha la cabeza, se echa a llorar una vez más. El médico nos mira con severidad. Parece cansado, como si se hubiese pasado toda la noche salvando vidas. Quizá sea así.

—¿Sabían ustedes que lo estaba tomando?

Teresa mueve la cabeza. Trago saliva. Sí, yo lo sabía, en cierto modo lo sabía y aun así no he hecho nada. Quise convencerme de que estaba diciéndome la verdad al asegurarme que las había tirado, pero, ya veo, al final no ha sido así.

—Por lo que he leído en su expediente, no es la primera vez que hace uso de ellas —afirma el doctor, observando la pantalla del ordenador.

—Hace un tiempo estuvo en tratamiento a causa de una depresión —murmura Álvaro. Parece que es el único que puede hablar—. Pero creíamos que lo había superado. Ni siquiera sabíamos que tenía.

—No sé cómo decirles esto, pero... ¿es posible que haya intentado suicidarse? —Se le ve incómodo.

—No —intervengo decidida. Niego y niego con la cabeza—. No, no ha sido eso. Yo estaba con él y no.

Teresa vuelve la cabeza hacia mí y me mira con tristeza. No descifro esa mirada. No es posible que él, alguna vez, lo haya intentado, ¿no? Me lo habría dicho. Y aunque lo hubiese hecho, esta vez no. Esta vez simplemente se ha equivocado, se ha pasado con la bebida. Pero él no...

—Miren, vamos a tenerlo en observación hasta mañana. —El médico echa un vistazo a unos papeles—. Pasará nuestro psiquiatra y... ya veremos. Pero puede que necesite ponerse en tratamiento de nuevo. Si ha ingerido fluoxetina es porque realmente piensa que lo necesita, y si lleva tomándola desde hace un tiempo, entonces su cuerpo ya se habrá acostumbrado a ella y tendrá que dejarla poco a poco.

No puedo creer todo lo que está diciendo. Nos indica que salgamos de la consulta, que en un rato nos llamarán por si queremos entrar a verlo. Pasan dos horas hasta que nos avisan. Digo a sus padres que vayan ellos, que yo lo haré cuando me dejen. Ha amanecido y en la sala tan solo quedamos unas cuantas personas. La espera hasta que regresan se me hace eterna. Su madre me explica que está bien, cansado, dolorido, un poco pachucho, pero bien dentro de lo que cabe.

—Está triste. Ese es un sentimiento que nunca lo abandona, Melissa. Aunque sé que tú vas a ayudarlo mucho. —Me aprieta las manos.

257

—Es lo que quiero hacer, pero no sé cómo —respondo en un lloriqueo.

—Lo harás bien. Solo quédate a su lado. Nos necesita otra vez.

—¿Él… en alguna ocasión…? —Trago saliva. No puedo terminar la frase, pero Teresa me comprende.

—En una. Hubo un tiempo en que las pastillas le provocaban ideas suicidas, por eso tuvo que dejarlas.

Su confesión me cae como un rayo. Me tambaleo, las rodillas me fallan otra vez. Teresa me abraza con fuerza, intentando transmitirme toda su calidez, pero me siento helada. Alzo la mirada y me encuentro con la de Álvaro, que nos observa desde un rincón, apoyado en la pared. Está taciturno y se le ve muy trastocado, casi más que su mujer. ¿Estará recordando a Naima? ¿Estará pensando en lo que nos parecemos y en lo que eso está provocándole a su hijo?

—Vamos a ir a la cafetería a tomar algo. ¿Quieres venir? —me pregunta Teresa.

Niego con la cabeza. No va a entrarme nada y, de todos modos, prefiero quedarme y que en algún momento me permitan entrar a verlo.

Me quedo sola, sentada en la incómoda silla de la sala de espera. Veinte minutos después aparece el médico que nos ha atendido antes, para llamar a otro paciente. Me levanto y me dirijo hacia él. Le pregunto si podría visitar a Héctor. Me mira ceñudo, pero supongo que encuentra algo en mi mirada que le hace cambiar de opinión. Me lleva hasta la sala de observación. Odio los hospitales, su ambiente enrarecido, su molesto olor, los rostros tristes de los enfermos. Paso por delante de un anciano que parece dormido, cuyas mujer e hijas esperan sentadas, muy calladas y con la mirada perdida.

Mis propios pasos me asustan. A Héctor lo han metido en una habitación pequeñita separada por cristales y una puerta. Me detengo y lo observo desde fuera. Tiene la cabeza vuelta hacia la pared, así que no puedo verle el rostro. Lleva un gotero y a su lado hay una máquina de esas para controlar todas sus constantes vitales. Me apena demasiado encontrarlo así. Cojo aire, más del que puedo retener, y abro la puerta. Cuando se da la vuelta hacia mí, el alma se me destroza. No, no puedo soportar esos ojos tristes, apagados, vacíos, llenos de confusión y dolor. Este no es el Héctor fuerte y seguro, ni el Héctor alegre, cariñoso y confiado con el que empecé a salir.

—Hola —me atrevo a decir.

—Hola —murmura él en voz baja. Supongo que le cuesta hablar.

Me siento a su lado. En un principio me da miedo mirarlo o tocarlo, pero, al fin, las ganas me pueden y alargo una mano para cogerle la que no tiene la aguja del gotero. Intenta sonreír, pero apenas le sale una extraña mueca.

—¿Cómo estás?

—No sé. Me duelen un poco el cuerpo y la cabeza. Pero supongo que, dentro de lo que cabe, estoy bien.

Asiento. Nos quedamos callados. Estudio su rostro: sus ojeras, su palidez, sus labios resecos. Aun así, deseo besarlo, acariciarlo, demostrarle lo mucho que le quiero.

—Lo siento.

—No digas ahora nada sobre eso. —Alzo una mano para que se calle.

—No sé por qué lo he hecho, Melissa. No sé por qué estoy tratándote así.

—Lo importante ahora es que te pongas bien. —Me inclino y acerco su mano a mis labios. Se la beso.

—Quería tomar esas pastillas. No puedo decirte que no. Quería porque soy un poco masoquista. Me provocan pensamientos oscuros, me hacen recordarla. —Toma aire. Tose un poco. Alcanzo el vaso de agua y le obligo a que beba. Vuelve a apoyar la cabeza en la almohada y me mira con esos ojos tan apagados que me asustan—. Me duele recordarla, pero también me gusta. La odio, Melissa, pero creo que aún la amo también. Es el mismo odio el que alimenta ese sentimiento.

—No pienses ahora en eso.

Ladeo la cabeza, notando las lágrimas a punto de salir. Sí, supongo que la ama. Supongo que no está curado y es posible que no lo esté nunca. Quizá ella fue el amor de su vida y no pueda reemplazarla nadie. Ni siquiera yo. Pensarlo me provoca un frío en el pecho que me hace temblar.

—Te he mentido.

—Da igual. Estás pasándolo mal y es normal que, cuando nos sentimos como una mierda, hagamos cosas que no están bien.

—Pero tú has confiado en mí... —Baja la mirada—. ¿Por qué no puedo confiar yo en ti?

—No lo sé.

—Después de lo que ha pasado y aún quiero continuar tomando pastillas. Me duele todo, Melissa. No me refiero a un dolor muscular. No, me duele el tuétano de los huesos, muy, muy dentro. No puedo escapar de ese dolor, y las pastillas me ayudan.

—Y también te ponen de mal humor.

Se queda callado. Durante unos minutos solo nos acompañan los sonidos que llegan desde fuera y el fluir del gotero. Alza su mirada a mí, sus dedos aprietan los míos y noto que estoy a punto de echarme a llorar, pero no pienso hacerlo delante de él, no quiero derrumbarlo.

—Yo te amo, Melissa.

—Lo sé.

—Entonces ¿qué? Estoy haciéndote daño. Te haré más. Te lo dije: no estaba preparado para amar otra vez. No de la forma correcta, como tú mereces.

—Puedo aguantarlo.

—Todos tenemos nuestros límites —apunta en voz baja.

—Sé dónde se encuentran los míos con respecto a ti. Lo que deseo es ayudarte. Haré lo que sea.

—No sé si puedes ayudarme.

—Yo sí lo creo. Y si no es suficiente, buscaremos más ayuda. El médico ha dicho que...

No me deja terminar. Sus dedos se enlazan con más fuerza en los míos, provocándome un ligero dolor.

—No voy a ir al psiquiatra otra vez. No me ayudará. —Ahora parece enfadado. Me sorprende su reacción—. No lo hizo antes y no lo hará ahora. Soy yo quien tiene que poner fin a esto.

—Entonces hazlo —respondo, enfadándome también.

—No puedo, joder... —Cierra los ojos y una lágrima resbala de ellos.

—¿No puedes? ¿Por qué no, Héctor? ¿Por qué estás permitiendo que los recuerdos te controlen?

—¡No lo sé! —Alza la voz, incorporándose en la cama. Le indico con un gesto que se acueste y se calme. Me obedece, pero sigue llorando, y si esto dura mucho más, yo también me pondré a llorar y entonces todo estará perdido—. No sé nada, mierda. Ni siquiera sé si quiero recuperarme.

—Si no quieres hacerlo por mí, hazlo por ti.

—Si es por mí, entonces no lo haré. Es por ti por quien tengo que hacerlo, por nosotros.

—Echo de menos estar como antes —murmuro acariciando la piel de su mano.

—Yo también.

—Si no deseas acudir al psiquiatra, vale. Pero intenta mirar hacia delante. Ahora no pienses en eso, te curas y después ya veremos lo que hacemos. Voy a estar contigo.

—No sé si eso será la solución a nuestros problemas. ¿Y si mi mal humor, mis manías, mis trastornos te alejan más?

Me mira preocupado. Niego con la cabeza, acercando mi rostro al suyo.

—Eso no va a pasar.

Apoyo mi mano en su mejilla, se la acaricio. Después pongo mis labios sobre los suyos, ofreciéndole un beso muy suave. Me lo devuelve, pero noto que no con las mismas ganas que antes. Tengo miedo. Mucho. Pero debo ser fuerte, no mostrar que puedo caerme en cualquier momento.

Llaman a la puerta. Entra una mujer de mediana edad que lleva en la mano una tabla con papeles. Nos mira unos instantes, nos saluda y se acerca a Héctor. Imagino que es la psiquiatra.

—¿Cómo se encuentra? —le pregunta.

—Bueno, estoy vivo —bromea. Oírle decir eso, con esa voz tan triste, se me antoja casi como una mentira.

—Ha estado tomando antidepresivos sin el consentimiento de su médico —apunta la doctora mirándolo severamente.

Héctor no contesta. No tiene fuerzas para hacerlo. Me dan ganas de decir a esa mujer que lo trate con más cuidado, que seguro que ella también se equivoca. Pero es la psiquiatra, así que supongo que sabe lo que se hace.

—No podrá interrumpir la ingesta de fluoxetina así como así. —Me mira. Le devuelvo la mirada, entre cansada y asustada. Luego se dirige a Héctor otra vez—. Iremos disminuyendo la dosis hasta que consigamos suprimirla del todo. No lo haga de golpe, ¿de acuerdo? Va a tener que llevar un seguimiento por parte de su psiquiatra.

Miro a Héctor, el cual me ha dicho minutos antes que no acudirá a ninguno. Pero si quiere que todo salga bien, tendrá que hacerlo. Continúa callado, y a mí ese silencio se me antoja peligroso.

—¿Es usted familiar suyo? —me pregunta la doctora de repente.

—Sí —asiento con un hilo de voz—. Soy su esposa —miento. Solo así me confiará la información que necesito.

—¿Podemos hablar fuera unos minutos?

Héctor me aprieta la mano antes de soltármela. Se ha puesto nervioso, lo noto. Quizá sabe lo que va a decirme porque ya lo hicieron tiempo atrás con sus padres. Ambas salimos de la habitación. La seriedad de esta mujer me pone histérica.

—Puede que tenga que controlarlo. Ha tomado bastante fluoxetina a la vez, así que es muy probable que quiera hacerlo de nuevo. Su mente le dice que es la única forma de sentirse bien.

—¿Y qué tengo que hacer?

—Esté encima de él, pero tampoco lo agobie. Busque en su casa por si hay más pastillas de las que debería. Contrólelas usted. Guarde el frasco. Suminístrele la dosis. Es la única forma en que él no tomará más de la cuenta.

—No sé si voy a poder… —musito.

—Si empeora, podría tener que ingresar en un centro de salud mental.

Me quedo mirándola con la boca abierta. ¿Qué? No es posible. Héctor no está tan mal…

—Sus cuadros depresivos en el pasado fueron muy fuertes. Tiene tendencia a la autodestrucción. Su marido está enfermo. Quizá no tanto como antes, pero parece que está empezando a comportarse de la misma forma, así que tenemos que atajar esta situación cuanto antes.

Se me escapa una risa amarga. La psiquiatra me mira sin comprender. Estoy tan nerviosa que la palabra «marido» me ha hecho gracia. Le pido disculpas y hace un gesto con la mano para restarle importancia.

—Al ir rebajándole la dosis es muy probable que sufra cambios de humor. Tiene que estar preparada para eso. —Clava sus ojos en los míos. Asiento, haciéndole ver que lo comprendo—. Usted no ceda a sus demandas. Si grita, que grite. Si se enfada, que se enfade. Si llora, que llore. Pero no flaquee.

—Está hablando de él como si fuese un drogadicto —digo con un hilo de voz.

—Voy a serle sincera: estos medicamentos no tienen por qué causar adicción. Es más, no deberían hacerlo. Pero en algunas personas la mente es más poderosa que ellas y las controla de tal forma que les causa abstinencia. Eso es lo que le sucede a su marido: es su mente la que lo convence de que las necesita.

Me llevo una mano al cabello, me lo toco un poco nerviosa y estresada. No entiendo todo esto. No sé si realmente estoy preparada. Me gustaría decir que sí, pero jamás he tenido que lidiar con una persona que tuviese dependencia a algún tipo de sustancia. Y encima Héctor no es que solo se haya tomado un montón de pastillas, sino que también le ha cogido el gustillo al alcohol. ¿Por qué no me dijo jamás nada sobre eso? Debería haberme preparado si pensaba que podía caer de nuevo.

—Pero no se preocupe. Se recuperará. Solo necesita poner de su parte.

Y esa afirmación me da pavor. Héctor me lo ha dicho: le gusta tomarlas. Le hacen sentir bien y mal al mismo tiempo. Se las toma para tener pensamientos que deberían estar fuera de su cabeza. Ojalá, ojalá ponga de su parte.

—Mañana me pasaré otra vez por aquí para indicarle la nueva dosis. Luego tendrá que ir a su psiquiatra.

Me da la mano. La mía tiembla. Esboza una sonrisa, pero se me antoja que no es sincera. Cuando se marcha, me vuelvo hacia la habitación. Héctor está mirándome a través del cristal. Me observa con esos ojos enfadados, melancólicos y desconocidos que lo han invadido desde hace un tiempo.

Tengo muchas ganas de llorar, pero me controlo. Entro en la habitación y me siento a su lado. Todo el rato que me quedo con él lo pasamos en silencio, cogidos de la mano. Nos hablamos con miradas, con gestos y con caricias.

—Te quiero —le susurro contra la frente, antes de marcharme, ya que no permiten que me quede a pasar el resto de la
noche con él.

Y durante unos segundos sus ojos brillan como en nuestros
primeros días. Pero tan solo eso, tan solo unos segundos que
son demasiado breves, que no son nada.

22

Héctor coge la baja, pero tengo que continuar acudiendo a mi trabajo, así que son sus padres los que se quedan con él las horas en las que no puedo estar en casa. Los primeros días intenta sonreír y, en cierto modo, lo consigue. La cuestión es que también se siente arrepentido y, debido a ello, su actitud conmigo es diferente. Sé que me quiere, pero lo que ha hecho lo avergüenza.

Al final accede a acudir al psiquiatra. La tabarra de su madre ha dado resultados. La tarde que regresan de la consulta está muy agobiado y de mal humor. Le han reducido la dosis. Teresa se dedica a buscar pastillas por toda la casa, a registrar cada rincón, hasta los más inesperados o extraños. Le encuentra un frasco en la guantera del coche. A mí jamás se me habría ocurrido buscar ahí y, de todos modos, me mantengo al margen. Siento que estoy irrumpiendo en un espacio al que todavía no pertenezco.

Héctor le habla mal, se comporta con ella de forma irrespetuosa, le grita que no confía en él, que siempre ha pensado que es un cobarde, un cero a la izquierda, un hombre que no sabe cuidar de sí mismo. Discute con ella a voces. Estoy en el despacho intentando avanzar con mi siguiente novela, pero sus gritos impiden que me concentre. Llegan los insultos. No sé cómo su madre puede aguantarlo, yo ya me habría ido corriendo deshecha en llanto. Sin embargo, ella se mantiene firme, es capaz de hablar con serenidad, no le levanta la voz ni por un momento.

Luego pasan al tema de Naima y mi dolor e inquietud se acrecientan. Héctor acusa a Teresa de no haberla soportado jamás. Ella responde que siempre pensó que era una mala persona y que en sus acciones tiene la respuesta. Discuten, discuten y discuten. Apago el ordenador, me toqueteo el pelo y, sin poder contenerme más, lloro. Solo estamos en la primera semana. ¿Va a durar mucho?

Durante la segunda Héctor solo piensa en dormir. Le han cambiado las pastillas y las nuevas le provocan sueño. Cuando regreso del trabajo, habitualmente está en la cama, así que apenas lo veo. Su madre me espera siempre, a veces es su padre quien ocupa su lugar, pero como trabaja a tiempo parcial, no puede acudir todos los días. Ella y yo nos sentamos en el sofá con té, café o simplemente con las manos vacías. Algún día hablamos sobre la situación, aunque los más nos quedamos calladas, apoyándonos con nuestro silencio.

—El psiquiatra dice que con estas pastillas estará mejor. Desaparecerán esos pensamientos terribles que tenía con las otras —me informa Teresa con una sonrisa cansada.

Acuden a la consulta dos veces por semana. Por mucho que ella lo afirme, a mí no me parece que mejore. Siempre que vuelven a casa después de la sesión, el enfado de Héctor es palpable. Le pregunto cómo se encuentra, pero me contesta con simples monosílabos o con gruñidos. Y su madre me dedica una mirada de disculpa y de agradecimiento.

Quería quedarse los fines de semana, pero le aseguro que todo estará bien. Es más, el primero estuvo bien. Salimos a dar un paseo, pues el psiquiatra le ha recomendado que se distraiga, que ocupe la mente en algo que lo entretenga. También corremos el domingo para que se libere del estrés. Sin embargo, el segundo las cosas se tuercen. Estoy escribiendo cuando él se levanta de su acostumbrada siesta. Se asoma a la puerta del despacho, con el cabello despeinado y ojos somnolientos. Las pastillas lo dejan medio tonto.

—Hola, cariño —lo saludo, dejando de teclear. Me mira, pero no dice nada. Tiene una expresión neutra—. ¿Quieres que te prepare una infusión?

Niega con la cabeza. Entra en el despacho y da un par de vueltas por él como un sonámbulo. Lo miro con preocupación, con una sensación de desamparo.

—¿Te apetece un vaso de leche?

—Quiero una cerveza —dice de repente volviéndose hacia mí.

—Sabes que no puedes —digo, empezando a ponerme nerviosa.

Se me queda mirando con mirada ausente, pero durante unos instantes le cambia a otra de pura rabia.

—¿Y quién coño dice que no puedo? Un mierda que no tiene ni puta idea de su profesión.

No respondo. Su madre me ha dicho que es mucho mejor que no le lleve la contraria, que deje que se desahogue, que simplemente le escuche sin hacer ningún juicio de valor.

—Estas pastillas no me ayudan en nada —apunta acercándose al escritorio.

—Estoy segura de que sí lo hacen —murmuro mirándolo desde mi asiento.

—Lo único que consiguen es ponerme tonto.

—Hacen que olvides por un rato, que te sientas mejor.

—¿Ves que me sienta mejor? —Se señala.

No, lo cierto es que no. Ha perdido un poco de peso y continúa teniendo esas ojeras que parecen no querer abandonarlo.

Se dirige al pequeño sillón que se halla cerca del escritorio y se deja caer en él. Empiezo a teclear de nuevo. Sé que está mirándome, pero lo mejor que puedo hacer es fingir que estoy concentrada en lo mío. Me tiemblan los dedos mientras escribo palabras que no tienen ningún sentido.

—Dame una, Melissa.

Parpadeo, confundida. Lo miro por encima de la pantalla del portátil. Me observa sin expresar ningún sentimiento verdadero, con las manos apretando los reposabrazos del sillón.

—Solo una. Solo quiero una, de verdad.

Entiendo a lo que se refiere. Quiere la maldita fluoxetina. Por un momento me viene a la mente la imagen de un enfermo terminal que ruega alguna droga para su dolor. Y el de Héctor debe de ser horrible. No puedo llegar a imaginármelo del todo, pero sé que por dentro estará roto, como yo lo estuve durante un tiempo, aunque ni siquiera me acerqué a lo que él siente.

—No puede ser —susurro.

Se levanta del sillón y se aproxima a mí. Me encojo en la silla. Me mira desde su altura, con los labios apretados.

—¿Puedes pensar, un instante siquiera, lo que tengo aquí? —Se lleva el índice a la cabeza.

Niego. Trago saliva. La forma en que me mira me preocupa mucho. Agacho la frente, intentando hacer caso omiso de sus palabras.

—Me está matando, te lo juro. Cuando estoy dormido, vale, pero después me despierto y enseguida me viene todo a la mente —dice con voz temblorosa. No alzo la mirada. Mi respiración se acelera mientras lo escucho—. Solo hay pensamientos en ella, solo pensamientos asquerosos. Joder, mi vida es una puta mierda, Melissa. Me siento como una basura. ¿Por qué coño no dejáis que pueda aliviarme un poco?

—Tu vida no es una mierda —respondo.

—Entre mi madre, el psiquiatra y tú me estáis jodiendo vivo. ¿Alguna vez has salido a la calle y has sentido que el mundo caía encima de ti? —Se acuclilla ante mí, pero todavía mantengo la cabeza ladeada para no mirarlo. Apoya una mano en mi rodilla. Intenta que sea un gesto cariñoso, pero realmente no lo consigue. Puedo ver por el rabillo del ojo que le tiembla la mano—. ¿Has sentido que odiabas a personas que no conocías, que los colores y los sonidos te golpeaban? ¿Has notado cómo circulaba la sangre por tus venas? ¿Cómo rodaban los engranajes de tu cerebro?

—No, eso no —reconozco.

—Pues es lo que siento ahora mismo. Y es horrible. Aprecio que estoy vivo y, al mismo tiempo, que me estoy muriendo. Soy consciente de todo mi cuerpo... y te juro que es la sensación más terrible del mundo.

No sé qué contestarle. No alcanzo a comprender a qué se refiere. Su mano temblorosa aprieta mi rodilla.

—Me da miedo todo. Y lo que es peor, me doy miedo yo —murmura.

Alarga la otra mano y me agarra de la barbilla, obligándome a mirarlo. Quiero agachar la vista y no hacerlo, pero sucumbo. El dolor en sus ojos me sacude, me quema, me destroza.

—Por favor, te lo ruego, Melissa. Si me quieres, dame una.

—No tengo.

—Mi madre debe de habérselas quedado. Pero seguro que te ha dejado alguna. —Ya no tiene ningún sentido lo que dice, pero no parece darse cuenta.

—No, no hay ninguna. Las hemos tirado todas.

Aprieta los labios, observándome con esos ojos rabiosos que tanto me duelen. Me asusto. No sé qué puede hacer. Entonces se levanta con un gruñido de exasperación. Sale de la habitación como una exhalación. Presto atención: está buscando. Le oigo abrir y cerrar cajones, armarios. Cuando entre en el dormitorio, lo encontraré todo desordenado.

Suelta gritos, maldice. Da portazos. Se pasea por la casa como un maldito drogadicto con el mono. ¿Cómo es posible que unas simples pastillas para la depresión lo trastornen así?

Nunca pensé que podían crear tanta dependencia. Me quedo todo el tiempo en el despacho y, por suerte, no regresa.

Al cabo de unos minutos de silencio voy a la habitación. Está durmiendo otra vez. Me acerco con mucho cuidado y lo observo. Está sudado y se agita entre sueños. Balbucea palabras incoherentes. Me siento durante un rato en el otro lado de la cama, acompañándolo aunque sea de esta forma.

La tercera semana el psiquiatra quiere que yo acuda a la consulta. Vamos los tres: su madre, Héctor y yo. A mi lado, en el coche, está ella y él se ha sentado detrás. Su silencio me desconcierta. Cada vez se muestra más taciturno, aunque es cierto que no ha vuelto a pedirnos pastillas. ¿Estará acostumbrándose a la nueva dosis? Todas las noches rezo para que sea así.

El psiquiatra es un hombre que rondará la cincuentena, con el cabello encanecido y la mirada amable. Se llama Luis y en todo momento se muestra muy cordial. Tiene una voz potente y, al mismo tiempo, tranquilizadora. Primero entran Héctor y Teresa, y se tiran dentro al menos una hora. Me dedico a escudriñar a los otros pacientes que esperan: una mujer con su hija adolescente, que es un saco de huesos. Imagino que sufre anorexia. La otra persona es un hombre de unos treinta años, de aspecto nervioso y mirada triste.

Cuando salen, Luis me pide que entre. Se me crea un nudo en el estómago. ¿Por qué querrá hablar conmigo? Me indica que tome asiento y, durante unos segundos, me observa en silencio. Su penetrante mirada me hace sentir muy pequeña.

—Se parece mucho a ella. ¿Lo sabe?

Sus palabras me hieren. El pelo me ha crecido un poco desde que me lo corté, así que supongo que mi parecido vuelve a ser mayor. Asiento, sin saber qué más contestar.

—Mire, tengo dos teorías acerca de esto.

Por unos instantes me asusto pensando que va a decirme

que Héctor sale conmigo porque le recuerdo a ella. Que, en realidad, no me ama a mí sino al recuerdo de Naima.

—Tras las charlas que he mantenido con Héctor, está claro que la quiere. Y que su sentimiento no tiene nada que ver con su relación pasada —me explica sin apartar la vista de mí. Suelto un suspiro apenas audible—. Sin embargo, esto puede traer dos reacciones: o lo supera o cae más.

—¿A qué se refiere? —pregunto confundida.

—Normalmente, en el caso de un paciente que tiene miedo a algo, es posible tratarlo exponiéndolo a aquello que lo asusta. Los resultados pueden ser negativos o positivos.

—¿Quiere decir que mi presencia quizá lo ayude o, por el contrario, hacer que empeore?

—Exacto. —Cruza las manos ante el rostro. Se frota los ojos—. Cabe pensar que su recaída se haya debido al hecho de su parecido con ella.

—Eso no es cierto —me quejo, casi como una niña—. Usted lo ha dicho: me quiere por quien soy. Y él también me lo prometió, que mi aspecto no afectaría a nada. ¿Le ha contado por qué empezó a sentirse mal?

Se queda parado, sin entender. Así que no le ha explicado nada. Me avergüenza tener que decírselo yo, pero quiero que Héctor se cure, que todo vuelva a ser como antes.

—Mi ex pareja apareció de repente y ahora es mi editor. Tuve que quedar con él un par de veces, y creo que eso fue lo que llevó a Héctor a desconfiar.

El psiquiatra suspira. Piensa durante unos instantes sobre dicha posibilidad. Me da igual lo que diga, estoy segura de que ha sido todo por mi culpa, pero por mis acciones, no por mi aspecto. No voy a permitir que le meta en la cabeza esas chorradas.

—La situación de Héctor es difícil. Es una persona con tendencia a la depresión. Es decir, que sus recaídas no se deben solo a lo que le sucedió en el pasado. No tiene por qué haber una causa externa, así que habrá temporadas en las que esté mejor, pero nunca bien del todo.

—Entonces yo haré todo lo necesario para que, al menos, pueda estar feliz la mayor parte del tiempo.

Cojo mi bolso, dispuesta a levantarme. El psiquiatra no muestra señal alguna de retenerme. Alargo la mano y se la estrecho. Sonríe, pero me mantengo seria. Sus opiniones me han molestado, por mucho que sea un profesional. Salgo de la consulta con un peso en el estómago.

—¿Estás bien, cariño? —me pregunta Teresa de camino a casa.

—Solo un poco cansada.

Al día siguiente me llega un correo de la editorial. La novela lleva a la venta una semana y está vendiéndose estupendamente. Ni siquiera me acordaba, no había mirado en internet ni había acudido a librerías tal como había pensado que haría.

En realidad, no me importa que esté yendo bien. No me alegra. ¿De qué me sirve haber conseguido mi sueño si no tengo conmigo al hombre que amo? Ahora mismo lo único que quiero es que Héctor se recupere, que podamos ser los mismos de antes, que sus manos me acaricien y sus labios me besen.

Me estoy muriendo sin su cariño.

Sí, empiezo a comprender lo que él siente.

Ahora, cuando salgo a la calle, también odio a los demás, también percibo que el mundo empuja contra mí. También puedo notar todo mi cuerpo.

Y es cierto: es una sensación horrible.

23

Para mi sorpresa y la de Teresa cuando la llamo, el siguiente fin de semana Héctor lo pasa bastante tranquilo. El psiquiatra le ha rebajado más la dosis, pero él no se muestra tan ansioso como antes. Los efectos ya no son tan fuertes, así que no duerme tanto. Incluso podemos ver una peli juntos sin que se le cierren los ojos en mitad de la historia. Sonríe unas cuantas veces, consigue mantener una conversación coherente conmigo, me pregunta por la novela.

Como volvemos a dormir en la misma cama, el domingo me despierta con su erección en mi trasero. Me meneo un poco, dejando que sus manos busquen mi cuerpo. Lo hace de forma dubitativa, como si le diese miedo, como si estuviese aprendiendo a tocarme.

—Buenos días, ¿eh? —lo saludo de espaldas.

Desde que empezó con el tratamiento, es la primera vez que se despierta así o que muestra ganas de mantener relaciones, ya que las pastillas también habían disminuido su libido.

Me besa en la nuca sin decir nada. Su mano se apoya en mi vientre y asciende, aunque se detiene antes de llegar a los pechos, como si no se atreviera. Se la cojo y se la llevo a ellos. Me acaricia por encima del camisón, de forma muy suave y casi inexperta.

Me vuelvo hacia él, colocándome de manera que pueda

mirarlo y abrazarlo al mismo tiempo. Me mira a su vez con ojos amodorrados, pero también con inseguridad. Le acaricio la mejilla, lo beso con mucha suavidad.

—¿Cómo te encuentras? —le pregunto.

—Bien —murmura esbozando una sonrisa que se parece a las de antes.

Siento que el corazón se me hincha.

—¿Te apetece hacer el amor? —Le acaricio el pelo de la nuca.

—Creo que sí —dice sorprendido.

Me pego más a él, permitiendo que nuestros cuerpos entren en contacto. Voy a hacerlo muy despacio, para no asustarlo, ya que parece indeciso. Me subo el camisón para que nuestras pieles se rocen. Cuando mis pechos tocan el suyo, toda yo me activo. Suelto un suspiro. Siento que ha pasado tanto tiempo… Mi cuerpo estaba durmiéndose en un letargo del que parecía que no despertaría.

Héctor desliza sus manos hasta mi espalda, las pasa de arriba abajo por toda ella provocándome escalofríos. Sus dedos empiezan a mostrarse más seguros, a ser aquellos que me tocaban con tanta maña. Acerco mis labios a los suyos, lo beso con lentitud, saboreándolo, empapándome de su saliva. Su lengua responde al instante, la junta con la mía, la busca, juega con ella. Me derrito. Gimo con tan solo sus besos, con sus manos bajando hasta mi trasero. Me lo acaricia por encima de las braguitas, después mete las manos bajo la tela y me lo estruja.

—Tócame —le pido.

Tomo su mano y la llevo delante. Pasa dos dedos por las bragas. Arqueo la espalda. Estoy ardiendo. La combustión que experimento con sus roces es instantánea.

Le bajo el bóxer y le acaricio el pene. Está muy duro, vibra entre mis dedos. Héctor pasa los suyos por mis mojados labios, sacándome un gemido. Me aprieto más contra él, lo beso, muerdo despacio su lengua. Nos masturbamos el uno al otro, reencontrándonos, reconociéndonos. No apartamos la vista de nuestros rostros. Sus gestos de placer me provocan. Muevo mi mano arriba y abajo; introduce un dedo en mi vagina, después otro y los mueve en círculos mientras con la palma me frota el clítoris. Suspiro en su cuello y se entierra en el mío.

—Te quiero, Melissa... —susurra.

Su respiración agitada choca contra mi piel. Tiemblo.

—Yo también.

Deposito pequeños besos en su cuello, en su barbilla, para terminar en sus labios. Aumento el ritmo de mis caricias. Héctor saca y mete los dedos a más velocidad. Nuestros cuerpos se mueven al compás. Apoya su mano libre en la mía, ayudándome a masturbarlo con más precisión, tal como quiere. Me excita que esté guiándome. Sus dedos se contraen sobre los míos. Su sexo vibra con mi masaje. La palma de su mano presiona en mi clítoris, arrancándome un gemido. No puedo evitar cerrar los ojos y perderme en la sublime sensación que siento.

—Ábrelos —jadea. Me besa en la boca, chupándome el labio inferior—. Mírame, quiero ver en tus ojos tu orgasmo.

Obedezco. Poso mi mirada en la suya. Sus ojos almendrados han recobrado el brillo de meses atrás. Diviso en ellos el placer que le estoy otorgando. Me introduce tres dedos, abarcando mis paredes, las cuales se contraen. Arqueo la espalda, aprieto con fuerza su pene y acelero los movimientos. Su mano, posada sobre la mía, se tensa al igual que todo su cuerpo.

—Sí, joder... Esto es tan jodidamente bueno, Melissa... —jadea con los ojos entrecerrados.

Mueve los dedos en círculos, los saca y los mete más rápido. Con el pulgar toca mi clítoris, hinchado, húmedo y palpitante. Noto que su pene también se contrae. Me mira, entreabre la boca, se le escapa un gemido y, al fin, estalla. Su semen cae en mi mano, me salpica en el vientre y en el pubis. La fricción contra mi clítoris se hace mayor y, al verme reflejada en sus ojos y al observar su cara de placer, también me deshago. Me aprieto contra su mano, me meneo en ella y gimo, gimo mucho, navegando en las oleadas que me sacuden.

—Dame un par de minutos para recuperarme y te haré toda mía —me susurra abrazándome.

Asiento. Me siento a horcajadas encima de él. Me inclino y lo beso en el pecho, deslizo la lengua alrededor de ese tatuaje que me vuelve loca. Me agarra de las nalgas y me frota contra su sexo, el cual comienza a despertar de nuevo. Me agacho un poco más, poniendo mis pechos ante su cara. Alza el cuello y se mete un pezón en la boca. Lo lame de tal forma que me refriego con más ímpetu contra su pene, que ya noto duro. Lo muerde, sopla en él y, a continuación, se dedica a regalar caricias al otro pezón. Después me coge el pecho con la mano y se lo lleva en la boca. Me lo chupa por todas partes y hace lo mismo con el otro. Me balanceo hacia delante y hacia atrás. Su pene se desliza por mis labios, húmedos e hinchados, pero siempre acaba colocándose en la entrada, dispuesto a meterse en mí.

—Te quiero ya dentro… —murmuro con la boca seca.

Echa el trasero hacia arriba, buscándome. Me acomodo sobre él con las piernas lo más separadas posible. Apoyo una mano en su pecho mientras con la otra cojo su sexo y lo acerco al mío. Su puntita entra despacio. Tan caliente, tan húmeda… Mi carne se va abriendo a él a medida que se introduce. Jadeo, suelto un gritito y, al fin, me dejo caer de golpe. Héctor gime también, se muerde el labio inferior y entonces empieza a mover las caderas hacia arriba. Me aprieta las nalgas y me ayuda con los movimientos. Subo y bajo en su pene, ahogada entre gemidos, bañada en sudor, embarcada en el placer.

—Dame más. Dame más, por favor —gimo.

Me agarra un pecho con la mano izquierda, me lo acaricia, lo aprieta, lo estruja. Luego desliza los dedos por mi abdomen hasta llegar al vientre, dejando una estela de caricias. Sus ojos recorren todo mi cuerpo, se quedan unos instantes en mis pechos, observando cómo sus movimientos se acoplan a los míos, luego baja hasta mi ombligo, pasa los dedos por él. Me siento tan deseada otra vez… Era lo que necesitaba. Ansiaba que su piel se fundiera con la mía y que no me soltase jamás.

—Cariño… Voy a correrme —gruñe dando un par de sacudidas que me hacen saltar aún más.

Arqueo el cuerpo hacia atrás de manera que pueda moverme a más velocidad. Su sexo está tan dentro de mí que hasta me hace daño, pero no puede equipararse con el placer que estoy sintiendo. Cierro los ojos, veo puntitos blancos. Mis pulsaciones se aceleran, al igual que los latidos de mi corazón. Toda yo soy ese astro en el que solo él consigue que me convierta. No hay nada más que su cuerpo, que sus caricias, que sus besos. Él y yo. Y nada más porque nada de lo otro tiene sentido. Es esto, es este sentimiento que me encoge el estómago cuando hacemos el amor, el que me convence de que sigo viva. De que es él quien hace que me mantenga aquí.

Abro los ojos y lo observo. Me aprieta un pecho, el suyo se hincha y entonces gime como tanto me gusta que haga. Noto la humedad de su eyaculación en mi interior. Su pene contrayéndose, palpitando, expulsando los últimos restos de su esencia. Doy un par de saltitos más, muevo las caderas en círculos y, por fin, me corro también. Lo hago con un estallido violento que hasta me marea. Chillo, repito su nombre una y otra vez, jadeo, suspiro, me aprieto yo misma el sexo para acumular más placer. Cuando me detengo y abro los ojos, Héctor está observándome con una sonrisa. Me inclino y se la beso. Me abraza con ese amor que yo creía que se había perdido.

—Ha sido un buen despertar, ¿no? —digo, un poco cansada.

—Uno de los mejores en mucho tiempo.

Alzo la cabeza para mirarlo. Continúa observándome durante un largo rato. Me aparta unos mechones sudados de la frente y me la besa. Reposo el rostro en su pecho con los ojos cerrados, centrada en los latidos de su corazón. Pum. Pum. Pupum... Mi propio corazón se siente feliz, grandioso, sublime. Estar tumbada así, escuchando su vida, me la da a mí.

Por la tarde decidimos bajar a tomar algo con nuestros amigos. Desde que sucedió lo de aquella fatídica noche, Héctor tan solo había hablado con ellos por teléfono y con escuetas y malhumoradas frases. Pero hoy le apetece verlos, charlar y pasar un buen rato. No puedo más que sonreír y pensar que esto significa que está bastante mejor, que las ganas de levantarse y socializar están regresando a su vida. Sí, es eso: él está regresando a todos nosotros. Pero lo que me hace más feliz aún es que esté volviendo a mí.

Dania, Aarón y Ana nos esperan en el bar de la esquina. Nada más vernos, se abalanzan sobre nosotros. Hay muchos abrazos, besos, sonrisas y miradas brillantes y sinceras. Se alegran mucho de ver a Héctor, y no puedo más que notar que mi alma sonríe con ellos.

—¿Qué tal todo, cielo? —le pregunta Dania cogiéndolo de la mano.

—Mucho mejor —responde Héctor.

Nos pedimos unos refrescos ya que él no puede tomar alcohol. Por suerte, todos lo comprenden y también se privan. Ana no deja de mirarme. La veo tan radiante que hasta siento un poco de envidia. De la sana, claro está.

—A finales del mes que viene inauguraré el nuevo Dreams —nos informa Aarón.

—¿Cómo llevas las obras? —le pregunto.

—Bastante bien. He contratado a unos buenos chicos. Están trabajando con rapidez.

—Seguro que queda estupendo. —Héctor sonríe.

Le acaricio la mejilla y me besa el dorso de la mano. Mi

corazón no cesa de latir a un ritmo inusitado. Me doy cuenta de que está recuperando su antigua vida, esa en la que me sentía como en mi propio hogar.

—Así que os quiero a todos allí la noche de la inauguración. —Aarón nos señala uno a uno.

—No te quepa duda —respondo riéndome.

La tarde se nos pasa entre carcajadas, cotilleos y bromas. No dejo de mirar a Héctor una y otra vez y de estudiar todos sus gestos. No le tiemblan las manos, no se queda taciturno y parece centrado en todas las conversaciones. Quizá en poco tiempo pueda reincorporarse al trabajo y su madre no tendrá por qué venir a casa para vigilarlo.

—Tengo algo que deciros —anuncia mi hermana cuando empieza a anochecer y ya llevamos unos cuantos refrescos.

—¿Ah, sí? ¿Y qué es? —Desvío la mirada hacia ella y la descubro con una sonrisa tímida.

—Estas últimas semanas Félix y yo hemos estado hablando mucho —casi susurra.

Me fijo en que Aarón se pone nervioso. Coge su vaso y le da un buen trago, desviando la vista a la mía. Caigo en la cuenta de que siente más por Ana de lo que yo había imaginado.

—¿Y qué tal están las cosas? —quiero saber.

Me da pena por mi amigo, pero lo que más deseo es la felicidad de Ana y, en mi opinión, se encuentra al lado de Félix.

—Estamos hablando de retomar la relación.

—¡Eeeh!

Doy un par de palmadas. A mi lado Héctor asiente sonriendo. Dania también se ve satisfecha. El único que se muestra un poco retraído es Aarón.

—¿Y a qué se debe este cambio de parecer? —le pregunta Héctor.

—Bueno… Le dejé explicarse, tal como me aconsejó Mel. —Clava sus ojos en los míos. Asiento con una sonrisa, diciéndole con la mirada que ha hecho lo correcto—. Al principio me enfadé un poco por lo que me contó, pero estuve pensando…

—¿Qué es lo que te ha contado? —Doy un sorbito a mi Fanta.

—Pues que se había cagado del susto con lo del bebé, con lo del posible matrimonio y todo eso… Y que decidió inventarse lo del engaño porque necesitaba un tiempo. Sí, es un poco tonto, pero Félix a veces se comporta así. Le grité que cómo era tan gilipollas, y luego añadió que había estado celoso después de mi confesión sobre que a veces fantaseaba con otros hombres.

—Madre mía, pero qué historias os montáis… —murmura Héctor, aunque se le ve divertido.

—Me dijo que él no se había imaginado con otras mujeres. ¿Os lo podéis creer? —Ana parece muy feliz.

—La verdad es que no —interviene Aarón en ese momento.

Todos lo miramos; mi hermana se pone colorada y aparta la vista de la de él.

—Bueno, la cuestión es que me he dado cuenta de que sigo enamorada de Félix y que, al fin y al cabo, a veces los hombres hacen tonterías por nosotras.

—Dímelo a mí —suelta Aarón.

Ana decide hacer caso omiso. Se centra en mí, alargando una mano para coger la mía. Se la estrecho, muy contenta.

—Mel, ¿de verdad estoy haciendo bien? ¿Deberíamos intentar retomar lo nuestro?

—Claro que sí. Félix y tú estáis hechos el uno para el otro. Y si encima no te ha sido infiel, pues mejor me lo pones. Aunque es cierto que es de ser un poco tonto inventarse algo así, pero mira, yo le creo. No es de esa clase de hombres. Antes te dejaría que ponerte los cuernos.

—La verdad es que yo también le creo. No sé por qué me comporté de forma tan paranoica… —Ana niega con la cabeza, incrédula.

—Y entonces ¿cómo va a ir la cosa?

—Primero quedaremos como amigos, veremos qué tal marcha todo… Me parece que, poco a poco, todo será mejor.

—Estoy convencida de que dentro de unas semanas os vemos juntos otra vez —opino.

La conversación queda ahí. Pasamos a otro tema, esta vez liderado por Dania y por su mala suerte en el amor. Nos reímos un montón cuando nos cuenta lo que le pasó el anterior fin de semana con un tío.

—Tú sabes quién es, Mel, es aquel jovencito al que le di mi número. El que estaba fuera del edificio cuando volvíamos al trabajo…

—¡Hostia, sí! —exclamo echándome a reír.

—Pues nada, quedamos… Y resulta que me lleva a cenar a un Burger King. ¿Os lo imagináis? Me había puesto un vestidito precioso, muy elegante, y me había hecho un recogido espectacular. Y ahí me veis, rodeada de adolescentes y de gente vestida de lo más normal.

Héctor también ríe. No puedo soltarle la mano de lo contenta que estoy al oír ese sonido que se me antoja el cielo.

—Pensé: «Bueno, luego la cosa en la cama irá mejor, que los yogurines tienen más resistencia…». Pues nada, vamos al piso que comparte con otros estudiantes y cuando llegamos había allí unos cuantos fumándose unos porros. Me los presenta, nos sentamos un rato con ellos, fumo un poco… Y al final, el yogurín se pone todo ciego.

—¿Tú fumando porros? No me lo puedo creer.

—Pero espera, que queda lo peor. Se pone cachondo y me lleva a la habitación. Yo pensando: «Por fin, coño, que a este paso se me va toda la libido». Total que su dormitorio era horrible: ropa interior por aquí y por allá, sucia, desastrada.

—¿Es que no recuerdas cuando nosotras éramos unas veinteañeras, Dania? —le digo carcajeándome.

—¡Este era peor!

—¿Cuántos años tiene? —quiere saber Héctor.

—Creo que veinticuatro.

—¿Y qué esperabas? Todavía no habrá superado la pubertad —bromea Aarón.

Lo miro. Se vuelve hacia mí y me sonríe, aunque no parece demasiado alegre.

—La cosa es que nos ponemos ahí al asunto y primero tiene un gatillazo. El tío casi llorando de vergüenza, yo diciéndole que no pasaba nada aunque por dentro tenía un cabreo de tres pares de cojones. Y cuando consigue remontar, la mete, da dos sacudidas y ¡se corre! Me fui pitando de allí superenfadada. Estuvo toda la noche mandándome whatsapps, diciéndome que se había enamorado de mí, que jamás había conocido a una mujer como yo. ¡Si hasta he tenido que bloquearlo!

Todos estallamos en carcajadas, sobre todo por la cara de enfado que pone Dania.

—Así que, nenas, aseguraos antes de tiraros a un yogurín de que pueda funcionar bien en la cama.

—Bueno, al menos te fumaste esos porrillos gratis. —Aarón la mira con una sonrisa.

Dania suelta un bufido, como si realmente estuviese muy mosqueada. No puedo dejar de reírme. Lo cierto es que las historias de mi amiga pueden ser muy divertidas. Va a ser verdad que la pobre no tiene suerte con los hombres. Pero ¡es que a veces ella solita se lo busca!

Cuando se hace la hora de cenar decidimos marcharnos a casa. Nos despedimos en la puerta del bar, ya que ellos tienen los coches cerca.

—¿Estás bien? —susurro a Aarón al oído mientras lo abrazo.

—Claro que sí, Mel. Me sobrepongo rápido.

—Eso espero. —Le doy un besazo en la mejilla.

Ana me abraza con muchísima fuerza, transmitiéndome su alegría. También se despide así de Héctor, le acaricia la barbilla como si fuese un niño y le dice que está muy contenta de verlo tan bien. Dania y yo quedamos en comer mañana juntas en la oficina. Regresamos a casa cogidos de la mano como un par de adolescentes, a pesar de que tan solo son dos minutos hasta el portal. Cuando estoy abriendo la puerta, Héctor me detiene. Me vuelve hacia él y se me queda mirando, ahora un poco serio.

—Melissa, creo que estoy mejorando.

—Lo sé —asiento con una sonrisa.

—Pero no puedo asegurarte que no recaiga. —Su voz se apaga.

—Estaré aquí, de todas formas.

—Te aseguro que estoy intentándolo. Y te agradezco todo lo que estás haciendo por mí, lo que estás aguantando.

Lo beso. No tengo palabras para expresarle lo que significa para mí.

24

Dania me espera a la hora de comer y ambas bajamos a la cafetería. Hoy no dispongo de mucho tiempo porque tengo que acabar unas correcciones que he dejado de lado las últimas semanas. No podía concentrarme y quería hacerlo bien, así que he ido posponiéndolas y ahora tengo un montón de trabajo acumulado.

—Ayer vi a Héctor bastante bien, ¿no?

—La verdad es que sí. Me sorprende. —Me limpio un poco de mahonesa de la barbilla—. De todos modos, todavía tengo un poco de miedo de que pueda cambiar en cualquier momento.

—Es normal, pero seguro que tu apoyo está siendo muy bueno para él.

—Eso espero. —Me encojo de hombros.

Mientras tomamos el café, Dania me pregunta si estoy nerviosa por la reciente publicación de la novela.

—Pues la verdad es que sí. Y de lo que más ganas tengo es de ir a una librería y encontrármela en algún estante. Pero bueno, con todo lo de Héctor, no es que me haya preocupado mucho hacerlo. Tenía otras cosas en la cabeza.

—¿Se está dando bien la promoción?

—La editorial dice que sí, que hay más libreros que la piden y que por facebook, foros y demás la gente ha empezado a hablar de ella.

—¡Ya verás, que te nos forras!

En realidad no me importa. Que ya esté a la venta y que a la gente le guste es lo que más me emociona. Cuando regreso al despacho, me puede la curiosidad y entro en la página web de la editorial. Ahí está mi novela. El corazón me late con violencia cuando veo que han dejado comentarios preguntando por ella o diciendo que tiene buena pinta. Me meto en Amazon y me entero de que ya la tienen y que se encuentra en los primeros puestos. ¡Es alucinante! Después accedo a mi facebook y descubro que tengo unas cuantas solicitudes de amistad de lectoras. Me llevo una mano a la boca, incrédula, con una sensación de plenitud en el pecho.

Abro el correo para ver si hay alguno de la editorial. Sí, el segundo es de prensa. Lo abro y casi se me salta el corazón. Me comentan que la editorial en Portugal está interesada en comprar también los derechos de traducción. No me lo puedo creer.

Voy borrando el resto de los correos, casi todos de publicidad, hasta que me topo con uno cuyo remitente es Germán. Vaya, casi me había olvidado de él. Estas semanas en las que he cuidado de Héctor no he pensado ni un minuto en él y, a pesar de haberlo bloqueado en el whatsapp, no me ha llamado ni una sola vez. Por unos instantes siento ganas de enviar el mensaje a la papelera y no leerlo porque tengo miedo de lo que pueda encontrarme, pero después pienso que tal vez quiere comentarme algo sobre la novela. Lo abro y me pongo a leerlo.

De: germanm@editorlumeria.com
Asunto: Toc, toc. ¿Se puede?

Hola, Meli:

¿Cómo estás? Hace semanas que no sé nada de ti. Por lo que parece, me has bloqueado en el whatsapp. Supongo que me lo merezco, así que por eso no te he llamado, porque tienes que estar muy enfadada para haberlo hecho.

No quería molestarte. Habrás pensado que quiero joderte la vida inmiscuyéndome así de repente, pero te prometo que no es mi intención. Me gustaría pedirte que olvidaras todo lo que te he dicho, pero la verdad es que no quiero que lo hagas. Quiero que se quede en ti y que te haga reflexionar, que recuerdes lo que éramos antes, quiénes fuimos mientras estábamos juntos y cómo nos sentíamos.

Pienso mucho en ti últimamente y sé que no debería porque tú, ahora, estás feliz con otro hombre. ¿O no? No puedo quitarme de la cabeza nuestro último encuentro, cuando él apareció. Iba bebido. Y no sé hasta qué punto es habitual en él. ¿Acaso tiene problemas? Porque eran las dos de la tarde y no creo que sea algo normal. Espero que no sea el caso, pero si lo fuese, y tú lo pasaras mal alguna vez, me gustaría ayudarte.

No lo conozco, no sé nada de él, no sé si te hace feliz, si te trata como mereces. Está claro que yo en los últimos meses de nuestra relación no lo hice y que por eso te perdí. Vale, en realidad fui yo quien te dejó marchar. Pero ¿sabes qué? Me arrepiento cada día cuando me acuesto y no te encuentro a mi lado. Recuerdo cómo dormías, en esa posición fetal de la que te quejabas porque te causaba dolor de cuello. Te daba la espalda y te pegabas a ella, podía notar tus pechos contra mi piel, tu respiración en mi cuello y tus manos aferradas a mi cuerpo. Hubo un tiempo en que quise deshacerme de esa sensación, pero, ya ves, al final no pude conseguirlo. Los recuerdos nos provocan tristeza y melancolía y tan solo nos demuestran que no pueden borrarse.

Me gustaría tanto que contestaras este mensaje... Simplemente para saber que estás bien, que eres feliz, que tu sonrisa no ha desaparecido de esa carita tan preciosa que tienes. Es solo que no quiero que otro hombre te haga daño.

No mereces sufrir más nuestros errores. Te dije que lucharía por tenerte de nuevo para mí, pero si me prometes que eres feliz con él, entonces no lo haré. Me quedaré al margen y quizá, algún día, quieras ser mi amiga, aunque no estoy seguro de que yo sea capaz de ser tu amigo porque, como te dije, todavía te quiero y es difícil resignarse a no besarte. Es duro. Te lo aseguro. Es muy duro haberte tenido cerca en nuestros encuentros y no haber podido besarte o acariciarte.

Contéstame, por favor. Solo dime que estás bien. Y si pudieses decirme, también, que ya no me odias... Pero solo si es sincero. Ojalá tu enfado hacia mí haya desaparecido, que hayas podido perdonarme.

Un abrazo,

Germán

P. D.: ¿Estás nerviosa por lo de la novela? Tengo mucha fe en ti. Sé que tu historia es buena. Ahora, disfrútalo. Es tu momento. Tu sueño se ha cumplido.

Tras leerlo, no sé por qué, tengo ganas de llorar. Me froto los ojos, intentando serenar mi respiración. Germán me da lástima. ¿Por qué? Pero si lo odié, pero si me hizo daño... Entonces me viene a la cabeza lo que Héctor dijo acerca de sus sentimientos hacia Naima, lo de que la odiaba y, al mismo tiempo, eso hacía que la quisiera también. Aun así, no puede ser que yo quiera a Germán, no noto ese sentimiento en mí. A pesar de todo, que no esté bien me hace sentir mal. Sin embargo, creo que lo único que le sucede es que se ha dado cuenta de que me ha perdido por completo. Sabe que ahora estoy con otra persona y puede que su orgullo de hombre esté herido. O puede que realmente sienta algo por mí. Al fin y al cabo, dicen que solo valoras lo que tenías cuando lo has perdido.

Me tiro un buen rato decidiendo si responderle o no. Al final, opto por hacerlo. No sé si es buena idea… Realmente ya no sé nada.

De: melissapolanco@gmail.com
Asunto: Todo va bien

Hola, Germán:

Siento haberte bloqueado en el whatsapp, pero me vi atrapada. No podía dejar que tus palabras estropearan todo lo que he construido. Me ha costado hacerlo, ¿sabes? En un principio no quería mostrarme vulnerable ante ti para que no pensaras que lo había pasado mal por tu marcha, pero ahora me da igual. Ya no me importa decirte que me sentí como una miseria humana, que dejaste mi autoestima por los suelos, que pensaba que ningún otro hombre me querría. Creía que no me merecía el amor.
Ahora estoy bien. Estoy feliz. Héctor me cuida. Es un hombre cariñoso, atento, trabajador. Cuando tú lo viste tenía un mal día. Había pasado por unos baches, pero todos pasamos por ellos alguna vez, ¿no? No es un alcohólico, si es lo que estás pensando. Es un hombre que se encontró con la mujer que ama muy cerca de otro, de otro que había sido su ex. Creo que, en cierto modo, su reacción no fue tan extraña. En cualquier caso, ya te digo: todo está bien.
Te recomiendo que olvides, Germán. Yo lo he hecho. Por el bien de los dos. No podemos tener nada otra vez porque eso que tuvimos desapareció. Lo único que puedo decirte es que sí, te he perdonado. Incluso a mí misma me sorprende porque, hasta hace unos meses, puedo asegurarte que pensaba que aún te odiaba. Ahora solo siento lástima. En el fondo, me da pena pensar que lo nuestro nunca será, pero solo por el hecho de que podría haber sido una historia realmente preciosa. Pero ya está,

Germán. Nada más. Mi corazón pertenece a otra persona y deberías haberte dado cuenta. No te esfuerces, no luches.

Tampoco serás mi amigo.

Intentaré hablar con la editora para que no tengamos que trabajar juntos más. O quizá ya no es necesario. No sé si ella estará interesada en la nueva novela que estoy escribiendo. En caso de que la quisiera... veríamos qué hacer.

Espero que consigas ser feliz.

Melissa

P. D.: Me parece todo tan maravilloso... Y te lo agradezco. De verdad. Es cierto que he cumplido mi sueño.

Cuando le doy a enviar, me arrepiento de algunas de mis palabras, pero ahora ya no hay marcha atrás. Creo que en algún momento del correo he sido muy dura y que en otras, sin embargo, he actuado como si sintiese algo por él y me estuviese engañando a mí misma. Espero que no se lo tome así y que se dé cuenta de que lo mejor es que estemos alejados el uno del otro.

Me tiro la tarde recuperando el trabajo atrasado. Cuando me doy cuenta, pasa ya una hora de mi horario de salida. Tan solo me quedan dos textos, y los reenvío a mi correo para terminarlos esta noche. Cojo el móvil, el bolso, las llaves y salgo del despacho. Ya no queda casi nadie en la oficina, únicamente un par de rezagados como yo. Me despido de ellos y entro en el ascensor. Algunos trabajadores de otras oficinas bajan en él. Nos saludamos con la cabeza, y me sitúo en la parte trasera porque siempre me incomoda bajar o subir con gente que no conozco.

Cuando las puertas se abren, todos salimos casi de la estampida. Qué ganas tenemos de llegar a casa. La verdad es que mi jornada ha sido dura. Me duelen los ojos por estar pegada a la pantalla todo el día. La madre de Héctor estará preguntándose por qué tardo tanto. Me despido del hombre de recepción mientras rebusco en el bolso para dar con las llaves del coche. Fuera ya es de noche. Salgo con la mirada puesta en el suelo, perdida en mis pensamientos. Y entonces, al alzar la vista, lo veo.

Está apoyado en la vieja camioneta en la que viajábamos hasta la playa los domingos. Nos quedamos observándonos, estudiándonos muy serios el uno al otro. Tira el cigarro que tiene entre los dedos. ¿Por qué ha venido con la camioneta? ¿Es que quiere hacerme recordar? Maldita sea, ¿es eso? Pretende joderme con los recuerdos, por mucho que diga que no. Piensa que puede llegar hasta mí con ellos, pero está muy equivocado.

Ni siquiera lo saludo. Agacho la cabeza y me dirijo a mi coche, dándole la espalda.

—Meli —me llama.

Hago caso omiso. Insiste caminando detrás de mí. Un par de transeúntes que se nos cruzan nos miran con curiosidad. Continúo andando, tratando de no prestar atención a su voz. Sin embargo, antes de que llegue al coche me da alcance y me agarra del brazo, deteniéndome. Cierro los ojos, suelto un suspiro y me vuelvo hacia él.

—¿Es que no has leído mi correo? ¿No te ha quedado lo suficientemente claro?

—Solo quería comprobar que de verdad estás bien —dice mirándome a los ojos. Los suyos están más apagados que de costumbre, de un azul más oscuro.

—Pues ya lo has hecho. Adiós, Germán.

—Espera, espera… —Me atrapa otra vez. Suelto un gruñido de exasperación—. No pareces estar bien del todo. Tienes mala cara.

—Porque estoy cansada. Tengo mucho trabajo y estoy escribiendo una nueva novela. No tengo tiempo para nada.

Ni siquiera sé por qué estoy dándole explicaciones. Se queda callado, quizá sopesando mis palabras, tratando de descubrir si son reales.

—Quieres que olvide —dice de repente.

—Sí, así es.

—No puedo. —Niega con la cabeza, muy serio.

Veo que se saca una cajetilla de tabaco del bolsillo y que enciende uno con manos temblorosas ante mi atónita mirada. Jamás había fumado. Por un momento pienso también en la adicción de Héctor y el estómago se me remueve.

—Sí, sí puedes, Germán. Ya lo hiciste una vez.

—No lo hice. Me mentí a mí mismo. No sé por qué te dejé, Melissa. ¿Qué coño me sucedió?

Da una profunda calada a su cigarro. Lo miro entre asustada y confundida.

—No lo sé. Pero ha pasado mucho tiempo desde entonces y, como te he escrito en el correo, ya no estoy enfadada contigo, ¿vale? Al menos puedes quedarte con eso. —Intento sonreírle, pero me cuesta.

—No quiero solo eso. Digo cosas y después querría no haberlas dicho. Te escribo que voy a olvidarte, que me alejaré otra vez, pero es que no puedo. Sencillamente no puedo.

Da otra calada al cigarro, como tratando de aliviarse de esa forma. No sé cómo actuar porque ahora mismo me encantaría salir corriendo, pero no puedo mover los pies, es como si se me hubiesen pegado al suelo.

—Tengo que irme, Germán.

Y, por fin, consigo despegarlos. Me acompaña hasta el coche, y mi mente, que es tan estúpida y loca a veces, piensa en acosadores y se me escapa una pequeña risa. Me mira sin comprender.

—Intentemos ser amigos, al menos.

—Has dicho que no podrías. Y yo tampoco —murmuro.

Y Héctor mucho menos. Por nada del mundo voy a ser

amiga de Germán y provocar que mi novio tenga más recaídas.

—No, Meli. Prefiero tenerte cerca de esa forma que no tenerte de ninguna.

Alarga la mano. Lo observo como a cámara lenta. Quiero apartarme, pero no puedo hacerlo. Y sus nudillos me rozan un pómulo. Muy suavemente. Cierro los ojos, capturando en mi mente el recuerdo de nuestra primera cita. La colonia esa tan horrible que usaba y que lo convencí de dejar. Su chupa de cuero que ambos adorábamos porque le hacía parecer un chico malo. El pendiente que se puso en la oreja y que se quitó porque su padre le dijo que era de «maricones». Hay tantos recuerdos... Algunos fueron demasiado hermosos. El cosquilleo que noto en el estómago me lo confirma.

Me aparto, asustada y temblorosa. Retira la mano, también confundido. Sacudo la cabeza, estiro el brazo para que no se acerque más.

—Ya, Germán. Te lo suplico. Si alguna vez me has querido, si de verdad sigues haciéndolo, como aseguras, entonces para.

Se queda callado. Tira el cigarro al suelo y mete las manos en los bolsillos. Estoy a punto de entrar en el coche cuando dice:

—A mediados de abril presentarás tu novela en Madrid. He venido también para decirte eso.

—¿En Madrid? ¿Por qué tan lejos?

—Es un evento muy importante. Allí se fallan premios que pueden ayudarte bastante.

Me quedo pensativa. Ese es otro de mis sueños, firmar libros y observar los rostros de la gente que ha acudido.

—¿Tú irás? —le pregunto.

—Tengo que hacerlo. Es mi trabajo. Seré tu presentador.

—Entonces tendré que pensarlo —contesto secamente.

Entro en el coche y me largo sin despedirme. Como en

otro de nuestros encuentros, no puedo evitar echar un vistazo por el retrovisor. Ya no parece tan seguro de sí como días atrás; ahora se me antoja vulnerable y triste. Y un pinchazo en el pecho me avisa de que he hecho bien comportándome como lo he hecho.

25

Los días pasan y la editora me llama un par de veces rogándome que acuda a la presentación. Me niego en todas las ocasiones alegando que tengo muchísimo trabajo pendiente. Paula siempre contesta que se celebra en fin de semana, así que no perderé días. A la tercera me excuso diciendo que tengo problemas familiares. Se queda callada un rato y asiente, y pienso que ya lo tengo. Pero cuando falta una semana para el evento vuelve a llamarme. Puede ir Germán solo, por supuesto, pero el hecho de que yo no aparezca por allí puede afectar a las ventas.

—No sé cómo es de grave el problema que tienes, pero solo es necesario que estés en Madrid el sábado. Vuelve en un AVE el domingo por la mañana. Sabes que es una oportunidad inmensa, es un evento importantísimo en España y tu primera presentación. A las lectoras les encantará conocerte.

Al final acepto. Pido a Ana y a Aarón que me acompañen, pero él no puede porque está muy ocupado con lo del Dreams. Ana acepta, y le pago el billete de tren. Envío un correo a Germán avisándole de que no viajaré con él, a pesar de que sé que la editorial correría con mis gastos. Pero no, me niego. Él responde con un escueto OK.

Unos días antes del evento decido acudir al psiquiatra en secreto. Ni siquiera pido cita porque seguramente me dirán que no tiene horas libres, y necesito comentarle la situación. Tengo que aguardar hasta el final de la tarde, cuando termina de atender a todos los pacientes.

—¿Qué tal le va, Melissa? —me pregunta con su voz serena, tan fuerte al mismo tiempo.

—Con mucho trabajo, pero bien.

—Ha observado el cambio que Héctor ha experimentado, ¿cierto?

—Sí. Estamos muy contentos.

—No le ha pedido más pastillas de las que debe tomar, ¿verdad?

—No, y ya no está ansioso.

—Él ha hablado mucho conmigo. Ya no piensa tanto en su ex pareja, pero, sin duda, todavía sigue ahí, en algún lugar de su cabeza. Quizá consigamos que el parecido que usted guarda con ella tenga un efecto rebote y que Héctor lo supere del todo. —Me sonríe, pero algo en ese gesto me dice que es falso.

—He venido porque tengo que pedirle consejo. —Voy directa al asunto, ya que no me gusta hablar con él; es como si quisiera psicoanalizarme.

—Usted dirá.

—Recuerda lo que le conté de mi ex, ¿verdad?

—Por supuesto.

—Como le dije, es mi editor. Y este fin de semana debo ir a Madrid a presentar mi novela y, ya sabe, él será el presentador.

—¿Y cuál es el problema, Melissa?

—No sé cómo actuar con Héctor.

—Sencillamente, no se lo cuente.

—Pero eso sería mentirle.

—No, Melissa. Eso sería protegerlo. Es lo que usted quiere, ¿no? Me aseguró que él había recaído a raíz de sus encuentros con él, así que… ¿Cómo quiere decirle la verdad? No podemos permitir que recaiga, con todo lo que hemos avanzado.

Asiento con la cabeza, aunque sus palabras no me convencen. Me marcho de la consulta con una horrible sensación.

Esa noche, duermo mal. Héctor se me pega a la espalda, me mima y me susurra palabras bonitas. Y me siento como una mentirosa. No me parece bien estar ocultándole esto porque, al fin y al cabo, ¿qué excusa me invento para explicarle que voy a pasar el día y la noche del sábado fuera?

Al día siguiente me rindo. Decido contárselo. Su madre ya no viene todos los días porque el psiquiatra opina que es mucho mejor ir dejándole su espacio. Así que, cuando regreso a casa, él está solo y me dedico a prepararle una cena estupenda. Las noticias, especialmente si son malas, siempre se reciben mejor con el estómago lleno. Aprecio que está más serio que de costumbre y empiezo a preocuparme. Es cierto que no todos sus días son igual de buenos, pero hacía tiempo que no se mostraba tan meditabundo.

—¿Sucede algo? —le pregunto.

—La semana que viene me incorporo al trabajo.

—¿En serio? ¿Por qué no me lo habías dicho antes?

—Mi psiquiatra lo ha decidido hoy mismo.

—Te vendrá bien mantener la cabeza ocupada, ¿no? Y tu jefe sabe que no tiene que cargarte demasiado.

—El problema es que no consiguieron cerrar el trato. Cuando lo he llamado hoy para comunicarle mi vuelta, me lo ha confesado.

Aparta el plato medio lleno. Lo miro con el corazón encogido.

No voy a hablarle de mi viaje. Soy incapaz de confesarle que me marcho a la presentación. Podría mentirle y decirle que Germán no estará allí, pero no me creería. Tampoco sé qué excusa inventar para que su mente no se vaya por otros caminos. Sospechará de todos modos porque su cabeza está acostumbrada a hacerlo.

Al día siguiente explico la situación a su madre. A Teresa

se le ocurre una idea: justamente este fin de semana son las fiestas en el pueblo de los tíos de Héctor, así que podría pedirle que fuese allí con ella de sábado a domingo. El problema es que él querrá que yo los acompañe, de modo que decidimos decirle que tengo mucho trabajo atrasado y que necesito quedarme.

Teresa acude esa misma tarde para cumplir con el plan. Al principio Héctor se niega, no le apetece nada, quiere pasar el fin de semana conmigo. Su madre insiste alegando que hace mucho que no los ven y que va siendo hora de que Héctor conozca al hijo de uno de sus primos, que entre tanto trabajo y todo lo demás no ha podido ser. Al final, acepta. Durante todo el rato que hemos charlado sobre ello no me ha quitado el ojo de encima. Me preocupa que pueda sospechar algo.

Cuando llega el viernes vuelve a mostrarse distante conmigo y eso me preocupa muchísimo. Sin embargo, cuando por la noche regreso del trabajo, ha pedido comida china y se comporta de forma cariñosa. Hacemos el amor cuando nos vamos a la cama. Y casi parece que me lo hace desesperado, ansioso, como si no hubiese un mañana. Y la sensación de inquietud crece en mi interior.

—Ojalá pudieses venir al pueblo conmigo. Es muy bonito, te encantaría —dice abrazado a mí.

—Hay mucho tiempo por delante. Cuando quieras, podemos ir. —Dejo un beso en la comisura de sus labios.

Pero no dice que sí ni añade nada más. Me cuesta conciliar el sueño pensando en que debería confesarle la verdad, porque realmente me siento fatal. No me gusta ocultarle nada. Sin embargo, si el psiquiatra dice que es mejor para él, debo hacerle caso porque se supone que es el profesional.

Al día siguiente Teresa acude a buscar a su hijo muy pronto. Mi tren sale a las doce del mediodía, así que ya lo planeamos todo para que pareciese que me quedo en casa. Héctor se despide de mí con un simple beso en la mejilla. Quiero pensar que se debe a que está su madre delante, aunque no ha sido nunca muy discreto cuando hemos quedado con ellos.

—Nos vemos el domingo —se despide ella, dándome dos besos y apretándome la mano.

Advierto en sus ojos que me pide que no me preocupe y, en gran parte, me otorga tranquilidad pensar que ella no me juzga.

A las once menos diez salgo de casa para ir a la estación, donde he quedado con Ana. Tan solo llevo una bolsa de mano en la que he metido un camisón, el vestido de noche, maquillaje y el cargador del móvil. Hay un montón de tráfico y me cuesta un buen rato llegar hasta la estación. Ana está en la puerta y me saluda desde lejos. Ha venido con Félix y el corazón me da un vuelco, pero de la alegría.

—¡Eh! —lo saludo, dándole un gran abrazo.

—Mucha suerte en tu presentación, Mel —me desea él.

Se despiden con un beso en la mejilla, pero me doy cuenta de que todavía se desean, de que ambos se mueren de ganas por juntar sus labios. No le pregunto nada porque tengo la cabeza en muchas partes: en cómo se encontrará Héctor, en la presentación, en el encuentro entre Germán y mi hermana. Esperamos en la fila y, cuando nos acomodamos en nuestros asientos, Ana se inclina y me suelta:

—Ni siquiera voy a saludarlo.

—No tienes que hacerlo si no te apetece.

—Pues eso.

Al llegar a Madrid digo a mi hermana que se espere un momento, que quiero llamar a Héctor. Voy a los servicios para que no oiga de fondo el trasiego de la estación y me encierro en uno. Sin embargo, no me lo coge. Estará ocupado con toda la familia o comiendo con ellos.

Veinte minutos después llegamos al hotel. También me lo paga la editorial y la verdad es que es precioso, muy elegante y con todo tipo de lujos. Paso un buen rato admirando la habitación que me han asignado, toqueteando las cositas que hay en el cuarto de baño y echando un vistazo al minibar. Mi hermana tiene la suya en el otro extremo del pasillo. Bajamos a comer, y cada vez me pongo más nerviosa porque a las seis he quedado con Germán. La presentación se realizará a las siete, pero antes nos harán fotos y alguna entrevista. Después de la presentación se fallarán los resultados de las nominaciones y a continuación iremos a la cena de gala. Sé que también hay barra libre cuando terminemos, pero no acudiré porque tengo hueco en el AVE de las nueve y cinco del domingo.

A las seis menos diez bajo al vestíbulo. Llevo la misma ropa con la que he llegado, que más o menos es elegante. Ya me arreglaré más para la cena. Germán está esperándome, acompañado de unas cuantas personas.

—Meli, deja que te presente.

Dos de ellas pertenecen a otras editoriales, también hay una bloguera, que nos hará entrevistas, y un periodista. La bloguera me dice que ha leído la novela y que le ha encantado, y me lleva aparte para hacerme algunas preguntas a las que respondo como una autómata porque estoy nerviosísima. Ay, madre, no estoy preparada para esto. Creía que no resultaría difícil, pero lo cierto es que me muero de miedo al pensar que tengo que hablar delante de un montón de gente.

Germán no aparta la vista de mí y aún me pongo más nerviosa. Está realmente guapo con el traje oscuro que se ha puesto, que resalta sus ojos azules. El tiempo pasa volando entre unas cosas y otras y, cuando quiero darme cuenta, ya es hora de ir entrando en la sala donde se realizarán las presentaciones. Empiezan a temblarme las manos al ver la cantidad de sillas que hay, muchas ya ocupadas, entre ellas la de mi hermana, que me sonríe en cuanto entro. Algunas personas me miran, otras me señalan y cuchichean entre ellas. Un par de chicas me saludan aunque no las conozco. Nosotros somos los primeros en presentar, así que Germán me da un toque para que avancemos y subamos al escenario, donde hay una enorme mesa con mi libro expuesto y unos cuantos micrófonos.

—Todo va a ir bien. Lo harás genial —me susurra al oído.

Me presenta a toda la gente que está allí. Cada vez acuden más asistentes, y mi estómago no deja de dar vueltas. Casi ni escucho lo que Germán cuenta de mí y de mi libro. Cuando me da paso, cojo el micro con manos temblorosas. Al principio me cuesta soltarme, pero al descubrir los rostros sonrientes de quienes están ante mí y la atención que prestan a mis palabras, la vergüenza se me pasa y pongo toda la pasión que llevaba dentro. Hablo de cuándo y cómo empecé a escribir, de qué significa para mí la escritura y de lo agradecida que estoy por hallarme aquí. Una vez que he terminado se abre el turno de preguntas. Me hacen muchas; algunas curiosas, otras divertidas. Una chica me emociona con sus hermosas palabras. Todos aplauden cuando termino de hablar. Me hacen fotos, los flashes me deslumbran. Al bajar del escenario, Germán apoya la mano en mi espalda y dice:

—¿Ves? Te los has metido a todos en el bolsillo.

Esperamos durante dos horas a que los demás autores y editoriales presenten sus obras. Después nos acompañan hasta la mesa donde todos firmaremos. Mi cola es mucho más larga que la de los demás y, durante casi cuarenta y cinco minutos, escribo dedicatorias y recibo el cariño de la gente. Me siento como en un sueño. Germán me observa desde una silla en primera fila, con una ancha sonrisa. Le susurro un «gracias» y él me guiña un ojo.

Tras las firmas, toca fallar los premios. Como mi libro se ha publicado hace relativamente poco, no puedo estar nominada aún. Me encantaría que me sucediera algo así, que el año que viene fuera yo una de esas escritoras que están subiendo al escenario a recoger un galardón. Germán parece leerme el pensamiento porque me susurra al oído:

—Dentro de nada, estarás tú ahí, con un montón de premios bajo el brazo.

Y, sin esperármelo, me abraza. Se lo permito porque la verdad es que yo también estoy eufórica. Alzo la cabeza y me topo con la severa mirada de mi hermana. Hago caso omiso, ya que no quiero que me fastidie la noche.

Charlamos durante un rato con otros escritores, hasta que se hace la hora de ir a la cena de gala. Corro a mi habitación para prepararme. Quince minutos después, Ana me espera fuera. He conseguido que la apuntasen a la cena, pero no estará en la misma mesa que yo. Me asegura una y otra vez que no le importa mientras bajamos en el ascensor. No quiero que se sienta fuera de lugar ni nada por el estilo. Nada más abrirse las puertas y acercarnos a la sala, un par de personas me separan de ella. Pido a Ana con la mirada que me disculpe, y me indica con un gesto que me quede tranquila. Se mete en la sala mientras aguardo fuera respondiendo a las preguntas de los periodistas.

Cuando consigo entrar, casi todas las mesas están ocupadas. Me dirijo a la mía un tanto tímida, pues sé que muchos me miran y me muero de vergüenza. Germán me llama desde nuestra mesa y me siento a su lado, sonriéndole. Ya conozco al resto de los allí presentes: son los escritores que han presentado conmigo. Charlo con ellos, me río, brindamos con vino por nuestros triunfos. En mitad de la cena me fijo en que Germán está bebiendo más de lo acostumbrado. No solía tomarse más que un par de cervezas. Eso me hace pensar en Héctor y me disculpo para ir al servicio y así poder llamarlo. Tal como ha sucedido por la mañana, no me contesta. Abro el whatsapp y le envío uno, aunque no se ha conectado desde hace horas. Regreso a la mesa un tanto preocupada.

—¿Sucede algo? —me pregunta Germán en voz baja.

—No, no. Es que ya me está entrando el cansancio. Demasiado ajetreo. —Sonrío.

—Me ha encantado verte ahí arriba, Melissa. En serio, estoy feliz de que hayas conseguido tu sueño.

Y esta vez no le replico de manera brusca. Ya no le recuerdo que antes no tenía en cuenta mi pasión. Es cierto que el odio ha desaparecido. En realidad, estoy contenta de que haya cambiado y de que piense en alguien más que en sí mismo.

—Estoy seguro de que la editora querrá contratar tu próxima novela.

—Eso espero.

La cena transcurre entre risas, charlas sobre escritura, sobre nosotros y sobre editoriales. Contamos nuestras experiencias, nuestros deseos y nuestros futuros proyectos. Uno de los editores que he conocido se interesa por mi próxima novela, pero Germán se apresura a decirle que ya está contratada, aunque es mentira. No puedo más que sentir orgullo por todo lo que he conseguido. Sí, me noto feliz, aunque una parte de mí está preocupada por Héctor.

Cuando la cena acaba ya son más de la doce de la noche. Estoy que me caigo, pero Germán insiste en que vaya con él y los otros también me piden que me anime, que baile un rato y que lo celebre con ellos. Voy a proponer a Ana que vayamos, pero no le apetece. Le aseguro que quiero estar con ella y hasta pongo la carita del gato de Shrek. No consigo nada. Supongo que lo que le pasa es que no desea estar cerca de Germán. Estamos despidiéndonos cuando él se coloca junto a nosotras. Ana lo mira con odio, y rezo para que no den aquí el espectáculo.

—Me alegro de verte, Ana —la saluda él.

—Yo no puedo decir lo mismo.

Mi hermana me da dos besos y nos deja allí. Sé que está un poco molesta, pero se le pasará. Bajamos a la primera planta, donde está la sala de baile. Ya hay bastantes personas, pidiendo en la barra o bailando.

—¿Quieres beber algo?

—Un ron con cola.

Me quedo esperándolo en una mesa, observando al resto de los asistentes. Una de las escritoras que he conocido esta noche, la que mejor me ha caído, se sienta conmigo y charla hasta que Germán regresa con nuestras bebidas. Se queda un poco más hasta que su agente la llama.

—Espero que quiera presentarme a algún editor —nos dice guiñándonos un ojo.

Germán y yo pasamos un ratito sin hablarnos, solo tomando las bebidas y mirando cómo los demás bailan y se divierten. Me doy cuenta de que está un poco contentillo porque los ojos se le achinan tal como sucedía cuando bebía un poco más de la cuenta.

—¿Te lo estás pasando bien? —me pregunta.

—Sí. Todo es perfecto.

Arrima su silla a la mía. Quiero separarme, pero tampoco tengo que quedar mal y menos delante de toda esta gente porque quizá algunos estén mirándonos.

—¿Bailamos? —Me tiende la mano.

—La verdad es que no me apetece mucho.

Saco el móvil porque me parece que ha vibrado y creo que será Héctor, pero no hay ninguna llamada ni ningún mensaje.

—Vamos, Meli, solo un poco. Como amigos —añade.

Salimos a la pista. Bailamos bastante separados, cada uno a la suya. Me entra la risa cuando empieza a hacer pasos de baile a lo *Fiebre del sábado noche*. Unos cuantos se nos unen y durante varias canciones bailamos todos juntos, riéndonos y cantando.

Sin embargo, al cabo de un rato me doy cuenta de que se han formado grupitos más reducidos y que Germán y yo hemos vuelto a quedarnos solos. Y entonces suena una de mis canciones preferidas, *Locked out Of Heaven* de Bruno Mars. Suelto una exclamación y alzo mi bebida, animada. Germán me imita y brindamos con nuestros vasos.

«*Oh yeah yeah… Oh yeah yeah… Oh yeah yeah… Never had much faith in love or miracles. Never wanna put my heart on deny. But swimming in your world is something spiritual…*» («Oh yeah yeah… Oh yeah yeah… Oh yeah yeah… Nunca había tenido demasiada fe en el amor ni en los milagros. Nunca puse mi corazón en negarlo. Pero nadar en tu mundo es algo espiritual…»)

Germán alarga una mano para que se la coja. Me digo que no tiene por qué significar nada. Solo quiere bailar. Me da una vuelta, me da otra. Río, echando la cabeza hacia atrás. Entonces me pega a su cuerpo y me hace bajar sensualmente, como si fuésemos los protagonistas de *Dirty Dancing* aquella vez… No puedo apartar los ojos de los suyos. La manera en que me mira me provoca un escalofrío. ¿Por qué tiene que bailar tan bien?

«*Cause your sex takes me to paradise, yeah. Your sex takes me to paradise and it shows cause you make me feel like I've been locked out of heaven for too long, for too long…*» («Porque tu sexo me lleva al paraíso, yeah. Tu sexo me lleva al paraíso y me demuestra que me haces sentir como si me hubieran cerrado las puertas del cielo durante demasiado tiempo…»)

Me aprieta contra él, abrazándome. Me quedo quieta, sin tocarlo, sin saber qué hacer. No parece tener intención de besarme, pero no puedo evitar ponerme en tensión. Acerca sus labios a mi oreja, provocándome cosquillas. Su cuerpo no deja de moverse contra el mío. Ya ni siquiera escucho la canción.

—Tengo algo que contarte, Melissa —me dice alzando la voz para que pueda oírlo.

Pienso que va a susurrarme que me quiere, pero eso ya lo ha hecho antes, así que no puede ser. Entonces me sorprende con su confesión:

—Sabía que la que se escondía bajo ese seudónimo eras tú. Siempre te lo oculté, pero cuando salíamos, alguna vez leí a escondidas lo que escribías. Y me jodía tanto que lo hicieras mejor que yo, que plasmaras sentimientos de esa forma tan bella en que tú solo sabes...

Intento apartarlo, negando con la cabeza, sorprendida y confundida por todo lo que está confesándome.

—Cuando el manuscrito cayó en mis manos y leí el nombre de Nora, sabía que eras tú.

Sin apenas ser consciente, mi mano le golpea la cara. Una bofetada que incluso resuena por encima de la música. Unos cuantos se vuelven hacia nosotros, mirándonos con la boca abierta, preguntándose qué sucede.

—Eres un maldito gilipollas —le digo con voz temblorosa.

Me doy la vuelta y salgo de la sala con lágrimas en los ojos.

26

Cuando esta mañana mi madre ha venido a por mí, se me ha caído el mundo encima. Hasta el último minuto he pensado que Melissa se echaría atrás y me diría que no fuera al pueblo, para quedarnos en casa y pasar el fin de semana juntos. Al despedirme, he comprendido que eso iba a terminarse, que mis huesos no podrían soportar más dolor. Mi marcha al pueblo y su viaje a Madrid ha instalado en mi mente el último resquicio de esperanza, de fuerzas y de lucha. Porque, ciertamente, ya no tengo más ganas de batallar con la oscuridad que se acrecienta en mi mente. Estoy haciéndome daño —y me gusta, me complace, me estruja los músculos y el alma, pero esa sensación, a pesar de todo, me provoca placer— y, lo peor, estoy causándoselo a ella.

El casto beso que he dejado en su mejilla debía haberle mostrado que he soltado la cuerda que me sostenía. Sin embargo, ella me ha mirado con un brillo de esperanza en los ojos y todavía me he sentido peor. Todo en mí es contradictorio. Lo fue desde que Naima me sacó de su vida y metió a cualquiera. Lo fue desde que me di cuenta de que ni mi padre respetaba nuestro amor. Es algo que no me atreví a confesar a Melissa cuando preguntó. Algo que no quiero reconocer ante mí mismo. Nunca lo he dicho con palabras, ni siquiera he dejado que mis pensamientos formasen una imagen concreta. Pero en el fondo lo sé. Sé lo que quizá pudo suceder.

Y mientras mi madre conduce de camino al pueblo, me voy hundiendo más en estas jodidas ideas que me aprietan todo el día, que me abrazan con sus podridas manos y no me sueltan. Sé que estoy volviéndome loco, que en poco tiempo perderé la cabeza del todo y no habrá manera de salir. Todos creen que estoy recuperándome. Yo mismo intenté convencerme de ello. Qué estúpido gilipollas. ¿Cómo puede recuperarse una persona que nació con la sensación de muerte acoplada al alma? Se lo expliqué una vez a Melissa, cuando le escribí aquel correo: no estoy hecho para mi vida. La llevo sostenida en la espalda y me pesa demasiado. Muchas veces me he dicho que no deberían habérmela entregado. Me habría quedado en aquella nada donde flotaba.

—Estás muy callado, Héctor. ¿Te pasa algo? —me pregunta mi madre en ese momento.

Parpadeo, confundido. Incluso me duelen los ojos de haber pensado tanto. En realidad, el dolor se me extiende por todo el cuerpo. Despierto y hay dolor. Me levanto de la cama y lo hay. Las voces de los demás se tornan dolorosas para mis oídos. Hacer un simple gesto, tragar —joder, esta es una de las cosas más horribles—, cerrar los ojos, abrirlos, hablar. Todo es extremadamente doloroso.

—Estoy bien —murmuro.

—¿No tienes ganas de ver a tus primas?

—No.

Soy sincero. ¿Para qué mentir más? No quiero ver a nadie. Si no puedo observarme a mí mismo, ¿cómo hacerlo con los demás? A la única a la que puedo soportar en mi vida es a ella, y a Melissa. Y a esta última hoy mismo estoy pensando en echarla. Joder. Maldito loco.

—¿Te has tomado la pastilla?

Mamá se detiene en un semáforo y aprovecha para lanzarme una mirada preocupada.

—Sí.

Pero no una. Dos. Y no la que el psiquiatra me había recetado, sino la jodida fluoxetina. No debería haberlo hecho, pero así soy yo. Así de autodestructivo. Lo reconozco. Me avergüenzo de ello, pero no puedo parar. Tuve que ir a buscarlas como un puto yonqui de mierda. Un amigo que es farmacéutico me ayudó. En realidad no creo que sea mi amigo. Solo le interesa la pasta. Un amigo no ofrecería a otro esas pastillas que sabe que le causan adicción.

Si no las tomara, no podría evitar los temblores. Si no las tomara, ahora mismo no podría estar aquí. Aunque quizá... quizá lo que en el fondo quiero es no estarlo. Sé que mi madre pensó que intenté suicidarme la noche de la cena de negocios. No fue así, pero últimamente no descarto que algún día pueda suceder si se me va de las manos. No haría nada por evitarlo. Las necesito en mi organismo. Es sádico, es enfermizo, pero lo único que me alimenta son los malos pensamientos, el odiarme, el tenerme asco.

Cuando estamos llegando al pueblo, el malestar se me acrecienta. No quiero ver a nadie. No podré soportar sus caras, ni tener que fingir que estoy bien, ni darme cuenta de que a los demás les va bien, que están en su lugar correcto y que yo soy una sombra que se ha metido en el mundo equivocado.

—¿Por qué me has mentido? —suelto en el momento en que accede a la rotonda.

—¿Mentido? —pregunta confundida.

—Sobre Melissa.

—No sé a qué te refieres —responde. Pero está nerviosa.

—No me jodas más, mamá. ¿Qué coño habéis planeado?

—No me gusta oírte hablar de esa manera —me regaña.

—Pues vas a tener que acostumbrarte.

—Estoy cansada de que me hables tan mal —susurra, buscando un hueco para aparcar.

—Y yo estoy cansado de mentiras. —Me desabrocho el

cinturón; siento que me ahoga—. He buscado en internet su nombre. Hoy en día puedes encontrar todo ahí, lo sabes, ¿no? —Le dejo unos segundos para responder, pero no lo hace—. Hay una presentación en Madrid, y su nombre estaba allí. ¿Se ha ido?

Mi madre no responde. Termina de aparcar con movimientos nerviosos.

—¡Contesta, joder! —grito.

—No lo sé, Héctor. —Y se apresura a desabrocharse el cinturón para salir.

Me apeo también y ya no puedo añadir nada porque nuestra familia se encuentra en la puerta de su casa, esperándonos. La mirada se me nubla. Besos, abrazos, palmaditas en la espalda, los llantos de un crío asustado. Y mi cabeza que no da para más.

—¿Cómo estás, Héctor? Tu madre nos había dicho que andabas pachucho —me saluda uno de mis tíos.

—Estoy mucho mejor. Solo era un poco de estrés a causa del trabajo. —Ya hasta se me da bien mentir.

—Si es que no tendríais que haberos ido del pueblo. Aquí todo es más tranquilo, no como allá en la ciudad, que no paráis ni un momento.

Una de mis primas se me acerca con un bebé en brazos. Se parece mucho a ella y es realmente hermoso. El chiquillo estira una manita y me roza la cara. Me quedo muy quieto, casi sin saber qué hacer, como un rematado gilipollas.

—Héctor, cariño… —Mi prima posa un beso en mi mejilla. Señala con la barbilla a su hijo y dice—: ¿A que Dani está guapísimo?

Asiento. No tengo palabras. Esta es la vida que a mí me gustaría tener. Sentir que de verdad soy querido, que todo es tan sencillo que puedo tener un hijo y darle todo mi amor. Pero jamás sería un buen padre tal como soy. Alguna vez, cuando todo iba bien, Naima y yo hablamos sobre ello. Incluso imaginamos los nombres que pondríamos a nuestros críos. Y luego... luego todo se volvió una pesadilla.

—Toma, cógelo. —Gisela, mi prima, me tiende al bebé, el cual se agarra al cuello de mi camisa y juega con él.

Lo observo con atención, fijándome en sus preciosos ojos claros y en el pelito rubio. Huele tan bien... A inocencia. A una inocencia que quizá algún día le arrebaten. ¿Por qué estoy pensando en eso? ¿Ni siquiera puedo mantenerme cuerdo unos segundos, sosteniendo a este ángel en mis brazos?

El niño me clava directamente la mirada y, durante unos instantes, me dejo llevar por ese claro mar. Pienso en cómo sería tener un hijo con Melissa. En cómo sería ella embarazada, en lo hermosa que se vería. Mi corazón palpita como un loco al imaginarme tocando su vientre, ayudándola con mis ánimos en el parto, sosteniendo en brazos al bebé por primera vez. Y entonces... entonces también me veo como un mal padre. Un padre que toma pastillas, que en ocasiones pierde la cabeza, que bebe, que rompe cosas, que insulta a la madre de su hijo, que no cuida de él.

Entrego el niño a mi prima en un gesto rápido. Gisela me mira sin entender bien lo que sucede. Pido disculpas, me excuso diciendo que me he mareado de estar tanto rato en el coche y les digo que me dejen pasar a la casa para beber un poco de agua. Quiero soledad, pero mi madre no me la da. Se pega a mis pies como una maldita lapa.

—¿Qué te ha pasado ahí fuera?

—Nada —musito, cogiendo un vaso limpio y llenándolo de agua. Me la bebo de un trago y me quedo mirando el fondo vacío, imaginando que hay en él una pastilla que ahora me vendría genial.

—¿Estás empezando a encontrarte mal otra vez? —insiste.

—¡No, joder! —le hablo fatal. Se echa un poco atrás, sacudiendo la cabeza. Quiero disculparme, pero no me sale. En estos momentos realmente la odio un poco—. Quiero estar a solas un rato. Por favor.

Al fin accede a dejarme tranquilo. Todos están fuera, así que puedo ir al salón y quedarme allí sentado en la penumbra. Me vacío. Mi mente se pierde durante un tiempo que no sé calcular. El móvil me vibra de repente. Lo saco de mi bolsillo y descubro que es Melissa. Pero ahora mismo no puedo hablar con ella... Sencillamente no aguantaría oír su voz. Así que espero a que salte mi buzón de voz y luego me guardo otra vez el teléfono.

El resto del día se me pasa como en un sueño. Bueno, no... Como una pesadilla irreal. Hay caras, hay voces, hay gente comiendo y bebiendo. Risas, comentarios sarcásticos, alegría, familiaridad. Todos están contentos de estar reunidos. Pero yo no. Yo no. Jamás podré estarlo. Y, en cierto modo, siento rabia hacia ellos porque pueden sonreír y pueden soportar sus vidas y ser felices con ellas. Y yo con mi vacío, con mis quejas, con mis pensamientos oscuros. ¿Quién soy yo, joder? ¿Por qué no puedo ser más fuerte e intentar seguir luchando?

Mi madre no deja de observarme a pesar de todo. Me anima a comer, a beber refrescos, a participar en las conversaciones. Tomo un poco de embutido, doy algunos tragos a una Coca-Cola y respondo con monosílabos. Sé que les doy pena. Puedo verlo en sus ojos. Recordarán lo que fui en el pasado y pensarán que, nuevamente, estoy convirtiéndome en esa persona. Y es cierto. Es triste, pero lo es. Y soy yo mismo quien lo está permitiendo y provocando.

—Voy a tumbarme un rato —digo cuando ya hemos terminado de cenar.

Me miran con preocupación. Mi madre se ofrece a acompañarme, pero niego con la cabeza. Quiero que deje de tratarme como a un niño pequeño, que no me controle. Si deseo joderme la vida, lo haré de todas formas. Una vez en la cama, el móvil empieza a vibrar de nuevo. Es Melissa. Espero hasta que cesa. Cuando lo hace, el corazón se me ha resquebrajado un poquito más. No puedo oír su voz porque entonces no haré lo que tengo planeado.

Necesito hablar con alguien. Con alguien que, en parte, entienda lo que siento. Con alguien que no me juzga, que no piensa que soy un fracasado y un cobarde. De modo que marco los números de mi psiquiatra. En estos momentos no está trabajando, pero él mismo me indicó que, si necesitaba algo, lo llamara.

—¿Héctor? —contesta en un tono alarmado.

—Sí.

—¿Ocurre algo?

—Estoy mal —murmuro mirando el techo lleno de sombras.

—¿Ha pasado algo en concreto para que lo estés?

—No. Realmente no... —Estoy mintiendo. Quiero contárselo. Debería. Y sin embargo, hay algo que me echa atrás.

—¿Has tomado tu pastilla?

—Sí.

—¿Has tomado la pastilla que te toca? —Ha reformulado su pregunta.

Se me escapa un gemido. Me llevo una mano a la frente y me la froto, empezando a notar un ligero dolor en ella. Él suspira. Ya me lo imagino con su severa mirada.

—¿Eso significa que has tomado más o que tú mismo has decidido qué tomar?

—Lo segundo. —La voz se me ha convertido en gravilla. Puedo notarla en mi garganta y me escuece. Me hiere.

—Habíamos mejorado mucho, Héctor —responde. Pero no noto reproche en su voz, algo que me ayuda aunque sea lo mínimo—. Has pasado unas semanas buenas. ¿Cómo es posible que hayas caído otra vez? Sabes lo que la fluoxetina te provoca.

—No puedo evitarlo. El jodido peso del mundo está aplastándome el cuerpo.

—Lo sé. Pero quedamos en que intentarías empujarlo tú.

—No puedo dejar de pensar en Melissa —digo de repente.

—¿No está ella contigo?

—Estoy en el pueblo con mi madre. Se ha empeñado en traerme.

—¿Y dónde está Melissa? —insiste mi psiquiatra. Noto algo en su voz que no logro comprender qué es.

—No lo sé.

—Sí lo sabes. Por eso estás así. Por eso te has metido en el cuerpo una fluoxetina. O más, quién sabe.

Me quedo callado unos instantes. Mi respiración se me antoja más fuerte. Me pitan los oídos. La ansiedad. La jodida ansiedad. Quiero otra pastilla. La quiero aquí y ahora. Quiero quedarme estacado en mitad de las sensaciones que me provoca.

—Está en Madrid, en una presentación —digo unos minutos después. No reconozco mi propia voz.

—¿Y eso te preocupa?

—Sí.

—¿Por qué?

No deseo decirlo. Si pronuncio su nombre, sé que no hallaré salida. Me froto los ojos. Intento tragar, pero hasta la saliva se me antoja demasiado dura.

—Porque seguramente estará él allí.

—¿Y por qué te preocupa eso? Tú confías en ella, ¿no es así?

—No del todo.

Inspira. Quedo a la espera de su respuesta, que no llega. Y yo tampoco me atrevo a decir nada más.

—Tienes que reflexionar sobre todo eso, Héctor. Decidir si su presencia a tu lado es algo bueno para ti o si no lo es. ¿Qué es lo que tú crees? ¿Puedes responderme ya o prefieres meditarlo para nuestra próxima cita?

¿Por qué no me dice de una vez lo que piensa en realidad?

Quizá como profesional no pueda hacerlo. Lo único que tiene que hacer es guiarme, intentar que yo sea quien tome mis propias decisiones, pero, ahora mismo, desearía que lo hiciera él y que me librara de ese tormento.

—Espero a la próxima.

—Está bien. —Otro silencio tras la línea—. ¿Dónde estás?

—Tumbado.

—Pues quédate ahí. No pienses en nada, solo intenta dormir. Y no pienses en ellas. Sé que es difícil, entiendo que quieres otra en tu cuerpo, pero no la necesitas. Tú eres más fuerte que ellas. Más fuerte que tu cabeza. ¿De acuerdo?

Asiento, aunque no puede verme. Se queda esperando y, al ver que no contesto, agrega:

—Llámame si necesitas hablar de algo más.

—Claro.

Cuelgo sin esperar a que se despida. No me siento mejor. Más bien al contrario. El peso en el corazón no disminuye, sino que aumenta. Sé que me quedo dormido durante un rato, que tengo pesadillas, que mi cuerpo anhela la sensación que la fluoxetina le proporciona. Logro aguantar. Y cuando supongo que es de madrugada, mi madre entra en la habitación y se sienta al borde de la cama.

—¿Estás bien?

—Sí.

Me acaricia la frente y deposita un beso en mi piel. Me entran unas tremendas ganas de llorar. Soy como un niño que solo da problemas. ¿Por qué me porto mal con aquellos que intentan ayudarme? ¿Por qué no soy capaz de darles la satisfacción de ver que me recupero?

—He llamado a Melissa.

Me incorporo en la cama un tanto preocupado. Mi madre apoya una mano en mi pecho para tranquilizarme.

—Solo quería decirle que no se preocupara. Se lo merece, ¿no? —Me aparta el cabello sudado de la frente.

Vuelvo a recostarme. Cierro los ojos, tratando de contener las lágrimas que se avecinan. Niego con la cabeza.

—No puedo más —murmuro.

—¿Cómo? —Se acerca para oírme mejor.

—No puedo continuar con la relación.

—¿Qué estás diciendo, Héctor? —pregunta asustada.

Abro los ojos y la miro. Me devuelve el gesto sin comprender. Me coge una mano.

—Melissa está ayudándote, como tu padre y yo. Si la sacas de tu vida, ¿en quién te apoyarás?

—La estoy jodiendo, mamá.

Me pasa la otra mano por la mejilla, pero me aparto. El simple contacto de otra persona me pone enfermo. Incluso el de mi madre. Y es que sé que, si todo esto continúa igual, acabaré con ellos.

—Estás intentándolo. Esto no es fácil, Héctor. Ni tampoco rápido. Pero ¿ves? Melissa te espera.

—Y no debería hacerlo.

—Héctor…

—Voy a destrozarla, mamá. Igual que una vez hice con papá y contigo. Y ninguno os lo merecéis. —Me llevo una mano a los ojos. Me los froto con tal de aguantar las lágrimas, pero no durará mucho tiempo—. No puedo olvidar lo que Naima hizo y no dejo de comparar a Melissa con ella.

—Melissa no es así…

—Mi corazón lo sabe, pero no mi mente. —Ladeo la cabeza—. No puedo seguir, mamá. Se merece ser feliz. Y quizá también sea mejor para mí alejarme de ella.

Mi madre no dice nada, pero aprecio en sus ojos la preocupación que siente por mí. Estoy tan roto… No debo romper a nadie más. Con uno es suficiente. Los quiero. Quiero a los tres. En especial a mi madre y a Melissa. Pero llegará un momento en que no podré dominarme. No deseo que mis paranoias me lleven a cometer un error. No deseo volverme loco del todo y que ella esté todavía conmigo. Porque, realmente, no sé lo que sería capaz de hacer. Si el dolor se torna furia y rabia… Entonces estaremos perdidos. Y podría cometer una locura de la que me arrepentiría para siempre.

—Quiero dormir, mamá.

Me aprieta la mano y luego asiente. Va a darme un beso, pero se lo piensa mejor. Se levanta de la cama y se dirige a la puerta. Antes de salir, la llamo:

—Solo te pido una cosa. —Al oírme se vuelve hacia mí, esperando—. Mañana llévame pronto a casa. Quiero hacer algo. Y no quiero que estés allí.

—Pero…

—Solo eso, por favor. Hazlo por mí.

Aprieta los labios, con las cejas fruncidas. Vuelve a asentir. Sale de la habitación, dejándome con la mente llena de murmullos.

Murmullos que después se convierten en gritos.

27

Me tuerzo el pie bruscamente y un ligero dolor se me extiende desde el tobillo. Sin embargo, no me detengo porque sé que Germán viene tras de mí, y ha bebido más de lo que su cuerpo acepta.

—¡No me sigas! —chillo, despertando la atención de un par de clientes del hotel que pasan por allí.

No me hace caso. Lo tengo junto a mí, intentando agarrarme para detenerme, pero consigo librarme. Corro al servicio de mujeres y él, a diferencia de lo que yo esperaba, entra también. Una señora mayor nos mira asustada, luego cambia la expresión y susurra algo como «descarados». Sale de los servicios apresurada. Me dispongo a encerrarme en uno de los retretes, pero Germán me atrapa al fin y me empuja contra la puerta. Apoya la frente en ella, con los ojos cerrados, respirando con dificultad a causa de la carrera. Mi pecho también sube y baja al ritmo del suyo. Tengo su rostro tan cerca de mí, sus labios tan pegados a mi mejilla, que no puedo más que quedarme quieta.

—¿Te acuerdas de la boda de tu prima?

Suelto un sollozo. Sé lo que va a decirme. Por supuesto que la recuerdo, pero no quiero, por favor, no quiero…

—Estabas realmente preciosa, como hoy. No pudimos aguantarnos, y fuimos a los servicios y allí hicimos el amor como dos locos. ¿Te acuerdas, Melissa, eh?

Vuelve el rostro hacia el mío. Su nariz me roza la mejilla. Intento pegarme a la puerta para que su cuerpo no me toque, pero es inevitable.

—Sí, sí… —contesto cerrando los ojos, tratando de aguantar las lágrimas.

—Porque te tengo metida en mi cabeza, gimiendo en mi oído, arañándome la espalda y rogándome que no pare… —Su voz ha adquirido cierto tono de desesperación. Y, no sé por qué, siento unas cosquillas ascendiendo por mis piernas.

—Por favor, Germán… No sigas con todo esto…

Me noto mareada por su perfume. One, de Calvin Klein. One, One, One. Ese perfume que tanto me gusta, que tanto me excitaba.

—No puedo, Melissa.

Me coge las mejillas, pasando los dedos hasta mi nuca. Su aliento impacta en mi rostro. Quiero apartar la mirada de la suya, pero sus ojos me observan de una forma que me atrae demasiado. Sencillamente, no puedo hacer esto. No es lo correcto.

—No lo hagas, Germán. No lo estropees —le ruego en un susurro que se parece más a un jadeo.

—Deseo repetir aquella noche. Hacerte el amor aquí y ahora, sentirte otra vez como antes, que grites tanto que no quiera salir de ti jamás. —Su voz suena tremendamente erótica, intensa, desesperada.

Niego con la cabeza. Trato de volverla, pero Germán no me lo permite. Cierro los ojos con fuerza, como si al hacerlo evitara que todo esto estuviera pasando, y cuando los abro tengo sus labios a unos centímetros de los míos. Le sujeto los brazos en un intento por que se detenga. Y en el fondo… en el fondo hay algo en mi estómago que está pidiendo a gritos que me bese. Todo mi cuerpo lo pide y él se da cuenta.

—Te amo, Melissa —dice.

Me besa. Primero con suavidad, tanteando, reconociendo

mis labios, acostumbrándose a ellos. Le aprieto los brazos, recreándome en sus músculos, y se emociona y me aprieta la nuca, pegándome más a sus labios. Entreabro los míos, sin apenas saber lo que estoy haciendo. Su lengua se introduce en mi boca, buscando la mía y, cuando la encuentra, la saborea. Se me escapa un pequeño gemido cuando una de sus manos baja por mi costado, acariciándomelo, presionando justo allí donde sabe que me gusta. Baja la otra mano hasta mi culo, me lo coge con las dos y me alza en vilo, empotrándome más contra la puerta, clavándome su erección entre las piernas.

Entonces reacciono. Hago fuerza y lo empujo hasta que consigo apartarlo de mí. Trata de besarme una vez más, pero ladeo el rostro y se topa con mi mejilla. Se queda apoyado en ella, jadeando, abrazándome. Niego una y otra vez, se me escapa un sollozo.

—Esto no está bien, Germán. No puedo hacerlo. Quiero a otro hombre, y lo sabes.

—No puedo vivir sin ti —murmura.

Reparo en que está llorando y se me encoge algo por dentro.

Pero esto es una locura y mi lugar no está aquí, sino con el hombre que amo ahora. Esto ha sido solo un error, un intento por recordar cómo me sentía cuando Germán me besaba. Y, al fin y al cabo, en este momento solo sería sexo porque no he notado, ni por un segundo, la explosión que siento cuando Héctor me toca.

—Vuelve a mí, Meli, por favor —gimotea como un niño pequeño.

Se me arrasan los ojos, sorprendida por su comportamiento. No soporto ver a un hombre llorar de este modo y mucho menos por mí.

—Lo siento, pero no puedo.

—¿Es por lo que he hecho? Cuando tuve tu novela entre mis manos me planteé no leerla y decir sin más a la editora que la publicase, porque así tenía una excusa para ponerme en contacto contigo. Pero te juro que la leí, que sentí con ella, que lloré, que me enfadé conmigo mismo... —Me observa con una mirada inmensamente triste.

—Te he dado la bofetada porque he pensado que la publicación se debía tan solo a eso, a que buscabas reencontrarte conmigo.

—No, Meli, no es así. —Niega con la cabeza, limpiándose las lágrimas—. Te han publicado porque eres buena, y tú lo sabes. Y yo debería haberlo admitido antes, cuando te tenía para mí y aún me querías.

—Y yo no puedo hacer esto porque amo a otra persona. Por eso, no por nada más. Pero ya es un motivo lo suficientemente importante.

—No quiero dejar de luchar —me confiesa.

—Entonces seré yo quien se aleje de ti.

Lo aparto de un empujón y abandono el cuarto de baño con el corazón en un puño.

Me llama, pero no me detengo.

—¡Joder, lo siento, Melissa, lo siento! ¿Qué más puedo hacer? ¡Me equivoqué! Fui un auténtico gilipollas. ¡No sé qué debo hacer para recuperarte! Solo sé que no puedo vivir sin ti...

Su voz se va apagando a medida que me alejo. Corro hacia la escalera y subo los escalones de dos en dos. No me detengo hasta llegar a mi habitación. Una vez que entro, me derrumbo. Apoyo la espalda en la pared y me dejo caer hasta el suelo. Me quedo sentada durante lo que me parecen horas, llorando, sacando todo lo que hay dentro de mí. ¿Por qué lo he besado? ¿Por qué me he dejado llevar? ¿Y por qué siento tanto dolor por un hombre que se supone que ya no significa nada para mí?

Cuando consigo calmarme, me levanto y me derrumbo en la cama. Me quedo boca abajo, llorando más, hasta que los sollozos dan paso a los gimoteos. Me duele la garganta y apenas puedo tragar. Al final, me detengo. Todo se detiene, de hecho, menos los pensamientos en mi cabeza. Me doy la vuelta y me pongo a mirar el techo. Entonces decido llamar a Héctor porque necesito oír su voz, serenarme con sus palabras. Desearía tanto que estuviese aquí conmigo… Marco su número y me acerco el móvil a la oreja, desesperada. Un tono, dos, tres. El buzón de voz de la compañía. ¿Por qué no lo coge? ¿Dónde está?

Minutos después, el móvil me vibra. Es su madre. Respondo con un gimoteo.

—Melissa, cariño, ¿sucede algo? —me pregunta.

—¿Dónde está Héctor? No me ha cogido el teléfono en todo el día y estoy preocupada.

—No pasa nada. Hoy está un poco pachucho, solo eso. —Hay algo en su voz que me asegura que está mintiendo.

—Pero ¿dónde está?

—Se ha acostado, tenía mucho sueño. Mañana ya os veis, ¿vale? Le diré que has llamado y que te telefonee en cuanto se levante.

Oigo jaleo de fondo, supongo que estarán en las fiestas. Nos despedimos, pero lo hago con un gran vacío en el estómago. ¿Héctor se encuentra mal? ¿Y si se ha puesto paranoico otra vez? No, no puede ser, simplemente sucede que algunos días está mejor y otros peor, y hoy es uno de esos. Pero todo continúa bien, y mañana volveré a estar entre sus brazos y toda esta pesadilla se habrá terminado porque, definitivamente, no trabajaré más con Germán.

Me quedo dormida a las tantas y, cuando suena el despertador a las siete y media, me duele todo el cuerpo. Me levanto con un enorme peso en el estómago y me ducho rápidamente. En quince minutos he terminado y estoy vistiéndome, preparada para marcharme de aquí. Lo único que quiero es regresar a casa y comprobar que Héctor está bien. Mando un whatsapp a Ana para avisarla de que la espero en el vestíbulo y pedirle que no tarde mucho.

Me miro en el espejo del ascensor y descubro a una Melissa

asustada, con unas ojeras hasta el suelo, pálida y con el pelo lacio. Nada más salir, me dan ganas de entrar otra vez. Germán está ante el mostrador de recepción, supongo que arreglando el papeleo del pago de la editorial o a saber qué. Intento ocultarme en algún rincón, pero no atino a ver ninguno, así que tengo que pasar por delante de él. Me siento en uno de los sillones del vestíbulo mientras aguardo a Ana, que es una maldita lenta. Germán termina de pagar y, al darse la vuelta, me descubre. Agacho la cabeza avergonzada, pero me ha dado tiempo a leer en sus ojos que también está abochornado e, incluso, puede que arrepentido. Empiezo a mover una pierna, pensando que va a acercarse. No obstante, pasa junto a mí con su maleta sin dirigirme la palabra, sin mirarme. Suelto toda la respiración que he estado reteniendo. Y lo peor es que, durante unos segundos, siento que me falta algo, que esperaba al menos una breve despedida.

Ana aparece diez minutos después y, al verme en ese estado de confusión, me pregunta enseguida qué sucede. Le miento. Le digo que me sentó algo mal en la cena y que me he pasado toda la noche vomitando. Sé que no me cree, pero no pregunta nada más.

En el tren no hablamos porque me quedo dormida. Sueño con Héctor, con sus preciosos ojos, con su dulce sonrisa. Sueño que hacemos el amor y que acaricia todo mi cuerpo, me besa, me dedica palabras hermosas. Sin embargo, en un momento dado su rostro cambia y se convierte en el de Germán. Me despierto con la respiración agitada, conteniendo el grito en la garganta. Ana me observa con inquietud y se ofrece a traerme una infusión.

—Me estás ocultando algo, Mel —dice severamente cuando regresa de la cafetería.

—No, de verdad. Es que estoy preocupada por Héctor, no ha contestado a mis llamadas y su madre me dijo ayer que no se encontraba bien.

Y tampoco me ha telefoneado aún. Teresa dijo que le pediría que lo hiciera en cuanto se levantase, pero ya casi estamos llegando a Valencia y... nada. Decido hacerlo yo y otra vez me sale el buzón de voz. No puedo aguantarme. Me remuevo en el asiento, suspiro, me muerdo las uñas. Quince minutos antes de llegar ya estoy plantada en el pasillo, esperando a que las puertas se abran para bajar. Ya en el andén, Ana tiene que correr para alcanzarme.

Conduzco como una loca, perseguida por las amenazas de mi hermana sobre que va a matarme si nos para la poli o tenemos un accidente. Mi cabeza está en otra parte: todavía noto en los labios los de Germán, aunque sé que solo es una sensación. Pero me siento tan culpable que me muero de ganas de llorar. A todo eso se le suma la intranquilidad por Héctor. No puedo dejar que me vea así cuando llegue a casa. Debo fingir que todo ha ido bien, que estaba esperándolo con ganas.

—¿Estás segura de que no quieres que te acompañe? —me pregunta Ana por segunda vez.

Niego con la cabeza. La llevo hasta su pueblo y apenas la dejo despedirse que ya he arrancado. Hundo el pie en el acelerador y, por fin, llego a casa. Encuentro un hueco cerca y aparco rápido y mal. Abro la puerta del edificio con mano temblorosa, me lanzo hacia el ascensor y, como está en la última planta, subo por la escalera. Espera... ¿en la última planta? Porque ahí solo vivimos Héctor y yo. Se me escapa un sollozo. Hay un pálpito en mí que me dice que está pasando algo.

Cuando entro en el apartamento, mis sospechas se confirman.

Héctor ya ha vuelto a casa. Y yo no estaba en ella.

Y, justo frente a la puerta, encuentro mis maletas.

28

Héctor? —pregunto en voz baja.

Rodeo las maletas sin comprender nada. Las manos me tiemblan aún más y por poco se me caen al suelo las llaves.

Como no me responde, lo llamo otra vez alzando la voz. Un sonido en el dormitorio me alerta. Pocos segundos después aparece en el umbral, mirándome muy serio. Tiene los ojos hinchados, señal de que ha estado llorando. Avanzo hacia él, notando una presión horrible en el estómago. Algo sucede... Algo muy malo.

—Héctor —digo con la boca seca—. ¿Qué significa eso? —Señalo las maletas.

Se queda callado unos instantes, se sorbe la nariz. Se frota los ojos y después agacha la mirada. Se apoya en el marco de la puerta, como si no pudiera sostenerse por sí mismo.

—Héctor, por favor... ¿Qué pasa? —murmuro, empezando a sentir que me falta el aire.

No. No puede ser lo que estoy pensando. No puede ser real. He vuelto a quedarme dormida en el tren y es otra pesadilla.

—Lo siento —dice en un susurro.

—¿Qué? ¿Qué sientes?

Me acerco más, pero se echa hacia atrás, impidiéndome

que lo toque. Por unos instantes se me nubla la vista. También tengo que sujetarme a la pared del pasillo para no caerme. Alzo la cabeza y lo miro con los ojos muy abiertos.

—No he podido hacer más. Te juro que lo he intentado, pero no lo consigo.

—Espera, espera. Por favor, sentémonos, hablemos sobre lo que esté pasando —le pido.

—He hablado con mi psiquiatra. Opina que esto es lo mejor... y yo también lo creo.

Me quedo anonadada. Las palabras se me atragantan. No consigo decir nada, tan solo mirarlo con expresión incrédula. No puedo creer lo que está diciendo. ¿Qué es lo que opina su psiquiatra?

—Dice que no lo superaré mientras estés a mi lado. Y... Melissa, joder, yo quería hacerlo, te prometo que quería, pero me resulta tan difícil... Te imagino a cada momento con él, hablando, riéndote, besándolo... —Le tiembla la voz.

La última palabra me sacude muy dentro porque, en verdad, hace unas horas estaba besándome con Germán. Pero no he sentido nada, no; al menos, nada de lo que me daba miedo sentir.

—Tu psiquiatra está muy equivocado —musito con voz ronca.

—También me ha contado lo de este fin de semana. —Clava sus ojos en mí y adivino en ellos un ligero reproche, aunque lo que más habita es un dolor que se me antoja infinito—. En realidad, sospechaba algo. Me parecía raro que mi madre quisiera, así de repente, llevarme al pueblo. No te culpo, Melissa. No estoy enfadado, solo... muy cansado. Me lo habéis ocultado por mi bien, y seguramente todo está perfecto, pero... yo no lo estoy. En mi cabeza podía verte con él con tanta nitidez... Acostándote con él, disfrutando. Yo... no funciono, Melissa.

Maldigo en silencio al puto psiquiatra. ¿No se supone que

lo que le contamos debe mantenerse en secreto? ¿Por qué está haciendo todo esto? ¿Por qué quiere separarnos?

—No deseaba ocultártelo, pero él me dijo que era lo mejor. E iba a explicártelo, pero luego me contaste lo del trabajo y no pude. No quería preocuparte más.

Niega con la cabeza. Ahora mismo parece muy viejo, como si hubiese vivido cientos de vidas y todas ellas terribles.

—Estoy tan agotado… Me duele todo. No puedo soportarlo. Mientras estemos juntos, seguiré recayendo una y otra vez.

—Y solo también lo harás.

—Pero no te haré daño. Si te quedas a mi lado, te destrozaré.

—Entonces, hazlo. Nos recuperaremos juntos. No quiero que sea nadie más el que me haga daño. Si tiene que hacerlo alguien, que seas tú.

—No, Melissa. Las cosas no funcionan así. Te lo dije una vez: no puedo hacerte feliz. No me permito a mí mismo serlo, ¿cómo iba a hacerlo contigo?

—¡Porque no estás luchando lo suficiente, joder! —Mis propios gritos me asustan. Héctor me mira con los ojos muy abiertos. Aprieta los labios, conteniéndose, pero yo no puedo, yo necesito descargar todo—. Estoy tratando de ayudarte… y no te dejas. Qué más tengo que hacer, ¿eh?

—Nada. No tienes que hacer nada, Melissa. Solo irte.

—¿Qué? —Parpadeo.

—Te he preparado unas maletas con ropa. Cuando quieras pasarte a por el resto de tus cosas, si es que quieres, no me encontrarás aquí, para que puedas hacerlo con tranquilidad.

—No. No… —Niego con la cabeza una y otra vez. Me molesta esa actitud de derrota, después de todo lo que hemos pasado.

—Es lo mejor para los dos. Lo sabes.

—¡No, no lo sé! —exclamo alzando la voz de nuevo. Se lleva una mano a los labios y me ruega con la mirada que la baje, pero me siento tan mal que no puedo hacerlo. La furia y la tristeza que se están apoderando de mí son demasiado fuertes—. Solo sé que quiero estar contigo, Héctor.

—Por favor, no me lo pongas más difícil —me pide con ojos tristes.

Me lanzo a él. Me cuelgo de su cuello, llorando, rogándole que no me deje.

—No me hagas esto… No puedo estar sin ti, Héctor, por favor. Luchemos juntos, déjame ayudarte.

Me coge de los brazos y trata de apartarme, pero me aferro a él con más fuerza. Forcejeamos hasta que consigue separarme. Lo miro con los ojos nublados por las lágrimas, jadeando, notando que me consumo a cada segundo.

—Vete, Melissa. Recupera tu vida y sé feliz.

—¡No quiero ser feliz sin ti! ¿No lo entiendes? ¿Desde cuándo eres un gilipollas?

Mi insulto le hace reaccionar. Sé que me he pasado, pero no reculo. Me observa con enfado, con el puño apretado.

—Lo soy desde que quedaste con el cabrón de tu ex —murmura, tratando de controlar la voz.

—Lo eres porque no luchas por superar aquello que te sucedió, porque me comparas cada día con ella, a pesar de que somos tan diferentes.

—¿En serio? ¿En serio lo eres?

Sus palabras me causan dolor, pero me digo que lo mejor es que se descargue y quizá, después de todo, recapacite y abandone la idea de dejarme.

—Sí. Nunca te he engañado. Y jamás lo haría. Te quiero demasiado para eso.

—Pero mi mente no me deja pensar con claridad. Me susurra una y otra vez que continúas sintiendo algo por él. ¿Lo ves? ¿Ves como no puedo hacer nada?

—¡Tú me engañaste con tu compañera, joder! —le suelto, desesperada.

—¡Eso no es cierto! ¡No me acosté con ella!

Sus gritos se unen a los míos. Parecemos dos bestias que han soltado para enfrentarse en un duelo a muerte. Así, al menos, es como me siento. Porque, después de esto, uno de los dos acabará muriendo, y estoy viendo que voy a ser yo. Nos lanzamos un reproche tras otro, nos insultamos, nos perdemos el respeto. ¿Cómo hemos podido llegar a esto?

—Te juro que te quiero, Melissa. Te amo más que a mi propia vida.

—Entonces ¿por qué te has propuesto destruir todo lo que tenemos? —pregunto llevándome las manos a la cabeza. Me limpio las lágrimas, pero no dejan de brotarme.

—Lo hago más por ti que por mí. Me doy igual. No hay nadie que me odie más que yo mismo. Pero no quiero odiarte a ti. Quiero mantenerte aquí. —Se lleva una mano al corazón—. Tal como te llevo ahora. Con un amor inmenso.

—Héctor, yo te quiero a ti. Tengo la esperanza de que puedas superarlo todo —susurro, a punto de dejarme caer.

—Yo no. —Agacha la cabeza.

Me rindo. Doblo las rodillas y me siento en el suelo, sollozando, temblando, tapándome la boca con las manos para ahogar los gritos que pugnan por salir. Se acerca, me abraza; me aferro a su cuerpo, clavándole las uñas en la espalda, intentando retenerlo junto a mí, tatuar en mi piel el tacto de la suya, el sentimiento que me inunda cuando me abraza.

—No me dejes ir... —Lloro, mojando su camisa—. Por favor, Héctor, permite que me quede contigo. Sé que he cometido errores, que son los que nos han llevado a esto, pero, te lo suplico, no me eches de tu vida.

—Lo siento. —Me coge el rostro con las manos, me limpia las lágrimas. Me da un beso en la mejilla que se me antoja como el de Judas—. Estarás mejor sin mí y sin mis locuras.

Niego con la cabeza. Cuando se levanta, me agarro a sus piernas como una histérica. Estoy humillándome, pero no me importa. Quiero quedarme con él, compartir toda mi vida, ver su sonrisa cada día, oír su voz, temblar con sus besos, vibrar con sus caricias. ¿Qué voy a hacer sin él?

—Detente, Melissa. No te hagas esto. No puedo verte así, joder. —Ladea la cara para no mirarme y se aparta.

Apoyo los codos en el suelo, sollozando, gimiendo de puro dolor. No lo perdí cuando pasó por el coma etílico, pero lo estoy haciendo ahora. Y, en cierto modo, me siento culpable. Me gustaría retroceder, no aceptar el maldito contrato de la novela, quedarnos en la noche de fin de año. Me levanto, temblorosa, abrazándome a mí misma. Me mira de soslayo.

—¿Qué opina tu madre de todo esto?

—Ella no tiene nada que ver. Lo he decidido yo.

—¡Lo ha decidido ese mierda de psiquiatra que tienes! —chillo, presa de la desesperación, sin siquiera pensar en lo que suelto—. Él te ha metido en la cabeza todas esas estúpidas ideas.

—Te lo ruego, Melissa, márchate. —Ahora suena seco, casi enfadado.

Me quedo plantada ante él unos minutos, esperando a que cambie de opinión. Simplemente no puedo creer que esto esté pasando. Por favor, Dios, haz que despierte de esta pesadilla. Pero no, es demasiado real; el dolor que me aprieta las entrañas lo es, su severa mirada lo es, las maletas que hay en la puerta lo son.

Al final desisto. Me doy la vuelta y camino hacia la puerta. Me trago las lágrimas que me quedan. Me inclino y cojo las maletas, pero de nuevo me echo a llorar y me tiro así un buen rato. Héctor no se acerca, se mantiene en su lugar, apoyado contra la pared y con los ojos cerrados como si no quisiera verme.

—Te amo —murmuro.

—¡Vete, joder! —ruge.

Me encojo. Me convierto en cientos de motas de polvo

que buscan escapar de este mal sueño. Esta vez, aunque las fuerzas me flaquean, consigo sostener las maletas. Las dejo en el suelo de nuevo para abrir la puerta. Espero un minuto más... Nada, no hay palabras de regreso, no hay un «lo siento, quédate, me he equivocado». Cojo aire y salgo tan aprisa como puedo, sin mirar atrás. Pero cuando estoy cerrando, mi parte masoquista alza la mirada y se encuentra con la suya. Percibo en sus ojos el amor que siente por mí y eso todavía me provoca más dolor. Cierro, sintiendo que mi vida ha terminado con esta despedida.

Espero el ascensor en silencio, con la mirada perdida. Héctor no sale a por mí. Mientras bajo, la cabeza se me llena de sus palabras y de nuestros días juntos. Lo busco luego en el vestíbulo y no está. Mi corazón había esperado que sucediese como en las historias con final feliz, en las que el chico siempre corre en busca de la chica. Pero tampoco lo hace cuando camino hacia el coche. Alzo la cabeza, ansiando encontrarlo en la ventana, pero no. Estoy sola. Cuando me meto en el coche me siento más perdida que nunca. Me quedo un buen rato sentada ante el volante, esperando que salga y me pida que suba a nuestro hogar. No sucede nada de eso y, al final, arranco el motor.

Conduzco sin un rumbo fijo. No quiero ir a mi casa. No quiero descubrirme en la soledad. Pongo la radio con tal de no pensar en nada, pero la canción que suena me martiriza.

Love the Way You Lie, de Rihanna.

«*On the first page of our story the future seemed so bright. Then this thing turned out so evil, I don't know why I'm still surprised.*» («En la primera página de nuestra historia el futuro parecía ser muy brillante. Entonces, las cosas se volvieron muy malas, y ni siquiera sé por qué estoy sorprendida.»)

Me pongo a llorar una vez más con las frases de Rihanna. Soy tan masoquista que no cambio de emisora, sino que me regocijo en el malestar que la canción me produce.

«But you'll always be my hero even thought you're lost your mind. Just gonna stand here and watch me burn. That's alright because I like the way it hurts. Just gonna stand there and hear me cry. That's alright because I love the way you lie.» («Pero tú siempre serás mi héroe aunque hayas perdido la cabeza. Solo vas a quedarte ahí mirando cómo me quemo. Está bien, porque me gusta cómo duele. Solo vas a quedarte ahí escuchándome llorar. Está bien, porque amo cómo mientes.»)

Detengo el coche en una explanada y suelto todos los gritos que he estado reteniendo. Golpeo el volante, ahogándome en mis propias lágrimas. Rihanna me inunda con sus palabras de dolor y se me antojan tan similares a las mías que no puedo evitar pensar que es una maldita broma del destino.

Llego a casa unas horas después, cuando me he vaciado por dentro. Subo la escalera que hacía tantos meses que había dejado atrás. A cada escalón, me parece que las maletas pesan más. Son los recuerdos que me llevo de mis días con Héctor. Al entrar en mi piso todo se me antoja irreal. Esta no es mi casa. No quiero que este sea mi hogar. No, no si él no está conmigo.

Dejo las maletas en la entrada. Las dejaré ahí hasta que decida regresar a por mí. Me tumbo en la cama y me paso el día mirando el techo, con las manos apoyadas en el vientre, notando cómo las lágrimas corren por mis mejillas y caen en las sábanas.

Me convenzo de que solo es una decisión equivocada, que tengo que dejar pasar unos días, quizá unas semanas, pero que Héctor volverá.

No puedo perder la esperanza.

29

Los días se me pasan como si no existiera. Voy al trabajo, sé que me ducho, que meto comida en mi cuerpo, que saludo a la gente que conozco, pero apenas me doy cuenta de nada. Por mi cabeza tan solo bucean recuerdos de los momentos que pasé con él. Sus saludos por la mañana, sus besos de buenas noches, cuando me dejaba un café recién hecho en la encimera de la cocina, los mensajes en mi móvil gastándome alguna broma, sus «aburrida», la forma en que me miraba cuando hacíamos el amor. Y en todos esos recuerdos también navegan sus duras palabras de los últimos tiempos, sus reproches, la primera vez que lo encontré tomando una de esas malditas pastillas, la fatídica noche en que pensé que su vida se me escurría de las manos, su mirada antes de que yo saliera por la puerta.

Mi mente aún no está preparada para entender lo ocurrido. Solo sabe que él no está aquí, que me acuesto y me levanto sola cada día, que tengo que hacer un esfuerzo enorme para mover el cuerpo, y que lo hago como una sonámbula. Hay días en los que le echo la culpa al psiquiatra y me siento un poco mejor. Sin embargo, la mayoría me culpo a mí misma, me repito una y otra vez que todo lo he provocado yo, que me he construido mi propio destino a base de errores.

Como no le cojo el teléfono a nadie, al final Ana acude

para asegurarse de que estoy bien. Es fin de semana y me encuentra hecha un asco, con un pijama sucio, el cabello alborotado y la cara de una muerta. Me lleva al sofá y me prepara un chocolate caliente, como cuando éramos niñas.

—Mel, ¿qué ha pasado realmente? —me pregunta apartándome el pelo de la cara.

Pero no puedo hablar. Si digo algo, el torrente de dolor que estoy conteniendo se desbocará. Lo entiende y tan solo me abraza, se queda todo el fin de semana conmigo y me cuida. El domingo me pregunta con dulzura si me apetece salir un ratito, pero niego, asustada. Es como si estuviese viviendo en mi cuerpo todo aquello que Héctor me dijo que sentía. Con lo de Germán creí que no sería capaz de superarlo, que mi vida se acababa. Sin embargo, ahora me doy cuenta de que aquello no fue nada, que exageré los sentimientos, que estaba más rabiosa que dolida. Ahora de verdad siento un dolor en el pecho que me ahoga y, por las noches, ese dolor se convierte en fuego helado que me anula la conciencia. Pienso que esta vez sí que no voy a recuperarme, que quizá, algún día lejano, recobraré los sentidos, pero que lo haré de manera callada. Jamás podré ser la misma sin él, tan solo una réplica de la Melissa que se acurrucaba en sus brazos y creía que la vida era esos momentos.

Aarón viene a visitarme el siguiente fin de semana. No me pregunta nada, así que imagino que ha hablado con Ana o incluso con Héctor. Me encojo entre sus brazos, intentando descubrir un tacto que me agrade. Pero solo es una piel que me toca, y la mía ha quedado insensible a cualquier roce. No lloré delante de Ana, pero lo hago con Aarón porque intuyo que su presencia aquí es una mala señal.

—No vendrá a buscarme, ¿verdad? —le pregunto tras soltar todas las lágrimas. Me mira atento, pero no dice nada—. No va a cambiar de opinión. Ha dejado de luchar definitivamente.

—No digas eso, Mel. Dale algo más de tiempo. Solo necesita tener una buena charla consigo mismo.

—No puedo esperar. Me estoy rompiendo —murmuro contra su pecho—. ¿Por qué los hombres a los que amo me abandonan? ¿Qué hay de malo en mí?

—No hay nada malo, nena. —Me coge de la barbilla para mirarme—. Héctor vendrá, ¿vale? Regresará a por ti. Atesora tu esperanza.

Lo hago. Trato de llevar una vida normal. Me aferro a la rutina, que es la única que consigue que no acabe perdiendo la poca cordura que me queda.

—Voy a retrasar la inauguración del Dreams —me explica, pensativo.

—¿Por qué?

—Esperaré hasta que estés preparada para abandonar este cuchitril. Te quiero allí de fiesta, sonriendo. —Me da un beso en la frente—. En serio, Mel, no desistas.

No lo hago.

Aún tengo las maletas, sin deshacer, junto a la puerta.

30

Más días que pasan. Él no ha llamado. No ha venido a buscarme. Pero continúo aferrada al amor que me prometió y no voy a soltarme. Me dijo que ambos conseguiríamos superar todo, que nuestro dolor era tan grande que solo los dos podíamos comprenderlo.

Las pesadillas oscurecen aún más mis noches. Las palabras de pánico que corren por mi cabeza me inundan. Revivo también los últimos meses de mi relación con Germán y siempre acabo llorando. Hay días en los que despierto con la sonrisa de Héctor pegada a mi piel, y esos los paso un poco mejor. Trabajo, compañeros, Dania tratando de animarme con sus bromas, Ana trayéndome comida de nuestra madre, Aarón abrazándome algunas noches para que no me derrumbe por completo. Alguna vez aprovecho para preguntarle por Héctor.

—Está bien, no te preocupes. El psiquiatra quiere quitarle pronto las pastillas.

—¿Crees que se acuerda de mí?

—Claro que sí, Mel. Todos los días.

Pero ya no estoy tan segura.

Y los colores han perdido su tono habitual y se superponen. A pesar de que el sol luce con más fuerza, ante mis ojos no es brillante. Los sonidos han bajado el volumen, simplemente son como un zumbido. El mundo se ha apagado a mi alrededor. No tengo la conciencia de existir. Solo floto.

Solo intento sobrevivir arropada por los recuerdos que me traen alegría algunas veces.

Pero, sobre todo, me acumulan tristeza.

Poco a poco voy recuperando lo que he perdido. Las mañanas y las noches continúan siendo duras, pero al menos no despierto en mitad de la madrugada para correr al baño a vomitar. Eso sí, las maletas siguen en la puerta. Alguna vez tengo que coger ropa de ellas, pero me niego a devolver todo a su lugar. Simplemente no quiero porque no considero que este sea mi hogar. Solo es una copia barata del auténtico, aquel que Héctor y yo forjamos a base de caricias, susurros, miradas y amor.

Alguna tarde, al salir del trabajo, me descubro buscando sus ojos en la calle. No quiero que se me olvide su rostro. No permitiré que su olor abandone mi piel, así que me he comprado el perfume que usa, el de Jean Paul Gaultier, y por las noches echo unas gotas en la almohada. Sé que estoy desesperada. Quizá un poco loca. Pero no puedo soltarme de la fe que tengo en que vuelva.

A mediados de mayo digo a Aarón que no debería atrasar más la apertura del local porque perderá dinero.

—Pero ¿tú vas a venir? —insiste.

—Sí, lo haré. Un ratito.

En realidad no me he atrevido desde entonces a frecuentar los lugares a los que iba con Héctor. No sé cómo voy a sentirme acudiendo a uno en el que compartimos nuestros primeros besos, nuestro primer acercamiento. En cada rincón del Dreams hay huellas nuestras, y temo vernos allí como unos fantasmas del pasado. Sin embargo, sé que a Aarón le ilusiona que yo vaya. Está haciendo demasiado por mí. No puedo fallarle.

Durante la semana intento prepararme. Al menos cuento

con la ventaja de que lo ha rediseñado y no se parecerá tanto al anterior. A pesar de todo, sé que mis ojos serán capaces de reconstruir cada detalle, cuando Héctor y yo nos sentábamos ante la barra y charlábamos con las camareras o cuando nos comíamos a besos en alguno de los sillones, incluso cuando intentaba enseñarle a bailar con más ritmo. Todo eso ya no está, pero no importa porque lo tengo guardado bien adentro para sacarlo cuando él decida que está preparado.

El sábado por la mañana Ana viene a comer a mi casa. Estoy muy nerviosa, me duele el estómago y, a última hora de la tarde, empiezo a recular.

—No sé si podré ir —murmuro con la boca seca.

—No tienes que hacerlo si no quieres.

Pienso en Aarón y en la ilusión que ha puesto en el proyecto. Debo ir, salir adelante. Puede ser un gran paso para mí. Cuando llegamos, me quedo con la boca abierta. Ahora el local tiene dos plantas. Las luces de colores y los nuevos sofás le otorgan un aspecto de lo más moderno. En el nivel inferior hay una gran pista para bailar y en el superior la gente puede sentarse y charlar de forma más calmada. También están los reservados, adonde Aarón va a llevarnos, aunque antes hace un alto en la larguísima barra, tras la cual se mueven unos cuantos camareros y camareras, todos guapísimos.

—¿Qué os parece? —pregunta orgulloso, acogiéndonos en sus brazos.

—Está genial —responde con sinceridad mi hermana.

—Estoy empezando a marearme con los colores de todas esas botellas.

Aarón ríe y nos da un beso a cada una. Está eufórico. Después nos conduce a los reservados y nos deja solas para atender unos asuntos. El nuestro es el mejor e incluso cuenta con una pequeña cama redonda morada.

—Pero ¿esto qué es? —pregunta Ana abriendo mucho los ojos.

—No quieras saberlo —le digo con una pequeña sonrisa. Y ya es mucho, porque antes al mínimo intento me dolían los músculos.

Al cabo de un ratito Dania sube la escalera, toda emocionada. Nos abraza, nos besa, chilla que está muy contenta de verme aquí. Una camarera aparece con unos cócteles de color rosa chicle. No sé de qué son, pero están buenísimos. Poco a poco la gente empieza a acudir. Los reservados van ocupándose, también los sillones de fuera, y cuando nos asomamos a la barandilla descubrimos la planta baja hasta los topes.

—Aarón sí que sabe —exclama Dania alzando un brazo y bailando.

Dos horas después está como una cuba. Ana me avisa de que se marcha porque ha quedado con Félix. La miro con esperanza.

—¿Qué tal va la cosa?

—Hemos vuelto, Mel —me dice abrazándome.

Intento devolvérselo con todas mis fuerzas, que últimamente no son muchas. Está claro que me siento feliz por ella, pero no tanto como me gustaría. Tengo apagado el interruptor de los sentimientos y las emociones.

—Te acompaño, y tomaré un poco el aire.

Fuera hay un montón de gente haciendo cola para entrar. Como llevo mi tarjetita VIP —hay que ver lo que se le ocurre a Aarón—, podré volver a pasar sin problemas. Me quedo unos diez minutos recibiendo el aire fresco de la noche y observando a la muchedumbre.

Empieza a sonar una canción que me encanta. *Human*, de Christina Perri. Decido entrar para escucharla. Camino por entre la gente, pidiendo disculpas y recibiendo algún pisotón que otro. Busco a Aarón con la mirada, para felicitarlo por la buena música y por lo maravilloso que es el lugar.

Y entonces el corazón se me para. Cojo aire y consigo notar los latidos, solo ellos en mi cabeza. Hay una figura familiar en uno de los sofás. Reconocería esa forma de ajustarse el cuello de la camisa desde muy lejos, aunque hubiesen pasado cientos de años. No puedo. No puedo. El alma se me saldrá por la boca. Me abro paso, aunque ocultándome con el alto peinado de un chico. Lo miro disimuladamente y tengo que cerrar los ojos a causa de la impresión. Sí, sin duda es él. Está más delgado, y muy serio, pero lo es. Y mi corazón está deseando lanzarse a sus brazos.

Cuando quiero darme cuenta, estoy caminando hacia él. Puede que no debiera hacerlo, puede que vaya a estropearlo más, pero lo único que mi cabeza me repite es que lo salude, que le pregunte cómo está, que intente darle dos besos. Solo quiero estar cerca de él, comprobar que es real y no el fantasma de mi imaginación. A cada paso que doy, el corazón me retumba en el pecho. Christina Perri canta a través de los altavoces, pero ya no la escucho.

Las personas que bailan me tapan, así que todavía no me ha descubierto. Me quedo quieta, sopesando lo que debo hacer. Voy, voy. Tengo que ir. He de hacerlo. Me moriré si no lo hago. Lo único que pretendo es saber si todavía guarda algo de mí en sus ojos, porque entonces podré continuar aferrándome a la esperanza.

De repente alza la cabeza, como si hubiese notado mi presencia. Me descubre. Mi corazón da un salto. Tendré que recogerlo del suelo. No aprecio nada alrededor, tan solo estamos él, yo y su mirada. Mis pies dan un paso más. Otro. Estoy acercándome a él y no habrá nada que me lo impida. Pero entonces desvía la vista, luego vuelve a posarla en mí, pero ha cambiado. No me reconozco en ella. «*I'm only human and I crash and I break down. Your words in my head, knives in my heart…*» («Solo soy una humana, y me caigo y me rompo. Tus palabras en mi cabeza, cuchillos en mi corazón…») Los sonidos regresan. La magia se ha perdido. Dirijo la mirada a donde él había puesto la suya y me encuentro con otra figura familiar, que se inclina a él. Es Amelia. Maldita sea, es Amelia.

Me llevo una mano al pecho. «*You build me up and then I fall apart. I'm only human… Just a little human…*» («Me reconstruyes y entonces vuelvo a caer. Solo soy una humana. Solo una pequeña humana…») No puedo respirar. Quiero morirme. Voy a hacerlo aquí mismo. «*I can take so much, until I've had enough…*» («Puedo soportar mucho, hasta que sea suficiente…») Sí, sin duda esto es suficiente. Lo es porque no entiendo que ella, precisamente, esté besándolo. Los labios que tanto me rozaron ahora están pegados a los de esa mujer que no puede ayudarlo. Esa mujer que está entregándole otra copa, que se comporta como una vulgar ramera. Esa mujer que no ha estado con él mientras intentaba superar la adicción a las pastillas. ¿No soy yo la que debería estar ahí? ¿No soy yo la que tendría que estar sujetándolo del cuello, sentada en sus piernas, besándolo y amándolo? Porque esa mujer no lo ama. Esa mujer no tiene clavadas en el pecho sus palabras de amor. Solo me las entregó a mí, ¿verdad? A ella no puede haberle dicho que la quiere. A ella no puede hacerle el amor como a mí. Ella va a permitirle que se destroce a sí mismo.

Ella, simplemente, no soy yo. Y él me juró que estábamos hechos el uno para el otro. Pero no soy yo, no soy yo la que está mordiéndole el cuello, la que le ha metido una mano por la camisa y le acaricia el pecho.

Doy un paso hacia atrás. Él abre los ojos y los clava en mí. «*But I'm only human…*» Yo tampoco soy una máquina. No puedo fingir más. No puedo soportar que esté mirándome de ese modo. No hay nada en sus ojos. No puedo hallarme en ellos. ¿Acaso está tomando otra vez más pastillas de las que debería? No lo sé. No quiero saberlo. Estoy cayendo. Si no salgo de aquí, estallaré en mil pedazos. Me doy la vuelta y empujo a la gente. Sé que estoy llorando, que todos me miran asustados.

Una vez que he salido tan solo veo puntitos negros ante mí. Aprecio que alguien me agarra, que me alza en brazos, e imagino que es él y me revuelvo. Lanzo alaridos, lloro, pataleo, casi nos caemos ambos. Pero entonces oigo la voz de Aarón intentando apaciguarme. Aarón, mi mejor amigo, que me lleva al callejón contiguo al local para que pueda desahogarme. Aarón, que se sienta conmigo en el suelo y me acuna con cariño. Le clavo las uñas en los brazos. Estoy desangrándome con cada una de las lágrimas que suelto.

—Lo siento, Mel, lo siento —me susurra llorando también—. Creí que... Yo... lo invité... No pensé que fuera a venir con...

Gimo. Abro los ojos, vuelvo a cerrarlos. No tengo fuerzas para nada más. Estoy aquí, tirada en el suelo. He caído. Ya no tengo esperanza. Nos quedamos un buen rato sentados en el callejón. Él con la espalda apoyada en la pared, yo sentada en su regazo, sollozando, hipando, con los ojos cerrados. Recordando como una maldita masoquista los labios de esa mujer en su cuello.

Cuando estoy más calmada y puedo caminar, Aarón me lleva hasta mi coche. Me deposita con cuidado en el asiento del copiloto y se sienta en el del conductor. Conduce hasta mi casa sin decir nada. Tan solo intento continuar respirando. No puedo hacer nada más. Llegamos y se disculpa de nuevo, me abraza, me acaricia el pelo y me besa el rostro.

—Me quedaré contigo toda la noche, hasta que estés bien —me dice.

Niego con la cabeza. Se muestra sorprendido, así que trato de explicarme. Mi voz suena ahogada, como si hubiese estado mucho tiempo debajo del agua.

—No puedo, Aarón. Quiero estar sola. Lo necesito, por favor.

—No es bueno para ti. —Me reprende con la mirada.

Tras insistir varias veces más, al final desiste. Sube conmigo hasta el piso, pero nos despedimos en la puerta. Me observa un instante y me ruega que lo llame si pienso que todo irá peor.

—No hagas nada de lo que puedas arrepentirte, Mel.

—Tranquilo, no soy lo bastante valiente para hacer eso.

—No digas gilipolleces, hostia.

Su voz dura me hace aterrizar en la realidad. Le doy otro abrazo, le agradezco que me haya acompañado hasta aquí. Tiembla entre mis manos, sintiéndose culpable.

—Estás así por mí.

—Lo hiciste con la esperanza de que pudiese salir bien, y eso es lo que cuenta.

Cuando se va, merodeo por el piso sin saber muy bien qué hacer. En el momento en que la imagen de ellos dos acude a mi mente, todas mis creencias se vienen abajo. Cojo las maletas, tiro la ropa por los aires, la lanzo contra la pared, también el cepillo de dientes que me llevé a casa de Héctor y que decidí sustituir por uno nuevo al volver aquí para no pasarlo mal. Después arremeto contra todo lo que encuentro a mi paso. Derribo un vaso que había dejado sobre la mesa. Doy un puñetazo al espejo de la entrada porque no soporto verme reflejada en él, y acabo cortándome.

Un rato después, no sé cuánto, me descubro en el suelo con la cabeza entre las rodillas, manchada de sangre. Él ha desistido. Ha dejado de luchar. ¿Lo hizo en cuanto salí por la puerta de su apartamento? ¿Cómo puede ser que me haya sustituido tan pronto? ¿Por qué ha olvidado lo que sentía por mí? Intento consolarme pensando que lo hace únicamente para no caer en el dolor, pero no sé cuál de las dos opciones es peor: la de si me quiere y está jodiéndose a sí mismo o la de si no me quiere y se jode igualmente.

Me levanto y me voy a la cama. Ni siquiera me limpio el corte de la mano. Mancho las sábanas, pero no me importa. Quizá me desangre y, de esa forma, consiga olvidarlo todo. Al cabo de un tiempo, como una sonámbula, me dirijo al comedor y saco el móvil del bolso con la mano sana. Le doy vueltas, paso los dedos por las teclas. Y al final tomo una decisión. No sé si debería dejar las cosas como están. No sé cómo terminará todo esto. Pero es lo único que me apetece hacer. No soporto esta maldita soledad.

—¿Melissa? —Su voz suena sorprendida.

—Por favor, ven.

—¿Sucede algo?

Ahora lo noto preocupado. De fondo, voces y música. Estará de fiesta.

Me echo a llorar. Durante unos segundos solo se me oye a mí sollozando, gimiendo y tratando de vocalizar.

—Vale, vale. Está bien —dice nervioso—. ¿Dónde estás? ¿Estás en tu piso?

—S-sí… —atino a responder.

—De acuerdo. Pues quédate ahí. Llegaré enseguida, estoy en tu ciudad —me informa. Oigo que habla con alguien; luego vuelve a dirigirse a mí—. No te muevas. Ya voy hacia ahí, Meli.

31

Un rato después suena el timbre del telefonillo. Bajo de la cama y me arrastro por el pasillo hasta la puerta. Le abro la de abajo, dejo entreabierta la de arriba y me deslizo otra vez hasta la cama. Tengo sueño, frío. Me duele todo el cuerpo. Apenas puedo mantenerme en pie. Sé que pronto amanecerá, pero no estoy segura de la hora que es y lo veo todo tan borroso que no puedo enfocar la vista.

—¿Melissa? —me llama. Contesto con un hilo de voz.

Al instante asoma la cabeza en la habitación. Al ver las sábanas manchadas de sangre, suelta un «¡joder!» y corre hasta mí. Me toma en brazos y me palpa el cuerpo, buscando la herida, hasta que la descubre en la mano.

—¿Qué coño has hecho? —pregunta con los ojos muy abiertos—. ¿Por qué está todo revuelto en el comedor?

No contesto. Estoy empezando a dormirme. El sueño se acerca, rápido e implacable. Ahora que él está aquí me siento un poco más segura. Germán me da un par de palmaditas en la mejilla, pero oigo su voz a lo lejos. Me sumerjo en un arrullo sereno… Y, antes de caer dormida del todo, me parece que quien está ante mí, sosteniéndome entre sus brazos, es Héctor.

Abro los ojos de golpe. El sol me da en plena cara y me molesta. Tengo la mente embotada. Me llevo una mano a la frente y me la descubro vendada. Y entonces empiezo a acordarme y las imágenes son tan nítidas que el dolor acude como un jinete despiadado. Suelto un gemido, tratando de alejarme de todos esos pensamientos, y oigo una voz familiar.

—Meli.

Me vuelvo hacia él. Germán se ha traído una silla del comedor y está sentado en ella. Me pregunto si se ha pasado ahí todo el rato, vigilándome. Lo que está claro es que ha sido él quien me ha curado la mano. Agacho la cabeza, avergonzada. No quiero que me vea así, tan deshecha, tan destrozada y miserable. Anoche me parecía una buena idea, pero no ahora con toda esta luz que entra por la ventana. Me molesta que pueda imaginarme de esta forma cuando él me dejó.

—Eh, mírame. —Se levanta y se acerca a la cama, sentándose en el borde, un poco alejado de mí.

Niego con la cabeza, me oculto el rostro con el pelo. Alarga una mano y me lo aparta, aunque lo hace con mucho cuidado, con un poco de temor. Uno de sus dedos me roza el pómulo y trato de sentir algo, pero no hay nada en mí. Me he convertido en una cáscara.

—No sé qué ha sucedido, pero estoy aquí —dice.

Alzo el rostro y lo observo, entre abochornada y confundida, como una niña tímida que se encuentra por primera vez con un adulto. Así me siento: vuelvo a tener cuatro años, cuando los monstruos del armario y de la cama me daban miedo.

Gateo por la cama y me lanzo a sus brazos. Durante unos segundos no posa las manos en mi cuerpo. Me aferro a él con el rostro escondido en su cuello y me deshago en lágrimas una vez más. Al fin, se atreve a abrazarme. Me coge de la cabeza y me aprieta contra él, intentando calmarme. Con la otra mano me acaricia la espalda.

—Chis… Estoy aquí, Meli. No voy a irme —me susurra al oído. Su voz, en cierto modo, me reconforta porque me hace pensar que no estoy sola, que alguien puede quererme aunque sea él y aunque no sea como anhelo—. Me quedaré contigo el tiempo que necesites.

—Me ha dejado —digo en un murmullo. Germán pega la oreja a mis labios porque no me ha oído bien. No me atrevo a repetir esas palabras, así que suelto otras—. Ya no está conmigo.

—Lo sé, Melissa. Pero yo sí lo estoy y no pienso dejarte esta vez.

—No lo hagas.

Le arrugo la camisa, apoyando la cabeza en su pecho. Me besa en el pelo, apoya la barbilla en mi coronilla.

—Te quiero demasiado para hacerlo —susurra tenuemente. Hay algo que se me encoge muy adentro. Suelto un sollozo. Me aprieta más contra su cuerpo—. Y esperaré lo que sea. Pero voy a curarte. Lo haré.

Se queda conmigo todo el día y me prepara la comida. Me obliga a tragar aunque no quiero. Incluso se enfada y me grita que, si no como, me meterá la comida como a un bebé. Al final consigo tragar la sopa, pero el pescado no me pasa, así que desiste. Tengo el estómago tan revuelto que, al poco rato, saco cuanto tengo dentro. No se mueve de mi lado mientras estoy en el cuarto de baño, y eso me recuerda a aquellas noches en las que yo bebía demasiado y él me sujetaba el pelo para que no me manchara con mi propio vómito.

Después pasamos la tarde en el sofá, yo acurrucada contra su brazo, pensando en lo que haré a partir de ahora. En un momento dado, me doy cuenta de que se ha quedado dormido. Es evidente que está cansado, pues no ha pegado ojo en toda la noche para cuidarme. Lo contemplo. Su pecho subiendo y bajando, sus carnosos labios entreabiertos, sus largas pestañas. Durante muchas noches y muchas mañanas, hice esto también. Me gustaba saber que respiraba junto a mí. A pesar de lo mal que me siento, aprecio que continúa siendo un hombre muy atractivo. Incluso más que antes. Por mi cabeza se deslizan un montón de pensamientos inconexos que me asustan y, al mismo tiempo, me reconfortan. Necesito curarme. Y él podría ser quien lo hiciese. Al fin y al cabo, nos conocemos bien. Solo he de desterrar lo que sucedió y quedarme con los buenos momentos.

Se remueve y abre los ojos. Me descubre observándolo y noto que me pongo roja. Esboza una sonrisa. Una sonrisa preciosa con la que me calienta el cuerpo helado.

—Hola —murmura con voz adormilada.

—Hola —respondo avergonzada.

—Creo que me he quedado traspuesto.

—No importa, está bien.

Me aparto un poco. Quiero y no quiero. Todo en mí es contradictorio. Me digo que con él podría estar bien y, al cabo de un instante, me asusta esa sensación.

—¿Quieres un sándwich?

Niego con la cabeza, pero se me dibuja una leve sonrisa en la cara.

—Siempre me preparabas uno cuando tenía exámenes y me ponía histérica. Recuerdo que tú te quedabas dormido, como hoy, y que mientras tanto estudiaba apoyada en ti.

—Me acuerdo, sí. —Su voz suena grave.

—Pero también tengo en mi cabeza los malos momentos.

—Lo sé. Y yo. Me gustaría cambiarlos, pero no puedo. Lo único que puedo hacer es intentar borrarlos, hasta que los buenos se escriban sobre ellos.

—Quiero quererte —susurro nerviosa.

—Y yo querría que me quisieras. —Se acerca a mí despacio, temeroso. Cuando ve que no me aparto, se muestra más seguro.

—Pero no va a ser hoy, ni mañana. Seguramente tampoco

será pasado. No lo conseguiré hasta transcurrido un tiempo. Quizá no pueda nunca…

—Haré lo que sea para traerte de vuelta.

Se queda a dormir. Decide tumbarse en el sofá, ni siquiera en la otra habitación. Eso me hace pensar que de verdad está tratando de recuperar todo lo que perdimos. Le llevo una manta y un almohadón, y se recuesta y me da las buenas noches con una sonrisa. Me tiro un buen rato dando vueltas en la cama, sintiéndola mucho más vacía que en el último mes. Y es que ahora, definitivamente, Héctor no está aquí ni lo estará. Me siento tan sola, tan vacía, tan perdida… Sé que jamás viviré con nadie lo que con él he tenido en menos de un año. Ni siquiera todos los que pasé con Germán pueden igualarse. Es imposible equiparar con nada la intensidad de nuestro amor, tampoco la pasión de los besos que nos dábamos ni las caricias que nos otorgábamos. Los dos nos merecíamos y, sin embargo, no está aquí para desearme dulces sueños.

Pasada la medianoche decido poner punto y final a mis vueltas en la cama. Me levanto y voy al cuarto de baño. Al observarme en el espejo me descubro agitada, con las mejillas encendidas y los ojos brillantes. He de reconocer que he estado pensando en Héctor, que he imaginado sus largos dedos recorriendo todo mi cuerpo. Y me he excitado. Me duele el sexo de lo caliente que estoy. Pero, sobre todo, tengo agujas en el corazón que me lo están descosiendo.

Se me ocurre una locura. Una locura que consigo alimentar con el recuerdo de los labios de otra sobre los de Héctor. Si él ha decidido continuar con su vida, entonces yo también debo hacerlo. Dicen que un clavo saca a otro clavo y, aunque sé que es mentira, necesito sentirme arropada, comprender que otro hombre puede amarme.

Me deslizo por el pasillo en silencio y contemplo a Germán con la luz apagada. Se ha destapado y la camiseta se le ha subido un poco, con lo que aprecio su vientre plano y trabajado. Incluso le asoma un poquito de vello púbico. Al principio no logro sentir nada, pero pongo a trabajar mi mente para que lo desee. Me acerco al sofá y me arrodillo delante de él. Paso un dedo por su piel desnuda. Se despierta y me observa confundido.

—Quiéreme —le imploro. Dios, qué pena doy.

—¿Estás segura, Meli? —Se incorpora en el sofá—. No creo que estés preparada para…

Lo cojo de la nuca y lo atraigo hacia mí, acallándolo con un beso, el cual me devuelve con premura. Me aprieta las mejillas de forma posesiva, tal como lo hizo durante tantos años. Su lengua lucha por abrirme la boca y, al fin, lo consigue. Suelto un gemido cuando entra en contacto con la mía. Él también jadea, me la muerde con suavidad. Me tumba en el sofá y se coloca encima de mí. Solo lleva un bóxer, así que su erección presiona contra mi muslo desnudo. Me sube la camiseta, descubriendo mis pechos. Acoge un pezón entre los labios, tira de él, me lo besa y lo chupa con ansia. Arqueo el cuerpo, me retuerzo y gimo. Sus dedos me acarician los pies, los tobillos, suben por los muslos, deteniéndose en la parte interna.

—He esperado tanto, Melissa… Tenía tantas ganas de desnudarte, de tenerte así una vez más… —jadea contra mis labios.

Me besa el cuello, lo muerde. Sus caricias y besos son parecidos a los que me daba cuando estábamos juntos, pero también se ha hecho aún más experto. Me gusta lo que está haciéndome, me provoca cosquillas en el sexo. Pero no noto nada en el estómago ni en el pecho. Nada similar a lo que sentía cuando hacía el amor con Héctor.

Germán me toca por encima de las braguitas, se da cuenta de lo húmeda que estoy y se apresura a meter los dedos bajo la tela. Encontrar mi sexo rasurado lo vuelve loco. Se aprieta contra mi boca, me besa jadeando, gruñendo, ansioso, con una necesidad que me turba. Llevo las manos a sus calzoncillos, las meto por ellos y le acaricio el trasero. Se le ha puesto bastante duro. Es agradable, pero en realidad, no lo reconozco.

—¿Estás segura, Meli? —me pregunta una vez más mientras le ayudo a bajárselos.

Asiento con la cabeza. Solo quiero comprobar. Solo quiero saber que podré disfrutar del sexo sin ningún temor, que voy a dejar que me amen.

Sin embargo, cuando lo noto en mi entrada, algo se me descuelga por dentro. Algo que me oprime el pecho, que sube por el cuerpo y me hace temblar. Es miedo. Es asco. Es arrepentimiento y culpa. Aparto a Germán de un empujón con la respiración agitada. Me mira asustado, sin saber qué hacer.

—No puedo. Lo siento, no puedo —digo entre jadeos.

He sentido que estaba engañando a Héctor. Me he dado cuenta de que los dedos de Germán no pueden sustituir los suyos. Voy corriendo al baño y vomito la cena. Germán me llama desde fuera, preocupado, pero le ruego que no entre. Me quedo con la cabeza apoyada en la fría cerámica, tratando de recuperar la cordura.

Pero es que estoy loca por Héctor. No sé qué haré sin él, aparte de ir muriéndome poco a poco.

32

Intento acostumbrarme a su presencia en mi piso. En realidad, se lo he pedido. Estoy tratando de meterlo en mi vida, aunque sea a presión. Tengo que quererlo a él, no a ningún otro hombre desconocido. En el fondo, mi parte malvada me dice que lo hago para no estar sola. Me obligo a no pensar en ello, a dejarme llevar simplemente.

Poco a poco vamos haciendo las mismas cosas que antes, aunque modificando algo para reconstruir la relación. Una noche acudimos a cenar al restaurante en el que solíamos celebrar nuestro aniversario. Lo hacemos como amigos, al menos eso es lo que le he rogado, y él ha aceptado. Pedimos el vino que a ambos nos gusta y la pasta que compartíamos. Al comienzo de la cena me siento incómoda, como si no perteneciese a este lugar, como si estuviese en el cuerpo de otra persona. Sin embargo, Germán logra hacerse conmigo a medida que la velada avanza. Me gasta bromas, me habla con ternura y se preocupa todo el rato por mí. Lo está intentando, y mucho. Y ya por eso se merece que le dé otra oportunidad. Creo que ambos la merecemos.

Otra noche vamos al cine al aire libre a visionar una película alemana en versión original. Comemos palomitas y bebemos Seven Up, y casi me siento como una adolescente. Incluso movemos el coche a un rincón más apartado y allí nos besamos. Pero cuando sus manos alcanzan mi piel, el pánico vuelve a apoderarse de mí y tenemos que parar.

Llega junio y me propone hacer juntos un viaje. Me niego al principio, pero al final acepto. No explico a mi hermana adónde voy. Ni siquiera se lo cuento a Aarón o a Dania. Me da miedo que no lo entiendan, y sé que Ana se cabrearía demasiado. Nos vamos a hurtadillas y, en el fondo, eso despierta algún sentimiento en mi interior, porque me recuerda a las tonterías que hacíamos para estar juntos a costa de lo que fuese. Ha alquilado una casa rural, pequeñita y preciosa, pero no puedo evitar acordarme de la vez que estuve en la montaña con Héctor. Ese fin de semana maravilloso que no voy a repetir nunca. Me maldigo a mí misma porque todo me recuerda a él. Cualquier tontería, cualquier gesto, cualquier palabra.

Germán me nota taciturna y trata de alegrarme por todos los medios. Realmente está esforzándose muchísimo, y se lo agradezco. Durante los últimos meses que estuvimos juntos no se preocupó tanto por mí ni un solo día. Tengo que olvidar. Olvidar todo, y continuar adelante. Me conoce, me comprende, sabe lo que me gusta y lo que odio, sabe que me encanta ducharme con agua hirviendo, que tengo muchas cosquillas en los pies y que he visto *Dirty Dancing* unas cincuenta veces y me sé los diálogos de memoria. Sin embargo, tampoco nos acostamos. Todavía no estoy preparada. No puedo creer que esté aguantando tanto, ya que sé que se muere de ganas por tocarme, por besarme por todos mis rincones, pero se contiene. Y encima se tumba a mi lado y me abraza, luchando para que su erección baje. La cuestión es que me excito, que sus besos logran despertarme un poco, pero en cuanto siento que va a introducirse en mí, algo me encoge y me pongo histérica.

Voy acostumbrándome a él. A su olor. A su voz. A sus idas y venidas. A su manera de saludarme, con ese intento de beso que no llega, como cuando éramos universitarios. En realidad conozco todo eso, lo había escondido y estoy desenterrándolo y, en el fondo, no está tan mal. No lo quiero. No como antes, al menos. No como a Héctor. Pero le tengo cariño, me gusta física y psicológicamente, y empiezo a sentirme más tranquila estando con él.

—Esta vez no te dejaré escapar —me dice a menudo, en esos momentos en los que hemos intentado hacer el amor y no he podido—. Eres la mujer de mi vida, y lo que más lamento es haber tardado tanto en darme cuenta.

Decido meterlo en el grupo. Una noche quedamos en el Dreams todos los amigos y lo llevo. Aarón y Dania se quedan de piedra cuando lo ven, pero la que se pone como un basilisco es Ana. Me mira como si estuviese loca, ni siquiera lo saluda. Se levanta y se larga a la planta baja. Dejo a Germán con Aarón y Dania, corro tras mi hermana y la alcanzo en la pista. Las personas que bailan alrededor nos empujan. Ana está rabiosa y se suelta de mí con fuerza.

—¿Qué estás haciendo, Mel? ¿Es que quieres arruinar tu vida?

—Intenta entenderme —le suplico.

—No pienso aceptarlo nunca. Tenlo muy claro. Seguirás siendo mi hermana, pero él no será nada mío y jamás permitiré que esté cerca de mí.

Sus duras palabras me dejan estacada en la pista, siendo movida por unos y otros, observando su marcha. Cuando regreso arriba, Dania y Germán charlan de forma animada. Bueno, al menos hay alguien que sí puede aceptarlo. Aarón me indica con un gesto que me siente a su lado. Me pasa un brazo por los hombros y apoyo la cabeza en el suyo. Acerca su boca a mi oído y me pregunta:

—¿Estás segura de lo que haces?

No respondo. Me acaricia la cabeza. Me fijo en que Germán nos mira. Me parece que está un poco celoso, pero me sonríe. Yo también. No me siento tan mal estando aquí con él, casi me parece que forma parte del grupo desde siempre, como todos nosotros.

—¿Lo has visto? ¿Sabes algo de él? —pregunto a Aarón, desesperada.

—Sí, Mel. Hemos quedado alguna que otra vez.

—Dime cómo está, por favor. ¿Sigue con… ella?

—No te martirices.

—¿Ha vuelto a tomar pastillas?

—Olvídalo, ¿de acuerdo? Intenta rehacer tu vida con Germán. No parece tan mal hombre como todos pensábamos.

—Estoy intentándolo, joder. Pero solo quiero que me digas cómo está. Lo necesito. Por favor…

Me mira con los ojos tristes. Niego con la cabeza, incrédula.

—Sigue en tratamiento. Y ya está, Mel. No voy a contarte nada más.

El resto de la noche me la paso con ganas de llorar. Aarón asegura que no tendría que haberme explicado nada. Germán se sienta a mi lado, me abraza, me besa en la mejilla delante de ellos. Dania da grititos cada vez que se muestra cariñoso. Aarón nos mira con una ceja arqueada, pero sé que, en el fondo, lo aceptará porque lo único que quiere es verme feliz.

El verano nos saluda con ganas. Decido retomar la novela, ahora que me siento con más fuerzas. Germán llega ese mismo día con buenas noticias: la segunda edición de mi primer libro. Salimos a celebrarlo: nos vamos a la playa para pasar allí la noche. Llevamos unos bocadillos, unas cuantas cervezas y la esperanza de que cada segundo sea mejor.

La luna nos ilumina mientras nos damos un baño después de cenar. Es todo demasiado romántico, pero apenas reparo en nada. Mi cuerpo lucha por sobrevivir, por imponer a Germán sobre las huellas que Héctor dejó en mi piel y en mi alma. Nos besamos dentro del agua. Primero con lentitud, traspasándonos el sabor de cada uno, jugando suavemente con las lenguas tibias. Después, con más ganas: mordiscos, jadeos, palabras de amor por su parte. La necesidad que me muestra hace que decida pasar página y recomenzar.

Me saca del agua en brazos y me deposita con cuidado sobre la toalla que hemos traído. Estamos empapados, un poco temblorosos, respirando con dificultad. Me acaricia de arriba abajo, besa cada poro de mi piel, deja un rastro de saliva que se mezcla con las gotitas de mar. Lo imito, y mi lengua se lleva una mezcla de sal y de excitación. Pongo las piernas alrededor de su cintura y lo atraigo hacia mí. Su sexo roza el mío, que palpita expectante. Creo que por fin estoy preparada, que esta vez las náuseas no me inundarán.

Tantea mi entrada, un poco asustado. Echo el cuerpo hacia delante, demostrándole que puedo hacerlo. Se mete en mí con mucho tiento. Un sinfín de recuerdos acude a mi mente. Cuando lo hicimos por primera vez, llevándose mi virginidad consigo. La pasión que poníamos en cada uno de los encuentros. Las sábanas que dejábamos atrás manchadas de nuestro amor. Y las veces, muy pocas, en las que lo hicimos en los últimos tiempos: él distante, yo intentando acercarlo a mí.

Esta noche me hace el amor como cuando nos amábamos. Me besa una y otra vez, me susurra que me quiere, que no existe otra mujer para él, que soy la única que puede hacerlo feliz. Mi sexo se acostumbra al suyo, va recordando también la familiaridad que me había abandonado. Las paredes se abren con cada uno de sus empujes y, por fin, noto algo de placer. No demasiado, pero ahí está. Y quizá, con el tiempo, las heridas se curen y pueda disfrutar como antes.

—Estar dentro de ti es el paraíso, Melissa —me susurra al oído, entrando y saliendo de mí con una ternura que me sorprende.

Gemimos al unísono. Lo beso con tanta intensidad como él a mí, abandonándome a sus caricias, depositando en sus miradas toda mi fe. Me acaricia el rostro, observándome con una adoración que me hace sentir culpable. Deseo entregarme toda a él, pero aún me cuesta, todavía no puedo hacerlo por completo.

Sus sacudidas se convierten en embestidas. Me sujeta de las nalgas y mueve las caderas en círculos, tal como sabe que me gustaba. Noto placer, pero no es para nada como antes. No se acerca ni de lejos a los estallidos que compartí con Héctor.

—Voy a correrme, mi amor —jadea junto a mi oído. Su voz preñada de ansia consigue excitarme un poco más.

Clavo los dedos en su ancha espalda, a la par que él los hunde en mi trasero. Su sexo me devora y, al mismo tiempo, me demuestra que esta vez no se marchará, que realmente me ama.

Se deja ir con un gemido, con la boca entreabierta y los ojos entrecerrados, pero sin apartar su mirada de la mía. Lo acompaño en los jadeos, sacudo las caderas y arqueo el cuerpo. En realidad, estoy fingiendo. No he tenido un orgasmo. No he volado como lo hacía antes.

—¿Te has corrido tú? —me pregunta mientras trata de recuperar la respiración.

Asiento. Me cree. Se queda un rato encima de mí, abrazándome. Su peso se me antoja irreal. Continúo siendo una cáscara vacía, pero, al menos, he conseguido avanzar un poco. No debo perder la esperanza.

Después se tumba a mi lado, pasándome un brazo por debajo del cuerpo y rodeándome con el otro. Me da tiernos besitos en el cuello, me hace cosquillas en él con la nariz.

—Te quiero. Cariño, cómo te amo...

Me acaricia la mejilla, clavando su intensa mirada azul en la mía. No le contesto. Tampoco me lo pide, simplemente se queda acostado a mi lado, dejando una estela de caricias en mi cuerpo desnudo. Me quedo amodorrada un rato, hasta que me despierto y me doy cuenta de que no está. Me asusto, el corazón me da vueltas en el pecho. Pero lo descubro bañándose en el mar. Lo espero sentada. Está amaneciendo. Cuando regresa, se sienta y se inclina para besarme. Recibo sus labios con necesidad, porque por unos momentos había pensado que me había abandonado otra vez.

—Tengo algo para ti, Meli —me dice mientras lo abrazo con todas mis fuerzas.

Saca una cajita de la mochila que ha traído. Abro mucho los ojos, con una tremenda agitación en el pecho. Se me queda mirando, y observo todo el amor en sus pupilas. Es para mí y, a pesar de todo, no puedo recibirlo como él querría. Acerca la cajita a mi rostro y la abre. Es un anillo con una preciosa piedra. Es pequeña y blanca, sencilla, como a mí me gustan. No es la que compré en nuestro otro intento fallido.

—He decidido que tenemos que empezar del todo, Melissa. Por eso te he comprado un anillo distinto.

Lo saca de la caja, me coge la mano y lo deposita en ella. Lo observo sin decir palabra, con el corazón revuelto.

—Yo...

—Esto no significa que tengas que decirme hoy sí. Ni siquiera el mes que viene o el siguiente. Tan solo es para que sepas que estoy dispuesto a todo, que te espero y que quiero compartir mi vida contigo. Simplemente es una muestra de que en esta ocasión no voy a recular. Eres tú quien tiene que decidir, pero con calma.

Y sé que va en serio. Más que nada porque la vez anterior fui yo quien le pidió matrimonio. Y él me dejó plantada. Que ahora sea él quien esté entregándose a mí de esta forma quiere decir que de verdad continúa amándome.

Le permito deslizar el anillo en mi dedo. Me lo quedo mirando un buen rato. Es muy bonito. Me queda muy bien. Esbozo una sonrisa triste.

—Ni siquiera significa que tengas que decidirlo algún día, te lo aseguro. Solo es un símbolo de lo que siento por ti. Ya veremos lo que pasa después.

Lo abrazo.

Y enrollados el uno al otro nos sorprende el amanecer.

33

Un año después

Estoy tecleando como una loca. He empezado a escribir mi tercera novela y me hallo en una especie de ataque de musas. Mi madre está en la cocina, preparándome la comida. Últimamente se pasa mucho por aquí porque dice que, entre unas cosas y otras, no estoy comiendo nada. Es normal que esté nerviosa: debo mantener un nivel en mis escritos y tengo miedo de no satisfacer las expectativas de mis lectoras y lectores.

La primera novela llegó a la sexta edición. Fue un éxito. Pero todos esperamos que la segunda, que se publicará dentro de unos meses, la supere. De momento, los derechos se han vendido a varios países. Cada día me meto en facebook para saludar a cuantos me siguen, y para darles las gracias por mantener mi sueño y por hacerlo más grande cada día. Aún no me creo lo que está pasándome.

Hace dos meses dejé la oficina. Me organizaron una gran fiesta de despedida y mi jefe me hizo llorar alabando mi trabajo y rogándome que volviese algún día. Me habría encantado continuar con ellos, pero no podía mantener el trajín, así que tuve que tomar una decisión, y creo que ha sido la correcta.

Dania me llama casi a diario. Me cuenta chismorreos de la

oficina. Me dice que la nueva correctora es un poco patosa, que el jefe la regaña mucho porque se pasa por alto errores que cualquiera vería. Esa «cualquiera» soy yo, lo sé. También me explica los avances con su nueva relación. Llevan medio año juntos y en verdad es sorprendente. Pero está emocionadísima e incluso habla de boda.

Aarón y yo quedamos todos los fines de semana y tomamos una cerveza. Desde hace mucho no le pregunto por Héctor. He conseguido habituarme a mi vida. En realidad, he logrado sobrevivir y con eso me basta. Quiero continuar observando el presente, y no el pasado. He aprendido de mis errores y me he hecho mucho más fuerte.

La única que apenas me habla es Ana. Desde que supo que Germán y yo habíamos vuelto y que íbamos en serio, está enfadada. Se casó hace unos meses; fue una boda sencilla en el juzgado, y me sorprendió muchísimo puesto que mi hermana siempre había deseado una por todo lo alto… Pero parece que todos hemos cambiado. Acudí, por supuesto acudí, y a pesar de que lo hice sin Germán, Ana se mostró fría conmigo. Eso me puso muy triste, pero mi madre no deja de insistir en que se le pasará pronto. Es precisamente mi madre quien me cuenta sobre su vida, quien me ha explicado que Félix y Ana están buscando un bebé. Me alegro tanto por ellos… Aunque desearía tenerla a mi lado, apoyándome en estos complicados momentos.

Puedo decir que, en cierto modo, Germán está haciéndome feliz. Feliz a mi manera, porque no estoy segura de poder serlo del todo. Pero, al menos, he vuelto a sonreír, a arreglarme, a redescubrir los colores y a ser yo misma… o casi. Cuando hacemos el amor nunca consigo llegar al orgasmo, y es algo que me frustra. Intenta por todos los medios que goce, pero no hay explosiones, no hay estallidos de luz, no hay vibración. Aun así, he aprendido a quererlo otra vez. Y el tiempo hará el resto.

—¡Mel, no encuentro el tomate! —grita mi madre desde la cocina.

—Será que no hay —respondo, poniendo el punto final a otro capítulo.

—Pues entonces tendré que bajar a comprar, porque si no, no sé con qué voy a hacer los macarrones... —Se asoma al despacho.

Minutos después, oigo la puerta. El silencio regresa al piso. Germán no volverá hasta la tarde, pues, desde que mi novela fue un éxito, la editorial tiene más trabajo que de costumbre recibiendo manuscritos. Y eso es mucho, porque antes ya era de las mejores, pero la editora jefe ahora está que lo da todo. Me recuesto en la silla giratoria, alzando los brazos por encima de la cabeza, y me estiro. Dejo que los agradables rayos de sol incidan en mi cara. Hacía tanto que no los notaba que, cada vez que lo hago ahora, sonrío.

Me coloco de nuevo en posición para continuar escribiendo. Y entonces el pitido del correo me avisa de que ha llegado uno nuevo. Al abrir la página, el corazón me da un vuelco. El remitente no es otro que hectorplm@love.com. Las manos me tiemblan cuando paso el ratón por encima de su nombre. No debería abrirlo. No tengo que hacerlo. Hace tanto que no nos vemos... Más de un año es mucho. Más de doce meses es toda una vida. Pero al final caigo. Abro el mensaje con el estómago ardiendo.

De: hectorplm@love.com
Asunto: Tú

Hola, Melissa:

¿Cómo te va todo? Creo que muy bien, a juzgar por las noticias que me llegan de ti. Te veo cada día en el escaparate de una librería por la que paso para ir al trabajo. Has conseguido ser una autora reconocida y me alegro mucho por ti. Yo continúo con lo mío, dirigiendo, que es lo único que se me da bien.

Al final conseguimos cerrar aquel trato, ¿lo recuerdas? La revista escaló muchos peldaños y ahora tenemos presencia en más países.

He leído que este año sacarás una segunda novela. Me imagino que será aún mejor que la primera, y que habrás madurado como escritora. Supongo que también lo habrás hecho como persona. Por eso, hay algo que no entiendo.

Te he leído en algunas entrevistas. Te he visto en fotos, sonriendo. En alguna, salías con él. Así que estuve dando la lata a Aarón y, al final, tuvo que confesar. Me contó que, dentro de unas semanas, vas a casarte. Y lo que más me sorprendió es que lo hagas con él. No te comprendo, Melissa, de verdad. ¿No te hizo tanto daño? ¿Cómo has podido perdonarlo? Me dijiste, más de una vez, que no sentías nada por él. Supongo que mis sospechas fueron acertadas y que continuabas reteniéndolo en tu corazón. Y yo, ¿dónde he quedado?

No te escribo este correo para pedirte nada. No voy a rogar por tu perdón. Ambos nos equivocamos, cometimos errores, y el destino nos llevó por caminos separados. Aquella noche que nos vimos en el Dreams estuve a punto de salir a buscarte. Pero no quería hacerte más daño, aún no había superado nada. Había vuelto a tomar más pastillas. Por eso, esa noche pensé que era demasiado tarde para traerte a mi lado.

Quería enviarte un correo en el que iba a felicitarte por tu inminente boda. Sencillamente, no puedo. Me alegro de que estés intentando ser feliz, y te juro que me parecería bien si te casaras con otro hombre. Pero no con él. No te diré que te hará daño, porque confío en que no será así. Tus sonrisas en las fotos demuestran que estás bien y que, de algún modo, él lo ha conseguido. Muchos días pienso que debería haber sido yo quien te dibujara esa sonrisa, pero, ya ves, se fue todo a la mierda. Puede que fuese yo el que lo echase a perder, ya no estoy seguro de nada.

Estoy tan rabioso… No estoy enfadado contigo, sino con el mundo en general. Bueno, en realidad no lo sé. Puede que sí lo esté, que esté furioso contigo, con tu ex, que va a convertirse en tu marido, y conmigo mismo por haber sido un puto gilipollas. ¿Qué coño hago ahora conmigo?

Siento este correo. Sé que no debería enviártelo, pero mis dedos se han empeñado.

Sé feliz, Melissa. Te he querido tanto que es lo que más deseo, aunque sea con él.

Héctor

P. D.: No he tomado más pastillas de esas que no debo desde hace más de cinco meses. Todo un logro, ¿no?

Me pilla totalmente desprevenida. Y cuando quiero darme cuenta, estoy llorando. Llevaba sin hacerlo meses y, ahora, me deshago otra vez. ¿Cómo se atreve a escribirme algo así, después de tanto tiempo, tras haberme dado una patada? ¿Cómo se atreve a decirme que está enfadado porque he decidido continuar con mi vida?

Me levanto y doy vueltas por la habitación. Confundida, enojada, con esa sensación de horrible vacío en el pecho. No voy a contestarle. Borraré el correo y, sí, continuaré con mi vida. Me lo merezco. No puedo con esto. No cuando estoy volviendo a ser yo.

En ese momento mi madre regresa del supermercado. Corro al cuarto de baño, me refresco los ojos y trato de poner mi mejor cara. Pero, como me ha parido, me conoce perfectamente y se da cuenta de que me pasa algo.

—¿Estás bien, cariño? —me pregunta mientras me sirve un plato de macarrones.

—Estoy un poco estresada —miento.

—Es normal. Con todo esto de la novela y de la boda, no sé cómo aún no has caído mala.

Al principio a ella también le disgustó mi decisión de casarme con Germán. Pasaron las semanas y los meses, y se hizo a la idea. Y lo cierto es que él ha puesto todas sus ganas en camelársela, y lo ha conseguido. No tanto con mi padre, pero como él solo quiere verme feliz, lo acepta.

—Pero no te preocupes, que ya está todo solucionado. Tu suegra y yo nos hemos encargado de que todo esté perfecto. No tienes que preocuparte por nada, solo disfrutar de estas semanas que quedan y, por supuesto, brillar en tu día.

Me acaricia la mejilla. Le beso la mano.

—¿Sabes si Ana vendrá o qué?

—Tú tranquila, que lo hará. Es tu hermana y te quiere. ¿Cómo no va a acompañarte en el día más importante de tu vida?

En realidad, no sé si lo es. Estoy contenta y tengo ilusión, pero no es como esperaba. Y ahora que he recibido ese correo, el temor está volviendo a inundarme. Cuando mi madre se marcha y me quedo sola, releo las palabras de Héctor y lloro otra vez. Soy gilipollas, de verdad que lo soy.

Germán regresa con una rosa. Me la entrega junto con un apasionado beso. Por la noche hacemos el amor, pero, como de costumbre, no siento nada. No hasta que empiezo a pensar en Héctor, en su manera de tocarme y mirarme, en sus susurros calientes que me hacían vibrar. Y, por primera vez en tanto tiempo, me corro. Aunque lo hago de manera callada y tímida.

Al día siguiente Germán me acompaña a probarme el vestido de novia para que realicen los últimos retoques. Me observa con ojos brillantes y una ancha sonrisa. Me hace dar una vuelta.

—Sin duda, la mujer más hermosa del universo. Y eres mía.

Me estrecha y me besa delante de la dependienta, que sonríe embobada, como si nuestra historia fuese la mejor. Si ella supiera…

Las semanas pasan. Me he obligado a olvidar el correo de Héctor. Es más, lo borré para no leerlo más porque sabía que podía caer en cualquier momento.

Por las noches pienso en él… Me duermo con sus ojos en mi cabeza y consigo tener plácidos sueños. Me despierto abrazada a Germán y me digo que todo está en su orden, tal como tiene que suceder.

34

Me miro en el espejo una vez más. Observo con detenimiento el hermoso peinado que me han hecho, el tenue maquillaje que me cubre las ojeras. No he pegado ojo en toda la noche. Creo que Germán también ha dado un millón de vueltas. Ambos estamos terriblemente nerviosos.

Mi madre me ayuda a ponerme el vestido. Es precioso, pero no me siento preciosa con él. No sé si es con el que me habría gustado casarme. Pero ahora ya está hecho, y no puedo cambiarlo, aunque quizá soy yo quien está en un lugar equivocado. Mientras termino de arreglarme, mi madre llora. La abrazo y le limpio las lágrimas.

—Estás tan bonita, cariño… Mi niña, que se ha hecho tan mayor y fuerte.

El coche viene a recogernos. Al salir, hay un grupito esperándome. Son Dania, Aarón y, para mi sorpresa, Ana. Nada más verla, salgo corriendo hacia ella y la abrazo. Ella me estrecha con fuerza. Lloro, y mi madre me regaña porque dice que se me va a correr el maquillaje.

—Has venido —le susurro.

—No podía faltar. Eres mi hermana. Te adoro… y quiero que seas feliz. Ya sabes que no me hace gracia… Pero conseguiré acostumbrarme.

Le lleno el rostro de besos. Después es Dania la que me

abraza y me desea buena suerte. Aarón me sujeta de las mejillas y me observa un buen rato.

—Cualquier hombre querría estar en su lugar. —Me guiña un ojo. Me echo a reír, y él deposita un suave beso en mi mejilla.

El siguiente en darme su cariño es Félix. Le susurro que estoy muy contenta de que mi hermana y él estén buscando un bebé. Me guiña un ojo él también… En ese momento comprendo. Me vuelvo hacia Ana con la boca abierta, y ella sonríe con timidez. ¡Ni mi madre lo sabe aún! Menudo regalo de boda más perfecto.

Subo al coche entre vítores y palmadas. Mis padres se acomodan a mi lado. De camino a la iglesia me pongo más nerviosa. Cierro los ojos y cojo aire, después lo suelto con tal de serenarme. Cuando llegamos hay un montón de gente esperando fuera. Casi todos vienen de parte de Germán. Sus padres se acercan a mí para abrazarme.

—Estoy tan feliz de que hayáis decidido dar el paso otra vez… —me dice su madre con los ojos bañados en lágrimas—. Te agradezco que le hayas dado una segunda oportunidad, Meli. Él te quiere muchísimo.

Le dedico una sonrisa nerviosa. Los invitados van entrando en la iglesia. Me quedo fuera esperando con mi padre, que me aprieta la mano trasmitiéndome su cariño. Me susurra un «te quiero» y se lo devuelvo con la mirada.

Nos acercamos a la entrada y, al fin, suena la música. He elegido *Lascia ch'io pianga*, una de mis arias preferidas de Händel. Con los primeros acordes avanzamos por la nave de la iglesia. Me aferro a su brazo y me aprieta la mano para que me tranquilice. Todo el mundo está mirándome, incluso algunas personas que no conozco.

Y allí, frente al altar, está Germán, esperándome con una sonrisa en el rostro. Debo reconocer que está guapísimo con el traje y que no puede brillar más. Su expresión de satisfacción y orgullo me llena y, al mismo tiempo, me pone nerviosa.

Mi padre y yo seguimos el ritmo pausado de la música. La voz de la cantante llena la sala y algunas personas empiezan a emocionarse, en especial las mujeres, que sacan un pañuelo del bolso. Unos me miran y me sonríen, otros me susurran que estoy preciosa. Aarón y Dania esperan en la segunda fila y, cuando me acerco a ellos, me fijo en que mi amiga también está llorando. La que decía que nunca lo haría en una boda. Hala, pues ya ha sucumbido. Y Ana y mi madre también están deshechas en lágrimas de emoción. Hasta Germán tiene los ojos humedecidos.

La canción se acaba y mi padre me deja, despidiéndose de mí con un suave beso en la mejilla. Cuando alzo la cabeza y miro a Germán, me susurra que me quiere. Le sonrío, un tanto tímida… No, en realidad no es timidez sino nervios. Incluso estoy un poco mareada.

El sacerdote empieza a hablar, pero la verdad es que no oigo nada. Ante mí solo están los ojos de Germán y, en mi cabeza, el correo de Héctor. Un torbellino de sensaciones acude a mí. Comienzo a dudar de todo lo que he estado haciendo. No me siento yo, no me veo reflejada en los ojos de Germán. Observo a unos y a otros; a mi madre, que no para de llorar en la primera fila; a mi hermana, que me observa con emoción; a Dania y a Aarón, que sonríen. Miro a todos los asistentes y no reconozco el lugar. Me miro a mí misma, contemplo mi vestido, el ramo que llevo entre las manos, las cuales me tiemblan.

Cuando quiero darme cuenta, Germán está poniéndome el anillo en el dedo y jurándome amor eterno. Después me entrega el suyo para que se lo ponga y para que haga lo mismo. Las manos se adelantan solas, pero todo mi ser grita para que me detenga, para que pare esta locura. Aun así, se lo pongo. Sonríe, satisfecho. Y entonces el sacerdote me pregunta si lo acepto como esposo. No respondo. Vuelvo la cabeza de nuevo y echo otro vistazo a los presentes. Luego fijo la mirada en la puerta. Por unos segundos he imaginado que iba a abrirse y que él aparecería gritando que detuviesen la ceremonia. Pero no sucede nada de eso y mi corazón está a punto de caer ante mis pies. No puedo olvidar su correo. Me he mentido. Desde que lo envió, sus palabras han estado grabadas en mi alma. Estoy harta de mentiras. Harta de engañarme con tal de conseguir la felicidad. Pero desde luego casarme con Germán no va a traérmela aunque haya intentado convencerme de lo contrario.

—¿Melissa? —Germán me llama.

Alzo los ojos y lo contemplo. Su atractivo rostro, su bonita sonrisa, sus cálidos ojos. Pero no es él. Sencillamente, no lo es. No puedo basar mi felicidad en una mentira.

—No puedo —murmuro.

—¿Qué?

—Que no puedo casarme contigo, Germán. —He alzado la voz.

Oigo exclamaciones de sorpresa, murmullos y cuchicheos. Por el rabillo del ojo aprecio que su madre se ha llevado una mano al cuello y que nos mira con cara de susto. Mi madre también está sorprendida y ha empezado a abanicarse. Sí, hace mucho calor. Estoy ardiendo con este vestido, el cual me apetece arrancarme.

—Solo estás nerviosa, Meli…

—No. —Niego con la cabeza, decidida—. Simplemente es que no eres tú con quien debo compartir mi vida. No seríamos felices, Germán. Te quiero, lo haré siempre, pero no como tú deseas. No podemos tener una relación así.

—Ya te dije que esperaría. Mantengo mi palabra —murmura acercándose a mí.

Mira con disimulo alrededor. Todos nos observan expectantes y el cura no sabe dónde meterse.

—Lo siento —susurro.

Me quito el anillo y se lo pongo en la mano. Se queda con la boca abierta.

—No puedes hacerme esto...

Hago caso omiso a sus palabras. Me doy la vuelta y la iglesia entera contiene la respiración. Su madre no sabe qué hacer, incluso se tambalea un poco. Todo esto podría resultar muy gracioso en una comedia romántica, pero la verdad es que estoy a punto de caerme aquí mismo. El vestido me agobia, me hace sudar, y lo único que quiero es volar. Doy un paso, luego otro. Bajo los escalones. Vuelvo la cabeza y descubro a Germán mirándome con los ojos muy abiertos, con una expresión de desolación. Sin embargo, ya está decidido. Ahora no puedo detenerme. Empezaré una vida sola, si es lo que tiene que ser.

Continúo avanzando y entonces me detengo. Me llevo la mano al cierre del vestido y lo bajo. Todos me miran sin entender muy bien lo que hago. Y, para su sorpresa, me quito el vestido. Lo dejo caer al suelo y me quedo en ropa interior. Por suerte, es preciosa. Luego me deshago de los zapatos, que estaban empezando a provocarme dolor. Avanzo despacio por el pasillo, insegura, notando todas las miradas clavadas en mí. Pero luego... Luego corro.

Y oigo a mi espalda que muchos también han empezado a seguirme. Mis piernas vuelan hasta la puerta, tratando de escapar de allí. La empujo, recibiendo el sol del verano en toda mi cara. Los rayos me deslumbran. Me doy la vuelta y aprecio que tengo a un buen número de personas a mi espalda, algunas riéndose, otras con lágrimas en los ojos, la mayoría con un gesto de sorpresa. Mi hermana tiene una gran sonrisa en sus ojos y, cuando Germán pasa por su lado, le lanza una mirada triunfal. Él hace caso omiso y se acerca a mí.

—Meli...

Se detiene, con la vista puesta en el frente. Oigo a Dania

soltar una exclamación y a Aarón decir un «joder». Me dan ganas de reprenderle, que aún estamos en suelo sagrado, que se contenga.

Pero entonces me vuelvo en la dirección a la que todos miran.

Y el corazón… Este pobre corazón arde.

Porque allí, en la plaza, con aspecto frágil e inseguro está él.

Mi Héctor.

35

Me quedo plantada en los escalones de la plaza. Él está enfrente, a unos cuantos metros, también muy quieto. Sin apartar la mirada de la mía. Me adelanto un poco y mis oídos dejan de escuchar los cuchicheos de las personas que tengo detrás. Lo observo, pasando mis pupilas por todo él. En realidad me he equivocado porque no parece inseguro, sino todo lo contrario. Tiene mucha mejor cara que la última vez que lo vi, ya no hay ojeras bajo sus ojos, los cuales han adquirido ese brillo que tanto me gustaba. Ha vuelto a coger el peso que había perdido por culpa de las malditas pastillas. Lleva otra vez ropa elegante, no la descuidada de aquellos últimos meses.

Se me escapa un sollozo que intento disimular con una mano. Ahora mismo me han entrado unas ganas tremendas de gritarle que qué hace aquí, de insultarlo, de maldecirlo por despertar en mí todas estas sensaciones. Pero entonces, entonces… recibo lo que he estado esperando todo el año. Mi reflejo en sus ojos. Me reconozco en ellos. Sí, esa soy yo. Y sí, continúo muy dentro de él.

Y casi sin darme cuenta, mis piernas se adelantan a mi mente. Obedecen las órdenes del corazón. Camino hacia él muy despacio, con cautela, como una gacela que teme ser atrapada por el león. Me detengo otra vez. Él no dice nada, pero aprecio cómo le tiemblan los puños. Y entonces sí. Entonces me lanzo a la carrera como una maldita loca. La gente suelta exclamaciones a mi espalda, pero no me importa lo más mínimo. Tan solo somos él, yo y estos pocos metros que nos separan. Noto que algo se me clava en el pie desnudo, pero el temblor subterráneo que hay en mí es más fuerte.

Choco contra su cuerpo. Me recibe con los brazos abiertos. Rozo su nuca, enlazo los dedos en ella. Lo último que veo es su rostro sorprendido porque, justo una décima de segundo después, cierro los ojos y lo beso con tal intensidad que todo desaparece. Creía que esa sensación no podía ser real, pero me equivocaba. Solo estamos él y yo flotando en una radiante luz. Pasa las manos por mi cintura y me atrae hacia su pecho. Suelto un sollozo. Sé que estoy llorando porque me siento otra vez yo, porque estos son los besos por los que tanto he esperado. Solo hay unos labios que encajan a la perfección con los míos, y son los suyos. Solo unas manos que saben hacerme vibrar y, por supuesto, son las suyas.

Sonrío contra su boca. Ríe también, especialmente cuando oímos aplausos y vítores. Estoy segura de que son Dania y Aarón. Puede que incluso mi hermana.

Voy a separarme de él porque el sentido común está regresando, pero Héctor no me deja. Me aprieta aún con más fuerza y me besa con todas las ganas. Sus labios moviéndose con los míos me parecen la unión más sagrada del mundo.

—Dios, Melissa… Dios… Cuánto te he echado de menos —murmura sobre mi boca con los ojos cerrados.

Me sujeto a sus brazos, agitada, jadeante, incluso mareada. Todo me da vueltas. Apoya la frente en la mía, tratando de recuperar la respiración. Por fin abre los ojos y estudia los míos. Sonrío.

—Lo sabía. Sabía que lo único que necesitabas era tiempo —murmuro—. He estado esperándote. No era del todo consciente, pero he estado haciéndolo.

—Me alegro de que lo hayas hecho —dice dándome un rápido beso—. ¿No quieres pegarme?

—Te juro que cuando estaba mirándote lo he pensado. Pero… ya ves, he saltado a tus brazos como una tonta.

Nos quedamos callados unos instantes durante los que aprovechamos para acariciarnos todo el rostro, para empaparnos con las miradas. Tanto tiempo sin rozar su piel… Se me ha hecho eterno.

—Melissa, ¿te has dado cuenta de una cosa?

—¿De qué? —pregunto parpadeando.

—De que vas en ropa interior.

¡Ay, sí! Ni me acordaba. Intento taparme y él me ayuda abrazándome. Echo un vistazo alrededor: a los invitados se les han sumado algunos curiosos que nos observan anonadados.

—¿Y qué hacemos ahora? —me pregunta con una sonrisa.

—No lo sé.

—¿Nos casamos?

—¡Ni hablar! —exclamo aterrorizada—. Acabo de abandonar mi boda. Este es mi segundo intento fallido —le digo fijándome en que se pone serio—. Oye, no necesito casarme para saber lo mucho que te necesito.

—Solo estaba bromeando. Tenemos mucho tiempo por delante, ¿no?

Se hace otro silencio. Alguien grita un «¡que se besen, que se besen!». Es Aarón. Luego es Dania la que chilla «¡Vivan los novios!». Hale, nos falta el arroz. Con un poco de miedo, me vuelvo hacia los invitados. En algunos descubro miradas de reproche; otros sonríen. Mi madre y Ana lloran emocionadas. La que no está nada contenta es la que iba a convertirse en mi suegra, que se encuentra derrengada en brazos de su marido. Me odiará toda la vida. Y entonces clavo los ojos en Germán. Descubro su mirada triste, apagada. Parece estar a punto de echarse a llorar. Le susurro un «lo siento» con una sensación de culpa. Pero… estoy feliz. No puedo evitarlo. Para mi sorpresa, se encoge de hombros y me dedica una sonrisa. Me llevo dos dedos a los labios y le lanzo un beso.

—¿Nos vamos? —Me vuelvo hacia Héctor.

—Quiero llevarte a un sitio —me dice—. Pero antes, pasemos por tu casa y cojamos algo de ropa.

—Sí, mejor —respondo riéndome.

Y salimos corriendo cogidos de la mano. Siento que en cualquier momento vamos a emprender el vuelo. La gente se nos queda mirando, aunque a mí no me importa nada. Los aplausos nos acompañan hasta que nos metemos en el coche.

Héctor me lleva a mi casa. Sube conmigo y espera en el salón mientras me visto. Cuando salgo, con una sencilla camiseta y unos vaqueros viejos, me mira como si estuviese perfecta. Nos abrazamos una vez más. Ni siquiera hay besos, solo piel contra piel confesándose lo que sentimos.

—Hazme un favor —dice con voz grave. Lo miro sin comprender—. Haz las maletas y vámonos.

Le cubro el rostro de besos. Bajamos la escalera al trote, riéndonos, deteniéndonos en cada planta para besarnos y acariciarnos.

—¿Adónde vamos? —le pregunto cuando estamos en el coche de nuevo.

—Ya lo verás. —Sonríe.

Salimos de la ciudad. Cuando entra en la autopista comprendo que nos dirigimos a la cabaña. Supongo que para rememorar aquel perfecto fin de semana. En el trayecto no hablamos, únicamente nos dedicamos miradas cómplices.

En la montaña Héctor me sorprende deteniendo el coche en unos maizales que ocupan varias hectáreas. Al frente, solo el cielo. Coge una sábana del maletero, una bolsa con lo que parece ser comida y una radio de esas con reproductor de CD que ya nadie usa.

—¿Vamos a hacer un picnic?

—¿No te gusta la idea?

—Me encanta —asiento sincera.

Extiende la sábana en una zona descubierta, alrededor de la que crecen los tallos con las mazorcas. Cuando nos tumbamos nos cubren por completo. Me coge de la mano y siento un temblor por todo el cuerpo.

—¿Qué has estado haciendo este tiempo? —le pregunto curiosa.

—Trabajar, beber, intentar superar la adicción, recordarte... Sobrevivir. —Ladea el rostro y me observa—. ¿Y tú?

—Intentar borrarte de mi vida, pero ha sido imposible.

—Luché conmigo mismo muchos días. Cuando me di cuenta de lo que te había hecho, creí que ya estaba todo perdido, que no me perdonarías.

—Dejé las maletas sin deshacer durante semanas —murmuro con un nudo al recordar lo que sentí.

—Te quería en mi vida, pero no podía soportar la idea de hacerte más daño. —Me acaricia la mejilla.

—Te lo dije una vez: si tenía que hacerme daño alguien, que fueses tú. Pero conmigo, no alejado de mí.

—Nunca he estado solo, Melissa. Pensé que sí, pero luego comprendí que tú siempre estuviste a mi lado, incluso cuando perdí la cabeza y te traté mal. Incluso cuando te eché de mi vida... Estabas aquí... —Se lleva una mano al corazón—. Grabada a fuego.

—Quiero que dejes que me quede para siempre —murmuro mirándolo fijamente.

—He ido a buscarte a la iglesia para eso. —Acerca su rostro al mío, sin besarme—. Fui para traerte de vuelta, guardarte en mi corazón y no soltarte jamás. Y fíjate... Creí que sería incómodo, difícil... Pero es como si no hubiera pasado el tiempo.

Le doy un beso. Me lo devuelve, luego baja a mi cuello y lo roza con su nariz. Entonces me acuerdo de algo.

—¿Te has acostado con otras mujeres?

—No voy a mentirte —responde con la mirada oscurecida—. Sí lo he hecho. ¿Y tú? ¿Te has acostado con él?

—Sí. —Callo unos segundos, esperando su reacción. No parece enfadado—. Pero no era igual. Nunca podría serlo porque él no eras tú. No hay nadie que me haga volar como tú consigues hacerlo.

—Eso es amor, Melissa.

—¿De verdad? Vaya, no lo sabía —bromeo.

—En mi caso sucedió lo mismo. Te buscaba en otras mujeres y no había nada de ti en ellas. No encontraba nada de ti en su cuerpo. Sus besos no me sabían a nada. En cambio, los tuyos tienen un sabor especial, al que me acostumbré.

Tras las confesiones, comemos unos bocadillos y bebemos unos refrescos mientras nos ponemos al día. Le cuento lo del embarazo de Ana, los progresos de Dania en el amor, el argumento de mi nueva novela. Después Héctor habla de lo bien que marcha *Love*, de que su jefe pronto se jubilará y quizá él ocupe su lugar.

Nos quedamos dormidos y, a media tarde, me despierto con sus ojos posados en mi cuerpo. Hacemos el amor. Lo hacemos mientras suena *Temblando* de Antonio Orozco. Nosotros también temblamos. «Que hace tiempo que el reloj no se paraba, que las risas no callaban, que no entraba tanta luz. Hace tiempo que creía que no podía ser. Estoy temblando de pensar que ya te tengo aquí a mi lado y prometo no soltarte de la mano.»

Tiemblo cuando me besa los pechos, cuando lame mi sexo, cuando acaricia mis piernas y cuando —por fin, Dios, cuánta espera— se mete en mí y me saca gemidos. Vuelo. Los estallidos me sacuden. Me transformo, me reconvierto. Soy humana y diosa, soy ave y pez, soy una niña y una adulta, soy un lucero que cruza el cielo. Entre sus brazos, con él muy dentro de mí, puedo serlo todo.

«Esta vez se fue todo aquello que no fue. Que hace tiempo que el silencio no me hablaba, que mis labios no besaban, que no había tanto en mí.»

Me descontrolo. Héctor me estrecha con fuerza, sus te quiero resuenan en mi mente. Y al fin, al fin, trasciendo. Lo hago con un orgasmo milagroso, uno que he estado guardando todo este tiempo y que se lo regalo a él. Soy toda suya. Él es todo mío. Lo sé cuando se abandona en mi interior y sus labios descansan en mi cuello, tratando de recuperar el aliento. Ha sido todo tan sencillo... Después de un año de separación no ha habido nada extraño en esta unión. Su cuerpo se complementa con el mío, así que hacer el amor es algo natural, como si hubiésemos nacido para ello.

—Eres la mujer de mi vida. Te esperaba a ti —me susurra al oído un rato más tarde.

Todavía estamos en el campo, y no quiero marcharme. Me siento plena aquí, con su compañía y la de la luna, que empieza a asomar en el firmamento.

Durante un ratito la oscuridad nos envuelve. Cierro los ojos y, segundos después, me parece que algo ha cambiado. Los abro, me incorporo y entiendo por qué me ha traído aquí. Un puntito de luz titila más adelante. Segundos después uno más, y otro. Las lucecitas nos rodean, y me llevo la mano a la boca, maravillada ante el espectáculo de la naturaleza que llena mis retinas. Héctor se levanta y, cogidos de la mano, observamos en silencio el paisaje que se extiende ante nosotros.

—¿Ves todas esas luciérnagas, Melissa? —Señala los campos de maíz con una mano. Asiento con la cabeza. Muda, las lágrimas en mis ojos, conmovida por la belleza que nos envuelve—. Ya no hay una o dos. Ni siquiera una decena. Ahora hay cientos de ellas en mi estómago. Cientos de ellas.

Lo beso… Sus manos me acarician la espalda y me dejo llevar.

Aquí estamos nosotros. Resplandeciendo más que todas estas luciérnagas.

36

Me despierto con la sensación de estar flotando. En realidad lo estoy porque estos dos días que llevamos en la cabaña de sus padres han sido maravillosos. Y vamos a quedarnos aquí cinco más, así que los aprovecharé al máximo. Después de pasar más de un año sin su voz, sin sus ojos, sin su tacto, sin su cuerpo contra el mío… no puedo más que querer estar las veinticuatro horas muy pegada a él.

Siempre había pensado que cuando dos personas que se han amado mucho vuelven a estar juntas, jamás se regresa al primer sentimiento que se tuvo. Sin embargo, acabo de darme cuenta de que no es cierto, puesto que con Héctor he recuperado todo lo que creamos. ¡Incluso me parece que más! El corazón se me va a desbordar en el pecho y ni siquiera sé cómo detenerlo, pero es que tampoco quiero. Estoy tan feliz que no puedo más que acallar los grititos de júbilo que me vienen a la garganta.

Me doy la vuelta en la cama y aguzo el oído. Me llega el sonido del agua de la ducha, así que Héctor estará dentro. Por unos segundos mi mente, que es muy maquiavélica, se pone a pensar en aquellas veces en las que se encerraba en el baño y se atiborraba de pastillas. Pero estoy segura de que eso ya ha quedado atrás y que ahora no me mentirá al respecto, porque ambos nos hemos dado cuenta de que necesitábamos este tiempo de separación para encontrarnos con nosotros mismos y comprender lo importante que es la sinceridad.

Me estiro en la cama con una sensación de calidez indescriptible que me recorre todo el cuerpo y, en este momento, me sobresalta el pitido del whatsapp. Vale… En estos dos días no he prestado atención a ninguna red social. No ha sido solo porque quiera disfrutar del máximo tiempo posible con Héctor, sino también porque echar un vistazo al móvil significa, en cierto modo, enfrentarse a la realidad. Y esa realidad es que abandoné mi boda, dejé plantado a Germán en el altar y decepcioné a algunos invitados… aunque hice felices a otros. Supongo que voy a tener un montón de chats abiertos preguntándome cómo estoy o lanzándome reproches. Por suerte, nadie se ha atrevido a llamarme… Más que nada porque ya dejé claro a mi familia y a mis amigos que no osaran interrumpir mi estancia en el paraíso.

Pero bueno, ahora toca ya ser madura y saber qué es lo que se cuece por ahí fuera. Así que cojo el móvil y, con el corazón un tanto nervioso, abro el whatsapp. Madre mía, ¡si tengo tropecientas conversaciones! Incluso han creado un grupo mis amigos que han llamado «Novia a la fuga». Ja, ja, qué graciosos… Me meto en él primero porque hay cien mensajes y empiezo a leerlos todos. Dania y Aarón no paran de preguntarse adónde habremos ido, y Ana ha estado hablando una y otra vez de la satisfacción que le produjo la cara de Germán cuando le dije que no me casaba con él. Chasqueo la lengua. Me siento mal por haber actuado así, la verdad, pero en esos momentos no podía pensar en otra cosa más que en buscar mi felicidad. Tampoco creí que Héctor estaría esperándome fuera. ¡Eso sí que fue una auténtica sorpresa!

Escribo una respuesta a mis amigos para que se callen de una vez.

Sois unos cabrones… ¿Cómo se os ocurre crear un grupo con este nombre? No os paséis, joder. En cierto modo, me sabe un poco mal haber dejado a Germán así, no ha estado bien… Pero por otra parte, soy más que feliz. Héctor y yo estamos en la montaña, en la cabaña de sus padres, muy cerca de Gandía… Hace un tiempo estupendo, nos lo estamos pasando maravillosamente y, no sé, todo ha sido tan sencillo… Hasta me da un poco de miedo pensarlo. En fin, que calléis ya, que sois unas cotorras.

No me da tiempo a mirar otras conversaciones porque Ana ya está escribiendo su respuesta. Espero a que llegue y me echo a reír cuando la leo.

Hermanita, te has convertido en Julia Roberts. Mira que eres una escritora famosilla… E igual sales en los medios de comunicación. Ahora ya tienes material para escribir una nueva novela.

¿Cómo podría titularse? Mmm… Sí: *Déjame que te desnude en el altar*. ¿Qué os parece?

Ha sido Aarón quien ha mandado este último mensaje. Lanzo una carcajada al leerlo y niego con la cabeza. Qué tío, siempre con sus tonterías, pero en el fondo me hace reír.

Sois todos muy graciosos, sí… Y por cierto, ¿dónde está Dania?

Pues, contando con que se pidió una semana de vacaciones para tu boda, como si fuera ella la que se casase, a lo mejor hasta está en el Caribe con su churri.

Vuelvo a reír ante la ocurrencia de Aarón. Pero en ese momento nuestra amiga empieza a escribir y se tira un buen rato hasta que envía su mensaje.

> Cariños míos... Ahora mismo tengo una resaca de tres pares
> de cojones. Ya os contaré. Lo único que voy a decir
> es que... ¡yo también quiero ir solo con ropa interior
> en mi boda!

Ay, qué tíos. Se pasarán bastante tiempo soltando chorradas y recordándome lo que hice. La verdad es que, ahora que lo pienso, sí que tuvo su gracia. Bueno, estoy segura de que para muchas personas no, y muchísimo menos para Germán. Y entonces, al pensar en él, salgo del grupo de mis amigos y busco entre las conversaciones. Tal como esperaba, también tengo un mensaje suyo... Me va a dar algo porque no he borrado todo lo que hablamos mientras aún éramos pareja. Simplemente será mejor que me limite a leer lo nuevo que me ha escrito. ¿O no lo hago? ¿Me habrá insultado? ¿Me contará que su madre tuvo un patatús? Sin poder remediarlo, los nervios me sacuden. Abro su mensaje con dedos temblorosos... «Melissa, valor y al toro», me digo. Es muy corto, y eso todavía me preocupa más.

> Meli... Sé feliz.

Un terrible sentimiento de culpa se apodera de mí en cuanto lo leo. Suelto un suspiro cuando llego al final. Pues la verdad es que esperaba malas palabras o algo peor... Y seguramente habría sido mucho más fácil. Pero con este mensaje que me ha enviado ni siquiera sé cómo actuar. Lo cierto es que me dan ganas de contestarle para pedirle perdón porque creo que se lo debo, pero puede ser que él no quiera y que mi respuesta solo le haga más daño. Ay, Dios mío, ¿qué hago? Ahora mismo me vienen a la cabeza los recuerdos del otro día y se me cae la cara de vergüenza. ¡Actué como una loca! Debería haberle dicho antes de la boda que no podía casarme con él y no habría sido todo tan duro. Pero dejarlo plantado ante el altar fue muy cruel... Uf, ni siquiera sé cómo me ha perdonado.

—Buenos días, dormilona...

La voz de Héctor me hace dar un brinco en la cama. Vuelvo la cabeza y lo veo apoyado en el marco de la puerta, tan solo con una toalla alrededor de su cintura. Ay, cómo se le marca la uve en el vientre...

—Tengo sueño acumulado —respondo esbozando una sonrisa.

—¿Muchos mensajes? —Me señala el móvil, que aún tengo en la mano.

Deslizo la mirada de él al teléfono y decido contarle que Germán me ha enviado uno, aunque me da un poco de miedo. Sé lo mucho que sufrimos por su regreso, pero si queremos reanudar nuestra relación, entonces debemos ser sinceros el uno con el otro por encima de todo.

—Germán me ha enviado un whatsapp —digo en voz bajita.

Y, como para demostrarle que no tengo nada que ocultar, le hago un gesto para que se acerque y le tiendo el móvil con la intención de que lea el mensaje. Sin embargo, niega con la cabeza y me dedica una bonita sonrisa.

—He tenido tiempo de madurar, Melissa, y de darme cuenta de que debería haber confiado más en ti y en nuestro amor —dice, arrancándome un palpitar en el corazón.

—Me ha escrito que sea feliz. Así, sin más... No me ha insultado ni me ha dicho que me odia ni nada por el estilo —le explico, a pesar de todo. Lo necesito. Quiero que vea que a partir de ahora no tendré secretos para él.

Héctor se sienta en la cama y se inclina hacia mí. Me aparta un par de mechones de la frente y me la acaricia con mucha suavidad.

—Supongo que todos hemos madurado —susurra muy cerca de mi nariz, otorgándome su cálido aliento con olor a dentífrico—. La verdad es que le estoy agradecido —añade, para mi sorpresa.

—¿Y eso?

Me incorporo un poco en la cama, haciendo que tenga que cambiar de postura.

—Porque te ayudó, Melissa. Cuando te abandoné, él estuvo a tu lado para sacarte de la oscuridad. Quizá algunas cosas no las hizo bien, pero otras sí. Y, por mucho que me molestara que regresara a por ti y que me joda el tiempo que ha pasado contigo, tengo que ser objetivo.

Me quedo pensativa y al final asiento. Es cierto que Germán se ha comportado muy bien conmigo a pesar de todo. Estuvo mal que intentara inmiscuirse en nuestra relación, pero, en cualquier caso, los tres tenemos nuestra parte de culpa en esa historia que quiero enterrar. Chasqueo la lengua y me dejo caer en la cama con gesto huraño. Héctor suelta una risita y me acaricia la barbilla.

—Oye, que tampoco tienes la culpa de nada. El corazón es lo que es, con sus sentimientos y sus razones, y nos hace cometer locuras que, en realidad, son muy cuerdas.

—En serio, me mentiste cuando me dijiste que no se te daban bien las palabras… —Me echo a reír, alzando mi mano y posándola en su mejilla—. Tendrás que ayudarme cuando me quede sin ideas.

Se tumba a mi lado, con el cabello húmedo rozándome el rostro y provocándome cosquillas, y pasa un brazo por encima de mi cuerpo sin dejar de mirarme. Adoro que su sonrisa sea lo primero que veo por las mañanas. Y es lo que quiero que suceda día sí y día también durante mil millones de años… y uno más.

—¿Qué va a pasar cuando regresemos a la ciudad, Héctor? —le pregunto de repente.

—¿A qué te refieres?

—Tengo un poco de miedo… Sí, otra vez —añado cuando me mira con los ojos entrecerrados—. Es verdad que todo ha sido tan familiar y sencillo… Ha sido como si no nos hubiésemos separado nunca, pero, a pesar de todo, lo hemos hecho y…

—Nosotros somos Héctor y Melissa —dice, despertando mi curiosidad. Posa un beso en la punta de mi nariz—. Estamos hechos el uno para el otro y el destino nos lo ha demostrado. Después de cuanto ha pasado… estamos aquí, ¿no? Tumbados juntos en la cama, muriéndonos por besarnos, tocarnos y hacernos el amor…

Asiento con la cabeza. Me abrazo a él con los ojos cerrados y con una sonrisa dibujándose en mi rostro.

—Supongo que no será del todo fácil, eso está claro —continúa, jugando con mi pelo—. Todavía no estoy lo bastante recuperado para dejar el tratamiento.

—Eso es algo con lo que puedo lidiar, Héctor. Ya lo hice, ¿recuerdas?

Alzo el rostro para mirarlo. Asiente y sonríe.

—Habrá momentos difíciles… porque yo lo soy, Melissa.

—Y yo estaré ahí para intentar hacerlos más fáciles. —Lo beso con suavidad y me responde. Después me aparto para contemplarlo. Tiene los ojos brillantes y una expresión decidida. Yo también… Estamos listos, una vez más, para deshacernos de nuestros miedos—. Vamos a escribir nuestra historia, ¿no?

—Por supuesto. Una historia escrita con palabras de placer. —Se echa a reír con picardía.

—Cualquier día veo una novela en los escaparates de las librerías contando nuestras peripecias… y el autor se llamará H. Palmer. —Me contagio de su risa.

Nos pasamos así unos minutos, carcajeándonos, yo incluso he de sujetarme el vientre porque me duele de tanto reír. Ese sonido me alimenta. No necesito nada más para levantarme por las mañanas. Es ver su sonrisa o escuchar su voz, y las fuerzas acuden a mí con tanto ímpetu que me tiro el día sonriendo. Vamos acercándonos a medida que la risa se nos acalla y, una vez que nos hemos quedado en silencio, nuestros ojos se encuentran y nos ponemos muy serios de repente. Un gesto extraño cruza su rostro y yo, durante unos breves segundos, me pregunto en qué estará pensando. Sus palabras me confirman que se trata de lo que había imaginado.

—Te mentí cuando aquellas veces te decía que confiaba en ti y que para mí no eras como ella.

Ella. La sombra de su pasado que siempre va a estar ahí… O eso es lo que me parece. He podido dejar el mío atrás. Lo hice al arrancarme el vestido de novia y plantar a Germán ante el altar. Él ya no regresará y, aunque lo hiciera, he aprendido que no hay nadie más en mi corazón que Héctor. Pero ella… Es evidente que ella tampoco regresará nunca. No al menos de forma física, pero… ¿cuán fuerte es el recuerdo de una ex novia muerta? Para ser más exactos… ¿de una ex novia que te trastocó la vida y después murió sin haber podido solucionar las cosas?

—Lo que sí te aseguro es que mi desconfianza no era por ti… —Alza una mano y la pasa por mi rostro con estudiada lentitud, un poco temeroso. No puedo evitar preguntarme cuánto de cierto tienen sus palabras. Pero… debería creerlo, ¿no? Porque se supone que, si estamos ahora aquí, es porque queremos retomar la relación—. Habría desconfiado de cualquiera. Si hasta me costaba hacerlo de mis padres… Así que, en serio, no quiero que pienses que era algo personal… Ni siquiera tu aspecto influyó en eso. Era mi mente la que se empeñaba en comparar tus acciones con las de alguien que ya no está.

Esbozo una sonrisa que no es del todo tranquila. Y es que, a pesar de todo, a pesar de encontrarme segura entre sus brazos, aunque me esté diciendo una y otra vez que será diferente, hay una parte de mí que continúa necesitando saber. Dicen que la curiosidad mató al gato... Y, por más que me lo niegue, quiero descubrir. ¿Todo sucedió tal como Héctor me ha contado? ¿Era Naima una mujer tan cruel, que se acostaba con cualquier hombre que encontraba con tal de satisfacerse? ¿O esa es tan solo su versión? ¿Para él fue todo tan difícil que se hizo adicto a las pastillas? No sé muy bien qué pensar... Sin embargo, los ojos de Héctor me dicen que sucedió algo más. Y me gustaría preguntarle qué fue. Me encantaría que, de una vez por todas, fuera sincero del todo conmigo, como lo estoy siendo con él.

—Héctor... —empiezo a decir con una especie de cosquilleo en la garganta.

Agacha la barbilla y se me queda mirando con esos ojos almendrados y risueños, que parecen haber recuperado la alegría. Me tiembla el estómago al verlo así porque recuerdo todos los momentos felices que pasamos juntos. Estamos bien. Estamos en la cabaña de sus padres, donde nos juramos amor eterno. Tenemos las piernas entrelazadas, transmitiéndonos calor. Sus dedos en mi pelo enredado. Sus labios curvados en una sonrisa. Su perfume en mi almohada. Él. Yo. Todo.

—Que te amo —acabo diciendo.

—Y yo a ti —susurra, y me frota la nariz con la suya.

Me abrazo a él, apretando mis dedos contra su espalda. Aspiro su aroma. Cierro los ojos sonriendo.

Me da igual su pasado. No importa si sus historias no son del todo reales. Somos capaces de escapar del recuerdo de Naima, ¿verdad?

Ella no volverá. Y, aunque lo hiciese de alguna forma, no habría nada que pudiera derrumbar el muro de amor que, a partir de ahora, Héctor y yo vamos a levantar.

Entierro la nariz en su pecho. Huele a limpio. Intento concentrarme en ese aroma para desterrar todos estos pensamientos oscuros que me acechan. Debo aferrarme al presente e intentar disfrutar. «Por favor, Héctor, espero que lo hagas tú también…», me viene a la cabeza.

Le sonrío. Me devuelve el gesto.

Él. Yo. Todo. Nadie más…

Agradecimientos

Ya volvemos a estar aquí y no puedo más que continuar dando las gracias a las mismas personas que en el primer libro y también a todas aquellas que se van uniendo cada día. ¡A soñar!

CON LA
«TRILOGÍA DEL PLACER»,

VOLVERÁS
A
SOÑAR

Una historia de hoy sobre mujeres que buscan
el amor y hombres que dicen querer solo sexo.
Tan real y tan intensa como la vida misma…

Septiembre, 2015

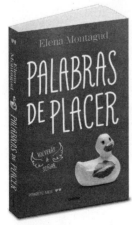

Octubre, 2015   Noviembre, 2015